Rosinante oder Die Liebe zum Meer

Joe Coomer

Rosinante oder Die Liebe zum Meer

Roman

Aus dem Englischen
von Barbara Heller

Fretz & Wasmuth

Den Frauen gewidmet

Die Originalausgabe erschien 1995 unter dem Titel
«Beachcombing for a Shipwrecked God» bei Graywolf Press,
Minnesota

Erste Auflage 1997

Allmächtiger, himmlischer Vater, …
Laß mich auf Green Gablers bleiben, und bitte
laß mich ein hübsches Mädchen werden.
Mit vorzüglicher Hochachtung

Anne Shirley
(L. M. Montgomery: *Anne auf Green Gables*)

*

Glinda: Bist du eine gute Hexe – oder eine böse Hexe?
Dorothy: Wer, ich? Wieso? Ich bin überhaupt keine Hexe.

(Noël Langley, Florence Ryerson, Edgar Allan Wolfe:
Der Zauber von Oz, Drehbuch)

*

Was schläfst du?

(Buch Jona 1,6)

Ich entdeckte in mir eine Liebe zu bewegtem Wasser, als die zurückweichende Flut sich am breiten Bug eines alten Bootes teilte und an ihren Ausläufern Tang mit sich führte, einen toten Vogel und ein dunkelbraunes Blatt. Eine Liebe, die mir notwendig schien: der Strömung nahe zu sein, der grünen Dünung und dem einsetzenden Gurgeln. Ich hatte geglaubt, nie wieder lieben zu können, nie wieder etwas anderes lieben zu können als die Erinnerung an meinen Mann, und so schämte ich mich und kam mir seltsam vor, als ich dort mit meiner Tasche über der Schulter und einem Kätzchen im Mantel auf der Pier kniete, ins Wasser des Hafens von Portsmouth hinabsah und einen Augenblick lang nicht traurig war. Er war an Weihnachten gestorben, vor neun Wochen.

Das Kätzchen miaute und versuchte, zwischen meinen Brüsten wie an einem Enternetz hochzuklettern. Ich zog es hervor, wandte aber die Augen nicht vom Wasser, bis ich es Nase an Nase hatte, runde Pupille an Pupillenschlitz. «Hier bleiben wir eine Weile», sagte ich zu ihm. Ich hatte es an einer Raststätte in West Virginia gefunden. Es hatte noch keinen Namen, aber ich dachte an Peytona Pawtucket – kurz PP –, zwei Kleinstädte nicht weit von dort, wo ich gelebt hatte. Jonah hatte Katzen nicht gemocht, und als ich das Kätzchen sah, war mir plötzlich der Gedanke gekommen, daß ich es mitnehmen konnte, ohne mich Vorwürfen auszusetzen. Das Kätzchen konnte nichts dafür, daß Jonah gestorben war. Es war, so machte ich mir klar, Jonahs Schicksal gewesen. Aber vielleicht hatte ja das Kätzchen meinen Mann irgendwie getötet, damit ich es aus seiner Not und Verlassenheit erlösen konnte. Vielleicht war Jonah deswegen gestorben. Wäre er an der Raststätte dabeigewesen, ich hätte nicht im Traum daran gedacht... Aber das war nur wieder ein Hirngespinst, das meiner Wut entsprang. Ich nahm es meinem toten Mann noch immer übel, daß er gestorben war. Ich bin mit Schuldzuweisungen schnell bei der Hand, und für etwas so Ungeheuerliches wie Jonahs Tod mußte es doch einen Schuldigen geben.

Ich schob den knochigen, sehnigen Körper des Kätzchens wieder unter meinen Mantel, stand auf und ging in der Märzkälte zum Auto zurück. Ich war ostwärts gefahren, bis ich am Meer gestrandet war, und dann nordwärts die Küste entlanggeplätschert, bis ich mir sagte, daß es eigentlich keinen Grund gab, sie wieder zu verlassen. In der ersten Nacht hatten wir uns etwas gegönnt, die Katze und ich: Wir hatten im *Portsmouth Sheraton* übernachtet, in einem Zimmer, aus dem man über eine monumentale Salzpyramide hinweg auf den Fluß sah, den gezeitengeplagten Piscataqua, in dessen Mündung der alte Hafen liegt. Auf der Straße hatte ich eine alte Frau gefragt, wozu das viele Salz gut sei. Später erfuhr ich, daß es schlicht Streusalz war. Die Frau aber hatte mich traurig angesehen und erklärt: «Ja, wissen Sie, wenn es stark regnet und zuviel Frischwasser ins Meer fließt, geben wir Salz dazu, damit die Fische nicht verenden.»

Ich entdeckte in mir eine Liebe zu bewegtem Wasser, als ich in der Strömung des Caudel Run kniete, eines Bachs hinter unserem Haus in Kentucky, dessen Wasser, klar und kalt wie meine Angst, über schwarze Schieferstufen stürzte, sich in weißen Tümpeln des Schmerzes sammelte und meine Füße taub, meine Haut blau werden ließ. Ich konnte es in meinen Händen halten und zum Mund führen.

Am Morgen hatte ich dem Kätzchen einen anderen Namen gegeben: Piscataqua. Es hatte ein paar Fasern aus dem Teppich gekratzt und unter einen Stuhl gemacht. Ich säuberte die Stelle, versteckte die Katze im Badezimmer und ließ mir Eier und Milch aufs Zimmer bringen. Wir aßen am Fenster und schauten dem Treiben der Möwen zu, die über dem Fluß hinter einem Boot herflogen. Im Zimmer war es warm, aber ich sah, daß es draußen kalt war, kalt auf der Straße und kälter noch am Wasser. Ich packte mich warm ein und schob mir Piscataqua zwischen Bluse und Pullover, wo sie mir auf den Bauch rutschte und bald einschlief. Als ich ins Freie trat, wurde mir bewußt, daß ich nichts zu tun hatte. Ich hätte zwar dies und jenes zu erledigen gehabt, auch Dinge, die andere von mir erwarteten, aber außer atmen war nichts wirklich notwendig.

Ich fühlte mich, als wäre ich geflohen. So hatte ich es bisher nicht genannt, aber eine Flucht war es doch gewesen, durch einen Tunnel, über Mauern. Ich war mit einer Menge Bargeld von zu Hause fortgegangen, um beim Tanken oder im Restaurant nicht mit Kreditkarten zahlen zu müssen, durch die man mich hätte aufspüren können. Ich hatte Schuldgefühle. Meinen Eltern hatte ich einen Zettel hinterlassen, auf dem stand, daß ich für ein paar Tage wegfahren würde, aber da hatte ich schon gewußt, daß ich gar nicht die Absicht hatte zurückzukommen. Ich hatte sogar einen Immobilienmakler aufgesucht, um das Haus zum Verkauf anzubieten. Irgendwann würde ich meine Mutter anrufen. Ich tat meiner Mutter und meinem Vater unrecht, denn ich floh nicht vor ihnen, sondern vor Jonahs Eltern, den Montagues. Aber wenn ich meinen Eltern sagte, wo ich war, würden Richard und Mary es unweigerlich herausbekommen. Sie waren gierig, und ich hatte nicht mehr die Kraft, mich gegen sie zu wehren. Jonah war ihr einziges Kind gewesen, und nach seinem Tod hatten sie sich von meinen Erinnerungen genährt. Seit dem Unfall war ich jeden Tag mit ihnen zusammengewesen. Jeden Tag fuhren sie die fünfzig Kilometer, angeblich um mir Gesellschaft zu leisten, aber bald merkte ich, daß sie Aasgeier waren und ich ihre letzte Hoffnung auf Nahrung, der einzige Kadaver in der endlosen Weite einer Wüste, und daß sie nicht von mir ablassen würden, bis meine Knochen bleich und hohl waren. Sie schienen keine eigenen Erinnerungen zu haben. Mary wusch Jonahs sämtliche Kleider, auch die sauberen, und durchsuchte die Taschen nach irgendwelchen Fitzelchen, zu denen ich vielleicht etwas erzählen konnte. Ein Kinokartenabriß war eine wahre Fundgrube für sie, und in ihrem Kummer quälten sie mich mit endlosen Fragen: «Wie war der Film? Hat er Jonah gefallen? Habt ihr euch Popcorn gekauft? Wo habt ihr gesessen? Hat Jonah gelacht? Sag mir, an welchen Stellen er gelacht hat. Wir könnten uns das Video ausleihen und es zusammen anschauen, dann könntest du uns sagen, an welchen Stellen er gelacht hat.» Ich ertappte Richard dabei, wie er auf dem Dachboden meine Briefe an Jonah und Jonahs Briefe an mich las. Ich ging fort, am Tag nachdem Mary mich über den Rand ihrer Tasse hinweg angesehen, in ihren Kaffee gepustet und gesagt hatte: «Im Krankenhaus, bevor er starb, als wir schon wußten, daß er sterben würde, da hätten wir die Ärzte bitten sollen, ihm Sperma abzunehmen. Wir hätten es einfrieren lassen können. Dann hättest du immer noch ein Kind von ihm bekommen können.» Ich ging fort. Ich habe ihn auch geliebt.

Ich drehte mich um – Richard und Mary waren nicht hinter mir her – und schlug den Weg zum alten Ortskern von Portsmouth ein. Ich war schon einmal hiergewesen: Als Studentin hatte ich auf den Isles of Shoals, acht Kilometer vor der Küste, an einem Feldarchäologiekurs teilgenommen. Zwei Wochen lang hatte ich einen Fischereihafen aus dem siebzehnten Jahrhundert freigelegt. Die Fähre zu den Inseln ging von Portsmouth ab, und ich hatte oft Gelegenheit gehabt, durch die Straßen der Stadt und am Wasser entlang zu wandern, Strawberry Banke zu besichtigen (der alte Name von Portsmouth;

heute ein Freilichtmuseum mit historischen Bauten, nicht weit vom Prescott-Park), in einem der vielen Cafés und Restaurants zu sitzen, in Antiquariaten und Antiquitätenläden zu stöbern. Den größten Teil meiner freien Zeit aber verbrachte ich mit den Augen auf dem Wasser und schaute einfach nur den Gezeiten und den Schiffen zu. Das hatte mich auch hierher zurückgeführt. Und obwohl mir klar war, daß ich anfangen mußte, mich nach einer Wohnung umzusehen, trugen meine Füße mich wieder zu den Piers am Fluß hinunter. Ich wollte die Sonne auf dem Wasser glitzern sehen. Vor dem Moffat-Ladd House überquerte ich die Straße, ging durch eine kleine Grünanlage zur Ceres Street – Geschenkläden des zwanzigsten Jahrhunderts in Lagerhäusern aus dem achtzehnten Jahrhundert und gegenüber die Schlepper – und folgte der steil ansteigenden Bow Street. Auch hier standen Backsteinlagerhäuser am Wasser, in denen jetzt Restaurants und Boutiquen untergebracht waren.

Portsmouth wirkt wie durchtränkt vom Alter, abgenutzt von Berührung und Atem. Die Straßen führen wie Trampelpfade zum Fluß hinunter und folgen dann seinem Ufer. Hier ist die Stadt ruhig und gemütlich, ist unbewußt und selbstverständlich in die Landspitze gebettet wie die Knöchel in meine Finger. Was aus Backstein besteht, ist rot, was aus Holz besteht, ist weiß, und was aus Stein besteht, ist granitgrau. Pflastersteine und Türschwellen sind ausgetreten, gehöhlt wie wartende Hände. Sprossenfenster wölben ihre Scheiben zum Fluß hin, verzerren das Innere der Räume. Geschäfte und Cafés sind klein, ihr Mobiliar ist bunt zusammengewürfelt, mit halbleeren Regalen und lichtlosen Winkeln. Patinaschichten, ausgebleichte Tapetenschichten auf rauhem Putz, Holzdielenflächen, alles glattgeschliffen wie ein Spazierstockgriff. Hinter den Ladentischen – wenn keine Kunden da sind – lesende Verkäuferinnen, Katzen auf ihrem Schoß, zu ihren Füßen Hunde. Über ihnen kupferne Dachgauben, geformt als Rahmen für Gesichter, die aufs Meer hinausschauen. Roststreifige Schieferdächer, Metallplattformen, spitze Türmchen: Dächergewirr, unter sonnenbeschienene Türme alter Kirchen geduckt.

Ich ging pfeifend an der St. John's Church mit ihren ebenerdigen Grabgewölben vorbei, überquerte die Daniel und die State Street und hatte schließlich den Prescott-Park mit seinem freien Blick über den Fluß vor mir.

Das letzte Mal war ich im Sommer in Portsmouth gewesen, und in den Straßen hatte es von Touristen gewimmelt, doch jetzt, Anfang März und um acht Uhr morgens, war ich allein im Park. Der Wind, der vom Meer her durch die Hafeneinfahrt wehte, blies Muster in das kahle Geäst der Bäume und kräuselte die Oberfläche des Flusses. Ich stützte mich auf das Geländer der Kaimauer und blickte in das grüne, aber helle Wasser hinab, blickte durch Lichtscherben und einzelne Blätter an der Oberfläche in die Strömung darunter, die sich jetzt aus ihrer Erschlaffung zu lösen begann. Hummerbojen, eben noch mit gebrochenen Hälsen im Wasser dümpelnd, schwangen hoch, nahmen den Sog auf. Boote zerrten an den Leinen, die sie an der Pier festhielten, und die Pier selbst driftete rostig ächzend soweit seewärts, wie ihr Pfahlwerk es erlaubte. Alles Wasser wurde aus dem Fluß abgezogen. Das geschah etwa alle sechs Stunden, Ebbe und Flut, das große Kommen und Gehen, dieses Erschauern der Erde, ein langsames, reinigendes Beben, ewig wiederkehrend. Die Gezeiten waren hier besonders stark, die Strömungsgeschwindigkeit betrug sechs Knoten, der Tidenhub zwei Meter siebzig. Eine lebendigere Landschaft hatte ich nie gesehen. Es war, als säße die Haut der Erde so lose wie die einer Katze. Würde der kleine Fluß hinter unserem Haus in Kentucky plötzlich kehrtmachen, einmal so schnell bergauf eilen, wie er sonst abwärts strömt, und dabei zweieinhalb Meter steigen und fallen – die ganze Menschheit käme herbei und ließe sich an seinem Ufer nieder, in der Hoffnung, es möge sich noch einmal wiederholen.

Ein Dröhnen von Stahl auf Stahl klang von Seavey's Island

und der Marinewerft herüber. U-Boote lagen dort zu beiden Seiten einer Pier. Auf ihrem gewölbten schwarzen Rumpf standen Männer, zogen an Leinen, gestikulierten, Männer, die wußten, was sie zu tun hatten.

Ein Hummerboot kam durch die Durchfahrt zwischen Pierce's Island und dem Prescott-Park gezuckelt, fuhr an mir vorbei und steuerte auf eine Boje am Rand des Hauptfahrwassers zu, nahe der winzigen Insel Four Tree Island. Ein Mann in einer gelben Latzhose legte den Bug in die Strömung und drosselte die Geschwindigkeit so, daß das Boot stillstand. Er beugte sich über Bord, zog die Boje hoch und wickelte ihre Leine um eine kleine Winde. Gischt sprühte auf, und bald tauchte längsseits ein rechteckiger Metallkäfig aus dem Wasser, den der Mann mit behandschuhten Händen an Bord hob. Er faßte hinein, nahm einen winkenden Hummer heraus und warf ihn zu meiner Bestürzung ins Wasser zurück. Drei weitere Hummer folgten, dann versah der Mann den Korb mit neuen Ködern und warf ihn wieder über Bord. Ich fragte mich, ob der Hummerfang nicht nur ein Erwerbszweig, sondern auch ein Sport war. Der Wind, der gegen die Strömung wehte, trug den Geruch der Köder zu mir herüber, und ich ging am Geländer entlang weiter.

Die Gangway zum öffentlichen Anlegeplatz von Portsmouth führte auf eine Pier hinunter. Nur Schiffseigner und Gäste hatten hier Zutritt, aber das Wachhäuschen war leer, und so schlich ich mich über die Aluminiumrampe auf die grünen Bohlen hinunter. Die meisten Liegeplätze waren leer. In Ufernähe nisteten zwei kleine Segelboote, und weiter draußen lag ein Hummerboot mit dem Heck zur Pier. Ich ging an der *Elizabeth Ann II* vorbei bis ans Ende der Pier, ließ mich auf die Knie nieder, hielt mit einer Hand das Kätzchen fest und tauchte die andere ins Wasser. Ich konnte kaum fassen, wie kalt es war, kälter als Eiscreme an den Zähnen. Ich riß die Hand zurück, wobei ich mir mit den bereits blau angelaufenen Knöcheln ins Gesicht schlug. Unvorstellbar, daß es in so extremer Kälte Leben gab; vielleicht hatte der Hummerfischer tote, erfrorene Hummer ins Wasser zurückgeworfen. Ich wischte mir die Fingerspitzen am Mantel ab und schnupperte daran. Es war ein markanter Geruch, kräftig, stechend wie sumpfige oder lehmige Erde oder eher wie das, was darin verrottet, wie Fell und Haut, Urin und Tod, doch hinter all dem, darüber und es zugleich durchdringend, war etwas Sauberes. Ich schöpfte eine Handvoll Wasser, ertrug den nadelspitzen Schmerz und sah, wie klar es war, anders als der Fluß selbst, klar und reglos, so klar wie die Linien meiner Handfläche, als würde es ohne den Rest des Meeres nicht existieren. Ich kippte es zurück.

Ein schrilles Pfeifen ertönte, und als ich aufschaute, sah ich zwei Schlepper, die ein riesiges Schiff um Henderson Point auf Seavey's Island herummanövrierten. Im *Sheraton* hatte ich in einem Führer gelesen, wie die großen Schiffe bei Stillwasser, also bei Hoch- oder Niedrigwasser, flußauf- und flußabwärts gelangen. Beladene Schiffe laufen bei Hochwasser ein, damit ihr Kiel die Felsen nicht berührt, leere Schiffe laufen bei Niedrigwasser aus, damit ihr Decksaufbau die Brücken nicht berührt. Während ich noch zuschaute, wie die Schlepper das Schiff um die enge Biegung bugsierten, hob mich ein Hornsignal von der Memorial Bridge über mir fast von den Planken und erweckte Piscataqua zwischen meiner Bluse und meinem Pullover zum Leben. Sie kletterte wie ein Beuteltier an meiner Bluse hoch, streckte den Kopf aus meinem Mantel, und wir sahen uns das Schauspiel gemeinsam an. Nach wenigen Augenblicken senkten sich vor den Autos auf der Brücke Schranken herab, und das mittlere Brückensegment schwebte an Stahltrossen langsam in die Höhe. Die Schlepper, in ihrer knappen, klagenden Sprache aus Luft abwechselnd pfeifend und tutend, dirigierten das Schiff scheinbar millimetergenau zwischen den Zwillingstürmen der Brücke hindurch und weiter flußaufwärts, den beiden anderen Brücken entgegen, die den Piscataqua zwischen Portsmouth, New Hampshire, und

Kittery, Maine, überspannen. Das Schiff kam aus Venezuela, und keine Menschenseele war an Bord zu sehen. Ich konnte mir nicht vorstellen, was es geladen hatte, aber ich freute mich über das Vorrecht, es nach so langer Fahrt begrüßen zu dürfen.

Ich stand auf und ging über die Pier zurück. Im Vorbeigehen schaute ich in die Cockpits des Hummerbootes und der beiden Segelboote, um zu sehen, ob es Geheimnisse darin gab. Dann wanderte ich ans Nordende des Parks, blieb mindestens eine Stunde unterhalb eines auf Pfählen über den Fluß gebauten Restaurants namens *Smarmy Snail* stehen und schaute zu, wie das Wasser abfloß. Es ließ Pfützen und Schlamm zurück, ausgebleichte Entenmuscheln, Autoreifen, gesplittertes Holz und Reste zweier Korbreusen, und es sank weiter und gab ein zerfetztes Nylonfischernetz frei, das wie ein vergessenes Gespinst an den Pfählen klebte. In seinen Maschen hingen Plastikflaschen und Stücke einer Styroporboje. Mir fiel kein Wort ein, das ich in mein Gespinst hätte einweben können, um Jonah zu retten.

Von der Terrasse des *Smarmy Snail* führte eine Treppe zu einer weiteren Pier hinunter, einem Privatanleger, an dem zwei größere Schiffe festgemacht waren. Ich hatte ihn schon am Abend zuvor erkundet. Ich betrat den verglasten Speisesaal des Restaurants, bestellte eine Tasse heißen Tee, setzte mich mit dem Gesicht zur Sonne an einen Tisch und schaute auf die Schiffe hinab. Weiter flußabwärts lag das ehemalige Gefängnis, ein viktorianischer Bau, den die Marine jetzt als Lagerhaus benutzte. Ich stellte mir vor, wie die Gefangenen einst sehnsüchtig aufs Meer hinausgeblickt hatten. Es war warm in dem Restaurant, und Piscataqua begann laut zu schnurren. Ich legte zwei Dollar auf den Tisch und ging mit meinem Tee auf die Terrasse hinaus. Das eine der beiden Schiffe an der Pier schien eine Art Arbeitsboot zu sein. Es hatte Tauwerkrollen an Bord, Eimer und Plastikwannen, Netze auf einer riesigen Rolle. Gegenüber lag eine alte Motoryacht, etwa fünfzehn Meter lang, poliertes, in der Sonne glänzendes Mahagoni, am Heck die Aufschrift *Rosinante* und *Palm Beach, Fl.* An Bord spritzte eine noch ältere Frau in grell orangefarbenen Gummischuhen und einer Jacke von gleicher Farbe das Deck ab. Als sie ein paar Schritte weiterging und sich vorbeugte, um mit einem Schwamm die Holzteile abzuwischen, sah ich an einem der vielen Fenster des Kajütaufbaus ein kleines Schild lehnen. Zuerst las ich *Schiff zu vermieten*, aber dann sah ich, daß es *Zimmer zu vermieten* hieß. Am Abend zuvor hatte ich das Schild von der Pier aus nicht gesehen. Es war so aufgestellt, daß die Gäste des Restaurants es lesen konnten. Ich überlegte einen Augenblick und rief dann etwas befangen: «Zimmer zu vermieten?»

Die Frau hörte mich nicht. Vielleicht hatte sie ja ein Zimmer in ihrem Haus zu vermieten, vielleicht gab es auf dem Schiff gar kein Zimmer. Ich suchte nach weiteren Anzeichen dafür, daß es sich um ein Hausboot handelte. Stromkabel führten von der Pier zu einer Steckdose am Sockel der Kajüte. Alle Fenster und Bullaugen hatten Vorhänge. Auf dem Dach des Kajütaufbaus war eine kleine Klimaanlage, ähnlich der eines Wohnmobils. An einer Leine hingen verwitterte Wäscheklammern, die wie tote Spatzen aussahen.

«Zimmer zu vermieten?» rief ich noch einmal.

Die Frau richtete sich langsam auf und schaute zum Geländer der Memorial Bridge hoch, zehn, zwölf Meter über ihr.

«Hier!» rief ich und hielt aus irgendeinem Grund meine Teetasse hoch.

Sie sah zu mir herüber, legte die Hand ans Ohr und ging mit spritzendem Schlauch weiter. Ihre Haut war, falls überhaupt möglich, noch weißer als Elfenbein, so durchscheinend, daß sie wie glasiertes Steingut wirkte. Dann merkte ich, daß ihr Gesicht deshalb so zu glänzen schien, weil ihr Haar bläulich schimmerte wie ein Fernsehschirm. Selbst auf die Entfernung konnte ich die Knochen ihrer Hand und das blaue Aderngeflecht darüber erkennen. Sie ging mit offenem Mund um die Kajüte herum und drehte das Wasser ab. Dann rief sie: «Was?» zu mir herüber, mit so kräftiger Stimme, daß mir der heiße Tee übers Handgelenk schwappte.

«Zimmer zu vermieten?» fragte ich noch einmal und zeigte auf das Schild. «Ist das Zimmer noch frei?»

«Ja, ja», nickte sie, «da steht's ja.»

«Ich suche ein Zimmer.»

«Na, dann komm, schau's dir an», rief sie und schwenkte den Arm. Ich stellte die Tasse auf das Geländer und ging die Treppe hinunter, die bei ablaufendem Wasser immer steiler wurde. Die Pier hob und senkte sich mit dem Wasser – sie glitt an Eisenringen an ihren Pfählen auf und ab und blieb auf diese Weise stets auf gleicher Höhe mit den Schiffen. Die Treppe rollte bei Flut auf ihren Gummirädern weiter in die Pier hinaus und bildete so einen flacheren Winkel, während sie bei Ebbe steiler hinabführte. Als ich die Gangway zu der Yacht hinaufstieg, streckte die alte Frau mir die Hand entgegen. Ich ergriff sie so behutsam, als würde ich einen Vogelflügel berühren, und setzte meine Schuhsohle auf eine Messingplatte mit der Aufschrift ELCO. Ich spürte, wie das Schiff sich unter meinem Fuß bewegte. Es gab kaum merklich nach, so daß ich das Gefühl hatte, auf ein lebendes Wesen zu treten. Ich schauderte. Ich stieg auf das Deck hinunter und sah mich nach einem Halt um. Die Frau hielt noch immer meine Hand, klopfte mir mit dem Zeigefinger dreimal auf den Handrücken und fragte: «Kannst du schwimmen, Schätzchen?»

«Ja.»

«Ich hätte dich fragen sollen, bevor du an Bord gekommen bist. Schwimmwesten sind übrigens in den Deckschapps vorn und achtern, Feuerlöscher in Kajüte, Maschinenraum, Kombüse und unter dem Sonnensegel achtern.»

Sie war mager, und ihre Nase war so schmal, daß sie zerbrechlich wirkte. Ihre Haut aber war nicht schlaff, sondern entspannt, so als würde sie an etwas anderes denken als an Haut.

Zu den aufdringlichen und besonders unfeinen Angewohnheiten, die ich mir im Laufe meiner Tätigkeit als Archäologin zugelegt habe, gehört mein Interesse für Zähne: Vorbiß, Rückbiß, Karies, Füllungen und so weiter. Der alten Frau fehlten die beiden oberen Augenzähne, die Eckzähne, die auch bei archäologischen Schädelfunden häufig fehlen und die man oft in Abfallgruben findet. Sie haben nur eine einzige lange Wurzel. Das Gebiß der Frau mußte einen unverwechselbaren Abdruck hinterlassen. Sollte sie ein Vampir sein, dachte ich, hat sie sich den Beweis dafür ziehen lassen.

Sie schob die Tür zu der vielfenstrigen Kajüte auf und stieg über die hohe Schwelle. «Das da ist der Bilgepumpenschalter. Ich laß ihn immer auf Automatik.» Sie zeigte auf einen Kippschalter neben dem Steuerrad. Die Kajüte lag als einziger Wohnraum oberhalb des Decks. Es gab eine Eckbank und davor einen Tisch, der in Eßhöhe auf einem Messingsockel befestigt war. «Okay, soweit das Sicherheitstraining. Das Zimmer ist unten.» An einer Toilette und der Tür zum Maschinenraum vorbei stieg ich nach ihr fünf Mahagonistufen in eine Kabine hinunter, die das hintere Drittel des Schiffs einnahm. Backbords und steuerbords befanden sich je eine Koje und im Heck eine Frisierkommode mit einem großen Spiegel. Am Kopfende jeder Koje stand ein Kleiderschrank. Wände und Decke waren mit tiefrotem Mahagoni getäfelt.

«Du würdest dir die Kabine mit Chloe teilen. Im Moment ist sie bei der Arbeit. Du hättest dann die Koje hier, die Hälfte der Frisierkommode, dieses Schapp, Badbenutzung natürlich und Küchen- und Kajütenbenutzung. Die Kombüse liegt vor der Kajüte, den Niedergang hinunter, meine Kabine liegt vor der Kombüse.»

Sie zeigte mir, wie man zwischen den beiden Kojen einen Vorhang zuziehen konnte, wenn man für sich sein wollte.

«Rauchen ist an Bord verboten. Die Miete beträgt fünfzig Dollar pro Woche. Wenn du leicht seekrank wirst, dann ist das hier nicht das Richtige für dich: Die Schnellboote machen manchmal ziemliche Wellen. Wenn du religiös bist, kein Problem, aber behalt's für dich. Trinkst du?»

«Nein, eigentlich nicht.»

«Schade, ich schon. Fluchst du?»

«Manchmal.»

«Ist an Bord genehm. Manchmal ist es hier kalt oder heiß. Jammerst du viel?»

«Ich hab einen warmen Pullover.»

«Kannst du zweihundert pro Monat zahlen?»

«Ja, kann ich.»

«Möchtest du zusammen mit Chloe und mir hier wohnen? Ich glaube, man kann's ganz gut aushalten mit uns. Chloe ist ein bißchen dick und ziemlich neugierig, aber sie ist in Ordnung. Sie wohnt seit drei Monaten hier, und es gefällt ihr. Sie zahlt auch zweihundert. Ich selber zahle achthundert pro Monat für den Liegeplatz, ihr kommt also ganz gut weg. Ich würde euch nicht übers Ohr hauen.»

«Nein, nein!» Ich nickte. «Klingt okay.» Ich hörte das Wasser um den Rumpf des Schiffes gurgeln und spürte, wie die Fender gegen die Pier stießen.

«Männer...», fuhr sie fort und verstummte wieder.

«Ja?»

«Du bist jung.»

«Ja, aber ich bin nicht...»

Aber sie hatte sich schon umgedreht und meine Worte nicht gehört. «Sind doch was Nettes, oder?» sagte sie und wandte sich lächelnd wieder zu mir um. «Versuch nach elf Uhr abends leise zu sein, und denk dran: Wir befinden uns auf einem Schiff – es schaukelt.»

Am Kajütentisch schrieb ich einen Scheck über eine Monatsmiete aus. Sie hieß Grace. Dann machte ich mich auf, um mein Gepäck zu holen. Als ich auf das Deck hinaustrat, fragte ich: «Und was ist, wenn das Schiff ausläuft?»

«Die *Rosinante* hat diese Pier seit Jahren nicht mehr verlassen, Schätzchen. Seit Sweet George gestorben ist.»

Ich schwieg. Meine Augen flüsterten den Namen.

«Sweet George war mein Mann.» Sie wandte sich wieder ab und stieg den Niedergang zur Kombüse hinunter. Ich schob die Tür hinter mir zu und schauderte von neuem, als ich über den fünfzehn Zentimeter breiten Spalt stieg, der zwischen Schiff und Pier gähnte.

Erst am nächsten Morgen machte ich mir klar, daß ich ja einen Scheck ausgestellt hatte, und als ich ihn zurückhaben und Grace dafür zweihundert Dollar in bar geben wollte, hatte sie ihn bereits eingelöst. Ich wollte kein Aufhebens davon machen, aus Angst, sie könnte mißtrauisch werden, und teilte der Bank meine neue Adresse mit, bat aber darum, sie nicht weiterzugeben. Ich hatte meine Mutter auf meinem Zettel zwar gebeten, meine Post zu holen, aber ich konnte nicht ausschließen, daß Richard und Mary den Briefträger abfingen und ihn auszuquetschen versuchten.

Am Nachmittag zog ich an Bord der *Rosinante.* Ich war so glücklich wie seit Monaten nicht mehr. Ich hatte gehofft, eine Wohnung zu finden, von der aus ich zu Fuß ans Wasser konnte, doch der Gedanke, auf dem Wasser selbst zu wohnen, war mir gar nicht gekommen. In schnellen, kurzen Sprüngen, zwischen denen ich immer wieder in Panik meine Kleider nach Piscataqua durchsuchte, hastete ich zum *Sheraton*, packte meine Taschen, warf sie in den Kofferraum meines Wagens und raste zum Prescott-Park zurück, als könnte ich das Zimmer wieder verlieren, wenn ich mich nicht beeilte. Piscataqua hatte es sich kaum auf der Kopfstütze bequem gemacht, als ich ihre Krallen auch schon wieder aus der Polsterung zog. Ich schulterte meine drei Taschen und den Rucksack, beschloß aber, meine Werkzeugkiste mit den Kellen, Pinseln und Zahnsonden im Auto zu lassen.

Die Unterbringung des Wagens selbst würde das größte Problem sein. Ich mußte irgendeine Lösung finden. Der Gedanke an die Parkmünzen, die er mich kosten würde, oder an den Preis für einen Dauerplatz in einem Parkhaus trieb mich zur Verzweiflung. Ich war noch nicht daran gewöhnt, Geld zu haben. Jonah und ich hatten Monat für Monat die Hypothek auf unser altes Farmhaus und die zwanzig Morgen Land darum herum abgetragen, ganz zu schweigen von den Autoraten und den laufenden Rechnungen. Paradoxerweise hatte sein Tod mich finanziell unabhängig gemacht. Seine Krankenversicherung hatte eine Unfalltodklausel über zwanzigtausend Dollar enthalten, und von der Versicherung bei der Bank hatte ich nicht nur beide Autos, sondern auch den Rest der Hypothek abbezahlen können. Ich besaß ein Vermögen von insgesamt über hundertfünfzigtausend Dollar, davon dreißigtausend in bar, und ich schuldete niemandem einen Penny. Nur einen Mann hatte ich nicht mehr.

Ich warf fürs erste eine Münze in die Parkuhr und polterte dann über den Plankenweg, der um das *Smarmy Snail* herum auf die Terrasse führte, stieg die Treppe hinab und ging über die Pier zur Gangway der *Rosinante.* Ich klopfte vorsichtig an die Glasscheibe der Tür. Als niemand kam, trat ich ein und wäre fast über das Süll gestolpert. Da ich mit allen Taschen gleichzeitig nicht den Niedergang hinunterkam, warf ich sie eine nach der anderen hinab. Ich zog den Vorhang zurück, der den Raum in zwei Teile teilte, räumte meine drei Schubladen in der Frisierkommode ein und hängte Blusen und ein Kleid in meinen Schrank. Unter meiner Koje gab es noch weitere Schubladen, in denen ich meine Papiere und Notizbücher verstaute. Auf ein Bücherbord über der Koje, unterhalb einer Reihe von drei Fenstern, stellte ich meine Feldhandbücher und ein paar Lehrbücher, die mir besonders wichtig waren. Die Toilette war die kleinste, die ich je gesehen hatte, eine Puppenporzellanschüssel mit einer Mahagonibrille. Über dem winzigen Eckwaschbecken aus Messing waren vier schmale Borde angebracht, und ich legte Seife und Zahnbürste hinter die niedrigen Streben. Auf der Suche nach einer Badewanne oder Dusche öffnete ich die Tür zum Maschinenraum, sah aber nur einen riesigen Dieselmotor und befürchtete schon, in den nächsten Wochen täglich zum CVJM zu müssen. Ich ging durch den halbmeterbreiten Flur in die Toilette zurück, schloß die Tür und verriegelte sie, knöpfte mir die Hose auf und ließ mich nieder, wobei Piscataqua zu Boden fiel. Auf der kühlen Mahagonibrille sitzend, beobachtete ich das Spiel von Piscataquas Ohren, schaute dann auf und entdeckte knapp unter der Decke einen Duschkopf, der direkt auf mich zeigte. Hier duschte man also auch. Zwischen meinen Füßen befand sich ein Abfluß im Boden. Ich war, gelinde gesagt, überrascht. Ich sah mich nach dem Toilettenpapier um und fand es unter den Rand des Waschbeckens geklemmt, der einzige Platz im Raum, an dem der Sprühregen aus der Dusche es nicht erreichen konnte. Als ich die Beine spreizte, um mich abzuwischen, stieß ich mit einem Knie gegen das Abflußrohr des Waschbeckens und mit dem anderen gegen die Wölbung des Schiffsrumpfes. Es gab kaum genug Platz zum Pinkeln, geschweige denn, um sich beim Duschen umzudrehen. Schon bald aber lernte ich die Zweckmäßigkeit der Raumausnutzung auf einer Yacht schätzen. Als ich aufstand und mich umdrehte, mußte ich wie ein Aufziehsoldat die Arme seitlich anlegen. Einen Spülhebel am Wasserkasten gab es nicht, weil es gar keinen Wasserkasten gab, doch aus dem Sockel der Toilettenschüssel ragte ein langer Messingarm mit einem glänzenden Knauf, der wie ein von Menschenhänden blankgeriebener Glücksbringer aussah. Ich bewegte ihn auf und ab, einmal langsam und dann, als ich den Sog spürte, schneller, und erzielte damit die gewünschte Wirkung: Die Schüssel leerte sich und lief wieder voll Wasser. Es würde mir schwerfallen, die Befriedigung zu erklären, die ich dabei empfand.

Da ich auch den Rest des Schiffes erkunden wollte, setzte ich das Kätzchen in die Toilette und schloß die Tür. Der Maschinenraum war groß, aber niedrig, weil er direkt unter der erhöhten Kajüte lag. Stromkabel liefen die Wände entlang, riesige Batterien standen in Reih und Glied, in einer Ecke war ein Generator, in einer anderen ein Werkzeugkasten. Die Mitte des Raumes wurde vom Motor selbst eingenommen, einem bedrohlich aussehenden grauen Ungetüm, von dem eine Welle zum Heck hinausführte. Man sah, daß der Motor in einwandfreiem Zustand war, weil er weder Rost- noch Öl- oder Schmutzflecken aufwies, aber man sah auch, daß er jahrelang nicht mehr benutzt worden war. Eine dicke Staubschicht bedeckte ihn, und an den Seiten hingen Spinnweben schlaff bis auf den Boden hinab. Die Treibriemen waren trokken und rissig.

Auf dem Kajütenboden lagen Schlingenteppiche: Sirenen auf Felsen, eine bewaldete Insel, ein Segelschiff, alles aus den dreißiger und vierziger Jahren. Die Eckbank hatte blaue Plastikbezüge. Die Vorhänge an den Schiebefenstern, von denen sich nur jedes zweite öffnen ließ, waren ebenfalls blau, nur heller, ausgebleicht und fleckig, ein Wasserfarbenhimmel. An der linken Seite des Raumes befand sich ein Mahagonisteuerrad mit einem Durchmesser von etwa sechzig Zentimetern, und zwischen ihm und der flachen, senkrechten Windschutzscheibe waren ein großer Messingkompaß und andere Instrumente angebracht. Zwei Steuerhebel trugen deutlich lesbar die Aufschrift *vorwärts/rückwärts* und *Fahrtregler*. Alles wirkte ganz einfach. Das einzige, was kompliziert aussah, waren drei moderne, über dem Kompaß an der Decke montierte Instrumente. Eines schien eine Art CB-Funkgerät zu sein, auf dem zweiten stand *Loran*, das dritte war ein Radargerät. Im Zündschloß steckte offensichtlich der Originalmessingschlüssel, glattgewetzt, aber stumpf durch mangelnden Gebrauch. Ich hätte am liebsten alle Gegenstände in dem Raum betastet, um festzustellen, wie sie sich anfühlten. Der Raum war so winzig und barg doch so viele Möglichkeiten. Ich spürte, wie sie kamen und gingen, wie sie im selben Augenblick, in dem sie auftauchten, wieder verschwanden.

An der rechten Seite der vorderen Wand führten ein paar Stufen im rechten Winkel in die Kombüse hinunter, die zu meiner Überraschung ganz modern eingerichtet war. Die Spüle hatte fast normale Größe, unter einem der Hängeschränke war eine Mikrowelle angebracht, und neben dem dreiflammigen Gasherd mit Backrohr war unter einer gefliesten Arbeitsplatte ein kleiner, aber moderner Kühlschrank eingebaut. Die Hängeschränke hatten Buntglastüren.

Ich inspizierte den Inhalt der Dosen in einem der Unterschränke und hatte gerade drei große Tafeln Schokolade entdeckt, als ich einen gedämpften Laut hörte, eine Art Blubbern, ein Schnarchen oder Gurgeln – einen Laut jedenfalls, den ein lebendes Wesen hervorgebracht hatte. Ich hatte geglaubt, allein auf dem Schiff zu sein. Grace hatte auf mein Klopfen nicht reagiert, und bis zu diesem Moment hatte ich keine Geräusche gehört. Ich richtete mich auf und tat ein paar Schritte. An Steuerbord befand sich eine zweite Toilette, an Backbord ein großes Schapp. Grace' Kabine war von diesem Bereich durch eine Tür getrennt, die jedoch weit offenstand. Ich ging hinein. Zur Linken zwei Kojen übereinander, zur Rechten ein kleiner Schreibtisch mit Stuhl und eine eingebaute Frisierkommode. Der freie Raum zwischen der Stuhllehne und den Kojen war keinen halben Meter breit und wurde nach vorn noch schmaler. Ich blieb stehen und lauschte. Von draußen waren ab und zu die durchdringenden Schreie der Möwen zu hören, die mir in diesem Augenblick wie Warnschreie erschienen. Hin und wieder vernahm ich auch das leise Plätschern des Wassers gegen das Holz. Vielleicht hatte ja nur das Pfahlwerk der Pier geknarrt oder einer der Fender, die das Boot schützten. Doch dann hörte ich das Geräusch wieder und verlor fast die Nerven. Es war ein erstickter Kehllaut, ein keuchendes, vergebliches Speichelrasseln, ein verschleimtes, ächzendes Ausstoßen zäher Luft. In den beiden Kojen war niemand, unter dem Schreibtisch auch nicht. Durch vier Bullaugen, zwei an jeder Seite, fielen grelle Lichtstreifen in den Raum, hinter denen am anderen Ende, zum Bug des Schiffes hin, wie durch einen Schleier eine niedrige jalousieartige Tür zu erkennen war. Viel Platz konnte dahinter nicht sein. Die Tür selbst war nicht mehr als dreißig Zentimeter breit, ihr Messingknauf vom Gebrauch blankpoliert. Ich ging auf Zehenspitzen weiter, durch die Balken wirbelnder Staubpartikel hindurch, und faßte mit zitternder Hand nach dem Knauf. Ich kam mir sehr töricht und feige vor. Als meine Hand nur noch ein paar Zentimeter von dem Knauf entfernt war, hörte ich das Schniefen wieder, Lippen, die grotesk über zahnloses Zahnfleisch glitschten, ein Dutzend Trinkhalme, die den letzten Tropfen Blut aus einem Pappbecher sogen. Durch die Lamellentür drang kein Licht.

«Ist jemand da drin?» fragte ich mit versagender Stimme.

Das Schniefen verstummte. Statt dessen vernahm ich jetzt ein Geräusch, als würde Draht über Korbgeflecht scheuern, dann einen dumpfen Schlag.

«Ich bin's, Charlotte, die neue Untermieterin», sagte ich. «Ist alles in Ordnung?»

Keine Antwort. Ich umfaßte den Türknauf.

«Ich komm jetzt rein, ja?»

Nichts, nur weiter das Scheuern und dann ein Schnauben oder ein Furz, über Schleim streichende Luft. In meinem Kopf spulte sich wieder und wieder eine Filmszene ab, in der jemand sagt: «Vielleicht ist Sweet George gar nicht tot.» Ich drehte den Knauf, öffnete die Tür einen Spalt und hielt sie mit ausgestrecktem Arm fest, für den Fall, daß jemand mich über den Haufen zu rennen versuchte. Dann zog ich leicht an dem Knauf, ließ die Tür aufschwingen und sprang bis ans andere Ende der Kabine zurück, obwohl mir klar war, daß das Wesen hinter der Tür dem Tode nahe sein mußte. Drinnen war es dunkel. Erst sah ich gar nichts, aber nach einem Moment erkannte ich eine große Tauwerkrolle, Ankerleine vermutlich, mehrere alte Schwimmwesten und ein paar Pappkartons. Dann fiel direkt hinter der Tür, etwa aus der Höhe des Knaufs, ein ungefähr fünfzig auf fünfzig Zentimeter großes rotes Satinkissen mit staubigem Aufprall zu Boden.

«Hallo?» sagte ich.

Keine Antwort. Nach einer Weile hörte ich, wie ein großer, schwerer Leib sich langsam und asthmatisch aufzuraffen begann. Ein Ächzen ertönte, etwas Weißes, Haariges blitzte auf. Ich zog mit einem leisen, aber scharfen Laut die Luft ein, so als hätte ich ein Insekt verschluckt. Das sabbernde, erstickte Aufraffen wurde lauter und schrecklicher, und ich war nahe daran, davonzustürzen und mich zu übergeben, als mir dämmerte, daß das Haarige in vieler Hinsicht der Form eines Hundes glich, eines fetten, mopsgesichtigen Hundes, einer Bulldogge. Er war von einer Kiste heruntergesprungen, saß jetzt auf seinem Satinkissen und versuchte an seiner Nase vorbei den Blick auf mich zu richten. Seine Oberlippe war zu kurz, um seine Zähne zu bedecken, und die Zähne selbst konnten die Zunge nicht im Maul halten. Die Nase saß so hoch, daß der Schleim in die Augen laufen mußte. Aus dem Maul hingen Speichelfäden. Das Fell war nicht richtig weiß, sondern fahl wie ein Nikotinfleck. Das Tier verlagerte sein Hinterteil, und plötzlich sah ich zwischen seinen Beinen einen fünf Zentimeter langen, bloßliegenden, fast fluoreszierend rosafarbenen Penis unter dem Wulst des aufgeblähten Bauches glänzen. Ehe der Hund sich erneut bewegen konnte, rannte ich hinaus und schlug die Tür zu. Noch nie hatte ich mich so sehr vor einem Lebewesen geekelt. Hätte ich so leben müssen, ich hätte mich umgebracht. Als Archäologin hatte ich Dutzende von Hundegräbern freigelegt, aber vor keinem hatte mir auch nur annähernd so gegraut wie vor dem bloßen Atmen dieses Hundes. Schon bei der Vorstellung, wie er nieste oder aus seinem Wassernapf trank, schüttelte es mich. Ich schloß die Tür meiner eigenen Kabine und versuchte, nicht mehr an die Geräusche am anderen Ende des Schiffs zu denken.

Ich legte mich in meine Koje, setzte mir die kleine, trokkene, stille Piscataqua auf die Brust und lauschte statt dessen auf die Geräusche, die mein Leben in diesem Raum begleiten würden. Es war, als läge ich auf einem Lebewesen, dessen Sinne ebenso angespannt waren wie meine. Das Schiff war ja tatsächlich einmal lebendig gewesen; soweit ich gesehen hatte, bestand es ganz aus Holz. Auf die leiseste Veränderung sowohl des Windes als auch des Wassers reagierte es mit Bewegungen, die ich ebenso spürte, wie ich es gespürt hatte, wenn Jonah sich neben mir im Bett bewegte. Es war ein Gefühl, als würde ich schweben, als sollte ich mich verwandeln, neu zusammengesetzt werden. Bei Ebbe wurde die *Rosinante*, von röhrenförmigen PVC-Fendern geschützt, mit einem Druck von vermutlich mehreren Tonnen gegen die Pier gedrückt. Bei Flut dagegen strafften sich die Leinen, die das Schiff mit den galvanisierten Klampen auf der Pier verbanden. Ich hörte sie knarren und die Planken des Schiffs träge ächzen, jede Halterung gab ihr eigenes Stöhnen von sich. Ständig war in der einen oder anderen Form Reibung vorhanden. Das Wasser, das vielleicht zehn Zentimeter von meinem Kopf entfernt am Rumpf des Schiffs entlangströmte, gurgelte und schwappte, und hin und wieder machte es ein klatschendes Geräusch. Nach einer Weile sprang irgendwo unter mir, unter dem Boden der Kabine, ein Elektromotor an, und außen am Rumpf ergoß sich Wasser in den Fluß. Es dauerte etwa dreißig Sekunden, dann schaltete sich der Motor wieder ab. Das Schiff hatte gepinkelt. Es war albern, aber ich mußte lächeln.

Auf der anderen Seite des Raumes, vor der Koje meiner Zimmergenossin, lag ein Haufen schmutziger Kleider auf dem Boden, fast alles Jeans und T-Shirts, aber auch ein riesiger BH, rosa Socken mit silbernen Sternen und ein Leopardenslip, ein Exemplar von wirklich großem Umfang. Zwischen die Bretter am Kopfende der Koje waren Fotos geklemmt. Eines zeigte einen bärtigen, ziemlich zerzausten jungen Mann in Latzhosen, ein anderes ein paar winzige Gestalten auf einer sehr weit entfernten Bühne, wahrscheinlich eine Rockgruppe. Ich dachte daran, in die Schubladen der Frisierkommode und in den Schrank zu schauen, ließ es dann aber bleiben. Sonst gab es in dem Raum kaum persönliche Dinge, keine Bücher oder Zeitschriften, keine Poster oder Briefe. Vielleicht hatte das Mädchen aufgeräumt, weil Grace das Zimmer zeigen wollte. Ich machte mir weiter keine Gedanken über sie; am Abend, wenn sie von der Arbeit kam, würde ich sie ja kennenlernen. Das einzige, was mich beunruhigte, war, daß Grace sie als neugierig bezeichnet hatte und ich zu diesem Zeitpunkt wenig Lust verspürte, die Geschichte meiner Ängste preiszugeben.

Ich war von zu Hause fortgegangen, hatte meine Stelle aufgegeben. Außer Grace war ich der einzige Mensch auf der Welt, der wußte, wo ich war. Ich fühlte mich geborgen. Wenigstens ein kleines Stück meines Kummers hatte ich tausend Meilen entfernt zurückgelassen. Eine Illusion, ein angenehmer Gedanke, der über mir schimmerte wie die Lichtreflexe, die das Wasser durch die Fenster meiner behaglichen Kabine warf, meines stetig schaukelnden Heims.

Nach einer Weile setzte ich Piscataqua wieder in die Toilette und stellte ihr Wasser und etwas Futter hin. Ich hoffte, es würde ihretwegen keine Schwierigkeiten geben. Ich hatte sie Grace nicht absichtlich verheimlicht; ich hatte sie schlicht vergessen. Ich würde ihr ein Katzenklo besorgen müssen, damit sie nicht den Raum verdreckte. Im Freien war es noch zu kalt für sie.

Bevor ich zum Mittagessen in das Restaurant hinaufging, sah ich mich auf dem Deck der *Rosinante* um. Die Kajüte hatte zwei Türen, auf jeder Seite eine. Ein Tau zog sich an Relingstützen rings um das Deck. Ich stieg die zwei Stufen zu dem erhöhten Vordeck hinauf. Das Kombüsendach war leicht gewölbt, damit das Wasser ablaufen konnte. Die Vorderkajüte hatte ein Buntglasoberlicht, das ich von unten nicht gesehen hatte. Am Bug, über der Höhle des Löwen, befanden sich zwei Anker, ein großer Yachtsman- und ein kleinerer Danforth-Anker, und ein Spill zum Fieren und Hieven der Anker. Damals kannte ich die Namen der Anker noch nicht, doch in den folgenden Monaten übernahm ich das nautische Vokabular von Grace, die das Gesicht verzog, wenn ich «Küche» statt Kombüse oder «Bett» statt Koje sagte. Das Dach meiner Kabine war ebenfalls gewölbt. An einer ihrer Außenwände waren Vorratsbehälter und ein Rettungsfloß montiert, an der anderen eine Bank, die wie eine Kirchenbank aussah. Über dem Ganzen spannte sich an Messingpfosten ein Sonnensegel aus Persenningstoff, das bis über die sechs an Deck verschraubten Vierzig-Liter-Propangasflaschen reichte. Das Achterdeck war flach, mit einem Luk, das nach unten führte. Über dem Heckspiegel hing ein Beiboot an seinen Davits, ein Drei-Meter-Dingi. Es war ein glänzend poliertes Juwel, dieses kleine Boot, mit Klinkerbeplankung und einem unverdienten Namen – *Dapple*, wie Sancho Pansas Esel –, der in Blattgoldlettern an seinem Mahagoniheckspiegel prangte. Die Holzteile der *Rosinante* waren ebenfalls poliert, die Heckreling aus Messing dagegen war fast durchweg stumpf, wenn auch noch nicht zu Grünspan verwittert. Die vordere Deckhälfte bestand aus weiß gestrichenem Fiberglas, die hintere aus Teakholz. Es war ein schönes altes Schiff. Daß es auch ein robustes Schiff war, sollte ich noch erfahren.

Ich ging bis ganz nach vorn, lehnte mich gegen eine Relingstütze und blickte flußauf- und flußabwärts. Was Portsmouth so interessant machte, war neben seinen malerischen historischen Bauten und seiner Geschichte auch sein geschäftiger Hafen. Er war so klein, daß ich mir alles anschauen konnte, ohne mich erdrückt zu fühlen. Ich konnte einzelne Menschen beobachten, die auf ihren Schiffen hierhin und dorthin fuhren, mit der Flut aus- und später wieder in den Hafen einliefen, zwischen den Inseln durch und in die Buchten flitzten oder nahe dem Flußufer kreuzten, Menschen, die im Morgengrauen oder in der Abenddämmerung zur Arbeit kamen oder nach Hause fuhren. Ich hatte für die nächsten Monate keinen anderen Wunsch, als mich ganz diesem genauen Beobachten zu widmen. Es war nichts anderes als ein Spionieren, im Schutz meines Alleinseins, unter dem Deckmantel meines Unglücklichseins. Ich flüsterte mir Geheimnisse zu. Manchmal vermißte ich Jonah so sehr, daß ich mir selbst wie tot vorkam. Was mir aus diesem Zustand wieder heraushalf, war die Fähigkeit, einen Schmerz jenseits des augenblicklichen zu spüren, zu wissen, daß der Schmerz in Stufen des Verstehens kommt, daß unser Herz uns die nächste Stufe erst erreichen läßt, wenn wir uns auf der gegenwärtigen eingerichtet und genug Schmerz angesammelt haben. Ich entdeckte in mir eine Liebe zu bewegtem Wasser und glaubte, schon allein seine Bewegung, seine Substanz und sein Vorbeigleiten unter der Brücke, sein überzeugendes Argument ewiger Schönheit würden mich heilen. Doch dann erkannte ich, daß man erst untergehen muß, ehe man gerettet werden kann. Das Wasser unter mir war ständig in Bewegung, stand nie still. Auch ich würde nicht stillstehen, so hoffte ich, wenn ich so nahe am Wasser lebte. Schon seine Frische, strömend und kalt, gab mir ein Gefühl der Sauberkeit. Ich pfiff einer Möwe zu, die unter der Memorial Bridge durch und an mir vorbei dem Meer zu segelte. Ich winkte einem Jungen auf einem Schiff auf der anderen Seite der Bucht zu. Und ich weinte in die Flut hinab und flüsterte Namen in die Tiefe.

Der Vorschlag meiner Schwiegermutter hatte mich auch deshalb so aufgebracht, weil ich mir selbst Kinder von Jonah gewünscht hatte. Er aber hatte darauf beharrt, daß wir erst die Voraussetzungen dafür schaffen müßten, auch die finanziellen. Ich habe in den Jahren mit Jonah oft geweint, am meisten aber bei unseren Auseinandersetzungen über Kinder. «Wir müssen sie uns leisten können, Charlotte», sagte er. «Wieso sie?» entgegnete ich. «Normalerweise kommt immer nur eins auf einmal. Wir brauchen doch nicht schon am Tag seiner Geburt seine Studiengebühren auf der Bank zu haben.» – «Laß uns noch ein bißchen warten», sagte er. «Wir sollten nichts tun, was wir später bereuen. Bitte, laß mir Zeit, damit ich uns erst ein richtiges Zuhause schaffen kann.» Und ich gab nach. Ich weiß nicht, was ich getan hätte, wenn ich gewußt hätte, daß er sterben würde, wenn er nicht den Unfall, sondern eine tödliche Krankheit gehabt hätte. Vielleicht hätte er mich dann schwanger werden lassen. Oder ich hätte es nicht mehr gewollt. Jedenfalls blieb ich nach seinem Tod entsetzlich allein zurück, mit einem entsetzlich klaren Bewußtsein dessen, was hätte sein können, und dessen, was niemals sein würde. Ich weiß nicht, warum wir Menschen lieben, die uns etwas verweigern, aber meine Liebe zu Jonah war unbezähmbar.

Ich war mir damals darüber im klaren, daß ich mich im Kreis drehte, in Aufwärts- oder Abwärtsspiralen. Wenn man mitten darin ist, merkt man kaum, in welcher Richtung man sich dreht, und weiß nicht, nach welcher Seite man schauen wird, wenn man zum Stillstand kommt. Ich versuchte, nicht an die Zukunft oder die Vergangenheit zu denken, vor allem nicht an meine eigene Vergangenheit, und konzentrierte mich statt dessen auf das Vorbeieilen der Gegenwart, den Augenblick, der in mein Gesichtsfeld zuckte und ebenso schnell wieder daraus verschwand. Ich verließ mich ganz auf meine Körperfunktionen: Hunger, Verdauung und Müdigkeit sagten meinem Gehirn, was als nächstes zu tun war.

Vom Restaurant wehte ein Duft nach Fischsuppe zu mir herab, und plötzlich überfiel mich ein solcher Heißhunger auf Cracker, daß ich mich darum geprügelt hätte. Ich dachte an Salzcracker, punktiert mit kleinen Dellen zwischen den ungesäuerten Wölbungen, an die prickelnde, unmittelbare Befriedigung durch die Salzkristalle auf der flockigen Matrix aus Mehl, die auf der Zunge zergeht, an die durchbrochene Perforation am Rand der Cracker und die pikanten Löcher in der Mitte – eßbare Kunstwerke, Happen von höchster Vollkommenheit. Ich stürmte von Bord der *Rosinante*, spürte, wie sie scheute, als mein Fuß ihr Deck verließ, und rannte, immer zwei Stufen auf einmal nehmend, die Treppe zum *Smarmy Snail* hinauf.

«Einmal Fischsuppe, bitte», sagte ich zu der Bedienung, «und dazu Cracker, ganz viele Cracker, bringen Sie nur ja nicht zuwenig Cracker.» Sie sah mich im Weggehen befremdet an; sie konnte ja nicht wissen, daß ich mir etwas Besonderes gönnen wollte, daß die Welt, wenn auch nur diesen einen Augenblick lang, so war, wie ich sie mir wünschte.

Während ich aß, sah ich Grace mit einer Lebensmitteltüte im Arm draußen vorbeigehen. Sie schien mit sich selbst zu reden. Ich konnte sie natürlich nicht hören, aber ihre Lippen bewegten sich, als wäre sie in einen erbitterten Streit verwikkelt, in dem die Argumente hin und her flogen. Sie hielt den Kopf gesenkt, und ich fragte mich, ob sie mit jemandem in einem Boot unterhalb des Restaurants sprach. Sie stritt auch noch, als sie zwischen den leeren Tischen und Stühlen auf der Terrasse hindurchging. Auf der Gangway der *Rosinante* angelangt, drehte sie sich um und hängte eine kurze Kette vor, und dann – ich irrte mich bestimmt nicht – bedachte sie jemanden oder etwas direkt hinter der Kette mit einem knappen, hochmütigen Nicken, einer Geste des endgültigen Sieges über die Erscheinung, die es gewagt hatte, mit ihr zu streiten – wer oder was immer es war. Für eine neue Untermieterin war das nicht sehr ermutigend. Gleich darauf schien sie ihre Umgebung wieder wahrzunehmen. Sie sah mich am Fenster des Restaurants sitzen, lächelte breit, zeigte auf ihre Lebensmitteltüte und formte mit den Lippen das Wort «Abendessen». Ihr Gesicht wirkte jetzt wieder ruhig und gelassen, das Inbild der Großmutter in den Siebzigern, die ich am Morgen kennengelernt hatte. Sie hielt sich den Mantel zu und tat so, als fröstelte sie, ein freundschaftlicher Hinweis auf das Wetter. Dann winkte sie mir kurz zu und drehte sich zur *Rosinante* um. Mein Lächeln, das ihres erwidert hatte, erstarrte zu einer Grimasse mit hängendem Unterkiefer und Speichel auf den Lippen, den ich mit meinem letzten Cracker aufsog. Mein Mund schloß sich, und gleichzeitig wurde mir bewußt, daß ich im Begriff war, die Nacht mit zwei Leuten zu verbringen, die ich nicht kannte, auf einem Schiff in einer Stadt, in der niemand mich kannte. Grace und ihre Untermieterin hätten mich um Mitternacht in den Piscataqua werfen können, ohne daß je ein Mensch davon erfahren hätte. Ich neigte in dieser Phase meines Lebens zu wilden Phantasien. Beim Bezahlen sagte ich zu der Bedienung: «Ich ziehe auf das alte Schiff da unten. Heute nacht schlafe ich zum ersten Mal dort. Wann machen Sie morgens auf?»

«Um sieben.»

«Gut, ich komme.» Ich versuchte zu lächeln, so als würde ich mich schon darauf freuen. «Um sieben. Bis morgen dann.»

«Okay.»

«Schön, daß es so nahe bei meinem neuen Zuhause da unten an der Pier ein Restaurant gibt.»

«Ja», sagte sie leicht entnervt. Sie hatte es eilig, wieder an ihre Tische zu kommen.

«Und wie heißen Sie?»

«Melissa.»

«Bis morgen früh dann, Melissa. Ich heiße Charlotte.»

«Wiedersehen», sagte sie.

«Bye-bye.» Ich sah ihr gerade in die Augen, um mein Bild in sie einzubrennen. Wenn sie mich am nächsten Morgen nicht wiedererkannte, würde ich sie mit einem Packen ihrer schweren laminierten, dreifach gefalteten Speisekarten verprügeln.

Den Rest des Nachmittags verbrachte ich mit ganz neuen Aktivitäten: Ich eröffnete ein Konto, mietete ein Postfach und machte mich mit dem Sortiment der beiden Antiquariate in der State Street vertraut. Ich wollte das Bücherbord über meiner Koje in beliebiger Reihenfolge mit Büchern füllen und mir in den nächsten Monaten von rechts nach links eines nach dem anderen vornehmen. Sobald ich eines ausgelesen hatte, wollte ich das Datum und meine Initialen auf die letzte Seite setzen, zum Zeichen, daß ich dagewesen, daß ich hier vorbeigekommen war – ein literarischer Kilroy. Ich kaufte in jedem der Läden ein Buch und richtete es so ein, daß die Verkäufer erfuhren, wie ich hieß, daß ich neu in der Stadt war und daß ich auf der *Rosinante* wohnte, unterhalb des *Smarmy Snail.*

Ich wollte mich nicht vor der Stadt verstecken, in die ich geflüchtet war. Ich wollte nicht nur in der Landschaft um Portsmouth und den Fluß leben, ich wollte auch Teil der Stadt selbst sein, mich darin einrichten. Ich hatte noch nie in einer Stadt gewohnt, auch nicht in einer kleineren. Ich war auf einer kleinen Farm außerhalb von Parksville, Kentucky, aufgewachsen und im acht Kilometer entfernten Danville zur Schule gegangen. Später hatte ich die Boyle County High School besucht und danach das Centre College. Jonah und ich hatten außerhalb von Lexington gewohnt, in einem alten Farmhaus, zu dem gerade soviel Land gehörte, daß man es als Farm bezeichnen konnte. Ich hatte immer ein Auto gebraucht, um Lebensmittel einzukaufen, Briefe zur Post zu bringen oder andere Dinge zu erledigen. Hier dagegen war fast alles zu Fuß erreichbar. In der Market Street entdeckte ich einen kleinen Zeitungskiosk und beschloß, mir die Zeitung jeden Tag zu kaufen, anstatt sie zu abonnieren. Ich prägte mir ein, wo ich mir die Haare schneiden lassen konnte, wo ich bei einer Tasse Tee sitzen und lesen konnte, ich prägte mir Bänke und Trinkwasserbrunnen ein, öffentliche Toiletten und sogar ein Tätowierstudio. Eine kleine silberne Kelle an meinem Knöchel würde vielleicht ganz hübsch aussehen. Ich stellte mir vor, wie ich mit Ladenbesitzern, Streifenpolizisten und Bedienungen Bekanntschaft schließen würde: Ich heiße Charlotte, ich bin eine von euch. Da geht Charlotte mit ihrem *Portsmouth Herald* die Congress Street entlang, sie winkt Freddy im Moes-Sandwichshop zu, sie bleibt am Ufer stehen und schaut zu, wie die Fähre *Thomas Laighton* unter der Memorial Bridge durchfährt. Ich wollte in Portsmouth eine archäologische Schicht hinterlassen, die später einmal unter dem Namen Charlotte-Schicht bekannt sein würde, Fingernagel-, Haut- und Haarpartikel, zerbrochenes Geschirr und andere Nebenprodukte meiner Existenz: genug Abfall, daß man mich als Kultur erkennen konnte, als eine einmalige, einst blühende Lebensform. Seit ungefähr zwölftausend Jahren lebten Menschen auf dieser Landzunge, seit dreihundertsiebzig Jahren war sie dichter besiedelt, und jetzt gehörte ich dazu. Ich fragte mich, ob man auch in Portsmouth die Denkmalspflege mit dem Verkauf von Steinen finanzierte: Spenden Sie zehn Dollar, und Ihr Name wird in einen Backstein geprägt. Ich würde mir gleich ein Dutzend Steine leisten und auch gleich noch meinen Daumenabdruck in dem weichen Ton hinterlassen. Ich bin da. Mein Name ist Charlotte. Ihr wißt es nicht, aber mein Mann ist tot, und in letzter Zeit war ich so traurig, daß ich kaum sprechen konnte. Aber ich habe das Thema gewechselt. Das Thema bin jetzt ich als ein Mensch, der allein ist, der noch einmal von vorn anfängt und sich ein neues Leben aufbaut, der sich seine eigene Geschichte vorliest, so wie sie sich zugetragen hat. Auf dem Heimweg kaufte ich einen Blumenstrauß für den Kajütentisch der *Rosinante.*

Es war fast dunkel, als ich an Bord ging. Ein vorbeifahrendes Schiff schickte seine Heckwelle herüber und ließ die *Rosinante* an ihrem Liegeplatz schaukeln, und als ich den Fuß auf Deck setzte, hatte ich wieder das seltsame Gefühl, daß ich auf etwas Atmendes trat. Die Kajütenfenster waren beschlagen, aber man sah gedämpftes Licht im Innern. Wärme und ein dünner Rauchschleier stiegen aus dem Kamin über der Kombüse auf und wehten flußaufwärts. Ich drückte mit der freien Hand die Messingklinke nieder und trat so leise wie möglich ein. Der Mahagonitisch vor der Eckbank war mit Silber, Porzellan, Kristall und Stoffservietten gedeckt. Darüber brannte eine Öllampe, die ich bis dahin für bloße Dekoration gehalten hatte. Von der Kombüse herauf roch es nach Brathuhn und Zwiebeln. Die Tür zu meiner Kabine war geschlossen, ließ aber am unteren Rand einen Lichtstreifen durch. Ich wollte gerade darauf zugehen, als Grace mich von der Kombüse her ansprach. Sehen konnte ich sie nicht.

«Hallo, Charlotte.»

«Hallo.» Ich wartete.

«Du hast mir gar nicht gesagt, daß du eine Katze hast.»

Ich erstarrte. Ich wußte nicht, ob das Vibrieren in ihrer Stimme Ärger oder Spott signalisierte. Wenn ich einfach nur «Tut mir leid» sagte, würde es klingen, als hätte ich sie bewußt getäuscht. Der Tisch war für drei gedeckt. Grace war nicht den Niedergang heraufgekommen, um mir ins Gesicht zu schauen. Ich sagte: «Und du hast mir nicht gesagt, daß du einen Hund hast, Grace. Ein entzückendes Tier.»

Schweigen. Rühren in einem Topf.

«Na schön», ließ Grace sich schließlich vernehmen. «Chloe hat sich sowieso schon in sie verliebt. In ein paar Minuten essen wir.»

«Riecht köstlich.» Ich klopfte an meine Kabinentür. Seit ich hereingekommen war, hatte ich den Atem angehalten, und jetzt glaubte ich ohnmächtig zu werden. Keine Reaktion. Ich klopfte noch einmal. Wieder keine Reaktion. Ich machte die Tür vorsichtig auf und ging auf Zehenspitzen die Stufen hinunter. Die Kabine war von elektrischem Licht hell erleuchtet. Chloe lag auf dem Rücken in ihrer Koje, die Augen geschlossen, in den Ohren die Stöpsel eines Walkmans, aus dem die winzigen Stimmen der winzigen Band auf dem Foto über ihr drangen. Piscataqua lag zwischen ihre Brüste gekuschelt und schlief tief und fest. Als ich die Bücher auf meine Koje fallen ließ, fuhr Chloe hoch und riß sich die Kopfhörer heraus. Die Katze segelte, alle viere von sich gestreckt, durch die Luft.

«O Gott!» kreischte Chloe und fiel auf die Knie. «An die hab ich ja gar nicht mehr gedacht.» Sie streichelte Piscataquas buckelnden Rücken. «Tut mir leid, Kätzchen. Hat die dumme Chloe dich durchs ganze Zimmer geschmissen!»

«Hallo», sagte ich.

Sie sah fast ängstlich zu mir auf.

«Kein Problem», sagte ich. «Sie hat schon schlimmere Stürze überstanden. Hat sie Ärger gemacht?»

«Nein, überhaupt nicht. Nur ein niedliches kleines Häufchen hat sie gemacht, da in der Ecke, aber ich hab's schon weggeputzt. Süß ist die!»

Sie hielt Piscataqua an ihrem Nacken fest und stand auf.

«Morgen besorg ich ihr ein Katzenklo», sagte ich.

«Ja. Wenn sie größer ist, bringen wir ihr bei, über Bord zu machen, wie Pinky.»

«Pinky?»

«Der Hund von Grace, Pinky. Er macht einfach über das Schandeck ins Wasser. Keine Schweinerei, keine Arbeit. Grace sagt, er wüßte gar nicht, was er mit einer Wiese anfangen sollte. Er war schon immer ein Schiffshund.»

«Ich hab ihn schon gesehen. Ich dachte, er liegt im Sterben.»

«Nein, noch nicht. Aber man muß sich dran gewöhnen. An seine Existenz, meine ich. Dabei ist er ganz lieb. Grace hat ihn vor Jahren von Leuten übernommen, die auch auf einem Boot gewohnt haben. Sie dachten, er würde sterben. Seine Verpakkung läßt allerdings zu wünschen übrig. Genau wie meine, deshalb versteh ich ihn so gut. Ich bin Chloe.» Sie streckte mir die Hand hin.

«Charlotte.» Ihre Hand fühlte sich an wie eine Bockwurst vor dem Erhitzen. Ihre Beine standen im richtigen Verhältnis zu ihrer Größe, aber ihr Oberkörper war überdimensional, fast unförmig. Sie war noch sehr jung, siebzehn vielleicht, und ihr Gesicht war bei aller Schwammigkeit doch schön, von schimmernder Blässe, mit pfirsichfarbenen Flecken auf den Wangen und hellgrünen Augen. Ihr Haar war über dem fingerbreiten braunen Ansatz blond gefärbt und unglücklicherweise zentimeterkurz geschnitten. Ihre Ohren waren winzig und rund. Sie trug eine verwaschene Latzhose und darunter ein gelbes T-Shirt, das zwei dünne, aber muskulöse Arme freigab. Ihr Körper wirkte wie aus lauter Einzelteilen zusammengesetzt, und ich fragte mich unwillkürlich, wie verschieden ihre Eltern gebaut sein mochten, eine Verbindung von Dick und Doof, aus der Chloe hervorgegangen war, leichtgliedrig, schwerleibig, mit dem Gesicht eines Engels.

«Schön, hier im Achterschiff ein bißchen Gesellschaft zu haben», lächelte sie. Ihre Zähne waren weiß und regelmäßig wie die Grabsteinreihen auf dem Arlington-Nationalfriedhof. Ich sah keinerlei Karies, auch keine Füllungen, und die dritten Molaren oder Weisheitszähne fehlten noch. Die dritten Backenzähne sind genetisch instabile Zähne, die ab dem achtzehnten Lebensjahr bis zum Tod jederzeit durchbrechen können.

«Wie lange bist du schon an Bord?» fragte ich.

«Seit drei Monaten ungefähr, seit ich von zu Hause weg bin.» Sie schaute zu Boden, während sie das sagte, und gab mir dann das Kätzchen. Einen Moment schwieg sie, dann sah sie wieder auf und lächelte ihr Marmorstatuenlächeln.

«Gefällt's dir hier?» fragte ich.

«Und wie. Ich hab's nicht weit zur Arbeit, und es ist billig. Hundert Dollar im Monat für ein Apartment am Wasser – billiger geht's kaum noch, was?»

«Nein.»

«Essen, Essen, Essen!» trällerte Grace und schlug im Takt mit einem Holzlöffel gegen einen schwarzen Kochtopf.

Wir setzten uns vor altes Mulberry-Steingutgeschirr mit dem Eastern-Birds-Dekor von Davenport, wie es etwa zwischen 1830 und 1850 in den Manufakturen von Staffordshire hergestellt wurde. Bei Mulberry kann man sich täuschen, weil die Farbskala von Hellviolett bis fast Schwarz reicht und viele Dekors auch in Schmelzblau ausgeführt sind. Die Gläser waren rezentes K-Mart und das Besteck war von Towle, das Paul-Revere-Muster. An jedem Platz stand ein viktorianisches Salzfäßchen aus geschliffenem Glas, und neben den Tellern lagen Leinenservietten mit handgearbeiteter Spitze an den Ecken. Die dunkelrote Maserung des polierten Mahagonitisches und das weiche, ölige Licht der Lampe hoben jedes Stück einzeln hervor. Auf einem Häkeldeckchen in der Mitte des Tisches lag ein zerfledderter, brandfleckiger Topflappen, auf dem ein riesiger schwarzer Topf dampfte. Ich stellte die Blumen daneben.

«Sehr hübsch. Bedient euch», forderte Grace uns auf.

Chloe senkte den Kopf und sprach ein schnelles «Komm, Herr Jesu, sei unser Gast und segne, was du uns bescheret hast.»

«Keine Religion bei Tisch, Chloe», sagte Grace.

«Schon gut, schon gut», versetzte Chloe schnippisch. Sie nahm den großen Holzlöffel, rührte den Inhalt des Topfes noch einmal um und tat sich Huhn, Broccoli, Zwiebeln, Karotten und Sellerie auf. Ich nahm auch einen leichten Knoblauchduft wahr. Auf ein Nicken von Grace folgte ich Chloes Beispiel. Ich glaube, es war das Beste, was ich je gegessen habe. Das Huhn war knusprig, der Broccoli schön knackig. Chloe trank Milch, Grace und ich Weißwein unbekannter Herkunft. Das *Smarmy Snail* hatte Grace mehrere Flaschen geschenkt, von denen sich das Etikett gelöst hatte.

«Es ist wärmer hier drin als heute morgen», sagte ich.

«Ich hab die Heizung angemacht», erklärte Grace. «Es ist eine Propangasheizung. Sweet George hat sie vor seinem Tod noch eingebaut. Tagsüber spare ich nach Möglichkeit.»

Wir schwiegen eine Weile. Nur das Klirren der Gabeln gegen die schweren alten Teller war zu hören und der Wind, der an den Kajütenfenstern rüttelte.

Grace setzte ihr Glas ab, neigte leicht den Kopf und sagte lässig: «Ups, ich hab den Stinkvogel fliegen lassen.»

Ich hielt mitten im Kauen inne und bewahrte damit eine Karottenscheibe für den Augenblick vor dem zermalmenden Zugriff meiner Backenzähne.

«Mildred», fügte Grace hinzu.

Aus Chloes Mundwinkeln begann Milch zu tropfen. Sie preßte die Lippen fester aufeinander, und ein dünner Milchsprühregen ging auf den Tisch nieder. Ich lächelte und hielt die Karotte weiter in der Schwebe. Jetzt lächelte auch Grace.

Chloe senkte den Kopf, öffnete den Mund, und die restliche Milch tropfte auf ihren Teller, was ihr endlich die Erleichterung verschaffte, in Lachen ausbrechen zu können. Sie hielt sich die Nase zu und berührte mit dem hochgereckten Daumen der anderen Hand ihre Stirn. Dann zeigte sie mit noch immer zugehaltener Nase auf mich und sagte: «Du hast ihn abgekriegt.»

«Hab ich nicht.» Ich schaute von einer zur anderen.

«Hast du wohl», sagte Grace. «Chloe war eindeutig schneller. Du hast ihn abgekriegt.»

Ich beschloß, mich auf keine Diskussionen einzulassen, zog es aber vor, mir ebenfalls die Nase zuzuhalten. Nach ein paar Augenblicken schnupperte Chloe prüfend und nickte mir ein «Die Luft ist rein» zu.

«Gibt's sonst noch irgendwelche Regeln, die ich kennen sollte?»

«Auf einem Schiff lebt man sehr eng aufeinander», erklärte Grace. «Wer einen fahren läßt, muß ihm einen Namen geben, damit die anderen reagieren können. Und auf dem Klo hinterher immer ein Zündholz anzünden.»

«Ich bin auch noch am Lernen», sagte Chloe. «Eine von meinen Lieblingsregeln ist: ‹Schußwaffen an Bord nie mit dem Lauf nach unten laden.›»

«Ich werd dran denken, wenn ich mir mal eine zulege.»

«Es sind nicht nur die Regeln», ergänzte Grace. «Das Wohnen auf dem Wasser ist eine Lebensform, der man sich anpassen muß. Auf dem Parkplatz in Strawberry Banke gibt es eine Spatzenfamilie, die zwischen den Autos dort von Kühlergrill zu Kühlergrill hüpft. Sie schlüpfen rein und kommen dikker wieder raus. Sie picken die toten Insekten vom Kühler. Sie haben sich angepaßt und machen sich auf dem Parkplatz das schönste Leben. Hier auf der *Rosinante* lernt man, sich sparsam zu bewegen, in einer kleineren Welt zu leben. Aber das hat auch seine Vorteile.»

«Der Weg zum Kühlschrank ist kürzer», warf Chloe ein.

«Ich liebe das Wasser», sagte ich kühn.

«Manchmal riecht es schlecht», meinte Chloe.

«Ich auch, ich liebe das Wasser auch.» Grace schob etwa die Hälfte ihres Essens von ihrem Teller in den Topf zurück. «Ich hab keinen Hunger.»

«Du mußt mehr essen, Grace», flüsterte Chloe streng.

«Iß du's.» Grace schenkte sich Wein nach und rief: «Pinky, Pinky, Pinky Baby!»

Ich schluckte rasch hinunter. «Wieso Pinky?» fragte ich.

«Ach, das ist nur eine obszöne Anspielung auf seinen Pimmel. Er hat's nie geschafft, ihn drin zu lassen.» Grace stellte ihren Teller auf den Kajütenboden und rief erneut: «Pinky! Der Teller steht da!»

Ein widerliches, Brechreiz erregendes Ausstoßen von Luft war zu hören, als Pinky sich Stufe für Stufe den Niedergang herauf wälzte, mit einem tiefen asthmatischen Luftholen innehielt, um sich auszuruhen, einmal und noch einmal nieste und schließlich auf Grace' Teller zustolperte, als würde er von einer Klippe fallen. Ich überzeugte mich sogar, ob er noch alle seine Beine hatte, so unkoordiniert und gequält wirkte sein Gang.

«Pinky ist schon ein bißchen über seine besten Jahre hinaus», flüsterte Grace.

«Also war er mal drin», sagte ich.

«Eine Zeitlang war er ein wahres Prachtexemplar. Hat sogar Wettbewerbe gewonnen.»

«Tatsächlich?» Allein schon das Geräusch der über den Teller leckenden Hundezunge verursachte mir ein grauenvolles Gefühl, so als würde mich jemand begrapschen. Es war ein einziges langes, unerträgliches Schlürfen, gefolgt von gasförmigen Ergüssen hündischer Lust.

«Schlimm, was?» sagte Chloe und hielt sich die Hand vor Mund und Nase.

«Er kann doch nichts dafür», sagte Grace zärtlich und beugte sich zu ihm hinunter, um sein schlaffes Fell zu streicheln. Da blickte Pinky zu ihr auf, und in seinen Augen sah ich bedingungslose Liebe. Ich war beschämt und leistete ihm insgeheim Abbitte.

«Ein wunderbarer Hund, Grace.»

«Allerdings. Pinky ist eben Pinky.» Sie wischte ihm mit ihrer Leinenserviette das Maul ab. «Jetzt kannst du wieder auf dein Kissen, Baby.»

Pinky drehte sich um, tat einen schwerfälligen Schritt in Richtung Kombüse und hielt inne. Piscataqua stand ihm im Weg.

«Piscataqua», flüsterte ich, aber es war zu spät. Die Katze buckelte, fauchte und spuckte Pinky zweimal an. Dann drehte sie durch: Sie sprang auf das Steuerrad, von dort auf die Lehne der Bank, hangelte sich am Vorhang hoch und landete nach einem Sprung durch ein Drittel des Raumes in Grace' blauem Haar. Sie grub sämtliche Krallen in Grace' Kopfhaut und hielt sich dort fest, so groß war ihre Angst vor einem Hund, der sich im Zeitlupentempo bewegte. Grace stieß in aller Ruhe einen fünfzehn Sekunden währenden Schmerzensschrei aus, der wie eine ferne Sirene klang, und griff in Piscataquas loses Nackenfell hinauf. Die Katze zog die Krallen ein und ließ sich in meinen Schoß setzen, und Pinky, der sich nicht von der Stelle gerührt hatte, setzte seinen ächzenden, torkelnden Gang zu seinem Kissen fort.

Chloe wühlte in Grace' Haar, um zu sehen, ob sie verletzt war. Ich entschuldigte mich. «Es tut mir so leid, Grace. Wahrscheinlich ist Pinky der erste Hund, den Piscataqua je gesehen hat. Oder sie hat schlechte Erfahrungen mit Hunden gemacht. Tut mir leid.»

«Diese Katze wird noch mal im kalten Wasser landen, das meine ich wörtlich. Nimm die Finger aus meinem Haar, Chloe.»

«Ich will dir doch nur helfen», schmollte Chloe.

«Passiert ist passiert. Davon, daß du mir in den Haaren herumwühlst, wird es auch nicht besser.»

Chloe fuhr fort, Grace' blaue Locken zu durchstöbern, und ich hielt Piscataqua fest. Grace schien dem Siedepunkt nahe. Ihre Augen verengten sich zu Schlitzen, die Lippen schoben sich bis unter die Nase hoch, die Nase selbst begann zu pfeifen.

«Beug dich mal hier rüber ans Licht, Grace», sagte Chloe und zog an Grace' Haar, als säßen Kletten darin.

Grace ergriff den großen Holzlöffel. «Du hast ungefähr soviel Tiefgang wie ein Backblech, Mädchen», rief sie und schlug Chloe auf den Handrücken, dann auf die Hüfte, und als Chloe sich die Stelle rieb, nutzte Grace die Gelegenheit und schlug sie auch noch auf die Schulter.

«Hör auf, du verrücktes altes Weib!» schrie Chloe und flüchtete ans andere Tischende.

Grace behielt den Löffel noch einen Augenblick in der Hand und warf ihn dann in den Topf zurück. «Ich bin nicht verrückt», erklärte sie.

Und schnell – zu schnell, wie ich fand – sagte Chloe: «Natürlich nicht, Grace. Tut mir leid.»

«Hab ich dir weh getan, Chloe, Schatz?»

«Ach was, überhaupt nicht.»

«Ich wollte dir nicht weh tun.»

«Hast du auch nicht, und jetzt laß gut sein, Grace.»

«Dabei versuche ich doch, die Dämonen vom Schiff fernzuhalten. Bis aufs Wasser verfolgen sie mich normalerweise auch nicht.»

«Das war kein Dämon, Grace», sagte Chloe. «Das war ein Mensch, der auf einen anderen sauer ist. Das passiert mir oft. Viele Leute ärgern sich über mich – irgendwie bring ich sie auf die Palme. Dabei will ich das gar nicht. Aber mehr Tiefgang als ein Backblech hab ich schon. Ich merke schon, was Sache ist. Ich hab mindestens soviel Tiefgang wie ein Kochtopf.» Chloe öffnete den Mund gerade so weit, daß man eine einzelne Grabsteinreihe sah, unbeholfene Gefreite und Stabsunteroffiziere.

«Das schlimmste ist, daß man mitkriegt, was mit einem los ist», sagte Grace. Sie sah mir gerade in die Augen. «Wenn man von einem Moment auf den nächsten total senil würde, wär ja alles in Ordnung. Kein Problem. Aber wenn es nach und nach passiert, wenn man hinein- und wieder herausrutscht, wenn man manchmal einen Moment lang völlig weggetreten ist – das ist schlimm. Ich versuche mich immer an irgend etwas zu erinnern, das ich vergessen habe. Ich versuche, etwas Totes wieder zum Leben zu erwecken, mich durch die Kraft meines Gedächtnisses unsterblich zu machen. Das ist alles so demütigend.»

«Grace ist Künstlerin», sagte Chloe.

Ich bemerkte, daß die Essensreste auf unseren Tellern anzutrocknen begannen und die Öllampe einen Moment flackerte.

«Im Ernst?» Ich sah von Chloe zu Grace und wieder zu Chloe.

«Sie malt Sachen, die so echt aussehen, daß man drauf reinfällt.»

«Trompe-l'œil-Malerei?»

«Früher hab ich Imitationen gemacht, du weißt schon, gemalte Holzmaserungen, Fußleisten, die wie Marmor aussehen oder wie eine andere Holzart. Ich hab in einigen Häusern in Strawberry Banke gearbeitet. Aber jetzt male ich à la Harnett: Dollarscheine, abgerissene Tickets, kleinere Sachen.»

«Aber nicht auf Leinwand, Charlotte» erläuterte Chloe. «Sie malt auf Wände und Tische, auf Bürgersteige und so.»

«Am leichtesten lassen sich die Leute täuschen, wenn man etwas malt, was sie gern sehen, zum Beispiel einen Zwanzigdollarschein, der aus einem Gully vorschaut. Fast jeder hofft ja, daß er irgendwann mal Glück hat. Warum spielen die Leute sonst Lotto? Oder man malt Sachen, die nur nebenbei wahrgenommen werden, einen Lichtschalter zum Beispiel. Man malt den Schalter und darum herum Schmutzflecken vom vielen Gebrauch. Nach ein oder zwei Jahren kommt man wieder, und wenn man gute Arbeit geleistet hat, ist jetzt echter Schmutz da. Irgendwann möchte ich mal eine Pfütze auf die Straße malen, mit einem Fünfcentstück drin. Es muß so echt aussehen, daß die Leute sich die Knöchel brechen, wenn sie die Münze aus dem Wasser holen wollen. Wasser – das ist das schwierigste: Wasser genau richtig hinzukriegen. Man muß merken, daß es da ist, und trotzdem durchsehen können.»

«An einem Backsteinhaus in der Stadt ist an der Seite ein Fenster», sagte ich. «Aber wenn man nahe genug herangeht, merkt man, daß alles Mauer ist.»

«Das stammt von Grace», sagte Chloe.

Grace nickte. «Wie nahe warst du dran, als du's gemerkt hast?»

«Ich weiß nicht. Anderthalb oder zwei Meter vielleicht.»

«Wenn es wirklich gut gemacht wäre, dann hättest du versucht reinzuschauen und dir den Kopf an der Mauer angeschlagen.» Grace seufzte. «Ich hatte ziemliche Probleme mit der Wand. Das Mauerwerk war so uneben, daß es Schatten geworfen hat.»

«Aber ist das nicht toll, daß sie mit etwas, das sie gern macht, ihren Lebensunterhalt verdienen kann?» wandte Chloe sich an mich. «Sie bekommt jede Menge Aufträge – Haustüren, Kinderzimmer, alles mögliche.»

«Und was machst du, Chloe?» fragte ich.

«Ich arbeite in einem Small-World-Laden in der Market Street. Wir verkaufen lauter verrückten, billigen Kram: Aufziehpenisse, Spielzeug, Ökotaschen und Bücher, Sandalen, Marilyn-Monroe-Poster. Zu uns kommen jede Menge Touristen. Ich bin da nur Verkäuferin, aber ich versuche etwas Interessantes draus zu machen: Ich stelle den Kunden Fragen, ich führe Umfragen durch.»

«Sie stellt einen Tag lang allen dieselbe Frage und schreibt die Antworten in ihr Tagebuch», erläuterte Grace.

«Ich will eben wissen, was die Mehrheit denkt.»

«Und was für Fragen sind das?»

«Alle möglichen. Ich frage erst beim Bezahlen, deshalb sind die Ergebnisse ein bißchen schief. Meine Fragen werden ja nur von Leuten beantwortet, die unsere Sachen kaufen, und das ist keine Null-acht-fünfzehn-Ware. Polo- oder Mattel-Logos findest du bei uns nicht. Was wir viel verkaufen, sind Busentassen – die, bei denen man aus dem Nippel trinkt. Viel von dem Zeug kommt aus Europa.»

«Fragst du die Leute auch, wem sie bei der nächsten Wahl ihre Stimme geben?»

«Nein, so was nicht. Ich frag sie zum Beispiel, welches ihre Lieblingsfarbe ist oder ob sie an Engel glauben oder ob sie sich irgendeinen Grund denken können, warum in diesem Moment ihr Haus abbrennt. Jeden Tag eine andere Frage. Damit es interessant bleibt.»

Ich nickte und schaute auf Piscataqua hinab.

«Und wo arbeitest du, Liebes?» wandte sich Grace an mich.

Mit jeder Minute wurde mir an diesem Abend deutlicher, wie eng so ein Schiff ist, daß man sich ständig an jemandem vorbeidrücken muß. Ich wollte die beiden nicht belügen. Ich wollte weiter zuhören, wollte hören, wie andere ihr Leben gestalteten.

«Also, im Moment», erwiderte ich, «arbeite ich nirgends. Ich bin gerade erst von Kentucky hierhergekommen. Meine Stelle hab ich schon vor ein paar Monaten aufgegeben, nachdem mein Mann gestorben ist. Ich war – ich bin Archäologin. Ich hab als Ausgräberin am Fachbereich Anthropologie der University of Kentucky gearbeitet.»

«Das mit deinem Mann tut mir leid», sagte Grace. Sie schob die Hand über den Tisch und berührte meinen Handrücken.

«Danke.»

«Hast du hier Verwandte?»

«Nein. Ehrlich gesagt, bin ich hierhergekommen, um sie eine Zeitlang nicht zu sehen.»

«Dann sind wir also die einzigen, die du in Portsmouth kennst?» fragte Chloe.

«Ja, bis jetzt schon.»

«Vielleicht findest du an der University of New Hampshire Arbeit oder in Strawberry Banke. Die machen auch Ausgrabungen», meinte Grace.

«Ich glaube, ich mache erst mal eine Weile gar nichts.»

«Klar», sagte Chloe.

«Wie lange warst du verheiratet?» wollte Grace wissen.

«Sechs Jahre.»

«Und wie hieß er?»

«Jonah.»

«Sweet Jonah», sagte sie.

Meine Augen begannen zu brennen, aber ich sah Grace an und sagte: «Das mit George tut mir auch leid.»

«Ja, mir auch», erwiderte sie lächelnd. «Ich muß dir leider sagen, daß es nicht sehr viel besser wird. Wenn er dir fehlt, meine ich. Ich bin schon fast tot, und George fehlt mir immer noch.»

«Grace und ihr Mann waren mit der *Rosinante* von Florida nach Prince Edward Island unterwegs, da hat er einen Herzinfarkt bekommen», erklärte Chloe. «Seitdem lebt sie hier an der Pier. Als George aufgehört hat zu arbeiten, haben sie ihr Haus verkauft, um sich die Yacht kaufen zu können, und dann hat Grace die *Rosinante* zu ihrem Haus gemacht.»

«Kannst du das Schiff denn steuern?» fragte ich Grace.

«Ich war Bestmann, Schiffskoch und Decksmann. Ich könnte vielleicht gerade noch den Motor anlassen, aber dann wüßte ich nicht mehr weiter. Aber es gefällt mir hier. Es kommt mir so vor, als wäre George noch an Bord.»

«Pssst, sag so was nicht, Grace», sagte Chloe. «Geister und so – da krieg ich Gänsehaut.»

«Aber er ist ein guter Geist», beharrte Grace.

«Dieses alte Schiff knarrt und ächzt sowieso schon viel zuviel. Ich will kein Wort mehr hören.»

«Trotzdem: Wenn ihr nachts auf Deck jemanden hört, besonders während der Mittelwache, dann ist es Sweet George, der uns drei beschützt.»

«Grace!» Chloe schrie fast. «Ich gehe ins Bett, auf der Stelle!»

«Er hatte Schuhe mit weichen Gummisohlen, das klingt auf dem Teakholz wie Mäusequieken.»

«Jetzt reicht's.» Chloe stand auf und trug ihr Geschirr in die Kombüse. Grace und ich folgten ihr. Ich erbot mich, das Geschirr zu spülen, aber Grace wollte nichts davon wissen.

«Es ist spät, geh du mal ins Bett. Es ist deine erste Nacht an Bord. Du wirst schlafen wie in Abrahams Schoß. Man schläft nirgends besser als auf einem Schiff. Und außerdem: Wenn du etwas von meinem Mulberry kaputtmachen würdest, müßte ich Pinky auf dich hetzen.»

Ich folgte Chloe in unsere Kabine und schloß die Tür.

«Zahlst du wirklich nur hundert Dollar im Monat, Chloe?» fragte ich.

«Ja, aber ich glaube, mein Vater zahlt noch was dazu. Grace gibt es nicht zu, aber ich glaube, er tut's.»

«Wieso?»

Sie setzte sich auf ihre Koje und stieß die Luft durch die Zähne. «Ich hab in einem ziemlich miesen Loch gewohnt, als ich von zu Hause weg bin. Meine Eltern wußten das, und außerdem hat ihnen mein ganzer Lebenswandel nicht gepaßt. Ich bin weg, weil sie meinen Freund nicht mochten. Aber egal: Jedenfalls kommt eines Tages Grace ins Geschäft und fragt, ob sie ein Zimmer-zu-vermieten-Schild aufhängen kann. Da hab ich sofort zugegriffen. Als ich eingezogen war, ist mir wieder eingefallen, daß mein Vater mal von ihr geredet hat. Er ist Hummerfischer. Wahrscheinlich hat er sie mal irgendwo kennengelernt. Na, jedenfalls, nachdem ich die erste Miete bezahlt hatte, hab ich am nächsten Tag einen Einzahlungsbeleg über zweihundert Dollar aus ihrem Portemonnaie rausschauen sehen. Du zahlst auch zweihundert, oder?»

«Ja.»

«Ich hab oft Streit mit meinen Eltern, aber sie machen sich Sorgen um mich. Das ist einer der Gründe, warum sie so sauer auf mich sind – weil sie sich Sorgen machen müssen. Dabei sag ich ihnen immer wieder, daß sie das nicht brauchen. Ich kann nichts dafür, wenn sie sich Sorgen machen. Bei meinem Dad heißt das, daß er mich liebhat.»

«Warum gehst du nicht mehr zur Schule?»

«Die hab ich schon hinter mir. Ich hab Sommerkurse gemacht und die Sache in drei Jahren durchgezogen. Ich hab mich auf der High-School nicht sehr wohlgefühlt. Du weißt schon: dickes Mädchen in einer Dünne-Mädchen-Welt.»

Ich lächelte, weil sie lächelte.

«Hast du keine Kinder?» fragte sie.

«Nein. Wir wollten welche. Irgendwann.»

«Vielleicht ganz gut, daß du keine hast. Sonst würde ihnen jetzt der Vater fehlen.»

Ich wußte nicht, was ich sagen sollte, also erzählte ich ihr, wie Jonah gestorben war, weil ich annahm, daß die meisten Leute es hören wollten. «Er ist bei einem Autounfall ums Leben gekommen. Sein Wagen ist eine Böschung hinuntergestürzt. Er ist in einem seichten Bach ertrunken. Er war auf dem Nachhauseweg.»

«Ihr seid beide Witwen, du und Grace, aber du kannst noch mal von vorn anfangen.»

Sie sagte das so aufrichtig und frei heraus, daß ich es schwer als aufdringlich empfinden konnte. Es schien in ihrem großen, weichen Körper nicht einen einzigen gefühllosen Knochen zu geben. Sie wirkte absolut ehrlich. Ich nickte mit gesenktem Kopf und begann mich auszuziehen.

«Macht es dir was aus, Charlotte, wenn ich den Vorhang zuziehe? Ich bin ein bißchen genant.»

«Nein, natürlich nicht. Ich hab mich schon vor so vielen Leuten ausgezogen, daß ich gar nicht mehr weiß, was normal ist. Bei der Feldarbeit hat man nicht viel Privatsphäre. Komm, Piscataqua.»

Chloe zog den Vorhang durch unsere winzige Wohnung, und ich schlüpfte in meinen Flanellschlafanzug. Dann kroch ich mit der Katze in meine Koje, und nach einer Weile zog Chloe den Vorhang wieder auf. Als sie die Hand nach dem Lichtschalter ausstreckte, sah ich für einen Sekundenbruchteil ihre massige Gestalt in bodenlangem weißem Chiffon, dann herrschte Dunkelheit. Ich hörte, wie sie sich mit vielen zufriedenen Seufzern in ihrer Koje zurechtrückte.

«Hast du Sweet George schon mal gehört?» fragte ich.

«Ich weiß nicht. Einmal hab ich gedacht, auf Deck ist jemand. Es war spät nachts, und ich war aus einem Traum von meinem Freund aufgewacht. Es klang ziemlich schwerfällig für einen Geist, also war's wohl mein Freund.»

«Ist das der Typ auf dem Bild?»

«Ja.»

Ich bemühte mich, überzeugend zu klingen: «Sieht nett aus.»

«Meine Mutter findet, er sieht aus wie ein Axtmörder. Haben deine Eltern deinen Mann gemocht?»

«Sie haben's jedenfalls gesagt.»

«Was heißt das?»

«Das heißt, daß sie's gesagt haben.»

«Aha.»

Durch die Bullaugen links und rechts des Frisierspiegels sickerte Licht, dickflüssiges Industrielicht von der Memorial Bridge her. Nachdem sich meine Augen an das Dunkel gewöhnt hatten, sah ich Chloe auf dem Rücken liegen, über der Decke nur das bleiche Oval ihres Gesichts, als würde es auf dunklem Wasser schwimmen. Ab und zu ratterten Autos über das Eisengitter des mittleren Brückenabschnitts. Es klang wie das Auffliegen eines Vogelschwarms. So ist es also, hier zu schlafen, dachte ich: dieses Licht, diese Geräusche. Da traf ein schwerer, dumpfer Schlag den Schiffsrumpf. Ich fuhr hoch.

«Alles in Ordnung, Charlotte», flüsterte Chloe. «Das ist nur die Strömung. Manchmal treibt etwas im Wasser und stößt gegen das Schiff, ein Brett oder Eisschollen von flußaufwärts. Das Eis auf den Nebenflüssen fängt an zu brechen.»

Da legte ich mich wieder hin und wartete auf den nächsten Moment der Erstarrung, wenn wieder ein Geräusch ertönen würde, wartete im Dunkeln, bis ich, über dem Wasser schwebend, in die makellose Leere des Schlafs sank.

Ich schlief tatsächlich gut auf der *Rosinante*, ob es nun an der Bewegung des Wassers oder an meinen müden Knochen lag. Ich kam von meinen im Grunde unnötigen Gängen in die Stadt in ihren warmen hölzernen Schoß zurück und schlief wie ein Kind im Mutterleib. Chloe sagte, ihr gehe es genauso, aber sie schrieb es der ständigen Kraftanstrengung zu, die das – auch noch so geringfügige – Schaukeln des Schiffes uns abverlange. Um das Gleichgewicht zu halten, müßten wir fortwährend irgendeinen Muskel und gleich darauf seinen Gegenspieler anspannen, so als würden wir permanent einen steilen Berg hinaufsteigen. Selbst im Schlaf würden wir unaufhörlich arbeiten: Jedem kleinsten Krängen der *Rosinante* wirke ein Muskel mit gleicher Kraft entgegen, um unseren Körper in seiner Position zu halten. Aber wie dem auch sei: Es war eine Wohltat, die ganze Nacht durchzuschlafen: keine zerschmetterten Autos, keine Hilfeschreie, niemand, der mich überallhin verfolgte.

Nach einer Woche rief ich meine Mutter an und sagte ihr, daß ich in Portsmouth sei und daß es mir gutgehe. Ich bat sie, mir meine Post nachzuschicken, im Haus ab und zu nach dem Rechten zu sehen und Richard und Mary nicht zu sagen, wo ich war. Sie war besorgt, wie es ihre Art ist, doch meine Eltern und ich hatten einander immer vertraut. Richard und Mary hatten mich bei der Polizei als vermißt gemeldet, aber Mom hatte ihre Zustimmung zu einer Suchaktion verweigert.

Meine Mutter wußte, daß ich nicht verschollen, sondern einfach nur traurig war. Sie meinte, es würde schwierig werden, meinen Aufenthaltsort vor meinen Schwiegereltern geheimzuhalten, aber sie werde es versuchen. Seit ich fort sei, würden sie zweimal täglich anrufen. Nachdem sie das Zu-verkaufen-Schild vor dem Haus gesehen hätten, hätten sie in dem Maklerbüro eine Szene gemacht und einer Sekretärin gedroht, sie zu verklagen, wenn sie die Schlüssel nicht herausgebe. Ich sagte Mom nicht, wo ich wohnte, jedenfalls nicht genau, und gab ihr nur meine postlagernde Adresse.

«Was ich nicht weiß, kann ich ihnen auch nicht sagen, stimmt's?» sagte sie. «Charlotte, du kannst jederzeit nach Hause zurückkommen. Wieder hier wohnen, meine ich, bei deinem Vater und mir.»

«Ich weiß, Mama. Aber es ist schön hier. Vielleicht könnt ihr beide mich im Sommer mal besuchen. Ich hab das Gefühl, daß meine Vergangenheit hier weiter weg ist, daß ich besser damit zurechtkomme.»

«Ruf bald wieder an – wenn dein Vater zu Hause ist, damit er auch mit dir reden kann. Er schläft kaum noch, solche Sorgen macht er sich um dich.»

«Okay.» Ich schwieg einen Moment.

«Was ist, Schatz?»

«Könntest du für mich ein paar Blumen auf Jonahs Grab legen? Vielleicht morgen vormittag, dann könnte ich zur selben Zeit dran denken.»

«Ja, mach ich. Um Punkt zehn.»

«Danke, Mama.»

«Bitte, paß auf dich auf, Charlotte.»

«Ja.»

«Ich mag gar nicht auflegen, Schatz.»

«Mama, mir geht's gut. Ich fühl mich besser. Ich ruf bald wieder an. Irgendwann am Wochenende.»

«Okay.»

«Bye-bye.»

«Bye bye, Baby.»

Und ich hängte schnell ein, damit sie mich nicht weinen hörte.

Ich genoß die gleichmäßigen Abläufe und dann auch wieder das Fehlen gleichmäßiger Abläufe in diesen ersten Wochen in Portsmouth. Von uns dreien mußte nur Chloe zu einer bestimmten Zeit an einem bestimmten Ort sein, und auch ihre Arbeitszeiten wechselten im Laufe einer Woche. Geweckt wurden wir morgens meist von dem anderen Schiff an unserer Pier, den über Deck polternden Fischerstiefeln, den brummenden Motoren. Der Eigentümer der *Fern*, eines großen Stahltrawlers, hieß Harry, und wenn er ihre Maschinen anließ, vibrierten meine Zähne bis in die Wurzeln. Harry und Grace waren Nachbarn und gute Freunde. Als sie mich eines Nachmittags mit ihm bekannt machte, betrachtete er mich sofort als dazugehörig und sagte: «Dann seid ihr jetzt also zu dritt, was? Die drei Grazien.» Und mit einem Lächeln, bei dem man alle seine Zähne sah, riß er meinen Arm wie einen Pumpenschwengel auf und ab. Hinterher roch meine Hand nach rohem Fisch, und ich dachte, ich habe einen Fischer kennengelernt. Harry trug stets Gummistiefel, die ihm bis an die Hüften reichten, und auf dem Kopf eine Kappe mit einem toten Dorsch, dem Emblem einer Fischereigenossenschaft. Nie versäumte er es, Grace zu fragen, ob sie etwas brauche. Das hörte sich dann beispielsweise so an: «Na, wie geht's dem alten Mädchen, altes Mädchen?», womit er sich nicht etwa nach Grace', sondern nach dem Befinden der *Rosinante* erkundigte. Wenn er mit seiner Crew eine Nacht draußen gewesen war, legte er meist eine Kostprobe seines Fangs in Zeitungspapier gewickelt auf das Deck der *Rosinante.* Er war viel zu jung für Grace, tat aber so, als wäre das nicht der Fall. «Um Himmels willen!» rief er etwa. «Sag bloß der Frau nichts, Grace, mein Schatz.» Und während seine Crew klar Schiff machte, kam er unsere Gangway heraufgepoltert.

Morgens, während Chloe sich allein in unserer Kabine anzog, machten Grace und ich ihr etwas zu essen für den Tag zurecht, meist Reste vom Abend zuvor, doch nie ohne ein gutes Stück Hershey's-Schokolade von einer der großen Tafeln im Schrank. Dann frühstückten wir alle zusammen, Frühstücksflocken und Toast oder englische Muffins, und dabei überlegten wir uns Chloes Umfragethema für den Tag. Die Seiten ihres Tagebuches bestanden aus dick gebundenem Rechenpapier, erbsengrün und kariert, so daß sie die Ja- und Nein-Antworten addieren konnte. Ausführlichere Antworten, auf Fragen wie etwa «Glauben Sie, daß der Tod eines einzelnen Käfers den Lauf der Welt verändert, und wenn ja, warum?», wurden auf die Rückseite geschrieben. Manchmal entnahmen wir die Fragen der Morgenzeitung. «Wenn die Marinewerft schließen würde, würden Sie dann hier wohnen bleiben?», «Sind Sie der Meinung, Schwule sollten in die Armee eintreten dürfen?» oder «Wenn Jesus wiederkehren würde, würden Sie ihn erkennen?» Manchmal war die Umfrage mehr persönlicher Art: Antworten auf die Frage «Finden Sie mich hübsch?» zum Beispiel füllten eine ganze Seite.

«Da hab ich ein bißchen Aufmunterung gebraucht», erklärte Chloe.

Grace und ich wechselten einen Blick. Wir wußten, daß schon eine einzige negative Antwort verheerende Folgen gehabt hätte. Chloe war übergewichtig und entschuldigte sich ständig für irgend etwas, sie war extrem feinfühlig und sträflich nachsichtig. Manchmal sagte Grace zu ihr: «Du weißt ja, die langfristigste Nebenwirkung des Essens ist das Sterben.»

«Schon gut, Grace, ich weiß, wie die Welt dicke Mädchen behandelt.»

«Immerhin hast du einen Freund», sagte ich. Ich hatte ihn noch nicht gesehen, aber von Grace wußte ich, daß er tatsächlich existierte.

«Ich rede nicht von Roger. Außerdem ist Roger so dünn, wie ich dick bin. Den würde doch sonst keine nehmen. Aber ich bin nicht böse auf die Welt. Ich kann's ja verstehen. Mein Gott, wenn ich auf der Straße eine häßliche oder eine dicke, fette Frau sehe, dann denke ich doch selber, ach du liebes bißchen, so eine fette Nudel! Die Leute können nicht anders, und deshalb muß man sie genauer kennenlernen. Man muß sich in ihre Psyche hineinschlängeln, dann müssen sie einen wie ein gleichberechtigtes, intelligentes Wesen behandeln und nicht wie einen Fleischkloß. Man muß ganz schön arbeiten, wenn man dick ist und trotzdem glücklich sein will. Mehr als wenn man hübsch ist, so wie du. Aber du kannst genausowenig was dafür, daß du hübsch bist, wie ich was dafür kann, daß ich dick bin. Ich muß nur mehr lächeln als du, um Erfolg zu haben.»

Grace sagte: «Früher, als ich jung war, da bin ich, wenn mich ein Mann interessiert hat, mit einem Apfel in der ausgestreckten Hand auf ihn zugegangen und hab einfach nur gezischt, ‹Ssssss›, wie eine Schlange, und wenn der Mann Mumm gehabt hat, dann hat er den Apfel genommen, und ich wußte, daß er's wert ist.»

«Du warst ein Vamp», sagte ich.

«Ich hab nur zu meinen Wünschen gestanden.»

«Haben viele den Apfel genommen?» wollte Chloe wissen.

«Ganz wenige. Die meisten sind zurückgeschreckt und haben Fragen gestellt. Die hatten Schiß.»

«Hat George den Apfel genommen?»

«George hat meine Hand mitsamt dem Apfel genommen, mich an sich gezogen und mich in den Arm gebissen.» Grace grinste stolz.

«Toll!» seufzte ich.

«Seht ihr», meinte Chloe, «man muß nur die Initiative ergreifen.»

«So was könnte ich nie», sagte ich. «Auch nicht den Apfel nehmen. Ich wär auch zurückgeschreckt. Ich hab Angst vor Schlangen.»

«Aber du bist schön», erwiderte Chloe. «Du könntest dir alles erlauben und hättest trotzdem Erfolg.»

Ich blinzelte. «So was liegt mir nicht. Lebende Menschen machen mir angst. Ich hab viel lieber mit Dingen zu tun, mit Artefakten. Ich hab viel lieber mit toten Menschen zu tun.»

«Vor Chloe und mir hast du aber keine Angst gehabt», warf Grace ein.

«Ich hatte schreckliche Angst! Aber ich hab sie überwunden, weil ich unbedingt am Wasser wohnen wollte. Und jetzt bleib ich wie eine Klette an euch hängen. Ich geh nie wieder weg.»

«Wovor hast du denn Angst?» fragte Chloe.

«Nicht mehr vor euch beiden. Aber davor, daß ich mich meinen Ängsten nicht stelle.»

«Und warum macht dir das angst?»

«Weil mir das schon mal passiert ist, daß ich den Dingen nicht ins Auge schauen wollte.»

«Wovor fürchtest du dich?» fragte Grace. «Entschuldige die Frage.»

«Jetzt?»

Sie nickte.

«Vor meiner Vergangenheit.»

«Und warum?» wollte Chloe wissen.

«Chloe!» wies Grace sie zurecht.

«Weil sie sich nicht zusammenfügt», erwiderte ich. «Sie nimmt keine Form an, mit der ich umgehen könnte. Und ich kann sie nicht mehr ändern.»

Grace sagte: «Wieso tun eigentlich alle so, als wär die Vergangenheit ein für allemal festgelegt? Wieso sollte man nicht mit einer bestimmten Vorstellung an sie herangehen? Für mich ist die Vergangenheit genauso formbar wie die Zukunft.»

«Wovor hast du Angst, Grace?» fragte Chloe.

«Vor dem Sterben vielleicht.» Grace zuckte fast vergnügt die Schultern.

«Ich hab Angst vor der Liebe», sagte Chloe. «Romantisch, was?»

«Ihr seid zwei dumme junge Dinger», erklärte Grace.

«Das ist auch so ein Punkt», sagte ich. «Ich fühl mich nicht mehr wie ein junges Ding. Ich fühl mich alt. Nichts für ungut, aber ich bin einfach oft müde.»

«Das vergeht wieder», meinte Grace. «Deine Gefühle sind wie eine Barriere aus Eisschollen. Mit der Zeit schmelzen sie, und dann fühlst du dich wieder jung, das versprech ich dir.»

Ich sah Chloe an, nahm ihr Tagebuch und den Kugelschreiber und machte noch ein Häkchen in die Ja-Spalte. «Du bist ein Schatz», sagte ich.

Vormittags las ich: Mays' *Early Portsmouth History* (1926), Brewsters *Rambles About Portsmouth* (1859) und eine schöne ledergebundene Ausgabe von Nathaniel Adams' *Annals of Portsmouth* aus dem Jahr 1825. Die schriftlich überlieferte Geschichte der Region beginnt bereits 1603, als ein Engländer namens Martin Pring an die Küste gelangte und auf dem Piscataqua zehn bis zwölf Meilen flußaufwärts ruderte. Ich wollte mich mit der alten Stadt vertraut machen, um auf meinen Nachmittagsspaziergängen die Dinge in ihrem historischen Zusammenhang sehen zu können. Portsmouth ist sehr ergiebig für einen Archäologen: fast vierhundert Jahre dokumentierter Besiedelung. Viele der Wohn- und Geschäftshäuser aus dem achtzehnten Jahrhundert standen noch. Dreimal – 1802, 1806 und 1813 – waren Teile der Stadt abgebrannt und wiederaufgebaut worden. Es mußte reichlich Schutt angefallen sein, auf dem neue Gebäude errichtet worden waren, vorwiegend Backsteinbauten. Puddle Dock, ein Tidefluß, der bis nach Strawberry Banke hineinreichte, war vollständig zugeschüttet und zu Beginn des zwanzigsten Jahrhunderts überbaut worden. Nach meiner Vorstellung bildete er eine fast perfekte Grundsteinkassette, in der jeder Gegenstand unter einer Schutzschicht aus Schutt und Erde im Schlamm konserviert war. Vermutlich konnte man an jeder beliebigen Stelle der Stadt graben und Zeugnisse menschlicher Kultur finden.

Ich hatte hauptsächlich an prähistorischen Ausgrabungen in Kentucky mitgearbeitet, einige Male aber auch an Notgrabungen in Lexington, bevor ein neues Bauwerk zerstörte, was man an Information über ein altes zusammentragen konnte. Es faszinierte mich, wieviel und wie verschiedenartigen Schutt man an historischen Stätten findet und wie weit wir uns schon nach ein oder zwei Jahrhunderten von unserer eigenen Kultur entfernt haben. Es gab für mich zu jeder Scherbe, mit der ich in Berührung kam, eine spürbare Verbindung, fast als hielte sie eine persönliche Botschaft für mich bereit und forderte mich auf, sie zu entschlüsseln. Wenn ich durch Portsmouth wanderte und auf dem Bürgersteig zur Seite trat, um die Lebenden vorbeizulassen, ging ich Arm in Arm mit den Toten zwischen den greifbaren Beweisen ihrer Existenz hindurch: ihren Wohnhäusern und Läden, den Namen ihrer Straßen, unserem stummen steinernen Erbe, das mit Fleiß und Ausdauer entziffert sein will. Ich war mir bewußt, daß ich mich nur an der Oberfläche der Vergangenheit bewegte. Alle Wohnhäuser und Geschäfte waren im Laufe der Zeit viele Male umgebaut worden, und selbst die Straßennamen hatten sich geändert. Das einzige, was so bleibt, wie unsere Vorfahren es uns hinterlassen haben, sind ihre Abfälle. Abfall ist ehrlich. Auch Gräber können ehrlich sein, nur ist auf ihre Authentizität nicht immer Verlaß. Sie können geplündert worden sein, und sie können Gegenstände enthalten, die weit mehr oder weit weniger aussagen als die des täglichen Gebrauchs. Aber noch nie habe ich eine Abfallgrube ausgegraben, die mich über die Menschen, die sie angelegt haben, belogen hätte.

So las ich an den Vormittagen, hinter dem einen Ohr einen Bleistift, hinter dem anderen die Archäologenkelle. Und von Zeit zu Zeit sah ich von meinem Buch auf und stellte mir vor, was Jonah und ich hinterlassen hatten, was eine Archäologin in dreihundert Jahren finden würde. Es würde sehr wenig sein. Sie würde Archive durchstöbern und dort, wo unser

Haus gestanden hat, jeden Löffelvoll Erde durchsieben, sie würde das Datum auf Jonahs Grabstein und auf meinem registrieren, und wenn sie mit Sorgfalt und Intuition und mit der ganzen Kraft ihres Einfühlungsvermögens vorginge, würde sie vielleicht dunkel ahnen, daß ich geweint habe über der Ebbe, über dem Schlick, den Muscheln und den Steinen, die das Wasser freigab.

Nachdem Jonah gestorben war, konnte ich nur noch eines tun: unsere Ehe analysieren. Richard und Mary brauchten mich nicht erst an ihn zu erinnern; ich dachte auch so ununterbrochen an ihn. Seine Gegenwart schien unausweichlich. Als Toter füllte er mein Denken so vollständig aus, wie er es als Lebender nie getan hatte. Er war morgens zur Arbeit gefahren, oder ich war aus dem Haus gegangen, und die nächsten acht bis neun Stunden hatten mir allein gehört; danach war er ständig um mich gewesen, mir im Weg, fortwährend rufend, fragend. Und ich wollte auch an ihn denken, ich hatte das Gefühl, ihm wenigstens das schuldig zu sein. Aber es tat weh, weil ich die Dinge nicht der Erinnerung überlassen konnte, weil ich nicht weinen oder lächeln und sie abschließen konnte. Ich schluckte die Erinnerung hinunter und erbrach sie wieder, schluckte sie erneut und wand mich in Krämpfen. Später sah ich darin einen Heilungsprozeß, doch solange dieses endlose Ausgraben und Wieder-Zuschütten dauerte, schien es mir alles andere zu sein als ein wirkliches Verstehen. Das schwerste war, dieses Verstehen zuzulassen. Denn nach all meinem quälenden Forschen wollte ich nur noch eines: meine Schlußfolgerungen leugnen.

Wenn es tagsüber wärmer wurde und meine Augen vom vielen Lesen zu tränen begannen, trat ich in Tücher gehüllt aus meiner Kabine und begab mich auf den Fluß. Ich sprang aus meinem Korb, ging bei Niedrigwasser am Ufer des Piscataqua entlang und suchte nach Spuren von Zivilisation, Hinweisen auf meine Vergangenheit. Oft ging ich durch die Marcy

Street zur Mechanic Street, vorbei am Point of Graves, einem alten Friedhof, und über die Brücke nach Pierce's Island, wo die Küste felsig und fest ist. Hier findet man am Strand zum Teil mehr Ziegel als natürliches Gestein, Bruchstücke eines Materials, das ich «Portsmouthziegel» nenne, zerbrochen und abgeschliffen, aber noch als Bausteine erkennbar und herzzerreißend künstlich. Sie liegen über den ganzen Strand verstreut und reichen bis in die trüben Fluten des Flusses hinein. Man findet jedoch keine Spur des Mörtels, der sie einst zu einem Wohnhaus, einem öffentlichen Gebäude oder einer Brücke zusammengefügt hat, kein Prägesiegel eines Herstellers, nicht einmal einen Pfotenabdruck des Ziegeleihundes. Ich wanderte den Strand entlang und bückte mich von Zeit zu Zeit, um eine Tonscherbe oder ein rostiges Eisenstück aufzuheben. Für die meisten Städte waren Flüsse bis in die jüngste Vergangenheit billige Mülldeponien. Der Piscataqua mit seiner Strömungsgeschwindigkeit von sechs Knoten hätte eine Kipperladung Abfall schnell fortgetragen und je nach Flut oder Ebbe flußauf- oder flußabwärts abgelagert. Auch wenn die Frage der Herkunft immer offen ist, bieten sich Flußufer besonders an, wenn man nach etwas sucht, was andere weggeworfen haben, seien es Gebeine oder Gefäße. Die Strände von Pierce's Island sind zwar schon ziemlich abgegrast, weil die Insel ein Park ist, aber ich fand immerhin noch Scherben von Töpferwaren des neunzehnten und zwanzigsten Jahrhunderts, ein Stück vom Rand eines cremefarbenen Steinguttellers aus dem achtzehnten Jahrhundert und – zu meinem großen Erstaunen – ein fast vier Zentimeter langes Stück eines Tonpfeifenstiels aus der Zeit vor dem Unabhängigkeitskrieg. Tonpfeifenstiele sind für den Archäologen sehr bedeutsam: Findet man sie in situ und in ausreichender Menge, kann man bestimmte Datierungsmethoden anwenden. Im Laufe der Zeit wurden die Stiele länger und ihre Luftlöcher enger.

In diesen ersten Wochen habe ich mit Sicherheit jede Straße im alten Teil der Stadt mehrmals durchwandert. Ich drang auch noch weiter vor, bis nach New Castle und Little Harbor, nach Odiorne's Point in Rye, wo die erste bekannte Siedlung an diesem Küstenabschnitt gegründet wurde, und über die Memorial Bridge nach Kittery und Eliot. Auf allen meinen Streifzügen achtete ich sorgfältig darauf, der Berührungsfläche zwischen Wasser und Land möglichst nahe zu sein. Ich nutzte die Ebbe, um mich stets genau dort aufhalten zu können, wo Wasser und Erdboden sich ihre Rechte streitig machten. Den Frühling und Sommer über sammelte ich einen riesigen Krug Strandglas, das ich in Taschen voll Kälte und Sand nach Hause trug. Bestimmt geriet ich hin und wieder auf Privatgrund, doch die Verlockung einer Steingutscherbe mit einem Kobaltstreifen auf der salzüberzogenen Oberfläche war stärker als die Angst vor einem empört mit seiner Zeitung fuchtelnden, fußstampfenden Bullenbeißer von Besitzer. Ich gab mir jedoch Mühe, in der Gezeitenzone zu bleiben, der Domäne von Seefahrern, Fischern und Jägern. Wer knietief in Wasser oder Schlick watet, dem wird wohl kaum ein Grundstückseigentümer nachjagen.

Auf meinen Wegen durch die Stadt wurden mir Grace' Arbeiten beunruhigend vertraut. Sie begegneten mir, wenn ich am wenigsten darauf gefaßt war, zu meinen Füßen oder am Rand meines Blickfeldes. Sie waren allgegenwärtig, aber die Täuschung war so perfekt, daß man mehrmals hinschauen mußte, um zu erkennen, ob die Blumenkästen voll blühender Blumen im März echt waren oder nicht. Auch Schaufenster zeigten Grace' Werke: neue, durch aufgemalte Maserung antik wirkende Truhen und Möbel, an denen aufgemalte Spuren von Fettfingern und abwetzenden Hinterteilen zweihundertjährigen Gebrauch suggerierten. In der Bow Street lag auf dem Bürgersteig vor Points East Properties eine aufgeklappte Brieftasche, aus der diverse Kreditkarten hervorschauten. Ich bückte mich. Grace hatte sie hier verloren. Tausend Leute mußten versucht haben sie aufzuheben, denn an einer Ecke war die Farbe von Fingernägeln zerkratzt. Vor dem Portsmouth Athenaeum hatte Grace auf eine Leinwand aus körnigem Beton eine dicke Taube gemalt, die eine Zigarettenkippe aus einem Spalt pickt. Es hätte mich nicht überrascht, wenn sie sich bewegt hätte, als ich über sie hinwegstieg. Auf der Pier vor Harbour Place standen aus den Ritzen zwischen den Bohlen Dollarscheine und Münzen hervor oder waren gegen den Granitsockel des Gebäudes geweht, und neben einem Mülleimer lag zwischen echten Abfällen ein Kassenzettel für Farbe und Pinsel. Ich blieb bei jedem Geldschein, jeder Vierteldollarmünze stehen, anfangs beunruhigt, dann voll Staunen. Es waren perfekte Täuschungen, erzielt mit der Dreistigkeit eines Schwindlers. Ich fragte mich sogar, ob die Bohlen, auf denen ich stand, echt waren oder ob es nur auf Gaze gemalte Planken, auf Wasser gemalte Planken waren.

Jeder in der Stadt kannte Grace oder hatte schon von ihr gehört. Sie hatte in mehreren Geschäften und Restaurants die Wände bemalt, sie hatte in Strawberry Banke an Restaurierungsarbeiten mitgewirkt, und ihre Straßenprojekte schienen Geschenke an die Stadt zu sein. Aber ihr Werk war von ihren Eigenheiten überschattet: Sie lief stets im Geschwindschritt durch die Straßen, mit gesenktem Kopf, hastig gestikulierend im Streit mit einem Jemand, der ihr scheinbar auf den Fersen folgte. Von Zeit zu Zeit blieb sie stehen, drehte sich um und streckte die Hände aus, so als wolle sie ihn wegstoßen, weil er, wie sie mit gesenktem Kopf dahingehend, in sie hineingerannt war. Wenn ich ihr auf ihren Gängen durch die Stadt begegnete, konnte es passieren, daß sie ganz nah an mir vorbeiging, ohne mich zu sehen. Ihr Tonfall war nicht zornig, eher gereizt. Es klang, als würde sie sich mit einem Schwachsinnigen oder mit dem Bürgersteig selbst herumstreiten. Niemand in der Stadt schien Angst vor ihr zu haben, außer vielleicht den Touristen, die einen weiten Bogen um sie machten und ihre Kinder näher zu sich heranzogen. Einmal hielt ich sie an, als sie am Fuß des hohen Kirchturms der North Church auf dem

Market Square an mir vorüberging und murmelte: «Nein, nein, das ist es nicht, ganz und gar nicht!»

Sie ging so schnell, daß ich einen kleinen Sprung machen mußte, um sie einzuholen. Ich faßte sie am Arm und sagte: «Grace.» Sie machte einen Satz, als wäre ein Taubenschwarm vor ihr aufgeflogen.

«Charlotte, Liebes», lächelte sie.

«Hast du was zu mir gesagt?» fragte ich.

«Nicht, daß ich wüßte.»

«Du bist an mir vorbeigegangen und hast etwas gesagt.»

«Ach, äh, wahrscheinlich hab ich mit mir selbst geredet. Das tu ich oft.» Sie wirkte völlig hilflos. «Tut mir leid, Liebes», sagte sie schließlich und senkte den Blick wieder.

«Du hast nicht mit dir selbst geredet. Du hast mit jemand anderem geredet.»

«Zu Hause gibt sich das wieder», sagte sie kläglich. «Ich muß aufs Schiff zurück.»

«Soll ich mitkommen?»

«Wenn du möchtest.»

Ich nahm ihren Arm, und wir gingen unter freundlichem Geplauder über Trockenblumen, den Wind und das Abendessen in geruhsamem Tempo zur *Rosinante* zurück. Der Jemand, mit dem sie gesprochen hatte, war verschwunden. Wenn sie mit anderen zusammen war oder auch während sie arbeitete, konnte sie ihre «Dämonen» offenbar fernhalten. Ich hätte zu gern gewußt, wer ihr Verfolger war, aber ich drang nie wieder in sie, weil es sie so sehr aufzuregen und zu verwirren schien.

Hin und wieder schaute ich auf meinen Nachmittagsspaziergängen bei Chloe herein. Ich erzählte ihr dann von meinen Entdeckungen, einer Straßenbiegung etwa oder der Form eines Fensterladens, von irgendeinem Anblick, der mich so faszinierte, daß es mir möglich war, nur daran und an nichts anderes zu denken, nichts Vergangenes oder Zukünftiges – ein Moment purer Gegenwart. Chloe ihrerseits zeigte mir einen interessanten Tagebucheintrag oder neu eingetroffene Ware, ein Kondom beispielsweise, das im Dunkeln leuchtete, oder einen Ball, der nie gerade aufsprang. Wir unterhielten uns über das Abendessen, denn wie es schien, dachten wir beide oft ans Essen. Ich hatte im März fast acht Pfund zugenommen, die vorwiegend aus Beinmuskulatur bestanden und von mir als ein Zeichen von Gesundheit rationalisiert wurden.

Eines Nachmittags lernte ich in Chloes Laden ihren Beau kennen, wie sie ihn manchmal nannte. Er saß hinter dem Ladentisch auf ihrem Hocker und spielte mit einem Mini-Flipper. Chloe machte uns miteinander bekannt. Er sagte «Hi» und wandte sich wieder seinem Spiel zu, das höchste Konzentration zu erfordern schien. Er wirkte nicht unfreundlich, nur hilflos. Er war gut dreißig Zentimeter größer als Chloe und hatte langes, schlaff herabhängendes schwarzes Haar, das dringend einer Wäsche bedurfte. Seine langen, schlaffen Arme und Beine waren nur Haut und Knochen, wenn man von den Bizepshöckern absah, die wie zusammengeknüllte Socken unter der Haut saßen. Er trug eine schwarze Nachtwächtermütze, ein T-Shirt voller Farbspritzer und Jeans, die in den Hüften so schmal waren, daß sie wie Kinderjeans wirkten. Roger wohnte noch bei seinen Eltern, obwohl er nicht mehr zur Schule ging, sondern als Aushilfskellner in einem Restaurant arbeitete. Chloe und er trafen sich bei ihm zu Hause, oder sie gingen nach Geschäftsschluß zusammen aus, aber Chloe kam nie später als um zehn oder elf zurück. Keiner von beiden hatte ein Auto. Um Mitternacht lagen wir alle im Bett und schliefen unseren tiefen Schlaf.

Chloe schien ihn gern zu haben, doch ich selbst war bei dieser ersten Begegnung eher geneigt, ihn nicht zu mögen. Er war das große Ärgernis auf unserem Schiff: Grace hatte ihm verboten, je wieder einen Fuß an Bord zu setzen. Er hatte vor ihren Augen zwei Dinge getan, die sie nicht dulden konnte. Er hatte Abfälle vom Deck der *Rosinante* in den Fluß geworfen, und kaum eine halbe Stunde später hatte er Chloe geschlagen.

Mit vorgehaltenem Bootshaken hatte Grace ihn von Bord, die Pier entlang und die Treppe hinauf gejagt, gefolgt von Chloe, die ihm natürlich längst verziehen hatte. Ich sprach nie von dem Vorfall, doch Chloe selbst tat es, und ihre Erklärung hörte sich an, als handelte es sich um einen Verkehrsunfall: «Ich hab eine rote Ampel überfahren, und da hat er mich geschlagen.»

«Was für eine rote Ampel?»

«Er war schon vorher stocksauer. Er gibt sich unheimlich Mühe, diesen Drang zum Losschlagen zu unterdrücken. Ich wollte etwas nicht, was er wollte, und er hatte sich gerade mit jemand anderem geprügelt, und da hat er mir eine runtergehauen. Im nächsten Moment hat's ihm wieder leid getan. Er wußte sich einfach nicht anders zu helfen. Es hatte nichts mit mir zu tun. Ich dachte schon, Grace spießt ihn auf.»

«Das hatte sehr viel mit dir zu tun», sagte ich. «Immerhin hat er dich geschlagen.»

«Ja, aber er hat sich entschuldigt, und seitdem ist er auch nie mehr so weit gegangen.»

«Was meinst du mit ‹so weit›?»

«Manchmal schüttelt er mich durch, aber das tut nicht weh. Hat Jonah dir nie weh getan?»

«Ich glaube, er hat nie auch nur daran gedacht.»

«Roger ist einfach jähzornig. Ein bißchen Durchschütteln muß ich eben in Kauf nehmen.»

«Du mußt doch nicht mit ihm zusammenbleiben, Chloe.»

«Ich muß nicht, aber ich will. Es ist nicht gut, was er getan hat, ich weiß, aber er mag mich, Charlotte. Er leistet mir Gesellschaft. Wenn ich mit ihm zusammen bin, dann bin ich nicht allein.»

Da brach ich das Gespräch ab und drehte mich in meiner Koje um, teils wegen Chloes Sturheit, teils aus Eifersucht. Ich machte mir klar, daß ich während meiner Ehe über weite Strecken allein gewesen war, auch dann, wenn Jonah und ich uns körperlich nahe waren. Aber vielleicht war er noch mehr allein gewesen als ich. Jedenfalls schien es mir in diesem Augenblick im höchsten Grade ungerecht, daß dieses fette Mädchen und ihr muffiger Freund zusammen glücklich waren, während Jonah und ich es nicht hatten sein können. Ich vermißte ihn schrecklich und wollte alles wiedergutmachen. Denn im Grunde war er ein guter Mensch gewesen. Ich liebte ihn mit fast selbstzerstörerischer Angst.

Anfang April wachte ich einmal mitten in der Nacht von einem leisen, aber rhythmischen Knarren auf und dachte erst, Sweet George gehe über die Decks der *Rosinante.* Ich lag eine Weile da und lauschte, und als das Geräusch nicht aufhörte, wandte ich den Kopf und flüsterte Chloes Namen. Sie gab keine Antwort. «Chloe», flüsterte ich etwas schroffer und drehte mich in meiner Koje um. Als meine Augen sich an die Dunkelheit gewöhnt hatten, sah ich, daß ihre Koje leer war. Ich setzte mich auf. Piscataqua war bereits an der Tür und lauschte angespannt. Ich umschloß mit festem Griff die Klinke und öffnete die Tür. Die Uhr am Ruderstand zeigte halb zwei. Ich machte mir Sorgen um Chloe. Sie war – wie schon öfter – in schweigsamer Stimmung nach Hause gekommen und gleich hinter ihrem Vorhang verschwunden. Noch ehe Grace und ich mit dem Geschirrspülen fertig waren, hatte sie schon in ihrer Koje gelegen. Wenn sie nun mitten in der Nacht auf Deck umherging, mußte irgend etwas sie zutiefst bedrücken. Die Temperatur lag um den Gefrierpunkt. Ich schob die Kajütentür in ihrer Messingschiene leise auf und trat ins Freie. Es war fast windstill. Die Nacht war klar und vom Licht eines Halbmondes erhellt, dessen Widerschein sich den ganzen Fluß hinabzog. Man hörte nichts als die steigende Flut, die gegen den Schiffsrumpf andrängte. Ich schaute nach vorn, aber von Chloe war nichts zu sehen. Ich setzte mich nach achtern in Bewegung, doch nach ein paar Schritten blieb ich stehen. Zuerst sah ich nur Chloes rosa schimmernde Knie über dem Achterschott der Kajüte. Sie lag auf der Kirchenbank, die nackten Knie in die kalte Luft gereckt. Dann bemerkte ich auch den – wenngleich gespaltenen – Vollmond von Rogers Hinterteil, das sich zwischen Chloes Knien hob und senkte, hob und senkte. Das Knarren rührte nicht von Sweet Georges Schritten her, sondern von dem Schaumstoffpolster auf der Bank. Die beiden selbst waren mucksmäuschenstill. In Rogers eingesunkenen, fast hohlen Hinterbacken sammelte sich das Mondlicht wie in Kratern. Mein abruptes Innehalten fühlte sich an wie ein Sturz von einer Leiter, so als würde ich nie mehr zum Stillstand kommen. Zwischen den Schlägen meines Herzens aber schaute ich hin, registrierte Einzelheiten – die straff gespannte Haut an Chloes Knien, die Wolken, die das lautlose Atmen beider aufsteigen ließ. Ich drehte mich um, nahm Piscataqua an der offenen Tür vom Boden auf und schlich mich so geräuschlos wie möglich in meine Koje zurück. Minuten später hörte ich den Niedergang unter Chloes Gewicht knarren und spürte, wie das Schiff schaukelte, als Roger es verließ. Aus dem Augenwinkel sah ich Chloe durch unsere Kabine huschen und ins Bett schlüpfen. Zurück blieb nur ein kurzer Seufzer, der über ihr in der Luft hing, bis sie fest eingeschlafen war.

Am nächsten Morgen ging ich in die Kombüse hinunter, um Grace beim Frühstückmachen zu helfen. Ich lebte jetzt seit fast sechs Wochen mit ihr und Chloe auf der *Rosinante.*

Ich sagte: «Guten Morgen.»

Grace fuhr auf und stieß einen kleinen überraschten Schrei aus.

«Wer sind Sie?» fragte sie.

Ich blieb auf den Stufen stehen und sah ihr in die Augen. Sie erkannte mich nicht.

«Ich bin Charlotte, Grace», sagte ich ruhig.

Sie legte den Bratenwender in die Pfanne zurück und sagte: «Ja, natürlich, Liebes», und keine von uns verlor noch ein Wort darüber.

Im April taufte ich Piscataqua in Midden um, ein archäologischer Begriff, der eine Schicht von Abfällen bezeichnet und auf die kulinarischen Vorlieben des Kätzchens anspielte. Die Namensänderung schien Midden nicht zu kümmern: Sie reagierte auf den neuen Namen ebensowenig wie zuvor auf PP oder Piscataqua. Die Katze fraß einfach alles. Als sie größer wurde, wagte sie sich bis zu Pinkys Lager vor und fraß auch dessen Futter, das ihr mit der Zeit sogar besser schmeckte: eine Mischung aus Hundefutter und Essensresten, im Mixer zu Mus zerkleinert, weil Pinkys Zähne fast durchweg wackelten. Middens Sauberkeitserziehung aber machte schöne Fortschritte. Ich war so stolz darauf. Wir hatten ihre Katzenkiste aus unserer Kabine in die Kajüte und dann aufs Deck hinausgestellt. Jetzt war sie am Schandeck festgeschraubt und hing buchstäblich über dem Fluß. Wir hatten immer wieder ein Stück von der Plastikwanne abgeschnitten, so daß Midden jetzt mit den Vorderpfoten auf dem Deck und mit den Hinterpfoten in der Wanne stand. Zum Schluß wollten wir nur noch den festgeschraubten Plastikrand übriglassen, von dem aus Midden dann über Bord machen konnte. Ihre Anpassungsfähigkeit begeisterte mich. Sie schien das Zuscharren überhaupt nicht zu vermissen.

Je toleranter Midden sich Pinky gegenüber zeigte, desto mehr tat auch ich es, auch wenn ich seine Pampe nicht mit ihm teilte. Pinky war kein Kläffer, eine Eigenschaft, die ich an einem Hund sehr schätze. Ich brachte es zwar nicht fertig, ihn mit Grace' Kosenamen zu rufen – Lovelick, Darling, Pretty Baby –, doch seine Hingabe an das Leben beeindruckte mich. Jeder Augenblick seines Daseins war ein Kampf, um fressen, atmen, seinen Darm entleeren zu können, und dennoch schien er gegen die Menschen, die um ihn waren, keinen Groll zu hegen. Ich glaube, ich an seiner Stelle hätte sie gebissen. Er lag die meiste Zeit auf seinem Polster im Kettenkasten und kam nur ab und zu hervor, wenn Grace, Chloe oder ich ihn riefen, um ihm eine kleine Freude zu bereiten, ein Streicheln oder eine weiche Leckerei. Natürlich gab es an seinem schlaffen Leib Partien, denen man aus Angst vor allen möglichen Flüssigkeiten lieber nicht zu nahekam, aber an einer Stelle zwischen Rumpf und Unterkiefer war das Fell einigermaßen trocken, so daß man ihn dort kraulen konnte. Er konnte noch sehr geschickt Futterbrocken aus der Luft auffangen. Ende April, Anfang Mai lag er, wenn es ein paar Stunden warm war, auf Deck und aalte sich in der Sonne, während Midden sich hinter dem Ankerspill oder dem Kombüsenluk hervor an ihn heranpirschte.

An einem dieser Nachmittage waren die beiden plötzlich verschwunden, und als Grace aus der Stadt zurückkam, war ich den Tränen nahe. Ich hatte das ganze Schiff abgesucht, jedes Schapp und jeden Vorratsbehälter, und war überzeugt, daß sie einander über Bord gejagt hatten und ertrunken waren. Grace aber steuerte schnurstracks auf das Beiboot zu und hob eine lose Plane hoch, unter der Pinky und Midden uns entgegenblinzelten und -schnupperten. Sie lagen zwischen den Ruderbänken und benutzten die Riemen als Polster.

«Pinky ist früher so gern mit Sweet George Boot gefahren», sagte Grace.

Plötzlich dämmerte mir, daß ich mir den Weg zu meinen Stränden viel zu schwermachte.

«Könnte ich die *Dapple* benutzen, Grace?»

Sie überlegte einen Moment. «Natürlich», sagte sie dann. «Wenn du mir versprichst, eine Schwimmweste zu tragen. Oben im Kettenkasten ist ein kleiner Motor. Du kannst auch gern rudern, aber wenn du in eine Stromkabbelung gerätst, brauchst du Hilfe.» Sie zeigte flußabwärts in Richtung Henderson Point. «Da unten ist die Strömung so stark, daß die Stelle auch ‹Kap Ruder-auf-Teufel-komm-raus› genannt wird. Ich glaube jedenfalls, daß es das Kap ist. Vielleicht meine ich auch ein anderes. Aber wir müssen die *Dapple* erst mal ein paar Tage zu Wasser lassen, damit das Holz quillt. Sie hat den ganzen Winter im Trockenen gehangen.»

Wir hoben Pinky und Midden heraus, und dann zeigte mir Grace, wie ich die *Dapple* an ihren Davits fieren mußte. Ihr Rumpf setzte mit einem satten Klatschen auf dem Wasser auf.

«Du mußt immer wieder mal runtersteigen und sie ausschöpfen, so lange, bis das Holz gequollen ist.»

«Danke, Grace. Ich paß gut auf sie auf.»

«Für eine schöne Ruderpartie hab ich auch was übrig», sagte Grace, und wohl zum hundertsten Mal, seit wir uns kannten, nahm sie meinen Unterarm zwischen die Hände und drückte ihn. Ich schauderte.

Ein paar Tage später bat Grace Harry, den kleinen Motor zu überprüfen und mir zu zeigen, wie ich damit umgehen mußte. Um mir ein Gefühl für das Boot zu geben, machte er mit mir eine Spritztour bis hinter Pierce's Island, und die ganze Zeit redete er davon, wie gefährlich das Wasser sei und wie leicht man darin umkommen könne. Dann entließ er mich aufs Meer und wünschte mir große Abenteuer. Ich mußte grinsen. In der ersten Zeit wagten die *Dapple* und ich uns nicht in die Hauptströmung des Piscataqua hinein. Ich hatte Angst, sie könnte für meine Arme oder den Motor zu stark sein und mich, wenn nicht aufs offene Meer hinaus, so doch zumindest in die Sperrzone um Seavey's Island und die Marinewerft tragen. Kleine Patrouillenboote umkreisten die Insel und vertrieben Schiffe, die ihr zu nahe kamen. Es konnte ja sein, daß ich mit dem Bug der *Dapple* einen Kratzer in ein Atom-U-Boot machte und dann versuchen mußte zu erklären, daß ich Archäologin und auf der Suche nach Fundstätten sei. So hielt ich mich weitgehend an die Seitenkanäle und seichten Gewässer hinter New Castle Island, kreuzte in kleinen Buchten, die der Sagamore und der Witch Creek bildeten, und bestaunte die Yachten, die unterhalb des *Wentworth by the Sea*, eines riesigen weißen viktorianischen Hotels hoch über Little Harbor, vor Anker lagen. Ich kam mir tatsächlich vor wie auf Abenteuerfahrt, wenn ich mich bei Flut unter niedrigen Brücken hindurchstahl und die *Dapple* so weit landeinwärts steuerte, wie es nur irgend ging, bis an die Stufen von Kolonialstilvillen oder in stille Salzsümpfe, in denen ich mich mit dem Ruder durch das Schilf schieben mußte. Die *Dapple* hatte einen sehr geringen Tiefgang; sie war leicht, und ich war es auch, und so wagten wir uns sehr viel weiter vor als die meisten anderen Boote. Ich versuchte, die Gezeiten möglichst geschickt zu nutzen: Die Ebbe trug mich an mein Ziel, die Flut zurück zur *Rosinante.* Manchmal aber verschätzte ich mich und mußte die *Dapple* dann zu Fuß durch Schilf, Schlick und Muscheln einer kleinen Bucht hinter dem zurückweichenden Wasser herschleifen. Ich vertäute sie an einem überhängenden Baum, um das Ufer eines Baches zu erkunden, vergaß die Zeit, und bei meiner Rückkehr war das Wasser hundert Meter weiter weg. Trotz aller Anstrengung gelang es mir nicht, mich an einen Tidenhub von zweieinhalb Metern in einem Zeitraum von sechs Stunden zu gewöhnen. Noch heute habe ich großen Respekt davor. Aufgewachsen in Kentucky mit seinen Seen und Teichen, hatte ich gelernt, ein Gewässer und seine Oberfläche fast wie einen festen Körper zu betrachten und ihnen zu vertrauen. Solange Regen fiel, würden sie immer dasein. Der Piscataqua dagegen war trügerisch. Solange nicht ein Sturm oder das Kielwasser von Schiffen seine Oberfläche aufwühlte, wirkte er ruhig und heiter und spiegelte den weiten Himmel wider, wenn auch mit kleinen Unvollkommenheiten da und dort, einem Gekräusel, wenn sich in der Tiefe etwas verfangen hatte, einer leichten Kabbelung, wenn Strömungen ineinanderflossen. Es gab nur eine Möglichkeit, den Fluß zu erkunden: Man mußte einen Gegenstand auf das Wasser setzen und beobachten, wie er fortgetragen wurde oder unterging. Nie war der Fluß statisch. Nie war man ihm gleichgültig.

Ab und zu nahm ich Midden oder Pinky mit, und im Mai, als es wärmer wurde, zogen Grace, Chloe und ich uns warme Pullover an und unternahmen mehrere Picknickfahrten zu einer der winzigen Granitinseln vor Goat Island. Weiter hinaus wagten wir uns nicht, denn wenn wir alle drei an Bord waren, lag die *Dapple* gefährlich tief im Wasser. Auf einem der Felsen stand ein verfallenes Haus, und eines Sonntagnachmittags breiteten wir unsere Decke in seinem Vorgarten aus, im kurzen, harten Gras, das zwischen Sand und meerumspültem Kies wuchs. Grace war bester Stimmung und lächelte über ihren Kommentar zu einem Haus an der fernen Küste und dessen unglücklicher Farbzusammenstellung: der Sockel schokoladenbraun, das Dach hellgelb.

«Die Leute, die da wohnen», hatte Grace gesagt, «scheinen ihren ganzen Geschmack im Mund zu haben.» Dann hatte sie geschwiegen.

Nichts, was wir sagten, schien Chloe zu interessieren. Sie saß am Rand der Decke und blies Trübsal, wie schon seit fast einer Woche. Grace machte ihr ein Sandwich mit Putenfleisch und Gurke, doch bevor sie es ihr gab, biß sie eine Ecke davon ab und hinterließ die verräterische Spur ihrer Zähne.

«Danke, Grace», sagte Chloe düster.

«Böses Kind», erwiderte Grace, «daß du Charlotte und mich nicht in dein Geheimnis einweihst.»

Chloes Mund öffnete sich. Es gab tatsächlich ein Geheimnis. «Sie hat doch ein Geheimnis», sagte ich. «Grace, woher wußtest du das?»

«Ich hab sie noch nie so lange so schweigsam erlebt. Normalerweise ist ihr Redestrom ja nicht zu bremsen.»

«Ich hab kein Geheimnis.» Chloes Augen schwammen in Tränen, und um sie zu verbergen, hielt sie sich das Sandwich vors Gesicht. «Ich hab kein Geheimnis», wiederholte sie. «Du hast von meinem Sandwich abgebissen!» jammerte sie dann und fügte laut weinend hinzu: «Das ist mein Sandwich, und du hast davon abgebissen!»

«Du kannst meins haben, Chloe», bot ich an.

«Was hast du denn, Kind?» fragte Grace und reichte ihr eine Papierserviette.

Chloe lief scharlachrot an. Ihr Gesicht war verzerrt, zerknautscht wie ein nasses Papiertuch, und sie weinte, wie ich fand, mit beneidenswerter Hingabe. Noch nie im Leben hatte ich so hemmungslos und so gründlich geweint, wie sie es jetzt tat.

«Ich halt das nicht mehr aus», brachte sie schließlich hervor, und ihre Worte stiegen eines nach dem anderen auf wie Luftblasen aus einem verstopften Abfluß. Und dann, in einem heftigen Gefühlsausbruch, rief sie: «Ich bin schwanger», kippte um und zog die halbe Decke und fast unser ganzes Picknick über ihr verzweifeltes Gesicht.

Grace beugte sich vor, tätschelte ihren wogenden Leib und flüsterte «Schsch, schsch», wieder und wieder, bis Chloe sich ausgeweint zu haben schien und ein letztes Mal gequält in die Decke stöhnte. Ich brachte es nicht fertig, sie zu berühren.

«Wie schwanger bist du?» fragte ich.

«Anfang des fünften Monats ungefähr.» Chloes Augen fuhren wie Scheibenwischer hin und her.

Grace schnappte nach Luft. «Im fünften Monat?»

«Ja», sagte Chloe kleinlaut.

«Und wieso hast du so lange gebraucht, um das herauszukriegen?» fragte Grace entrüstet.

«Ich weiß es schon seit dreieinhalb oder vier Monaten.»

«Und warum regst du dich erst jetzt darüber auf?»

«Vorige Woche hab ich's Roger gesagt.»

«Aha.» Grace nahm einen Blechlöffel und trommelte sich damit auf die Handfläche.

«Und seit ich's ihm gesagt habe, schläft er nicht mehr mit mir. Als ob er mich noch mal schwängern könnte.»

«Zu Roger will ich mich nicht äußern», erklärte Grace.

«Du willst das Kind also bekommen?» fragte ich ruhig.

«Ja, natürlich.»

«Und er will nichts mehr mit dir zu tun haben, nehm ich an», ergänzte Grace.

«Nein, das ist es nicht, Grace. Er will mich von Bord haben. Er will, daß ich die *Rosinante* verlasse und mit ihm zusammenziehe.»

«Aber er wohnt doch bei seinen Eltern», warf ich ein.

«Er sucht eine Wohnung.»

«Also geht's nur um Sex?» fragte Grace sachlich.

«Nein», erwiderte Chloe, «ums Umziehen. Ich weiß nicht, ob ich mit ihm zusammenleben will. Ich fühl mich wohl bei dir und Charlotte. Und ich fühl mich wohl auf dem Schiff.»

Damit brach sie von neuem in Tränen aus, ließ den Kopf sinken und bedeckte ihr Gesicht mit der Decke, aus deren Falten Gurkenscheiben auf Grace und mich zurollten.

«Hm», sagte Grace nachdenklich, «anbauen können wir nicht, also müssen wir die Kajüte in ein Kinderzimmer umfunktionieren.»

Chloe schrak auf. «Was?»

«Die Kajüte, die Kajüte», wiederholte Grace gereizt. «Hör zu, Kind. Tagsüber bleibt das Baby am besten in der Kajüte, da ist es wärmer. Und nachts kommt es, wenn Charlotte nichts dagegen hat, in eure Kabine, damit es in deiner Nähe ist.»

«Ach so», sagte Chloe. «Ja, klingt ziemlich einfach.» Sie wischte sich die Tränen von den Wangen und blinzelte.

Ich merkte, daß ich nickte, zustimmend nickte, verwickelt in das Leben zweier Menschen, das von meinem nicht mehr zu trennen war. Ich nahm einen von unzähligen Fluten glattgeschliffenen Stein und behielt ihn in der Hand, bis er so warm wurde, daß er nicht mehr von meiner Handfläche zu unterscheiden war.

«Es kann auch dein Baby sein, Charlotte», sagte Chloe.

Und ich fuhr fort zu nicken, ich hielt es kaum noch aus vor Dankbarkeit und wußte kaum noch, wie ich danke sagen, wie ich soviel Vertrauen annehmen sollte, so ungewohnt war es für mich, daß man mich einbezog. Ich weinte fast so untröstlich wie zuvor Chloe, mit dem Gefühl, etwas gewonnen und etwas verloren zu haben. Grace konnte nur noch mißbilligend den Kopf schütteln.

«Es geht schon wieder», sagte ich nach einer Weile. «Es geht schon wieder.»

Wir beendeten unser Picknick. Ich ergriff die Riemen der *Dapple*, und sie lagen mir angenehm in den Händen. Durch die Ruderblätter spürte ich den Sog des Wassers, so als würde der Fluß mich brauchen, und ich ruderte uns vier nach Hause, zu einem größeren Schiff.

Einige Zeit später meldete ich mich in Strawberry Banke und bot an, als unbezahlte Kraft im Archäologenteam mitzuarbeiten. Ich habe das große Glück, daß mein Beruf mir immer Spaß gemacht hat. Ich wollte unbedingt wieder mit meinen Händen in der Erde arbeiten und anschließend im Labor, wo sich mindestens drei Viertel der Tätigkeit eines Archäologen abspielt. Glücklicherweise hatte Michael Hall, der Leiter des Teams, von unserer Arbeit an der University of Kentucky gehört, und so verlief dieses erste Gespräch überaus erfreulich, auch deshalb, weil ich mich nicht um eine Stelle bewarb, sondern meine Dienste unentgeltlich zur Verfügung stellte.

In der Zwischenzeit war mein Haus verkauft worden. Ich hatte die Papiere unterzeichnet, und meine Sachen waren in Kentucky eingelagert worden. Meine Eltern hatten mir sehr geholfen und alle Einzelheiten geregelt, um die ich mich nicht selbst hatte kümmern können oder wollen. Meine Mutter sagte, Richard und Mary hätten ihre Nachforschungen schlagartig eingestellt, nachdem sie meinen Brief bekommen hätten. Ich hatte ihn an meine Mutter geschickt, weil sie den Poststempel nicht sehen sollten. Mein Verhalten ihnen gegenüber begann mich zu belasten, aber ich verspürte nicht den geringsten Wunsch, sie zu sehen. Also hatte ich ihnen geschrieben und mich für mein Benehmen entschuldigt. Ich hatte sie um Verständnis gebeten für meinen Wunsch nach Einsamkeit und einem neuen Anfang, einer Zeit der Trauer ganz für mich allein. Ich hatte ihnen gesagt, daß sie mich über meine Mutter erreichen könnten und daß ich zu Thanksgiving oder Weihnachten wahrscheinlich nach Kentucky kommen würde. Sie hatten nicht geantwortet, und ich war dankbar dafür und zugleich beschämt. Mit meinem Schweigen, meiner Flucht hatte ich sie der Belästigung beschuldigt, und als die Wochen verstrichen, regte sich in mir das Gefühl, ihnen unrecht getan zu haben. Ich hatte nach sechs Jahren meinen Mann verloren, sie nach achtundzwanzig Jahren ihren Sohn. Wenn ich mich ihnen entzog, so wurde mir allmählich klar, war es, als wären wir bei dem Unfall beide ums Leben gekommen. Trotzdem brachte ich es nicht über mich, ihnen meinen Aufenthaltsort mitzuteilen.

Ich hatte den Eindruck, daß man mir Jonahs Tod jetzt nicht mehr ansah, daß ich wieder ein Individuum war und nicht nur eine Witwe. Aber ich trug noch immer meinen Ring und dachte noch immer fast ununterbrochen an Jonah. Wenn ich ihn lebend, aber stumm in meinen Träumen sah, war ich nahe daran, ihn töten zu wollen, die Erinnerung an ihn töten zu wollen. Ich fand es ungerecht, daß er gestorben war, während meine Erinnerung an ihn weiterlebte und mich peinigte.

Grace' Erinnerung an Sweet George schien ihr Trost zu bieten. Oft sah ich sie das Steuerrad berühren und mit den Fingern über das gewölbte Mahagoni streichen. Häufig drehte sie sich dann um und erzählte uns etwas von Sweet George, berichtete von einfachen Freuden, bei denen sie noch in der Erinnerung strahlte. Sie versprach mir, daß ich darüber hinwegkommen, daß mich die Schwermut mit der Zeit langweilen würde. Ich sagte dann irgend etwas Törichtes wie etwa: «Aber du hattest fünfundvierzig Jahre, Grace. Ich hatte nur sechs.»

«Du hast recht, Liebes», erwiderte sie. «Tut mir leid. Aber macht dieser Unterschied das Leben nun leichter für mich oder schwerer?»

Gewöhnlich tauchte dann Chloe auf, die es kaum aushielt, in ein Gespräch nicht einbezogen zu sein, und fragte: «Wie wär's mit Plätzchen? Wollen wir Plätzchen backen?»

Und Grace und ich waren ihr dankbar dafür.

Mir war klar, daß viele Menschen mehr gelitten hatten als ich, daß manche ihre ganze Familie verloren hatten, Kinder, Babys, daß sie unbeschreibliche Tragödien erlebt hatten, doch dieses Wissen bot mir wenig Trost. Ich versuchte mein Leid mit Anstand zu tragen, aber manchmal war ich doch selbstsüchtig und verbittert, stumm und vorwurfsvoll. Ich war nie besonders fromm gewesen, und so lag es nahe, zornig auf Gott zu sein. Ich sagte Ihm, daß ich nicht an Ihn glaubte, und empfand dabei ein perverses Vergnügen, das mich wiederum erschreckte. Ich erzählte Grace davon, und sie sagte: «Klar, daß dich das erschreckt. Was fällt dir ein, nicht an Gott zu glauben?»

Ihre Reaktion war weit stärker, als ich erwartet hatte. Dabei war sie es gewesen, die Chloe und mich aufgefordert hatte, unseren Glauben für uns zu behalten. «Ich weiß nicht, was ich glauben soll», verteidigte ich mich.

«Das ist auch ein Glaube, nicht zu wissen, was man glauben soll. Der Glaube an das Unwissen. Daran kann jeder glauben.»

«Grace, ich will nicht darüber streiten», murmelte ich. «Ich hab nicht die Kraft dazu.»

Sie war dabei, Teig auf einem Wachstuch flachzudrücken, und sprach durch Mehlwolken hindurch. «Schon gut», sagte sie. «Keine Sorge. Ich hab genug Glauben, um dich mit rüberzunehmen.»

Chloe, die schon eine Weile versucht hatte, sich in das Gespräch einzuschalten, schwieg jetzt, verschluckte, was ihr auf der Zunge lag, und sagte statt dessen:

«Mich auch, Grace.»

«Ja, Liebes. Als erstes begrüße ich Sweet George, dann dreh ich mich um und warte auf euch beide.»

Daraufhin ging es mir seltsamerweise besser, denn ich glaubte viel mehr an Grace als an Gott.

Ende Juni fegte ein Sturm über die Stadt und ließ die *Rosinante* an ihrer Pier so stark schaukeln, daß wir alle dem Himmel näher zu sein glaubten, als wir gedacht hatten. Aber die Festmacher hielten, dank Harry, der noch zusätzliche Leinen angebracht hatte und auch noch ein paar Bojenfender, die das Schiff vom Pfahlwerk der Pier abhielten. Der Wind brauste durch die Takelage am kurzen Flaggenmast der *Rosinante*, und der Regen peitschte über ihre Decks, so wie man es in alten Seefahrergeschichten liest. Wir schauten aus den Kajütenfenstern, sahen aber nur Gischtfahnen über dem Fluß und Sprühnebel auf seiner Oberfläche. Die Flut stieg höher, als ich es je erlebt hatte, und schwappte über die niedrigen Kaimauern. Viele Hummerkörbe gingen in dieser Nacht verloren, weil ihre Bojen sich losgerissen hatten. In Pepperal Cove, so hörten wir, lösten sich zwei kleine Segelboote aus ihrer Vertäuung und wurden auf die Felsen unterhalb des ehemaligen Gefängnisses auf Seavey's Island gespült. Die Küstenwache, die an der Hafeneinfahrt stationiert war, barg die Besatzung eines Trawlers, der fünf Meilen vor den Isles of Shoals gesunken war. Die Straßen der Stadt waren von Schindeln, Blättern und Zweigen übersät, aber am sichtbarsten war der Schaden im Prescott-Park gegenüber dem Point of Graves: Drei hohe alte Ulmen aus einer Baumreihe an der Mechanic Street waren umgestürzt und lagen mit Wurzeln und allem Drum und Dran im Park.

Ich arbeitete seit ein paar Wochen im Labor des Joshua Jones House und in der Cummings Library in Strawberry Banke, informierte mich über die bereits geleistete Arbeit und las alte Ausgaben des Banke-Mitteilungsblattes. Im zweiten Stock des Jones House wurden Tausende von Artefakten aufbewahrt, die im Umkreis des Puddle Dock ausgegraben worden waren. Ich hatte mehrere Tage damit verbracht, mich mit diesen Artefakten, den Grabungen, aus denen sie stammten, und ihren kulturellen Bezügen vertraut zu machen, als Michael ankündigte, daß es unerwartete Arbeit für uns gebe.

Am Morgen nach dem Sturm hatte ein städtischer Arbeiter bei der Besichtigung des Schadens im Prescott-Park ein langes Stück eines Tonpfeifenstiels und mehrere Scherben gefunden, die aus den Wurzeln der umgestürzten Bäume und der aufgewühlten Erde ringsum hervorstanden. Da er sich für die Geschichte der Region interessierte, hatte er seine Funde ins Büro des *Portsmouth Herald* gebracht, von wo man sie an Michael weitergeleitet hatte. Michael war ganz aufgeregt, weil sich herausgestellt hatte, daß die Funde aus dem frühen achtzehnten Jahrhundert stammten und die Scherben jenen glichen, die man auf dem Samuel-Marshall-Grabungsareal gefunden hatte, wo ein Töpfer dieses Namens in den dreißiger und vierziger Jahren des achtzehnten Jahrhunderts seine Werkstatt gehabt hatte. Die Stadt plante eine aus Bundesmitteln finanzierte Rohrleitung, die durch dieses Gebiet bis nach Pierce's Island führen sollte, und war gesetzlich verpflichtet, zuvor archäologische Untersuchungen durchführen zu lassen. Die Behörden nahmen die Schäden im Prescott-Park zum Anlaß, früher als vorgesehen mit den Arbeiten zu beginnen, und hatten die Archäologen von Strawberry Banke beauftragt, Notgrabungen durchzuführen. Da die Touristensaison bereits in vollem Gange war, hatten wir für unsere Arbeit nur drei Wochen Zeit. Der Prescott-Park war der Brennpunkt fast aller Freiluftaktivitäten der Stadt, und die Touristen zog es wegen der Blumenskulpturen und des Blicks über den Fluß natürlich ebenfalls dorthin.

Auf dem Gelände hatte einst das 1631 erbaute Great House gestanden, ein großer Holzbau, Mittelpunkt der ursprünglichen, von John Mason gegründeten Kolonie. In den Jahren des Aufschwungs von Portsmouth hatten Lagerhäuser die Water Street (die heutige Marcy Street) gesäumt, an deren Stelle später Läden, Wohnungen und ein Rotlichtviertel traten. Die Prescott-Schwestern hatten in dem Wunsch, den Bezirk zu säubern und das alte Viertel zu erhalten, in dem ihr Vater Mitte des neunzehnten Jahrhunderts ein Lebensmittelgeschäft betrieben hatte, zahlreiche Grundstücke aufgekauft und den Park 1940 der Stadt übereignet. Die Parkverwaltung hatte das Areal weiter vergrößert, und heute zieht sich der Park zwischen dem *Smarmy Snail* und dem Point of Graves mehrere hundert Meter den Fluß entlang. Früher floß hier der Puddle Dock zwischen dem Gewirr der Speicher durch. Zwischen 1899 und 1907 wurde er mit Brand- und Bauschutt aufgefüllt, und auf dieser Schicht liegt auch ein großer Teil des Prescott-Parks. Wo heute fester Grund ist, gab es früher nur Speicher, das Wasser zwischen ihnen und die Mündung eines Tideflusses.

Aus einem Stadtplan von Portsmouth aus dem Jahre 1812 geht jedoch hervor, daß es an der Nordseite der Mechanic Street, der damaligen Gravesend Street, zwischen der Straße und der Mündung des Puddle Dock auch damals schon seit langer Zeit festen Grund gegeben hat. Während andere Helfer auf der Suche nach Besitzdokumenten zu den Grundstükken, auf denen wir arbeiten wollten, Archive durchstöberten, machten Michael und ich uns mit zwei weiteren Helfern eilig daran, das Gelände abzuriegeln. Wir benutzten dazu eine Rolle leuchtend gelbes Band mit der Aufschrift *Polizei – Tatort*, ein Relikt polizeilicher Ermittlungen in einem Mordfall, das Michael an sich genommen hatte.

Als erstes mußten wir die Stadt veranlassen, die umgestürzten Bäume fortzuschaffen. Die Erde zwischen den Wurzeln hatten wir bereits abgeklopft und abgeschabt. Bevor die intakten Wurzeln abgesägt wurden, untersuchten wir sorgfältig den Fuß der Stämme und das Wurzelwerk, um zu sehen, ob in das Holz selbst Artefakte eingebettet waren. Nicht selten wachsen Bäume um ein Artefakt herum, so wie sie um einen Stein oder um ein Stück Stacheldraht herumwachsen können. Nachdem Äste und Stamm abgesägt und die gewaltigen Stümpfe mit dem Wurzelwerk auf einen Tieflader gehievt und abtransportiert worden waren, begannen wir mit der eigentlichen Arbeit. Wir bestimmten einen Meßpunkt und legten mit Hilfe eines Theodoliten und eines Bandmaßes ein Quadratmeterraster über unser Grabungsareal. Die gesamte Fläche zog sich über dreizehneinhalb Meter am Rand der Mechanic Street entlang und reichte zwölf Meter in den Park hinein, flaches Gelände, das zur Straße hin leicht anstieg. Den städtischen Plänen zufolge verliefen alle bestehenden Trinkwasserleitungen und Abwasserkanäle auf der anderen Straßenseite, so daß wir hoffen konnten, ungestörte Schichten vorzufinden, sobald wir die Pflugzone und den von Baumwurzeln durchzogenen Bereich hinter uns hatten. Wurzeln können im Verlauf ihres Wachstums Artefakte und Strukturen entweder tiefer in die Erde drücken oder sie an die Oberfläche heben. Im Zentrum unseres Grabungsareals hatten die umgestürzten Bäume drei etwa einen Meter tiefe Löcher hinterlassen. Da der städtische Arbeiter die Artefakte am Grund eines dieser Löcher gefunden hatte, wußten wir, daß wir eine erhebliche Auflast würden abtragen müssen, um an die älteren Schichten zu gelangen. Aber auch die oberen Schichten waren wichtig, und trotz unserer knappen Zeitvorgaben (viele Grabungen ziehen sich über Jahre hin) wollten wir uns auch nicht das kleinste Stückchen Information entgehen lassen.

Da bei Beendigung einer Grabung die Fundstätte zerstört ist, muß unbedingt darauf geachtet werden, daß nichts versäumt wird. Die genaue Lage jeder Struktur und jedes Artefaktes muß dokumentiert und kartographiert werden, und aus jeder Schicht müssen Bodenproben entnommen werden, die dann später im Labor analysiert werden. Das Graben stellt hohe körperliche Anforderungen. Stunde um Stunde arbeitet man im Knien und darf auch nicht feinste Veränderungen der Farbe oder Beschaffenheit des Bodens übersehen, weil sie auf eine Feuerstelle hindeuten könnten, eine Abfallgrube, einen Brunnen oder sogar den Weg, den jemand zum Abtritt gegangen ist. Der Lohn der Mühe, sich durch eine bis zu einem Meter dicke Lehm- oder Erdschicht hindurchgeschabt oder durch betonharten Boden hindurchgemeißelt zu haben, besteht darin, daß man etwas sieht, was jahrhunderte- oder gar jahrtausendelang niemand mehr zu Gesicht bekommen hat. Man tritt in enge Verbindung nicht nur zur Vergangenheit, sondern auch zu dem Menschen, der an der Feuerstelle gesessen, der die Murmel verloren hat oder an einer Krankheit gestorben ist, über die seine Gebeine Aufschluß geben.

In der ersten Juniwoche, an einem Tag, den die Leute auf der anderen Seite des Flusses einen «Maine-Tag» nennen – strahlende Sonne, leichter Wind –, stellten wir unmittelbar neben unserem Grabungsplatz im grünen Gras des Prescott-Parks unsere Erdsiebe auf. Unsere Gruppe bestand aus Michael und seinen beiden Teilzeitarchäologen, sieben Studenten der University of New Hampshire, sechs freiwilligen Helfern aus Portsmouth, die schon bei früheren Grabungen in Strawberry Banke dabeigewesen waren, und mir selbst. Pfostenlochtests ergaben, daß die oberste Erdschicht, von uns Prescott-Park-Schicht genannt, am Nordrand unseres Areals mindestens fünfundvierzig Zentimeter dick war und zur Straße hin bis auf etwa zehn Zentimeter abnahm. Da sie keinerlei kulturelle Reste zu enthalten schien, vermuteten wir, daß sie bei der Anlage des Parks zur Abdeckung und Einebnung von Schutt aufgebracht worden war. Mit einem von der Stadt geliehenen Löffelbagger und einem Erdhobel trugen wir diese Schicht fast vollständig ab. Während zwei Vermessungsingenieure noch Meßmethoden und Formulierungen diverser Dokumente erörterten, konnten wir Helfer uns schon einmal unsere Planquadrate aussuchen. Die Archive gaben nur unvollständig darüber Auskunft, was in den letzten dreihundertsiebzig Jahren hier gewesen war. Wir befanden uns westlich des einstigen Standorts des Sheafe Warehouse, das ursprünglich an der Mündung des Puddle Dock in der Gravesend Street stand und später in den Uferbereich des Prescott-Parks verlegt wurde. Heute ist es ein Museum. Ein großer Teil des Takelwerks und der Segel von John Paul Jones' Schiff *Ranger* ist in diesem Gebäude aus dem siebzehnten

Jahrhundert angefertigt worden. Wir vermuteten, daß wir uns in der Nähe eines Ortes befanden, der auf Brewsters Stadtplan von 1850 als «Bell's Wharf» eingezeichnet ist. Da keine augenfälligen Strukturen wie Grundmauern oder eine Erdabsenkung über einem Keller zu erkennen waren, meinte Michael, wir könnten schon einmal anfangen Erde abzutragen, bis die Vermessungsingenieure uns sagten, wo in etwa Häuser, Läden oder Lagerhäuser gestanden haben könnten. Ich wählte ein Quadrat zwischen der Baumreihe und der Mechanic Street, das im Schatten einer stehengebliebenen Ulme lag. Aus Erfahrung wußte ich, daß man es besser unerfahrenen Helfern und Studenten überließ, drei Wochen lang in der Sonne zu arbeiten. Aber ich wußte auch, daß das Gelände ursprünglich von der Straße zum Ufer des vor neunzig Jahren aufgefüllten Puddle Dock abgefallen war. Im Bereich der Böschung mußte die Verfüllschicht dünner sein. Ich hoffte, sehr viel rascher auf ungestörte Schichten zu stoßen als die anderen, die weiter im Innern des Parks arbeiteten.

Ich schärfte die Schrägkanten meiner Lieblingsmaurerkelle, die sich im Lauf der Jahre von fünfzehn auf acht Zentimeter Länge abgewetzt hatte, und senkte meine Knie in die kühle Erde. Dann begann ich mit der simplen Schabbewegung – jeweils drei Millimeter –, mit der zu guter Letzt auch Pyramiden freigelegt werden und die mir im übrigen in den vergangenen zehn Jahren einen Kellenellenbogen beschert und eine leichte Arthritis in den Handgelenken verstärkt hat. Man ist versucht, die Spitze der Kelle in die Erde zu stoßen und die Leckerbissen herauszuschnellen, aber es ist besser, man geht langsam vor, Schicht für Schicht, um die Objekte in situ aufzuspüren, dort wo sie fallengelassen oder abgelegt worden sind, und nach Beziehungen zwischen Artefakten und Strukturen Ausschau zu halten. Die meisten Kleinfunde werden zunächst so, wie man sie vorfindet, auf einem Erdsockel belassen und mit dem Pinsel gesäubert, damit etwaige Beziehungen zu tieferliegenden Schichten ermittelt werden können. Wenn alles vermessen und kartographiert ist, werden die Objekte in Plastikbeutel gesteckt und beschriftet. Nachdem alle Bodenproben aus einer Schicht entnommen sind, wird für den Fall, daß kleine Artefakte übersehen wurden, die übrige Erde durchgesiebt. Dieses gesiebte Material, von manchen Archäologen «Ausbeute» genannt, ergibt hervorragende Blumenerde ohne das kleinste Stöckchen oder Steinchen. Grace kam mehrmals bei uns vorbei und stahl sich einen kleinen Eimer Erde für ihre Blumentöpfe auf der *Rosinante*.

Ich trug sechs oder sieben Zentimeter der obersten Erdschicht des Prescott-Parks ab, fetten, dunklen Humus, den ich mit meiner Kelle auf eine Kehrschaufel schob und in einen Zwanzig-Liter-Plastikeimer kippte. Michael kam freundlicherweise ab und zu vorbei und brachte den vollen Eimer zu den Sieben. Er ging mit einem Klemmbrett voll Schichtvordrucken umher und kauerte sich bei jedem Helfer nieder, um den Fortgang der Arbeit zu erfassen und sich zu vergewissern, daß nichts falsch gemacht wurde. Kaum hatte ich die oberste Erdschicht abgetragen, stieß ich auf Ziegelstücke. Als Michael mir den Eimer zurückbrachte, bückte er sich, hob eines davon auf und zerdrückte es zwischen den Fingern.

«Ziemlich krümelig», sagte ich.

Er schaute auf. «Gebrannt ist das Zeug jedenfalls nicht», sagte er, eine ziemlich überflüssige Feststellung, denn davon hatte ich ja gerade geredet. Interessant wurde sie jedoch durch meine Beobachtung, daß er, während er redete und ich seine Zähne taxierte, das gleiche bei mir zu tun schien. Ich erschrak.

«Du schaust dir meine Zähne an», sagte ich.

«Nein», log er.

«Doch. Aber macht nichts. Es ist eine Berufskrankheit. Ich tu's auch.»

«Hast du mal eine Zahnspange getragen?» fragte er.

«Ja, die saß so drin, schau.» Ich machte den Mund weit auf, damit er meine Backenzähne sehen konnte. «Ich hab einen Carabelli-Höcker.»

«Tatsächlich?» Er legte den Kopf zur Seite und spähte mir in den Mund.

Der Carabelli-Höcker an den ersten oberen Backenzähnen ist ein entwicklungsgeschichtlich eher junges Phänomen, das bei allen neuzeitlichen Populationen in unterschiedlicher Häufigkeit auftritt. Fossilfunde von Hominiden mit eindeutig erkennbarem Höcker sind nicht bekannt.

Michael spitzte die Lippen, und plötzlich dachte ich, ihn zu küssen müßte sich anfühlen, als würde man die Nähte eines Baseballs küssen. Er sagte: «Mein Oberkieferknochen ist fast keilförmig.»

«Tatsächlich?»

«Ja.» Er sperrte den Mund auf und legte den Kopf zurück.

«Das ist angeboren, oder?»

«Man nimmt es an. Aber in meiner Familie hat sonst niemand einen Keil.»

Ich lächelte. Er lächelte. Ich wandte mich wieder meiner Arbeit zu, weil eine heiße Welle des Schuldbewußtseins mich durchströmte, und obwohl ich im Schatten war, begann ich zu schwitzen. Einen Moment lang war mir übel, und wenn ich allein gewesen wäre, hätte ich mich wahrscheinlich übergeben, nur um die Bitterkeit und Anspannung zu lindern. So aber beugte ich mich nur tiefer über meine Arbeit und wischte mir mit dem Ärmel den Speichel von den Lippen. Meine Augen begannen zu brennen und zu tränen. Ich war so wütend auf mich selbst wegen dieser überflüssigen Aufwallung. Jonah war der letzte, dem es etwas ausgemacht hätte, wenn ich in dieser Weise an jemand anderen dachte. Er war so tot wie der Ziegelstaub unter meinen Knien.

Ich war morgens als erste am Grabungsort und ging abends als eine der letzten nach Hause. Ich hatte es nicht weit – von der *Rosinante* war es nur ein etwa dreiminütiger Spaziergang –, außerdem wollte ich auf keinen Fall etwas versäumen. Es ging mir ähnlich wie Chloe: Sie legte Wert darauf, jedes Wort in jedem Gespräch mitzubekommen, und oft mußte man das Gesagte wiederholen, nicht weil sie es nicht verstanden hätte, sondern damit sie es genießen, die Worte in ihrem Kopf drehen und wenden konnte. So war es bei mir mit der Grabung. Ich wollte jeden Nagel und jeden Knopf, der aus der Erde geholt wurde, sehen oder zumindest davon wissen. So kam ich meist erst spät abends auf die *Rosinante* zurück, die Kleider schmutzig, Erde an Knien und Unterarmen, Ziegel- und Knochenstaub in den Falten am Hals und um die Augen. Ich duschte in der winzigen Toilette und fiel dann im Bademantel mit einem Handtuch um den Kopf aufs Kajütensofa. Chloe massierte mir die Schultern und klopfte mir das Kreuz, und ich redete und redete und erzählte ihr von den Funden des Tages.

Chloes Arzt meinte, die Schwangerschaft mache gute Fortschritte. Als Geburtstermin hatte er den fünfundzwanzigsten September genannt. Obwohl Chloe im fünften Monat war, sah man ihr noch immer nichts an, ich zumindest nicht. Ich revanchierte mich bei ihr für die Massagen, wobei es mir allerdings fast unmöglich war, die Epiphyse, das verdickte Ende der langen Röhrenknochen, zu lokalisieren. Chloe hatte immer etwas zu essen in Reichweite und half uns neuerdings auch bei der Zubereitung ihrer Vesperbrote, weil Grace und ich sie nicht dick genug belegten. Sie und Roger waren noch zu keiner Einigung gekommen. Er wollte zwar nicht heiraten, aber er wollte mir ihr zusammenleben. Chloe wußte nicht, was sie tun sollte. Einerseits wollte sie nicht allein sein, andererseits ahnte sie dunkel, daß sie auch nicht für den Rest ihres Lebens mit Roger zusammenbleiben wollte. Da Grace ihn nach wie vor nicht an Bord ließ, ging er auf der Pier auf und ab, wenn er auf Chloe wartete, oder er setzte sich mit einer Cola auf die Terrasse des *Smarmy Snail* und starrte auf die *Rosinante* hinab. Sein äußerstes Zugeständnis an mich war ein verlegen klingendes «Huuhuu, hallo!» Ich versuchte ihn in ein Gespräch zu verwickeln, obwohl Menschen, die so finster aussahen wie er, mir angst machten. Chloe sagte, er rede von nichts anderem mehr als von dem Baby, aber er sei noch immer völlig durcheinander. Seinen Eltern hatte er es noch nicht gesagt, Chloe ihren allerdings auch nicht, obwohl Grace und ich es ihr dringend ans Herz gelegt hatten.

Als ich in dieser Grabungswoche eines Abends spät nach Hause kam, saßen Chloe und Roger an einem Tisch auf der Terrasse des *Smarmy Snail.* Grace fegte unten auf der *Rosinante* das Achterdeck. Chloes niedergeschlagene Miene verriet mir, daß etwas passiert war oder gleich passieren würde. Als Grace sich aufrichtete, sah ich, daß sie eine Kehrschaufel mit ein paar Zigarettenkippen in der Hand hielt. Roger griff mit der Hand nach einer Zigarette, mit der anderen nach Chloes Blusenärmel, sah zu mir auf und sagte: «Hau ab.»

«Wie bitte?»

«Kümmer dich um deinen eigenen Kram!»

Ich sah erst ihn und dann Chloe an. «Was ist denn los, Chloe?»

«Laß sie in Ruhe, Roger», sagte Chloe, «sie hat nichts damit zu tun.»

«Komm mit, Chloe», sagte ich und faßte nach ihrer Hand.

«Sie bleibt hier», erklärte Roger, und ich bemerkte, daß sein Tonfall, den ich oft für Verlegenheit gehalten hatte, in Wirklichkeit unterdrückte Wut verriet. Chloe hielt den Blick auf den Tisch gesenkt.

«Komm mit aufs Schiff, Chloe», forderte ich sie auf und zog an ihrer Hand, so daß sich ihr Unterarm vom Tisch hob.

«Jetzt hör mal zu», zischte Roger, doch ehe er weitersprechen konnte, stand plötzlich Grace vor ihm und schüttete ihm die Zigarettenkippen in den Schoß. Er ließ Chloes Ärmel los und stieß sich vom Tisch ab. Erst jetzt sah ich, daß die Kippen noch brannten.

«Du verrückte alte Hexe!» schrie er Grace an.

Chloe stand ebenfalls auf und trat zu Grace und mir. Ich hielt sie am Unterarm fest und umfaßte mit der anderen Hand die Kelle in meiner Gesäßtasche. Die Gäste auf der Terrasse hatten aufgehört zu essen und schauten zu uns her.

«Gehen Sie nach Hause, junger Mann», sagte Grace.

«Laß mich in Ruhe, Roger», rief Chloe.

Er drehte sich um, als wollte er gehen, doch dann packte er seinen Plastiksessel und schmetterte ihn vor uns auf den Tisch. «Du weißt, was Sache ist, Chloe. Mich wirst du nicht los.» Damit trollte er sich über die Terrasse des *Smarmy Snail*.

Ich half Chloe die Treppe hinunter. Sie weinte, und da Ebbe herrschte, war die Treppe steil. Grace folgte uns und klopfte im Gehen mit der Kehrschaufel gegen ihre Hüfte.

«Das ist nicht gut in deinem Zustand, Chloe», sagte sie. «Zuviel Streß. Zuviel Streß.»

«Es geht schon», weinte Chloe. «Ich muß nur eine Weile weinen, dann geht's schon wieder.» Und sie ging in unsere Kabine hinunter und tat genau das. Ihr schmerzerfülltes, markerschütterndes und langgezogenes Klagen trieb Midden mit gesträubtem Fell aus der Kabine hoch, und Pinky kam aus der Kombüse hervor, um nachzusehen, was los war. Grace und ich saßen in der Kajüte und versuchten die Tiere zu beruhigen, und alle zusammen lauschten wir Chloes Weinen.

«Was machen wir jetzt?» fragte ich.

Grace zuckte die Schultern. «Was zu essen?»

«Vielleicht sollten wir's ihren Eltern sagen», schlug ich vor. «Irgendwann erfahren sie's ja doch.»

«Vielleicht sollten Chloe und ich deinen Schwiegereltern sagen, wo du bist. Irgendwann erfahren sie's ja doch.»

«Schlechte Idee.»

«Es ist Chloes Geheimnis, und nur sie kann es lüften.»

«Brownies vielleicht», sagte ich, worauf aus der Kabine ein ganz besonders hoher Schrei schmerzvoller Zustimmung zu uns nach oben drang.

«Das war wohl ein Ja», sagte Grace.

Also gingen wir in die Kombüse hinunter. Dort flüsterte ich: «Er macht mir angst.»

«Er ist durcheinander, völlig verwirrt, ein richtiges Kind noch. Aber wenn er noch einmal eine Zigarette auf meinem Teak ausdrückt, dann verhänge ich einen Fluch über ihn, Freund hin oder her. Wasch dir deine dreckigen Hände.»

«Und was für einen?»

«Einen schlimmen», sagte sie, verstummte dann und schüttelte nur traurig den Kopf, als könnten nicht einmal Brownies einem so schwer heimgesuchten Menschen helfen.

Die Prescott-Park-Grabung erwies sich als nicht so interessant, wie Michael gehofft hatte. Am Ende der ersten Woche sah es so aus, als sei das Gelände größtenteils von schwerem Gerät zerstört oder unter einer fünf bis sechs Meter starken Schuttschicht belangloser Herkunft begraben. Die Artefakte, die wir bargen, sagten nicht mehr aus, als daß sie von irgendwo als Füllmaterial herbeigeschafft worden waren. Den am weitesten in den Park hineinreichenden Teil des Grabungsareals hatte Michael bereits aufgegeben, weil die ungestörten Schichten dort zu tief lagen, als daß wir sie in der begrenzten Zeit, die uns zur Verfügung stand, hätten erreichen können.

So beschränkten wir uns auf den Bereich zwischen der Baumreihe und der Straße, durch den später die Rohre nach Pierce's Island verlaufen sollten. In fünfundvierzig Zentimeter Tiefe, zwischen Ziegelsteinresten, von denen nur wenige größer waren als meine Faust, stießen wir auf eine anscheinend weitgehend intakte Schicht. Es schien sich um das Gelände einer Schmiede zu handeln. Wir legten Grundmauern aus fünfundvierzig Zentimeter breiten Granitblöcken frei, die zehn Meter weit bis zu der dicken Schuttschicht reichten und sich dann dort verloren. Wir vermuteten, daß ein Teil des Gebäudes auf Säulen über dem Ufer des Tideflusses gestanden und als Speicher gedient hatte. Die Artefakte, die wir hier fanden, bestanden aus Eisenschrott: Flacheisen, die bei der Herstellung anderer Gegenstände übriggeblieben waren, stark abgenutzte Eisenteile von Wagen und Kutschen. Viele waren an einem Ende geglüht worden und zeigten die Kerbe eines großen Schrotmeißels. Daneben fanden wir die eine Hälfte eines Zangengriffs, zahlreiche abgewetzte Pferde- und Maultierhufeisen und eine große Messingplatte, aus der in der Mitte vier rechteckige, zweieinhalb mal siebeneinhalb Zentimeter große Stücke herausgeschnitten waren. Einer der älteren Helfer, ein Mann, den jedes freigelegte Hufeisen mit tiefster Befriedigung erfüllte, meinte, die herausgeschnittenen Streifen könnten als Unterlegstücke für abgenutzte Lager verwendet worden sein. «Wir haben früher Blechdosen zerschnitten und beim Ford, Modell T, über die abgeschliffenen Achsschenkelbolzen geschoben.» Seine Augen weiteten sich bei der Erinnerung. Tierische Reste, in der Hauptsache Schweineknochen, fanden wir einzeln und fast unversehrt in mehreren flachen Vertiefungen direkt neben der Mauer: versteckte Vorräte eines Hundes. Entweder hatte er sie vergessen, oder er war gestorben, bevor er sie wieder hatte ausbuddeln können. An der Nordseite des Gebäudes war an vier verschiedenen Stellen Schlacke aus der Esse deponiert worden. Die einzigen Strukturen, die wir in dieser Schicht fanden, waren eine Reihe sehr flacher Pfostenlöcher, die parallel zur Mechanic Street verliefen, dunklere Stellen im Erdreich, wie blaue Flecke: vielleicht irgendein Zaun. Der Boden enthielt hier fast überall Holzkohle, aber nicht genug, um darauf schließen zu lassen, daß das Gebäude abgebrannt war. Wir fanden eine Menge verbogene Hufnägel, aber kaum Holznägel und stellten deshalb die Hypothese auf, daß das Gebäude als Ganzes versetzt oder aber zerlegt und abtransportiert worden war.

Einen Abtritt fanden wir nicht, was mich enttäuschte, weil dort oft Abfälle aller Art weggeworfen wurden, die sich in der feuchten Umgebung gut halten. Stoff, Leder und Haar können unter Luftabschluß und in einem wäßrigen Milieu mit niedrigem pH-Wert hervorragend überdauern. Der Säuregehalt wirkt wie ein Konservierungsmittel (die Moorleichen Nordeuropas wurden in stark säurehaltigen Torfmooren gefunden), und das Fehlen von Sauerstoff verhindert die Bildung von Mikroorganismen, die sich von organischen Stoffen ernähren. Michael meinte, wahrscheinlich habe ein Loch im Boden des Gebäudeteils über dem Fluß als Abtritt gedient.

Alle Funde dieser Schicht deuteten darauf hin, daß sie nicht vor 1860 besiedelt gewesen war. Die Nägel waren maschinell gefertigt, und die wenigen Scherben, die wir fanden, bestanden aus weißem Hartsteingut, einem Ende des neunzehnten Jahrhunderts weitverbreiteten Material. Besonders faszinierte mich ein von Eisenspänen, Schlacke und Hufnägeln übersätes Areal gleich hinter der weiten Toröffnung. Genau in seiner Mitte befand sich eine kreisförmige Fläche von siebzig Zentimeter Durchmesser, die fast völlig frei von solchen Resten war. Sofort sah ich unseren Schmied vor mir, wie er auf einen Amboß hämmerte, der fest und sicher auf einem Eichenklotz montiert war, eine Masse aus Holz und Eisen, zu schwer, als daß man sie vom Fleck hätte bewegen können: das Zentrum des Geschehens, erkennbar am weitgehenden Fehlen irgendwelcher Reste. Als alle Strukturen vermessen und fotografiert und die Steine der Grundmauern numeriert und fortgeschafft waren, gingen wir zur nächsten Schicht über.

Ich möchte nicht den Eindruck erwecken, als seien archäologische Schichten so klar gegeneinander abgegrenzt wie die Schichten einer Torte. Oft sind sie asymmetrisch, fallen schräg ab und durchdringen einander. Ein Pfostenloch kann durch mehrere Schichten hinabreichen, ein Brunnen durch drei oder vier historische Siedlungsplätze und anschließend durch zwei Meter sterile Erde, um schließlich in eine prähistorische Stätte einzutauchen. Besondere Umstände können die ganze Torte auf den Kopf stellen, so daß die jüngste Glasur dann gewissermaßen den Boden bildet.

Unsere zweite Grabungswoche führte uns durch hundertfünfzig Jahre im Leben eines unbebauten Grundstücks: vierzig Zentimeter Müll, Abfalleinschlüsse aller Art, aber keinerlei Spuren einer längerfristigen Nutzung des Geländes.

Wir hatten am Grabungsort bereits mehrmals Gäste gehabt, Reporter und Vertreter der Stadt, und Michael verwendete einen Großteil seiner kostbaren archäologischen Zeit darauf, sie zu hätscheln und kurze Führungen zu veranstalten. Es gehört zu den wichtigsten Aufgaben eines Archäologen, die Öffentlichkeit zu informieren, sie für uns zu gewinnen, sie mit einzubeziehen, um zu erreichen, daß die Leute sich melden, wenn sie selbst etwas entdecken, und – noch wichtiger – um ihnen klarzumachen, daß eine Fundstätte nach Abschluß einer Ausgrabung zerstört ist. Unsachgemäßes Graben oder das Durchwühlen einer archäologischen Stätte durch «Schatzsucher» richtet irreparablen Schaden an. Eine solche Stätte ist unwiederbringlich verloren, weil alles noch Vorhandene aus dem Zusammenhang gerissen und durcheinandergeworfen ist. Es kamen auch Touristen und Einwohner von Portsmouth, die an unserem Tatort-Band standen und uns beim Graben zuschauten. Viele boten uns Gartenarbeit an oder wollten wissen, ob wir schon etwas gefunden hätten. Oft zeigte ich ihnen dann mein Tablett mit verbogenen Nägeln, zerbrochenen Muscheln, Glas- und Knochenstücken, aber die meisten blieben unbeeindruckt und machten kein Hehl aus ihrem Mitgefühl für mich.

Mitte der Woche legte ich einmal am Spätnachmittag meine Kelle beiseite, wischte mir die Hände an meinen Shorts ab und setzte mich auf, um mir das Haar aus den Augen zu streichen. Meine überstrapazierte Spange zwischen den Zähnen, fuhr ich mir mit den Fingern durchs Haar, als mein Blick an zwei Zuschauern vorbei auf einen Mann fiel, der mit einer Kleinbildkamera mit Teleobjektiv in dem Friedhof auf der anderen Straßenseite stand. Er hatte mich soeben fotografiert. Woher ich das wußte, hätte ich nicht sagen können, aber ich war mir sicher, vielleicht weil er die Kamera auf mich gerichtet, das Gesicht aber abgewandt hielt. Er ging noch eine

Weile auf dem Friedhof umher und machte Aufnahmen von ein paar alten Grabsteinen, die aber nichts werden konnten, weil er mit dem Teleobjektiv viel zu nahe davorstand. Dann ging er zu Fuß über die Brücke nach Pierce's Island, um kurz darauf in einer blauen Limousine mit einem Avis-Aufkleber an der Stoßstange langsam an mir vorbeizufahren. Dabei sah er nicht zu mir herüber, sondern schaute stur geradeaus. Kein Tourist schaut geradeaus, wenn er durch Portsmouth fährt, dazu gibt es links und rechts viel zuviel Interessantes zu sehen. Den ganzen Rest des Tages und auch noch Tage später schoß ich immer wieder wie ein Präriehund aus meinem Grabloch und suchte den Horizont nach Raubtieren ab. Mir war die ganze Zeit unbehaglich zumute, und ich hatte das Gefühl, daß irgend jemand oder irgend etwas sich mir unaufhaltsam näherte. So kauerte ich mich gleichsam in meinen Bau, den ich, um besser geschützt zu sein, noch tiefer grub.

Je weiter die Grabung fortschritt, in je tiefere und ältere Schichten wir vorstießen, desto weniger Artefakte fanden wir. Wir hatten uns durch mehrere Schichten verstreuter Abfälle hindurchgearbeitet, creme- und perlweiße Steingutscherben und Bruchstücke von Glasbehältern und Weinflaschen, ein Knopf da und dort und sogar eine George-I.-Münze mit der Jahreszahl 1720. Die Scherben, die der städtische Arbeiter gefunden hatte, erwiesen sich als Bestandteile ein und desselben flachen roten Tonmilchtopfes mit schmalem Rand, der, wie Michael meinte, möglicherweise aus der Werkstatt Marshalls stammte, des Töpfers von Strawberry Banke. Tierische Reste fanden wir in großer Zahl und Vielfalt: Knochen von Schafen, Ziegen, Schweinen, Rindern, Gänsen, Hühnern und vielen verschiedenen Fischarten. Die große Mehrzahl der Artefakte stammte vom unteren Teil der Böschung, was darauf schließen ließ, daß sie von der Straße aus in den Fluß geworfen worden waren. Es handelte sich nur um solche Abfälle, die nicht bis an die Hochwasserlinie gelangt waren. Je tiefer wir gruben, desto weniger Menschen hatten hier gelebt und desto weniger Abfall war angefallen. Am Ende der zweiten Woche begann Michael Pläne für das Verfüllen der Grablöcher zu machen und gab uns allen übers Wochenende frei. Es sah so aus, als hätten wir in der letzten Woche reichlich Zeit, unsere Arbeit abzuschließen. Unsere letzte Schicht war die, in der wir keinerlei Hinweise auf eine Besiedelung entdecken konnten.

An diesem Sonntagmorgen saßen wir auf Gartenstühlen am Bug der *Rosinante* und beobachteten von fern die Flottensegnung vor der State-Commercial-Werft auf Pierce's Island. Alle Fischerboote waren von vorn bis achtern mit Fähnchen und Ballons geschmückt und machten reichlich von ihren Glocken und Signalhörnern Gebrauch. Am Sonntag abend wurde Grace verhaftet.

Chloe und ich standen mit Teegläsern in der Hand auf dem Achterdeck, als Grace mit einem Polizisten die Treppe hinunter und die Gangway zur *Rosinante* hinauf geleitet wurde.

«Da wären wir, Ma'am», sagte der Beamte.

Wir empfingen Grace mit offenem Mund.

«Und wann krieg ich meine Farben wieder?» fragte sie den Polizisten.

«Die werden bis zur Gerichtsverhandlung einbehalten, Ma'am.»

«Was ist denn passiert?» fragte Chloe.

«Also, ich geh dann.» Der Beamte winkte Grace zu, drehte sich um und stieg die Treppe zum *Smarmy Snail* hinauf, nicht ohne von Grace' gellender Stimme noch einmal zurückgepfiffen zu werden.

«Sie haben mich in einem geschlossenen Raum erwischt. Nächstes Mal mache ich's Ihnen nicht so leicht!»

«Grace!» flüsterte ich streng und zog sie am Ärmel.

Sie drehte sich zu uns um. «Die haben mich verhaftet, wegen Verunstaltung öffentlichen Eigentums. Ich versteh nicht, wieso ich mein Eigentum nicht verunstalten darf.»

«Was für öffentliches Eigentum?» wollte Chloe wissen.

«Das Postamt im Federal Building.» Sie stemmte die Hände in die Hüften und ließ den Blick von einem Ende der *Rosinante* zum anderen wandern.

«Was hast du getan, Grace?» fragte ich.

«Tja, diesmal ist es schiefgegangen», sagte sie. «Ich hab gedacht, die lochen mich ein, aber sie haben mir nur für nächste Woche einen Gerichtstermin gegeben und mir meine Farben weggenommen. Aber macht nichts, ich hab noch mehr.»

«Grace», sagte Chloe verwirrt.

«Ach, halt die Klappe. Im Federal Building war alles zu, bis auf den Eingang zu den Schließfächern. Da hängt doch dieser Briefmarkenautomat, der einem dauernd das Geld abknöpft und nichts ausspuckt. Ich hab gerade einen langen Briefmarkenstreifen gemalt, der aus dem Schlitz die Wand runterhängt und sich am Boden ringelt. Ich hab gedacht, am Sonntagnachmittag schaff ich das in ein paar Stunden, und der Fall ist erledigt. Vier oder fünf Leute sind reingekommen und haben ihre Post geholt, und einer von diesen Recht-und-Ordnungs-Fanatikern muß mich verpfiffen haben. Plötzlich hat's in dem Laden nur so von Bullen gewimmelt.»

«Haben sie dir weh getan, Grace?» fragte Chloe.

«Nein, nein, die waren sehr höflich. Und sie haben Fotos von meiner Arbeit gemacht. Der Junge, der mich nach Hause gebracht hat, hat mir ein paar sehr nette Sachen gesagt.»

«Grace», sagten Chloe und ich gleichzeitig.

«Das wär alles nicht so schlimm gewesen, wenn sie nicht meine Tochter angerufen hätten», seufzte Grace, und dann stampfte sie mit dem Fuß auf.

Chloe und ich sahen uns an.

«Du hast eine Tochter?» fragten wir.

«Ja, meine nächste Verwandte. Rufen die einfach bei der an, als wär ich nicht ganz bei Trost!»

«Davon wußten wir ja gar nichts, Grace.»

«Da gibt's auch nicht viel zu wissen. Sie ist eben meine Tochter. Sie lebt in Florida. Ich hab sie nicht mehr gesehen, seit wir ihren Vater beerdigt haben. Wir verstehen uns nicht besonders.» Sie zuckte die Schultern. «Jetzt muß ich mir einen neuen Farbkasten zusammenstellen.»

«Wir müssen dir einen Anwalt besorgen», sagte ich.

«Ja, okay», erwiderte sie fast geistesabwesend. «Ich hab gefragt, was passiert, wenn ich mich schuldig bekenne, und sie haben gesagt, ich würde wahrscheinlich nur eine Geldstrafe kriegen, aber eigentlich habe ich vor, mich nicht schuldig zu bekennen.»

«Aber sie haben dich doch auf frischer Tat ertappt», wandte Chloe ein.

«Ja, schon, nur hängen die das Ganze an dem Wort ‹verunstalten› auf. Aber den meisten Leuten gefällt meine Arbeit. Sie bezahlen mich dafür. Ich hab den Automaten nicht verunstaltet, sondern sein Erscheinungsbild verbessert.»

«Ich geh hin und mach Fotos davon», erklärte ich, «bevor sie das Beweisstück entfernen.»

«Lieb von dir.» Sie drückte meinen Unterarm.

«Das macht mich alles ganz nervös», sagte Chloe und berührte vorsichtig ihren Kopf. Ihr Haar war frisch geschnitten, und bei der Flottensegnung hatte sie sich einen Sonnenbrand auf der Kopfhaut geholt. Grace hatte ihr einen ihrer zahlreichen großen Schlapphüte angeboten, aber sie hatte sich geweigert, ihn aufzusetzen.

«Keine Sorge», flüsterte Grace, «heute nacht rede ich mit Sweet George darüber, und dann entscheiden wir, was zu tun ist.»

«Du hättest mit ihm reden sollen, bevor du's getan hast», schmollte Chloe.

«Jawohl, Frau Lehrerin», gab Grace schnippisch zurück.

Chloe brach in Tränen aus, und Grace und ich legten jede einen Arm um sie und führten sie zu ihrer Koje. Grace entschuldigte sich fortwährend, und ich zählte laut die Zutaten zu einem Schokoladenkuchen auf.

Am späten Abend schauten Grace und ich zu, wie Harry sein Boot in den Hafen brachte und den großen Trawler dicht neben uns im aufgewühlten Wasser parkte. Er hatte den Tag über zusammen mit anderen Fischerbooten vor der State-Commercial-Werft gelegen. Während seine Mannschaft die Flaggen niederholte und das Boot für die Arbeit des nächsten Tages fertigmachte, kam er zu uns auf die *Rosinante*.

«Na, was machen die drei Grazien?» rief er, setzte sich neben Grace auf einen Stuhl und drückte ihr Knie.

«Wir schauen nur zu, wie die Boote vorbeifahren», sagte ich.

«Mhm», nickte er. «Jetzt sind die Amateure draußen.»

«Die Amateure?»

«Die Freizeitkapitäne», erklärte er und zeigte auf die Segelboote, die sich unterhalb der Brücke im Hafen drängten. In den Sommermonaten wurde die Memorial Bridge jede halbe Stunde geöffnet. Die lichte Höhe unter ihrem mittleren Teil betrug nur sechs Meter, und die meisten Segelboote hatten viel höhere Masten. In diesem Moment ertönte die Warnsirene, die Schranken senkten sich vor den Autos, und nach einigen Minuten begann sich der mittlere Brückenabschnitt zu heben. Eilig glitten die Boote darunter durch. Wir winkten. Wenig später schwebte die Brücke wieder herab, und die Autos fuhren weiter. Da kam ein weiteres Segelboot und begann vor Badger's Island zu kreisen.

«Das ist ja mal ein schönes Schiff», sagte Harry. «Ein Motorsegler, aber schon ziemlich alt. Sehr seetüchtig.»

«Jetzt muß er eine halbe Stunde warten, bis die Brücke wieder hochgeht», sagte ich. «Schlechtes Timing.»

«Keine Spur. Seht mal.»

Während das kleine Boot wendete und den Bug in die Strömung legte, ging jemand an Deck nach vorn und löste die Wanten, die Drahttakelage zu beiden Seiten des Mastes. Dann trat er unter den Mast, und es sah aus, als würde er ihn abknicken. Er senkte ihn nach vorne ab und fixierte ihn in einer Baumstütze am Bugkorb. «Die haben einen Wantenspanner am Mast», sagte Harry. «Das Boot kann sich, wenn nötig, ducken. Da kommt es.» Als das Boot mit Motorkraft vorbeifuhr, winkten wir alle, und man grüßte winkend zurück. Auf einem erhöhten Deck befand sich ein kleines Hundehaus, ein Kajütaufbau, der verhinderte, daß man sich den Kopf anstieß, wenn man nach unten ging. Der grüne Rumpf mit dem geraden Bug schnitt vor uns durch das Wasser und zeigte uns noch seinen Mahagoniheckspiegel mit einer holzgeschnitzten Tafel neben dem Ruder.

«*Yonder*», sagte ich – das Schiff hieß «Jenseits».

«Schönes Schiff», meinte Harry. «Hat sogar ein kleines Klinkerbeiboot.»

«Hat das auch einen Namen?» wollte Chloe wissen und beugte sich vor. Auf ihrem Schoß lag ein dickes Notizbuch mit den Namen und Heimathäfen von Tausenden von Schiffen, die Bug oder Heck der *Rosinante* gekreuzt hatten, über Jahre gesammelte Tinten- und Bleistiftnotizen, fleckig von Kaffee und salziger Gischt.

«*Hither*», erwiderte ich – «Diesseits».

«Aha.»

«Ich bin ganz neidisch», sagte ich.

«Wieso?» fragte Harry.

«Weil die raus können, unter der Brücke durch, und dann ab.»

«Wär kein Problem, das alte Mädchen hier wieder flottzukriegen.»

«Im Ernst?»

«Ein paar Stunden Wartung, Ölwechsel, Schläuche und Treibriemen erneuern …»

«Und wer würde steuern?»

«Ich nicht», sagte Grace. «Sweet George war der Kapitän. Ich hab nur beim Festmachen und bei der Navigation geholfen.»

Harry sagte: «Aber Chloe hier, die ist zwar noch ziemlich

jung, aber sie ist mit ihrem Vater auf Hummerbooten gefahren, seit sie Korbreusen beködern kann. Er hat ein Fünfzehnmeterboot, und ich hab das Mädchen schon vor sechs oder acht Jahren am Ruder gesehen.»

«Chloe?» fragte ich.

«Jawohl.»

«Ich bleib auf keinem Schiff, das dieses Mädchen steuert.» Grace schüttelte den Kopf.

«Mein liebes altes Mädchen», sagte Harry vertraulich, «dieses alte Schiff liegt jetzt seit vier Jahren hier an der Pier. Sie hat ihren Kupferboden, die *Rosinante*, ich weiß, aber sie muß mal verholt, abgespritzt und durchgecheckt werden, für den Fall, daß sich da was anbahnt. Sie ist ein braves altes Mädchen, und du willst doch bestimmt nicht die Eignerin sein, die sie vernachlässigt.»

«Sie wird aber gut gepflegt», verteidigte ich Grace.

«Ja, über der Wasserlinie. Das ist wichtig, aber nicht das Entscheidende. Das Entscheidende ist das Unterschiff.»

Ich schaute Grace an. Noch nie hatte ich sie so düster, so schuldbewußt gesehen. «Ich mag nicht von der Pier weg», sagte sie, und ihre Finger häkelten Rechtfertigungen in ihrem Schoß.

«Wenn du willst, Grace», bot Harry an, «schicke ich meinen Mechaniker rüber, und er schaut mal, was er machen kann. Es wär nur eine kurze Fahrt, flußaufwärts zu Patten's Yachtwerft oder um Seavey's Island herum zu Dion's. Da wird sie verholt und mit dem Druckschlauch abgespritzt. Die ganze Prozedur dauert nicht länger als ein paar Stunden. Ich komm dann als Lotse an Bord.»

Sie sah ihn, dann mich, dann wieder ihn an. Die Vorstellung, daß die *Rosinante* ihren Liegeplatz verlassen sollte, schien geradezu qualvoll für sie.

«Sweet George würde wollen, daß ich ja sage», meinte sie schließlich. «Und deshalb werde ich dein Angebot annehmen. Danke.»

«Nichts zu danken. Das ist das Beste, was du tun kannst.» Harry stand auf, machte eine Handbewegung über den Fluß und verließ die *Rosinante*.

«Ein guter Mensch, dieser Harry», flüsterte Grace mir zu.

«Ja, das ist er.»

«Ich wünschte, Sweet George könnte ihn kennenlernen.» Sie setzte sich seufzend in ihrem Stuhl zurecht. Ihre Augen verblaßten, als würde sie sich in ihrem Entschluß auflösen oder sich wie ein alter Mulberry-Teller abschleifen, und sie sah mehr denn je wie eine alte Frau aus.

Am Mittwoch vormittag nahmen Chloe und ich uns frei und begleiteten Grace ins Gericht. Auf einen Anwalt hatte sie verzichtet, nachdem sie erfahren hatte, daß der Preis für seine Dienste höher sein würde als die Geldstrafe. Sie erklärte sich für nicht schuldig, und der Richter, höflich, aber unnachsichtig, belegte sie mit einer Buße von hundert Dollar, zusätzlich zu den Gerichtskosten und den Kosten für die Reinigung des Postamts. Er riet ihr außerdem, künftig nicht mehr ohne Genehmigung öffentliche Gebäude zu bemalen. «Mir ist durchaus klar, daß Sie nicht die typische Graffiti-Schmiererin sind, die ‹Dick liebt Jane› an eine Überführung sprüht, aber auf Beschädigung öffentlichen Eigentums läuft es trotzdem hinaus, und das kann ich nicht durchgehen lassen. Ihr Motiv war offensichtlich Rache und nicht etwa künstlerische Aufwertung, wie Sie es in Ihrer Verteidigung zum Ausdruck gebracht haben.»

Grace entgegnete: «Es war nicht Rache, es war Sarkasmus. Und Kunst ist Kunst, egal, was das Motiv ist. Und im übrigen sehe ich lieber ‹Dick liebt Jane› an einer Überführung als ‹Staatliche Spirituosenhandlung – nächste Ausfahrt› an der Autobahn.»

Was ihr nur ein Stirnrunzeln und einen letzten Hammerschlag eintrug. Sie stand auf, rief: «Kommt, Kinder, wir gehen», und Chloe und ich folgten ihr im Gänsemarsch schnell hinaus. Grace hielt den Kopf gesenkt, und als wir draußen waren, mußten Chloe und ich laufen, um mit ihr Schritt zu halten. Fast ebenso schnell redete sie mit sich selbst: Sie kaute noch einmal die Argumentation des Richters und sein Äußeres durch und stellte Hypothesen über seinen Lebensstil auf. Die Leute machten einen Bogen um sie. Einen Hund, der in einer Mülltonne stöberte, versetzte ihr rascher Schritt in solche Aufregung, daß er eine Weile neben ihr hersprang, weil er glaubte, sie werde im nächsten Moment anfangen, mit ihm Frisbee oder Fangen zu spielen.

«Grace!» riefen wir nach der zweiten oder dritten Straßenecke. «Nicht so schnell!»

Sie drehte sich um und erschrak, als sie uns sah. Sie legte den Kopf zurück, ihre Augen weiteten sich, und auf ihrem Gesicht erschien ihr unstetes Lächeln. «Wo wollt ihr denn hin, ihr beiden?»

Chloe umschloß mit beiden Händen Grace' Hand. «Wir gehen mit dir, Grace.»

«Ach so, ja. Schaut euch bloß den dummen Hund an.»

«Ja», sagte ich.

«Und wohin gehen wir?»

Und ohne mit der Wimper zu zucken, erwiderte Chloe: «Wir gehen nach Hause und machen überbackenen Käsetoast. Und dazu essen wir Dillgurken nach jüdischer Art und Kartoffelchips und danach vielleicht Erdnußbuttereis.»

Ich ging hinter den beiden her und schaute zu, wie Chloe im Gehen Grace' Hand vor- und zurückschwang.

«Und heute nachmittag», fuhr Chloe fort, «gehen wir ins Federal Building und zahlen unsere Strafe, und auf dem Rückweg kaufen wir noch was zu essen.»

«Ich brauche eine Tube Titanweiß und eine Tube Kobaltblau», sagte Grace.

«Ja. Kaufen wir auch. Heute nachmittag.»

Da wußte ich, daß Chloe eine gute Mutter werden würde, daß Einfühlungsvermögen weiter reicht als der Verstand; fast war es, als lebte nicht ein anderes Wesen in ihr, sondern als lebte sie selbst in jeder von uns.

«Charlotte?!» rief Grace.

«Ja, hier bin ich», sagte ich und holte sie mit ein paar schnellen Schritten ein.

«Geh auf Chloes andere Seite und nimm ihren Arm. Das Mädchen ist im sechsten Monat.»

«Okay.»

Arm in Arm gingen wir an Bord der *Rosinante* und machten Käsetoast, und ich lauschte unseren Gesprächen so genau wie möglich, versuchte sie in Konsonanten und Vokale aufzugliedern und nach Silben zu sortieren, suchte jenes Band zwischen den Menschen zu ergründen, die gemeinsame Sprache, die uns, obwohl jeder von uns allein ist, doch verbindet und uns flüchtige Einblicke in das Leben der anderen gewährt. Ich glaube nicht, daß Chloe und ich in diesem Augenblick auch nur das geringste Mitleid mit Grace empfanden. Ich glaube, wir spürten, daß wir sie waren, Grace, alt und jung, Grace in der Erinnerung, in Schmerz, in Freude und Verlust. Ich glaube, wir liebten sie.

Als wir am Donnerstagvormittag unserer letzten Grabungswoche das Gelände für das abschließende Fotografieren und Verfüllen säuberten, stieß ich am Grund einer meiner Einheiten auf eine Bodenverfärbung. Das Grabloch war etwas tiefer als die anderen. Ich hatte nur den Schmutz vom Boden des Quadrats gefegt, damit es für die Kamera schön ordentlich aussah. Als ich fast fertig war, bemerkte ich eine schwache, aber deutlich erkennbare Veränderung der Farbe und der Konsistenz des Bodens. Der Fleck war dunkler als das Gelbbraun ringsum, aber ebenfalls gesprenkelt und von einem Wimpernkranz leichteren Erdreichs umgeben. Er zog sich von der hinteren Ecke der Einheit in einer gebogenen Linie bis zur vorderen. Grinsend zeigte ich ihn Michael, und er ließ die Hände sinken und stöhnte.

«Wir haben nur noch zwei Tage Zeit, Charlotte!»

«Das können wir nicht ignorieren, Michael», bat ich. «Dem Bogen nach zu schließen, könnte es noch in drei oder vier andere Einheiten hineinreichen. Vielleicht ist es ein alter Brunnen.»

«Wenn's ein Brunnen ist, haben wir nicht genug Zeit, um ihn auszugraben.»

«Fang mit dem Verfüllen doch schon mal am anderen Ende an. Gib mir sechs Helfer, und morgen nachmittag wissen wir, was das hier ist. Vielleicht nur eine flache Abfallgrube. Aber wir können's nicht einfach zuschütten, es könnte ja was Prähistorisches sein.»

«Also graben bis auf den Felsgrund?» seufzte er.

«Nur die Verfärbung abtragen.»

«Okay, Kentucky.»

Einer der ersten Hinweise darauf, daß ein Mann interessiert ist: Er gibt dir einen anderen Namen.

Jonah fing – peinlicherweise – eines Tages an, mich Iddybit zu nennen, eine Verballhornung von «little bit», weil ich eineinhalb Zentimeter kleiner war als er. Später wurde ein Kosewort daraus, und nach unserer Heirat steckte jede Geburtstags- und Valentinskarte in einem Umschlag mit dieser Aufschrift.

«Keine Angst, Iddybit, ich beschütze dich. Versteck dich hinter mir», sagte er oft, und ich boxte ihn gegen die Schulter wegen seines männlichen Chauvinismus' und haderte mit mir, weil mich zugleich ein Gefühl der Freude und Geborgenheit durchströmte. Er war kaum größer als ich, aber er nahm doppelt soviel Raum in der Welt ein. Ich hatte Jonah im Herbst meines letzten Studienjahres kennengelernt, nachdem ich von den Isles of Shoals zurückgekehrt war. In einer Pflichtvorlesung über Betriebswirtschaft, die ich meine ganze Collegezeit hindurch vor mir hergeschoben hatte, war ich ihm begegnet. Seine Studienleistungen waren hervorragend, obwohl er eine Abneigung gegen sein Fach hatte, was sich später auch im

Beruf fortsetzte. Bald nachdem wir unser Studium beendet hatten, fing er bei einer Bank in Lexington an, und obwohl er regelmäßig befördert wurde und es bestimmt weit gebracht hätte, wenn er nicht gestorben wäre, ging er jeden Tag mürrisch zur Arbeit und kam verzweifelt zurück. Ich dagegen liebte meine Arbeit, aber das konnte ich ihm nicht zeigen, weil er es als Vorwurf aufgefaßt hätte. Schließlich erzählte ich ihm nur noch von den unangenehmen Dingen, die ich bei der Arbeit erlebt hatte, und nicht mehr von der überwältigenden Freude, mit der sie mich erfüllte. Vor seinem Tod sah ich ihn ein Jahr lang kaum noch lächeln. Aber er hielt stets zu mir, aufmerksam, verläßlich. Und ich liebte ihn zärtlich, auch wenn ich ihn manchmal nicht verstand. Noch jetzt spüre ich, daß er meiner Liebe würdig war. Meine Vergangenheit liegt in Schichten des Gefühls begraben, und in eine dieser Schichten ist ein Artefakt eingebettet: das Wort Iddybit. Und obwohl inzwischen Monate vergangen sind und viele andere Freuden und Traurigkeiten es überlagert haben, kann ich es noch immer nicht ohne Tränen freilegen, ohne die immer wieder neue, jähe Erkenntnis, daß ich vor dem gegenwärtigen Moment auch schon existiert habe, daß ich mit jener Frau in der Vergangenheit, die mit Jonah verheiratet war, aufs engste verbunden bin.

Bis Freitag hatten wir sechs Einheiten auf etwas über einen Meter unterhalb der Bodenoberfläche des Prescott-Parks abgetieft. Dieses etwa zwei mal drei Meter große Rechteck war nur einen knappen halben Meter von der Mechanic Street entfernt. Die kreisförmige Bodenverfärbung lag innerhalb des Rechtecks und hatte einen Durchmesser von ungefähr einem Meter siebzig. Am straßenseitigen Rand unseres Rechtecks war noch ein zweiter Fleck von ähnlicher Färbung aufgetaucht. Zu sehen war lediglich ein etwa fünfzehn auf neunzig Zentimeter großer Ausschnitt, der sich unter der Straßenbettung weiter fortzusetzen schien. Während die anderen Grablöcher mit der durchgesiebten Erde zugebaggert wurden, fotografierten und vermaßen wir in aller Eile unseren neuesten Fund, um ihn anschließend ausgraben zu können. Der Fleck war sehr klar umrissen. Alle Helfer schnappten nach Luft, als sie ihn zum ersten Mal sahen. Ein Loch, das in die Erde gegraben und wieder zugeschüttet worden ist, hat immer eine andere Farbe als das Erdreich ringsum. Alles, was in das Loch gesteckt wird, was hineinweht oder hineinfällt, verändert Farbe und Struktur des Bodens. Verrottende Pfosten färben ihn dunkler, und man muß nur die einzelnen Punkte miteinander verbinden, um zu wissen, wo vor dreihundert Jahren ein Zaun verlaufen ist. Selbst wenn man ein Loch graben und es unmittelbar danach mit derselben Erde wieder zuschütten würde, könnte man die ursprüngliche, in Jahrtausenden entstandene Konsistenz nicht wiederherstellen. Die Erde vergißt keine Störung. Natürlich kann ein im Laufe der Zeit wieder aufgefülltes Loch auch durch ein Tier oder durch andere natürliche Vorgänge wie etwa das Umstürzen eines Baumes entstanden sein, so daß eine Bodenverfärbung nicht unbedingt auf menschliche Einwirkung zurückgehen muß. Da wir jedoch zwei solcher Verfärbungen vor uns hatten, hoffte ich, daß wir an dieser Stelle auf Zeugnisse früher menschlicher Ansiedlung stoßen würden.

Wir beschlossen, die komplett freigelegte Verfärbung in vier Teile aufzuteilen, unseren Kuchen also in vier große Stücke zu schneiden und jeweils zwei einander diagonal gegenüberliegende Viertel auszugraben. Die beiden übrigen Segmente würden stehenbleiben und uns ein gutes Schichtprofil unseres Objekts liefern, das wir analysieren und auf das wir uns beziehen konnten. Gleich zu Anfang stießen wir auf unseren ersten Fund, einen verzinnten Messinghaken, der mit der dazugehörigen Öse ein Männerwams mit den Kniehosen verbunden hatte. Jason erkannte ihn aufgrund einer Abbildung, die er in Humes *Martin's Hundred*, einer Beschreibung englischer Ausgrabungen bei Jamestown, gesehen hatte. Der

Haken war etwa zweieinhalb Zentimeter lang und so geformt, wie es Mitte des siebzehnten Jahrhunderts Mode war. Vierzig Zentimeter tiefer fanden wir ein Fragment eines weißen Tonpfeifenstiels, das nach dem sehr weiten Luftloch zu schließen ziemlich alt sein mußte. Sonst gruben wir eine Zeitlang kaum Artefakte aus, obwohl das Erdreich dunkler zu werden schien. Wir hofften schon, einen Abtritt aus der Zeit der ersten Besiedelung von Strawberry Banke vor uns zu haben, auf dessen Grund wir wahre Schätze an gut erhaltenen Artefakten finden würden.

Ich weiß nicht, warum ich das, als was sich unser Grabungsobjekt schließlich entpuppte, nicht als Möglichkeit in Betracht zog. Die große Fläche der Verfärbung sprach dafür, daß es sich um einen ganzen Fundkomplex handelte. Ein Blick auf die andere Straßenseite hätte mich darauf bringen können, aber ich hatte wie ein Vogel Strauß den Kopf in der Erde. Michael und ich arbeiteten in gegenüberliegenden Quadranten und stießen fast gleichzeitig auf menschliche Überreste. Ich blickte auf die Kranznaht eines Schädels hinab, von der ich behutsam die Erde pinselte, Michael auf zwei Reihen Fingerhandknochen. Zuerst glaubten wir einen einzigen Toten vor uns zu haben, aber bald sahen wir, daß hier zwei Menschen begraben waren, in flachen Gräbern, Seite an Seite.

«Da hat jemand die Friedhofsmauern verlegt», sagte ich.

«Verdammt», murmelte Michael.

«Prähistorisch sind sie wohl kaum, dagegen sprechen die Artefakte.» Die Helfer blickten schweigend auf uns herab.

Michael stand auf und wischte sich den Schmutz von der Hose. «Verfüllt die Grube», sagte er.

«Was?» Ich rappelte mich hoch.

«Verfüllt die Grube.»

«Das kann doch nicht dein Ernst sein!»

«Wir sind hier in ein Labyrinth geraten, Charlotte, das weißt du so gut wie ich. Wenn erst mal jede Zeitung im Land verkündet, daß wir Leichen gefunden haben, dann will ich darauf vorbereitet sein. Ich möchte den staatlichen Archäologen, den städtischen Coroner und die Polizei hinzuziehen, und außerdem muß die Stadt uns mehr Zeit geben. Wir sollten ja bis heute abend fertig sein. Bis dahin können wir unmöglich zwei Grabstätten sachgemäß ausgraben.»

Ich nickte zustimmend, schon lange bevor er geendet hatte. «Du hast recht, du hast recht», sagte ich. Einen Moment lang hatte ich vergessen, unter welchem Zeitdruck wir standen. Außerdem war das Grab in den Augen der Öffentlichkeit ja nicht einfach eine archäologische Struktur, sondern warf, wenn es ausgegraben wurde, auch religiöse und ethische Fragen auf. Für mich als Archäologin bedeuteten Grabstätten eine unschätzbare Quelle der Information, nicht nur was die häufig vorhandenen Grabbeigaben, sondern auch was die Toten selbst anbelangte, die Botschaft, die ihre Gebeine vermittelten.

Wir bedeckten die kleinen Knochenareale, die wir freigelegt hatten, wieder mit Erde, breiteten dann eine dicke Plastikplane über das gesamte, aus sechs Einheiten bestehende, Grabloch und beschwerten sie ringsum mit Steinen. Während wir den Rest des Grabungsplatzes räumten, verfüllten und glattharkten, wurde mir langsam klar, wie heikel die Lage war. Die Gräber hätten eindeutig auf das Terrain des Point of Graves auf der anderen Straßenseite gehört, aber Grabungen auf dem Friedhofsgelände, wo so viele Vorfahren der heutigen Bewohner von Portsmouth ruhten, würde die Stadt auf keinen Fall genehmigen. Wahrscheinlich, dachte ich, waren die beiden Gräber so alt, daß man sie längst vergessen hatte, als der Friedhof schließlich groß genug war, um mit einer Mauer umgeben zu werden. Das Grundstück für den Friedhof war der Stadt 1671 von Kapitän John Pickering Jr. geschenkt worden, der erklärt hatte, Strawberry Banke müsse «das uneingeschränkte Recht besitzen, auf der Landenge einen halben Morgen Land einzufrieden, auf dem die Menschen nach alter Sitte begraben werden...» Vielleicht waren schon seit dem

Bau des Great House im Jahre 1631 Menschen dort begraben worden. Die älteste Gedenktafel innerhalb der Mauern stammt aus dem Jahre 1682, aber Steinmetze waren in den frühen Jahren der Siedlung rar, und Holztafeln konnten verrottet sein.

Michael wollte die Polizei und den Coroner dabeihaben, damit sie die Toten mit eigenen Augen sehen und sich davon überzeugen konnten, daß es sich nicht um Mordopfer aus jüngerer Zeit handelte. Die Moorleichenfunde in Europa und die Entdeckung jahrhundertealter Skelette überall auf der Welt haben immer wieder Mordermittlungen in Gang gesetzt. Doch selbst wenn sich herausgestellt hätte, daß diese Menschen einem Mord zum Opfer gefallen waren, hätte sich der Schuldige einer Anklage längst durch Tod entzogen. Es war wichtig, daß in der Öffentlichkeit nicht der Eindruck entstand, die flachen Gräber, die wir entdeckt hatten, seien von einem Massenmörder ausgehoben worden.

Am späten Nachmittag kam Michael zurück und berichtete, der Stadtrat werde am Montag vormittag in einer Sondersitzung über unseren Verlängerungsantrag beraten. Michael hatte die zuständigen Behörden verständigt und wollte das Wochenende dazu benutzen, die für eine Exhumierung nötigen Formulare zusammenzutragen und in den städtischen Archiven nach Hinweisen auf die Identität der Menschen zu unseren Füßen zu forschen. Die Stadt bestand darauf, daß die Gräber nicht ohne offizielle Genehmigung geöffnet werden dürften. In der Zwischenzeit brauchte Michael Freiwillige, die die Fundstätte rund um die Uhr bewachten. Er bat uns, über unsere Entdeckung Stillschweigen zu bewahren, um nach Möglichkeit Neugierige fernzuhalten und Vandalismus zu verhindern. Wir arbeiteten einen Zeitplan mit Vier-Stunden-Schichten aus, von denen ich zwei übernahm, eine am Samstag und eine am Sonntag abend.

Am Samstag vormittag hatten Chloe und ich die erste Sitzung unseres Geburtsvorbereitungskurses. Grace wäre ebenfalls mitgekommen, wenn nicht an diesem Tag Harrys Mechaniker an Bord der *Rosinante* erschienen wäre, um sich den alten Motor vorzunehmen. Grace wich ihm nicht von der Seite. Ein falscher Handgriff, die leiseste Unsicherheit, und Grace würde ihn in der Luft zerreißen, soviel war mir klar. Chloe war in den letzten Wochen ungeheuer gewissenhaft geworden. Sie verzichtete auf ihre gelegentliche Zigarette auf der Pier, kämpfte mit ihrem Gewicht und unternahm jeden Abend einen Drei-Kilometer-Rundgang durch Portsmouth. Roger hatte sich seit der Szene auf der Terrasse des *Smarmy Snail* nicht mehr blicken lassen, rief sie aber nach wie vor im Geschäft an. Er frage sie jedesmal, wie es ihr gehe, berichtete sie, dränge sie aber auch zu einer Entscheidung über ihre Beziehung.

«Und wieso sollst du die Entscheidung treffen?»

«Weil er's nicht kann. Er schafft's nicht.»

«Ich dachte, du hättest dich schon entschieden.»

«Hab ich auch. Aber ich kann's ihm nicht so direkt sagen.»

«Wenigstens haut er nicht ab.»

«Aber komisch ist es trotzdem», meinte sie. «Er will nicht, daß irgend jemand erfährt, daß ich schwanger bin oder daß er der Vater ist.»

«Ich dachte, er will mit dir zusammenziehen.»

«Will er auch. Jedenfalls sagt er das, aber im nächsten Moment meint er wieder, es geht nicht. Er ist total konfus. Ich glaube, wenn er ehrlich wäre, würde er zugeben, daß er aus der ganzen Sache raus will. Ich versuche ihm zu helfen.»

«Warum sagst du's ihm dann nicht? Daß du ihn nicht liebst, meine ich, und daß du das Kind allein großziehen willst.»

«Er schämt sich so, und dann wird er wütend. Wenn man ihn so sieht, denkt man, ihm ist alles egal, aber das stimmt nicht. Alles an ihm ist kalkuliert, sein Aussehen, seine Kleidung, nur nicht das, was er sagt, wenn er die Wut kriegt. Er nimmt sich ziemlich wichtig. Man könnte glauben, er ist der Prince of Wales, wenn man so hört, was andere seiner Meinung nach von ihm halten. Bis er dann wieder explodiert jedenfalls. Ich will ihm auf keinen Fall weh tun. Ich hab ihm mal gesagt, daß ich ihn liebe, verstehst du, und jetzt sagt er's selbst und will, daß ich's auch wieder sage. Dann tu ich's eben.»

«Wann sagst du's deinen Eltern?»

«Bald.»

«Wann bald?»

«Bald eben. Meine Mama und ich, wir verstehen uns nicht besonders, aber irgendwie hab ich das Gefühl, ich brauche ihre Hilfe. Das Problem ist nur: Sie wird garantiert enttäuscht sein.»

«Vielleicht freut sie sich ja.»

«Nein, nein.» Chloe schüttelte entschieden den Kopf. «Sie wird sich ziemlich aufregen. Sie und Dad haben jahrelang gespart, damit ich aufs College kann. Als ich von zu Hause weg bin, hat sie gesagt, ich sei nicht mehr ihre Tochter.»

«Das hat sie doch nicht ernst gemeint, Chloe.»

«Mein Bruder hat zwei akademische Abschlüsse und arbeitet bei Hewlett-Packard in Baltimore. So was Ähnliches hat ihnen für mich auch vorgeschwebt. Aber ich wollte nicht mehr zur Schule. Ich hab schwer geschuftet, um so schnell wie möglich da rauszukommen.»

«Aber auf dem College ist es ganz anders als auf der High-School. Die Leute sind nicht mehr so kindisch. Ich fand's toll da, und du würdest es auch toll finden. Du könntest als Hauptfach Psychologie studieren.»

«Genau. Das haben meine Eltern auch gesagt. Und vielleicht hat's ja auch gestimmt. Aber jetzt kommt das Baby, und das Baby kann nicht aufs College. Außerdem interessiert mich das Baby viel mehr als die Lernerei. So würde es dir doch auch gehen, wenn du schwanger wärst, oder?» Ich lächelte ein halbes Lächeln, das weder Zustimmung noch Ablehnung ausdrückte. Sie umfaßte während der Atemübungen ihren Bauch, und ich zählte für sie: «Eins, zwei, drei, vier, ausatmen, eins, zwei, drei, vier, ausatmen, eins, zwei, drei, vier, ja, klar.»

«Charlotte?»

«Ja?»

«Ich mach eine Umfrage.»

«Was für eine Umfrage?»

«Eine...»

«Atmen», sagte ich.

«Eine, bei der nur ich mitmachen kann.»

«Wieso?»

«Weil es dann keinen Fehlerspielraum gibt», erwiderte sie und lächelte mich breit an. Sie schwenkte meine Hand durch die Luft, ließ sie auf ihrem erstaunlich straffen Bauch landen und hielt sie dort unter ihrer feuchten Handfläche fest.

Am späten Nachmittag hatte der Mechaniker zwei neue Bordbatterien eingebaut, zwei Treibriemen und mehrere Schläuche erneuert, Motor- und Getriebeöl gewechselt, den Kühlwasserblock mit frischer Kühlflüssigkeit durchgespült und Glühkerzen, Zinkanoden und ein halbes Dutzend weiterer Teile ausgetauscht. Chloe und ich schauten ihm von unserer Relaisstation in der Tür des Maschinenraums aus erwartungsvoll zu, und schließlich sagte er fast feierlich: «Okay, sagt ihr, sie soll den Gang rausnehmen und dann den Zündschlüssel drehen, aber nur ganz kurz. Der Motor muß ein paar Umdrehungen machen, bevor wir ihn starten.»

Grace stand am Ruder, und ich rief ihr diese Instruktionen den Niedergang hinauf zu. Chloe fügte erläuternd hinzu: «Scotty sagt, er braucht Impulskraft, bevor wir auf Warpkraft gehen.» Ich kniff sie in den Ellenbogen, weil Grace ohnehin schon jeden Moment an die Kajütendecke gehen konnte.

Grace drehte den Schlüssel aus der Vorglühstellung nach rechts, und es sah aus, als bekäme sie einen elektrischen Schlag. Der Anlasser hatte noch kaum eine ganze Umdrehung gemacht, als das Schiff schon unter meinen Füßen zu beben begann. Es gab kein Stottern, keine Möglichkeit der Gewöhnung, sondern ein augenblickliches, drängendes Dröhnen, als der Motor seine erste Kompressionschance nutzte und zum Leben erwachte, vibrierend vor Leistungsfähigkeit und Kraft. Grace schien kein bißchen überrascht. Ein paar Sekunden lang drang weißer Rauch aus dem Auspuff am Heck und nebelte die Abendessensgäste auf der Terrasse des *Smarmy Snail* ein, aber bald verzog er sich wieder. An Deck merkte man kaum, daß der Motor lief, aber der Fluß schien es zu wissen. Er kräuselte sich rings um den Rumpf, als wäre das Schiff magnetisch, und irgendwie wirkte seine Oberfläche plötzlich kleiner. Der Mechaniker war ein paarmal um den Motor herumgegangen, als hätte er sich verirrt. Wir versammelten uns in der Kajüte, der Mechaniker mit einem Schraubenschlüssel in der Hand, die Hand auf dem Herzen.

«Der dürfte eigentlich gar nicht laufen», sagte er.

«Wieso nicht?» fragte Chloe. «Klingt doch gut.»

«Der Treibstoff», erwiderte er. «Ich hab einen Zwanzigliterkanister mitgebracht, den wollte ich gleich in den Tank einfüllen, aber ich hab's noch nicht gemacht. Der Motor läuft mit Treibstoff, der vier Jahre alt ist.» Er schüttelte den Kopf, aber sein Blick blieb starr. «Mein Boot würde noch nicht mal mit Treibstoff vom letzten Jahr laufen.»

«Na, Grace?» sagte ich.

«Ich weiß nicht», sagte sie. Ihre Augen wurden weit, ihre Pupillen verengten sich.

Der Mechaniker stellte den Gashebel auf Leerlauf. Dann drehte er sich zu uns um. «Jetzt wollen wir mal ein bißchen Tang aufwühlen», sagte er und schaltete in den Rückwärtsgang.

«Aber wir sind doch noch an der Pier vertäut», gab ich zu bedenken.

«Keine Sorge, wir bleiben im Leerlauf.» Er verließ die Kajüte und ging wieder in den Maschinenraum hinunter, wo wir alle zusammen zuschauten, wie sich die Schraubenwelle langsam drehte. Er sah zu uns auf. «Alles bestens», sagte er. Die Stopfbuchse lecke nicht, erklärte er und führte uns dann zum Heckspiegel der *Rosinante*, und wir schauten über Bord und sahen Tangfetzen langsam aus der Tiefe aufsteigen und Seekühlwasser aus dem Auspuff rinnen. «Ich hab befürchtet, ein Stück Leine hätte sich um die Schraube gewickelt», sagte er. «Aber es sieht gut aus. Der Treibstoff – nicht zu fassen. Da muß jemand literweise Konservierungsmittel reingeschüttet haben.»

«Sweet George», sagte Grace und sah ins Wasser hinab. «Er hat an alles gedacht.» Sie schien einen tiefen Seufzer des Wiedererkennens zu unterdrücken, so als wäre sie endlich auf irgendeine Einzelheit gestoßen, eine entfernte Möglichkeit. «Ich war so glücklich hier», sagte sie und wandte sich von uns ab. «Legen Sie die Rechnung auf den Kartentisch», rief sie dem Mechaniker über die Schulter zu, sagte noch irgend etwas und verschwand dann im Innern der *Rosinante*. Es war das erste Mal, daß ich sie an Bord mit sich selbst hatte reden hören.

Beim Abendessen erzählte Grace zwischen Chloes Vorträgen über den Kalorien- und Fettgehalt jedes einzelnen Bestandteils unserer Mahlzeit von ihrem Mann.

«Wir haben damals Ende September hier an der Pier festgemacht. Nachts wurde es schon sehr kalt, und da wir weiter nach Norden wollten, meinte Sweet George, es sei ein guter Platz zum Überwintern. Im Mai wollten wir dann weiter. Wir waren im Sommer die ganze Strecke von Palm Beach heraufgekommen. Ich fand es immer so ungerecht, daß er nur die eine Saison auf dem Schiff erlebt hat. Sweet George war auch dick, Chloe, aber er war ein ruhiger Mensch.»

Chloe hörte auf zu kauen, und ihre Mundwinkel bogen sich nach unten.

«Er ist so gut wie nie laut geworden, und auf dem Schiff

haben wir uns beim Ankern oder Anlegen sogar durch Handzeichen verständigt, weil er nicht schreien wollte. Ich erinnere mich noch gut an den Sommer. Wir haben so viel gesehen. Bis dahin war unser Leben immer in getrennten Bahnen verlaufen, mit Arbeit und gesellschaftlichen Aktivitäten, und als wir nach fünfundvierzig Ehejahren auf der *Rosinante* zusammenkamen, waren wir zwar miteinander vertraut, aber nicht aneinander gewöhnt. Früher hatte jeder sein eigenes Leben geführt und dem anderen davon erzählt, und jetzt führten wir beide dasselbe Leben. Am Anfang hatte ich Angst, wir würden nie wieder miteinander reden. Sweet George war zwar kein Einsiedler und auch kein introvertierter Mensch, aber es hat ihm nichts ausgemacht, stundenlang zu schweigen. Er war fasziniert von der Technik des Kreuzens, den einzelnen Bestandteilen des Schiffs, den Navigationsinstrumenten. Und ich fand immer, man braucht es nicht auch noch auszusprechen, wenn man etwas schön findet. Damit die Verbindung zwischen uns nicht abriß, fing ich an, jedesmal ein ‹Sweet› vor seinen Namen zu setzen, und er fing an, mich immer wieder mal an sich zu drücken. Es war, als hätte er fünfundvierzig Jahre gebraucht, um soviel Mut und Zutrauen zu fassen. Aber jetzt ließ er keine Gelegenheit aus, mich im Vorbeigehen irgendwie zu berühren, auf dem Niedergang meinen Arm zu tätscheln oder mir beim Kochen das Haar aus den Augen zu streichen. Man hätte fast meinen können, wir wären frisch verliebt. Manchmal haben wir auf unserer Reise neue Freunde kennengelernt, und dann wurden Sweet George und ich plötzlich gesprächig, wir waren kaum zu bremsen und rühmten unser Leben in den höchsten Tönen. Stundenlang erzählten wir von irgendwelchen Begebenheiten an Bord der *Rosinante*, die in Wirklichkeit nur ein paar Augenblicke gedauert hatten. Da merkte ich dann erst, daß wir auf dem Schiff kaum miteinander geredet hatten, nicht weil wir uns nichts zu sagen gehabt hätten, sondern weil einfach keine Zeit dazu gewesen war. Aber wir haben immer gut geschlafen, und wir haben viel zusammen gesehen. Wale, gewaltige Blitze. Wenn man jung ist, hat man immer Angst, etwas zu versäumen, und wenn man alt ist, merkt man, daß man viel zuviel Zeit damit vertan hat, Angst zu haben. Im Winter ist Sweet George dann gestorben. Er war alt und dick, aber er war voller Pläne, so wie du, Chloe.»

«Und wie ist er gestorben, Grace?» fragte ich.

«Ganz still, so wie es seine Art war. Ein Herzinfarkt. Es war auf einer Bank im Prescott-Park. Ich dachte, er schläft. Um uns herum war alles voller Vögel. Wir hatten Tauben gefüttert. Ich glaube, sie haben's eher gemerkt als ich. Im Frühjahr wollten wir weiter nach Prince-Edward-Island. Als unsere Tochter klein war, hatte Sweet George ihr *Anne auf Green Gables* vorgelesen, von Anfang bis Ende, und er wollte die Gegend sehen, in der das Buch spielt. Er wollte so wie Anne von der See her kommen und über die Wiesen seiner Kindheit und der Kindheit seiner Tochter gehen.»

«Warum redest du eigentlich nie über deine Tochter, Grace?» wollte Chloe wissen.

«Wir verstehen uns nicht besonders, das hab ich euch doch schon gesagt.»

«Und warum nicht?» Chloe konnte hartnäckig sein, und Grace sah sie mißbilligend an. «Meine Mutter und ich», sagte Chloe, «wir verstehen uns nämlich auch nicht besonders. Ich will einfach wissen warum. Bis sie fünfundsiebzig ist, streiten wir uns hoffentlich nicht mehr.»

Grace straffte sich. «Na, hoffen wir's. Aber dein Problem mit deiner Mutter liegt anders als meins mit meiner Tochter. Die ist nämlich ein ausgemachtes Rabenaas, und du bist eigentlich ganz nett.»

«Wieso ein Rabenaas?»

«Wahrscheinlich ist es meine Schuld, aber ich hab's aufgegeben, die Sache zu analysieren. Sie war ein Einzelkind.»

«Ich bin auch ein Einzelkind», warf ich ein, «aber ich versteh mich prima mit meiner Mutter.»

«Siehst du, man begreift's eben nicht. Ich halt mich einfach von ihr fern.»

«Aber warum denn, Grace?» fragte Chloe.

«Wir konnten uns nie über irgendwas einigen, nicht mal über die selbstverständlichsten Dinge. Als Sweet George und ich beschlossen, uns in Florida zur Ruhe zu setzen, hat sie uns eine Szene gemacht. Als wir beschlossen, die *Rosinante* zu kaufen, hat sie einen Anfall gekriegt, und als ich beschloß, auf dem Schiff wohnen zu bleiben, ist sie vollends ausgerastet. Sie will immer alles unter Kontrolle haben. Sie war ein verwöhntes Kind. Ständig will sie Verantwortung übernehmen, auch da, wo es gar keine zu übernehmen gibt. Nachdem Sweet George gestorben war, wollte sie, daß ich zu ihr ziehe, stellt euch das vor. Eher würde ich in ein Rattennest ziehen. Eine Klingel hätte ich in mein Zimmer gekriegt und eine Futterklappe. Ihre Kinder und ihr armer Mann sind die reinsten Roboter. Sie glaubt, das Meer ist von Natur aus schmutzig und ich lebe in einem septischen System. Vor vier Jahren hab ich sie zuletzt gesehen. Das war das einzige Mal, daß ich ernsthaft daran gedacht habe, von hier wegzugehen.»

«Ach, übrigens», murmelte Chloe.

«Was?» fragte ich.

«Heute nachmittag habe ich Harry getroffen. Er sagt, wenn mit unserem Motor alles in Ordnung ist, kommt er am Montag früh rüber und bringt die *Rosinante* zu Patten's Yachtwerft nach Eliot.»

«Am Montag früh?» fragte Grace.

«Ja.»

Grace sah uns an, und ihre Augen waren noch trauriger als die von Pinky.

«Was ist?» fragten wir.

«Da muß ich bestimmt weinen.»

«Aber wieso denn, Grace? Es ist doch nur eine ganz kurze Fahrt, und der *Rosinante* wird es guttun.»

«Ich weiß, ich weiß. Nur hat die Festmacheleinen eben niemand mehr angerührt, seit Sweet George uns hier vertäut hat. Die Knoten stammen noch von ihm. Wenn sie aufgemacht werden, verliere ich wieder ein Stück von ihm.»

Chloes Blick hatte sich verschleiert, ebenso wie meiner, doch Grace schaute uns trockenen Auges entschuldigend an und wiegte den Kopf. «Aber es wird schon gehen, Kinder, nun laßt mal nicht den Kopf hängen.»

Am Samstag hielten eine andere Helferin und ich von acht bis Mitternacht bei den beiden Gräbern Wache. Es gab dort zwar Stühle und eine Laterne, aber wir setzten uns in ihr Auto, denn vom Fluß her wehte ein kühler Wind, und sie hatte einen kleinen Fernseher mitgebracht, den man an den Zigarettenanzünder anschließen konnte. Wir schauten uns Alfred Hitchcocks *Rebecca* an.

Sie saß hinter dem Lenkrad. «Laurence Olivier hin oder her», fing sie an, «aber mir ist er zu düster. Ich würde ihm sagen, er soll mal ein bißchen aus sich rausgehen oder er soll sich einen Schwips antrinken, eins von beiden.» Sie hatte Knabbersachen mitgebracht, und ihre Zähne klickten beim Kauen und Reden aufeinander.

«Das kann sie ihm nicht sagen. Sie ist doch unsterblich in ihn verliebt.»

«Ja, eben. Es ist ihre Schuld.»

«Wieso ihre Schuld?» Ich regulierte den Bildempfang.

«Na, er versteckt sich hinter seinem Reich-und-vornehm-aber-unglücklich-Krampf, und sie läßt ihn und versteckt sich hinter ihrem Unsterblich-verliebt-und-ahnungslos-Krampf. Realistisch ist das nicht. Wenn es realistisch wäre, würde sie ihm eine knallen.» Klick, klick, klick machten ihre Zähne.

«So siehst du das also?»

«Ja, aber ich hab den Film auch schon x-mal gesehen.»

«Ich auch. Aber sie kann doch nichts für Dinge, von denen sie gar nichts weiß», verteidigte ich die Protagonistin und entriß meiner Nachbarin die Salzbrezeltüte.

«Sie läßt sich einfach zuviel gefallen, erst von ihrem Boß und dann von ihrer eigenen Haushälterin. Sie braucht zu lange, um sich zu entscheiden, aber als sie dann doch besser zögern sollte, tut sie's nicht. Woher weiß sie so genau, daß er seine Frau nicht umgebracht hat? Er weiß es doch selber nicht genau.»

«Vielleicht spürt sie, daß seine Frau es verdient hat. Wenn er sie tatsächlich umgebracht hat, dann hat sie's auch verdient. Sie mußte einfach getötet werden. Am Ende ist Rebecca die Gewinnerin. Sie kriegt ihren Mann.»

«Die Gewinnerin? Na, immerhin brennt das ganze Haus ab. Und diese dünnen Lippen, die der hat! Er war's doch, der die Leiche seiner Frau in das Boot geschafft und das Boot versenkt hat, um sich aus der Affäre zu ziehen.» Ihre Zähne mußten aus Stahl sein.

«Jetzt hast du mir den Film für den Rest meines Lebens vermiest», sagte ich und schaute zu den Gräbern hinüber.

«Als Archäologen», erwiderte sie, «wissen wir doch, daß auch Götter zu Staub zerfallen.» Sie packte die Salzbrezeln weg.

«Aber sie hat ihn geliebt», sagte ich.

«Du sagst das, als wär's ein Allheilmittel. Du bist wie eine Heilige, die Gott anruft, als ihr die Flammen schon die Socken hochkriechen. Das sieht doch jeder, daß sie ihm eine hätte kleben müssen und einer Menge anderer Leute in dem Film auch.»

Sie schaltete den Fernseher ab. Unsere Zeit war fast um. Ich zeigte auf die Plane über den Gräbern und sagte: «Ich möchte wissen, was für ein Ende die beiden da gefunden haben.»

«Keine Ahnung», erwiderte sie nachdenklich. «Aber ich glaube, die Toten haben uns gar nicht so viel zu sagen, wie wir vielleicht hoffen. Wahrscheinlich sind sie einfach nur tot.»

Ich sah sie wieder an, diese nüchterne Hausfrau, die ich kaum kannte, und öffnete den Mund zu einer Antwort, aber da verließ mich der Mut, und ich wandte mich wieder ab.

Am Sonntag morgen wachte ich davon auf, daß Midden an der Kabinentür kläglich miaute. Sie versuchte in die Kajüte zu gelangen, indem sie die Pfote unter der Tür durchschob und ihre Krallen auf der anderen Seite in einen der Schlingenteppiche grub. Grace und Chloe waren schon in der Kombüse. Als ich die Tür aufmachte, schoß Midden durch die Kajüte, flitzte die Stufen zur Kombüse hinunter und kam genau vor dem Herd und dem, was darauf zubereitet werden mochte, schlitternd zum Stehen.

«Morgen, Grabwächterin», sagte Grace.

«Guten Morgen.»

«Und, waren Geister da?» fragte Chloe.

«Nur der von Laurence Olivier. Knapp fünfzehn Zentimeter groß, in Grau-, Schwarz- und Weißtönen. Mal war er da, mal wieder nicht.»

«Hör auf!» sagte Chloe und starrte mich an.

«Doch nur im Fernsehen, Chloe. Es war so kalt draußen, da haben wir uns mit einem tragbaren Fernseher ins Auto gesetzt.»

«Ach so. Wär mit fünfzehn Zentimetern auch ein ziemlich mickriger Geist gewesen. Ich hab morgen frei. Kann ich heute nacht mit dir Wache halten?»

«Klar. Aber ich hab die Schicht von Mitternacht bis vier.»

«Das macht nichts.»

«Also, ich komm nicht mit», sagte Grace. «Die armen Toten. Warum laßt ihr sie nicht in Ruhe?»

«Denen ist das egal, Grace», meinte Chloe. «Die sind tot, mausetot, von Würmern zerfressen, RIP.»

«Das heißt ‹Requiescant in pace – sie mögen in Frieden ruhen›, was sie ja so halb aus der Erde gebuddelt schlecht können. Die frieren bestimmt», sagte Grace.

«Ein bißchen von der Erde ist in deinen Blumentöpfen», sagte ich, doch dann wechselte ich schnell das Thema und fuhr fort: «Ich hab Hunger.»

Aber Chloe ließ nicht locker. «Jedenfalls sind sie tot. Jetzt haben wir das Sagen. Charlotte kann ihre Gebeine untersuchen und uns alles mögliche über sie erzählen, stimmt's, Charlotte?»

«Vielleicht erfahren wir etwas über ihren Gesundheitszustand, ihre Eßgewohnheiten, ihre Bestattungsriten und so weiter.»

«Könnt ihr auch sagen, woran sie gestorben sind?» fragte Chloe, und ihre Augen verengten sich zu Schlitzen.

«Vielleicht, aber ich würde mir nicht zuviel davon versprechen. Die meisten Leute sterben an ganz banalen Leiden. Hast du keinen Hunger, Chloe?»

«Wir sterben vor Hunger, alle beide.» Sie rieb sich den Bauch.

Grace gab Pancaketeig in eine leicht gefettete gußeiserne Pfanne, vier Portionen, die zu Zehn-Zentimeter-Fladen auseinanderflossen. Sie sagte: «Ich würde nicht wollen, daß mein Grab aufgemacht wird und meine Gebeine in einem Karton bei irgendeiner Universität landen. Ich will, daß sie in der Erde bleiben und dorthin zurückkehren, wo sie hergekommen sind.»

«Ich laß mich verbrennen», verkündete Chloe und schaute zu, wie die Pancakes Blasen warfen. «Die Vorstellung, in der Erde zu verfaulen, fand ich schon immer schlimm. Sweet George ist auf See bestattet worden, hast du das gewußt, Charlotte?»

«Nein.»

«War doppelt so teuer», ergänzte Grace stolz.

«Aber sie hat gedacht, er würde es so wollen, stimmt's, Grace?»

«Stimmt, Chloe.»

Grace verteilte die Pancakes, und wir nahmen unsere Teller mit in die Kajüte. Midden heftete sich zornig miauend an unsere Fersen. Als wir uns setzten, fragte ich: «Wo liegt er denn, Grace?»

«Ach, ein paar Meilen vor den Isles of Shoals. Da schläft er auf dem Meeresgrund.» Und mit drei Pancakelagen bißbereit auf der Gabel setzte sie hinzu: «So tief, daß kein Archäologe an ihn rankann.»

«Lecker, die Pancakes», sagte ich und goß noch mehr Sirup darüber. «Wie machst du die eigentlich?»

Grace begann die Zutaten aufzuzählen, aber ich gebot ihr mit einer Geste Einhalt und lief rasch nach unten, um Kugelschreiber und Papier zu holen. Als ich zurückkam, vervollständigte sie die Liste und erklärte, das Wichtigste sei das Schlagen der Eiweiße zu Eischnee. Ich schreibe das Rezept hier nicht nur deshalb auf, weil die Pancakes so gut waren. Ich selbst mach mir nicht soviel daraus, auch wenn sie noch so köstlich sind. Aber Jonah mochte sie. Erst nach dem Frühstück, als wir das Geschirr gespült hatten und ich mit dem Zettel in meine Kabine zurückging, fiel mir alles wieder ein, und so soll das Rezept auch ein Zeichen sein, ein Hinweis auf diese Gedächtnislücke, die mich einen Moment lang hat glauben lassen, ich könnte einfach nach Hause gehen und meinem Mann Pancakes machen, die ihm schmecken würden.

Grace' Pancakes

2 Tassen Mehl	1 TL Salz
4 TL Backpulver	2 Eier, getrennt
$2\frac{1}{4}$ Tassen Milch	2 EL Zucker
$\frac{1}{3}$ Tasse zerlassenes Backfett	

Mehl abmessen, sieben und zusammen mit Salz, Backpulver und Zucker erneut sieben. Eigelb schlagen, mit der Milch verrühren und zerlassenes Backfett zugeben. Mehlmischung unbedingt auf einmal zugeben und kräftig glattrühren. Eiweiße zu Schnee schlagen und ebenfalls unterrühren. In heißer Pfanne ausbacken. Mit echtem Ahornsirup servieren.

Kurz vor Mitternacht standen Chloe und ich auf dem Point of Graves und lasen beim Licht unserer Taschenlampen Grabinschriften. Kunstvoll gemeißelte Trauerweiden und Totenköpfe mit gekreuzten Knochen zierten die schiefen, halb eingesunkenen, bemoosten und flechtenüberzogenen Grabsteine «Hier ruht...»

Für Jonahs Stein hatte ich dunklen Granit gewählt, doch als er aufgestellt war, wirkte er so massiv, daß ich wünschte, ich hätte eine Bronzeplatte genommen, über die man den Rasenmäher leicht hinwegschieben konnte. Die Inschrift, die ich bestellt hatte, war schlicht: sein Name, Geburts- und Todesdatum und darunter in kleineren Blockbuchstaben die Worte MEIN GELIEBTER MANN, alles tief in den Stein gegraben, so daß es vielleicht überdauern würde. Eine Woche nach der Beerdigung rief der Bestattungsunternehmer an und wollte wissen, ob ich den Platz neben Jonah für mich reservieren und ihn kaufen wolle. Ein paar atemlose Momente lang war ich völlig perplex, und nach – wie mir schien – minutenlangem Schweigen sagte er, er würde später noch einmal anrufen. Ich konnte nicht einmal auf Wiederhören sagen. Ich legte auf, ging in die Küche und schaute in den Kühlschrank, als wäre meine Antwort dort zu finden.

Auf den niedrigen Mäuerchen um die Gräber glänzte der Tau, als der Lichtkegel unserer Taschenlampen darüberstrich. Chloe klammerte sich an meinen Arm und las die Inschriften vor, Namen von Kapitänen und ihren Frauen und Kindern. Mir fiel auf, wie viele Frauen ihre Männer überlebt hatten, und ich zählte die Jahre ihrer Witwenschaft bis zu ihrem Tod.

«So viele Kinder», flüsterte Chloe.

«Damals konnte man an der kleinsten Infektion sterben», erklärte ich.

«Hier, sieh mal, drei Kinder aus derselben Familie, alle auf einmal.»

«Vielleicht Cholera.»

«Das hier ist nur vier Wochen alt geworden.» Chloe schniefte, und ich leuchtete ihr ins Gesicht. Sie legte eine Hand an die Wange und die andere über meine Taschenlampe, und ich senkte den Strahl rasch ins Gras.

«Glaubst du an Jesus, Charlotte?» fragte sie.

Ich wollte sie trösten. «Ich glaube an alles», sagte ich. «Warum auch nicht? Glauben ist billig, das heißt, es kostet gar nichts. Warum an nichts glauben, wenn alles das gleiche kostet?» Meine Worte klangen ein wenig trübe. Ich ließ den Lichtkegel über die Gräber von Ehepaaren gleiten, deren Doppelgrabsteine sich über die Jahrhunderte gesenkt und näher zueinander oder vom Frost gehoben und weiter auseinander geneigt hatten, und unwillkürlich kam mir der Gedanke, daß sie die Ehen der Toten widerspiegelten. «Es ist gleich zwölf», sagte ich. «Gehen wir rüber.»

«Okay, aber nichts kann einem solche Angst einjagen, wie wenn man ein Kind kriegt», sagte Chloe. «Ich fand Spinnen immer schlimm, und jetzt steh ich mitten in der Nacht auf einem Friedhof und bin nicht mal nervös. Aber wenn ich an das Baby denke, krieg ich weiche Knie.»

«Du bist ein Schatz, Chloe», sagte ich und ging durch das Drehkreuz voran.

Wir lösten die vorherige Mannschaft ab, obwohl meine Mitwächterin nicht erschienen war. Es war eine Studentin, die an der University of New Hampshire einen Sommerkurs besuchte, und ich hatte eigentlich auch gar nicht damit gerechnet, daß sie kommen würde. Sie mußte montags ziemlich früh zu ihrem Kurs und hatte sich wohl auch nur deshalb gemeldet, weil Michael gerade dagestanden und die Wachen eingeteilt hatte. Chloe und ich setzten uns in die beiden Klappstühle und breiteten die mitgebrachten Decken über uns. Es war nicht kalt, aber feucht, und wir wollten uns vor dem Tau und dem Dunst vom Fluß her schützen. Ich drehte die Campinglampe zu einem sanften Glühen herunter und lehnte mich zurück, deckte mich bis unters Kinn zu und zog die Füße unter mir hoch.

«Vier Stunden», sagte Chloe.

«Geh doch nach Hause und leg dich schlafen, Chloe.»

«Kommt nicht in Frage. Ich laß dich hier nicht allein.»

«Ach, das geht schon.»

«Nichts da.»

«Vier Stunden», sagte ich.

«Ich kann ja versuchen, ein bißchen zu schlafen.»

«Ich weck dich auch ganz bestimmt, wenn irgendwas passiert.»

«Was könnte denn passieren?» Ihr Kopf schnellte vor.

«Nichts. Nichts könnte passieren.»

Sie lehnte sich wieder zurück, und ihr Kopf beschrieb wie ein zum Stillstand kommender Kreisel zwei langsame Kreise, dann blieb ihr Kinn auf ihrer Brust liegen. Sekunden später fuhr sie wieder hoch und sagte: «Ich kann nicht schlafen. Laß uns reden.»

«Worüber?»

«Ich weiß nicht. Über irgend etwas, nur nicht über Roger. Davon krieg ich Kopfweh.»

«Grace war noch auf, als wir weg sind. Sie schläft heute nacht bestimmt noch weniger als wir.»

«Sie will eben, daß morgen alles gut gesichert ist. Wenn wir eine Heckwelle abkriegen, dann schaukelt es, und alles, was nicht festgezurrt ist, landet auf dem Boden.»

«Warum hast du mir nie erzählt, daß du ein Schiff steuern kannst?»

«Ich weiß auch nicht. Irgendwie sind wir nicht drauf gekommen. Ich mach das schon so lange, daß es gar nichts Besonderes mehr für mich ist. Genausogut könnte ich dir erzählen, daß ich spucken kann. Hier wachsen viele Kinder auf Schiffen auf. Mein Vater hat lange nebenbei als Hummerfischer gearbeitet. Als ich sechs war, hat er seinen Job auf der Marinewerft verloren, und seitdem macht er's hauptberuflich. Meine Familie verbringt mehr Zeit auf dem Schiff als im Auto.»

«Ich hab das Wasser so gern», sagte ich gähnend.

«Und ich bin froh, wenn ich mal davon wegkomme. Für mich ist es nichts weiter als ein Arbeitsplatz. Es ist immer kalt, die Köder stinken, und es kann einem höllisch angst machen. An Land ist das Wetter eine ganztägige Sache. Man schaut sich die Nachrichten an: zwanzig Grad, zeitweise bewölkt. Aber auf dem Meer ist es eine Sache von Minuten. Die Strömung, der Wind, der Luftdruck. Man muß dauernd auf der Hut sein. Und wenn's nicht das Wetter ist, dann sind es andere Schiffe, die einen über den Haufen fahren können oder einem ihre Heckwelle rüberschicken, oder es ist das eigene Boot: der Motor geht kaputt, das Funkgerät, die Winsch. Ich hab immer Angst um meinen Dad, nur dann nicht, wenn ich mit ihm zusammen auf dem Schiff bin und Angst um uns beide habe.»

«Gefällt ihm sein Beruf?»

«Die meiste Zeit schon. Die Einzelheiten gefallen ihm: Bojen streichen, Hummerkörbe ausbessern, das Schiff abspritzen. Und es gefällt ihm, daß er sein eigener Herr ist. Er redet mit den Hummern wie mit alten Freunden. Wenn er eine Reuse verliert, regt er sich manchmal auf. Im Sommer, wenn's draußen von Sportbooten wimmelt, werden die Bojen ziemlich übel zugerichtet. Manchmal, wenn er hört, daß so ein Luxusboot abgeschleppt wird oder einen Taucher anheuern muß, weil sich zehn Meter Verholleine um die Schraube gewickelt haben, dann ärgert er sich grün und blau. Er arbeitet, und die vergnügen sich. Ich sag ihm immer wieder, das sind dieselben Leute, die seine Hummer kaufen, aber von der Seite will er's nicht sehen. Er hat seine festen Ansichten, und von denen läßt er sich durch nichts abbringen. Er ist unheimlich stur.»

«Was wird er sagen, wenn er erfährt, daß du schwanger bist?»

«Ich weiß nicht. Enttäuscht wird er sein. Ich komm mir vor, als hätte ich ihn im Stich gelassen, aber was soll ich machen? Wahrscheinlich wird er sich schämen.»

«Und du, schämst du dich auch?»

«Nein, natürlich nicht.»

«Dann hat er auch nicht das Recht dazu.»

«Was hat das Recht damit zu tun, was Eltern denken?»

«Ich weiß nicht. Ich versteh mich gut mit meinen Eltern. Sie sind eigentlich immer ziemlich vernünftig.»

«Bist du schon mal schwanger nach Hause gekommen?»

«Nein.»

«Oder mit kahlrasiertem Kopf?»

«Nein.»

«Oder mit einem Ring durch die Nase?»

«Du hast doch gar keinen Ring in der Nase.»

«Aber ich hatte mal einen, als ich fünfzehn war. Junge, Junge, die sind vielleicht ausgerastet!»

«Und was ist passiert?»

«Ach, das Loch hat sich entzündet, und da hab ich's wieder zuwachsen lassen.»

«Nein, ich meine, was deine Eltern gesagt haben.»

«Meine Mutter hat rumgebrüllt, und mein Dad hat leise ‹Chloe› gesagt und ist ganz langsam in seine Werkstatt runtergegangen. Alles nur wegen einem Loch in der Nase. Dabei hab ich nie harte Drogen genommen und bin noch nie wegen Geschwindigkeitsüberschreitung verknackt worden. Mein Zimmer war allerdings immer ein Chaos, und streckenweise war ich permanent eingeschnappt und hab alles an meinen Eltern ausgelassen. Aber das war meine einzige Waffe: ihre Gefühle manipulieren. Ich kann ganz schön gemein sein.»

«Und warum bist du von zu Hause weg?»

«Ich bin öfter mit Roger über Nacht weggeblieben. Damals dachte ich, ich könnte nicht ohne ihn leben, und sie haben überhaupt nichts von ihm zu sehen gekriegt. Roger drückt sich, wo er nur kann. Er hat permanent ein schlechtes Gewissen. Manchmal hätte ich ihn am liebsten an den Schultern gepackt und ihn mal richtig geradegebogen. Also jedenfalls, ihr letzter Trumpf war das Zuhausewohnen. Entweder das oder Roger. Ich hatte sogar Ausgehverbot. Aber ich kann auch unheimlich stur sein, und da bin ich weg. Hab seit fast acht Monaten nicht mehr mit ihnen geredet.»

«Willst du mich nicht mal mit ihnen bekannt machen, Chloe? Ich bin doch eine ziemlich respektable Person und könnte dabeisein, wenn du ihnen das mit dem Baby sagst. Dann könntest du ihnen auch gleich sagen, daß Roger passé ist. Das beschwichtigt sie vielleicht.»

«Klar, das hören sie bestimmt gern.»

«Also, jederzeit.»

«Okay», flüsterte sie.

Sie biß sich auf die Unterlippe und starrte auf die Falten der Decke. «Ich weiß, daß mein Dad mich liebhat», sagte sie. «Er kann nichts dafür, daß er so denkt.»

«Und deine Mutter?»

«Meine Mutter», seufzte sie, «die ist... die ist knallhart. Sie sagt, sie kennt mich, und ich sag, wenn sie mich kennt, dann nur, weil sie sich selber kennt. Wie sie schon den Mund verzieht! Ihre Augen werden riesengroß, und sie durchbohrt mich regelrecht damit, und dann schrei ich sie an: ‹Deine Augen werden immer größer, Ma, gleich platzen sie!› Ich glaub, sie denkt, sie muß so hart sein, weil mein Dad es nicht kann. Er schafft's einfach nicht. Er nimmt einen Standpunkt ein wie ein Felsen im Fluß, aber man braucht nur um den Felsen herumzufahren. Aber meine Mama, die stellt sich vor dich hin und bleibt so lange da stehen, bis du sie wegschiebst oder dich umdrehst und dahin zurückgehst, wo du hergekommen bist. Aber vielleicht kann sie ja auch nichts dafür. Ich bin eben ein schwarzes Schaf. Fett, schwanger und arm.»

«Und außerdem», ergänzte ich, «riechen deine Füße manchmal ziemlich übel.»

«Und auf der High-School war ich nicht besonders gut in Algebra.»

«Aber man sieht deine Wurzeln, sogar bei dem Licht.»

«Wenn ich morgens aufwache, Charlotte, ist meine Unterhose jedesmal zwischen die Pobacken geknuddelt.»

Wir lachten und schaukelten neben den Toten ausgelassen mit unseren Klappstühlen. Als unser Lachen zum leisen

Zischen der Campinglampe erstarb, flüsterte Chloe: «Wir sollten eine spiritistische Sitzung abhalten. Vielleicht haben die beiden da uns was zu sagen.» Sie wies mit einer Kopfbewegung auf die Plane.

«Aber wir sind doch nur zu zweit.»

«Das macht nichts. Wenn wir uns an den Händen halten, ist es auch ein Kreis.» Sie faßte die Armlehnen ihres Klappstuhls und ruckelte mit ihm wie ein knisternd flügelschlagendes Insekt zu mir herüber. Ihre Hände waren warm und feucht. Hätte ich sie im Dunkeln berührt, ich hätte aufgeschrien.

«Und was jetzt?» fragte ich.

«Ja, ich weiß auch nicht so richtig. Ich weiß nur, was ich im Fernsehen gesehen hab. Wir halten uns an den Händen und beschwören die Toten mit ihren Namen. Und wir müssen an ihre Gegenwart glauben, sonst kommen sie nicht.»

«Aber wir kennen ihre Namen doch gar nicht. Wir wissen nicht mal, ob es Männer oder Frauen waren.»

«Wir rufen einfach ‹Oh, ihr unter der blauen Plane Begrabenen!›, dann wissen sie schon, daß sie gemeint sind.»

«Brauchen wir nicht eine Kerze und einen großen Eichentisch?»

«Wir haben doch eine Lampe, das sind gleich ein paar tausend Kerzen auf einmal. Und als Tisch nehmen wir eben die Decken.»

Weitere Hinderungsgründe fielen mir nicht ein.

«Okay», flüsterte Chloe, «es geht los.» Sie faßte meine Hände fester. Es war, als würden sie von einer ganzen Dose Wiener Würstchen mit Knöcheln umklammert.

«Oh, ihr unter der blauen Plane Begrabenen, wir bitten euch, kommt hervor und gebt uns, Chloe und Charlotte, ein Zeichen. Und vergeßt nicht», setzte sie hinzu, «daß ich eine schwangere Frau bin.»

«Ein Zeichen?»

«Ja, ein Zeichen.»

«Und wie erkennen wir das?»

«Wir erkennen's schon, Charlotte. Ein *Zeichen* eben. Und jetzt sei still, sonst kriegen sie Angst und kommen nicht.»

«Ich hab selber Angst», zischte ich.

«Oh, ihr unter der blauen Plane Begrabenen», begann Chloe von neuem, «gebt uns ein Zeichen eurer Gegenwart!»

Es fuhren keine Autos vorbei. Wir schienen allein im Park zu sein. Die Stille wurde nur durch das Plätschern des Wassers an der Ufermauer und das Sirren der Insekten um die Lampe unterbrochen. Ich schaute auf die Plane hinab. Ein leichter Wind strich darüber hin, und sie wölbte sich einen Augenblick hoch und sank wieder herab. Plötzlich fiel mir ein, daß der Erdhügel neben Jonahs offenem Grab mit einer grünen Plane bedeckt gewesen war. Warum? Damit die Trauernden an Gras dachten und nicht an Erde? Ich hatte es kaum erwarten können, bis Jonah in die Erde kam. Er schien mir so verletzlich in der Sonne. Am liebsten hätte ich alle weggeschickt und ihn eigenhändig begraben, allein.

«Da kommt kein Zeichen, Chloe. Lassen wir's.»

«Warte, warte, laß ihnen doch Zeit. Merkst du, daß es kälter wird?»

«Nein», erwiderte ich ein wenig schroff und setzte dann hinzu: «Nach Mitternacht wird's immer kälter.»

«Schrecklich still ist es hier», sagte sie.

«Chloe!» warnte ich.

Sie begann zu summen oder eher zu stöhnen, und dann sang sie: «O ihr, o ihr, o ihr, o ihr.»

«Chloe», flüsterte ich mit versagender Stimme.

Der Wind blähte die Plane von neuem. Im Geäst eines Baumes bewegte sich etwas.

«Gebt uns ein Zeichen», sagte sie, «nur eine Andeutung.»

Ich merkte, daß der Griff meiner Hände sich lockerte, und faßte wieder fester zu. Irgendwo auf der Southside bellte ein Hund, einmal und noch einmal. Ich schloß die Augen.

«Bitte», sagte Chloe, «wir wollen doch nur helfen. Irgendein Zeichen. Ein Wort. Gebt uns nur ein ...»

In diesem Moment ertönte die Warnsirene der Memorial Bridge, ein Schrei in der Nacht. Wir sprangen beide auf, die Hände noch immer gefaßt, und drängten uns näher zusammen. Chloes Atem streifte in kurzen, heißen Stößen meinen Hals. Sie hatte die Sirene tausendmal gehört, aber sie fragte fast atemlos: «Was war das?»

«Die Brücke. Da will jemand unter der Brücke durch.»

«Ach so», stöhnte sie, «natürlich. Es war gar kein Zeichen.» Dann ließ sie meine Hände los und faßte sich ans Gesicht. «Oder doch?»

«Aber Chloe, es ist halb zwei. Um halb wird doch immer aufgemacht, wenn jemand durch will.»

«Stimmt», sagte sie. «Stimmt.» Aber dann kam ihr ein Gedanke. «Nein, nein, das ist nur tagsüber so. Nachts muß man Bescheid geben, wenn man durch will. Irgend jemand wollte genau in dem Moment durch, als wir um ein Zeichen gebeten haben.»

Wir ließen uns wieder in das Geflecht unserer Stühle fallen und atmeten tief aus. Plötzlich legte sich uns beiden eine Hand auf die Schultern. Ich hörte, wie alle Luft aus Chloes Körper wich, als sie von ihrem Stuhl hochkam. Sie drehte sich. Es war, als sähe ich es in Zeitlupe: das Flattern ihrer Augenlider, die kleinen Zähne, in höchster Angst vom Frost gehobene Grabsteinreihen, die Beine, verdreht und außerstande, mit dem Rumpf Schritt zu halten, den Anfang ihres Sturzes in das Grabungsloch. Sie streckte die Arme nach mir aus, ich schnellte auf sie zu, spürte wogendes Fett unter ihren Achseln. Meine Finger gruben sich hinein, aber wir hatten den Drehpunkt von Hoffnung und Gewicht schon überschritten, und sie riß mich mit sich hinab. Gemeinsam schrien wir den Schrei des Sturzes in ein offenes Grab in tiefer Nacht. Wir krachten durch die straff gespannte Plane und landeten mit einem dumpfen Aufprall auf dem Lehmboden, die Arme ineinander verschlungen, Beine und Füße noch nach Bodenhaftung suchend, rotierend wie Räder eines umgestürzten

Autos. Ehe ich mich auch nur rühren konnte, scharrte Chloe sich, mit mir, der Plane und ihren ungewohnten Proportionen kämpfend, schon wieder aus dem Grab heraus. Grace war es, die sie schließlich hochzog und befreite.

«Um Himmels willen, Grace, warum hast du das getan?» schrie sie.

Ich zog mich ebenfalls über den Rand des Grabes und legte beide Hände auf die Brust, um mein Herz unter Verschluß zu halten. Grace war in Nachthemd und Morgenrock.

«Was getan?» fragte sie. «Ich wollte nur sehen, ob bei euch alles in Ordnung ist, bevor ich ins Bett gehe.»

«Aber wieso schleichst du dich denn so an? Ich hab vor Schreck fast das Baby verloren.»

«Du hast ja wirklich eine blühende Phantasie, Chloe. Hier, ich hab euch was zu essen mitgebracht.»

Grace faßte in ihren Morgenrock und zauberte zwei riesige Zimtmuffins hervor. Chloes Gesichtsausdruck veränderte sich schlagartig.

«Sieh mal, Charlotte», sagte sie, «Muffins.»

«Danke, Grace.»

Wir hoben die Plane auf und zogen sie wieder straff. Der Zweimeterriß in der Mitte würde zwar schwer zu erklären sein, aber es war kein Regen vorhergesagt, und so machte ich mir darüber keine Sorgen. Sorgen machte ich mir nur um die Erde über den Gräbern, die durch unseren Sturz gestört worden sein konnte. Ich hob die Plane an einem Ende hoch und hielt die Lampe an die Öffnung.

«Paß auf», flüsterte Chloe, so als würde ich mich bücken, um unters Bett zu schauen.

Von den noch unausgegrabenen Quadranten war etwas Erde in die schon ausgegrabenen gebröckelt, aber es schien kein größerer Schaden entstanden zu sein. Ich konnte noch immer nicht fassen, daß ich genau das getan hatte, woran ich andere durch mein Wachehalten hätte hindern sollen.

Ich bot Grace meinen Stuhl an und setzte mich auf einen

umgedrehten Zwanzigliterеimer. «Kommt doch mit nach Hause, Kinder», sagte sie. «Den beiden hier wird schon niemand was tun.»

«Es passiert sehr oft, daß archäologische Stätten verwüstet werden, Grace», wandte ich ein. «Die Leute denken, sie finden irgendeinen sagenhaften Schatz. Ich weiß nicht warum, aber sie glauben, Gräber seien bis obenhin voll mit Beutegut. Für sie ist jedes Grab ein Pharaonengrab. Aber das ist es normalerweise nicht. Der Schatz entgeht ihnen, weil sie ihn zerstören. Das Grab selbst, die Bestattungsmethoden und die Gebeine, die Information, die es liefert – das ist der Schatz.»

«Dann seid ihr also Schatzsucher», sagte Grace. «Charlotte, Liebes, vielleicht haben die beiden hier ein Geheimnis. Man sollte sie besser in Ruhe lassen.»

Am liebsten hätte ich einfach okay gesagt, aber jeder Fingernagel an meinen Händen brannte darauf, die Erde von diesen Knochen zu kratzen, die Gesichter zu sehen. «Ich weiß nicht, Grace. Daß es ein Übergriff ist, ist mir schon klar. Ein Grab auszugraben, ist in gewisser Weise der Gipfel des Voyeurismus; wir müssen einfach hinschauen, wir können gar nicht anders. Aber andererseits ist es auch ein Versuch, uns selbst zu verstehen. Wir schauen auf das Grab eines anderen Menschen, und in Wirklichkeit schauen wir auf unser eigenes – einer der seltenen Fälle, wo wir in ein Gesicht sehen wie in einen Spiegel. Es ist Voyeurismus, das stimmt, aber es macht eher demütig als euphorisch.»

«Warum tut ihr's dann?»

«Weil wir wie die Hunde sind, Grace. Für uns ist die Erde der sicherste Aufbewahrungsort für unsere Schätze, aber um unsere Knochen vollends in Sicherheit zu bringen, müssen wir sie ausgraben. Ich weiß auch nicht warum. Meine eigene Großmutter würde ich nicht ausgraben wollen, aber die beiden hier sind irgendwie weiter weg. Außerdem haben wir ja nicht nach ihnen gesucht. Wenn wir von vornherein Tote hätten ausgraben wollen, dann hätten wir uns einen besseren

Platz dafür ausgesucht, bei einem von den Grabsteinen da drüben. Die beiden hier haben sich uns von sich aus präsentiert.»

«Ihr grabt sie aus, weil sie kostbar sind, sagst du. Aber ob das Kostbare nun das Wissen ist, das ihr dabei gewinnt, oder die Ringe an ihren Fingern – Vandalismus und Diebstahl ist es trotzdem.»

«Du kannst nicht das Streben nach Wissen mit dem Streben nach Geld gleichsetzen, Grace. Das ist unfair.»

«Pfff», schnaubte sie.

«Sollen da nicht Rohre mitten durch sie durch gelegt werden?» fragte Chloe.

Wir blickten alle drei ins Dunkel. Als Chloe ihren Muffin aufgegessen hatte, brach ich meinen entzwei und gab ihr die Hälfte. Auf der Marcy Street schnurrte ein Auto vorbei.

«Hier ist Binny Wallace angeschwemmt worden», sagte Grace wehmütig.

«Was?» fragte Chloe.

«Binny Wallace. Ein kleiner Junge, der mit seinem Boot aufs Meer hinausgetrieben wurde. Ein Sturm kam auf, und später ist er dann hier angeschwemmt worden, direkt am Point of Graves.»

«Wann war das?» fragte ich. «Hast du ihn gekannt?»

«Ich hab's in der *Geschichte eines bösen Buben* von Thomas Bailey Aldrich gelesen.»

«Ganz schön unheimlich», meinte Chloe. «Daß er direkt hier am Friedhof angeschwemmt worden ist.»

«Doch nur in dem Buch, Chloe», sagte ich, «nicht in echt.»

«So steht's aber da», beharrte Grace.

«Das heißt doch nicht, daß es wirklich passiert ist», sagte ich gereizt.

«Es heißt aber auch nicht, daß es nicht passiert ist.»

«Da hast du's, Charlotte», sagte Chloe.

Wir schwiegen eine Weile, dann fügte Chloe hinzu: «Genau hier angeschwemmt. Ein kleiner Junge.»

«Herrjemine!» fuhr ich auf.

«War er der böse Bube?» wollte Chloe wissen.

«Nein, nein, er war ein ganz lieber kleiner Kerl. Der Böse war Mr. Aldrich.»

«Aufs Meer hinausgetrieben», flüsterte Chloe.

«Also, ich geh jetzt ins Bett», erklärte Grace und stemmte sich von ihrem Stuhl hoch. Ich schmollte noch. «Schließt bitte ab, Kinder, wenn ihr nach Hause kommt. Morgen ist ein großer Tag. Da geht's flußaufwärts. Ein großer Tag.»

Grace ging davon, schweigend erst, doch dann hörten wir sie wieder reden. Es klang, als würde sie sich mit jemandem unterhalten. Sie beschleunigte ihre Schritte, raffte Morgenrock und Nachthemd und verschwand zwischen den Bäumen.

«Sie sind wieder hinter ihr her», sagte Chloe.

«Aber wer?»

«Menschen sind es, glaub ich, keine. Obwohl, wer weiß. Meistens ist es wohl Grace selber. Ihre Zweifel und Bedenken, ihre Reue. Komisch, daß sie ein ganzes Leben hinter sich hat und immer noch so wenig selbstsicher ist.»

«Grace?»

«Ja, Grace.»

«Das seh ich nicht so.»

«Du siehst überhaupt kaum was, sagt Grace.»

«Was soll das heißen?» fuhr ich auf.

«Sie sagt, es wird noch ein oder zwei Jahre dauern, bis du nicht mehr ununterbrochen an dich selbst denkst.»

Ich war entsetzt. «Was? Ich denke überhaupt nicht ununterbrochen an mich selbst! Ich versuche doch, aktiv zu sein und mich zu engagieren!»

«Das sind nur Äußerlichkeiten, sagt Grace. Sie meint nicht, daß du egoistisch bist oder so, sondern daß du einfach mit dir selbst beschäftigt bist. Sie sagt, im Moment kannst du nichts so sehen, wie es wirklich ist, weil du durch den Tod deines Mannes noch so aufgewühlt bist. Ich hätte es dir nicht sagen sollen. Sie hält große Stücke auf dich.»

Ich wußte nicht, was ich sagen sollte, und vergrub die Hände in meinem Haar. Ich fühlte mich angegriffen, sah aber keine Möglichkeit der Verteidigung, die nicht mit dem Wort «Ich» anfing. Schließlich sagte ich: «Ist alles in Ordnung, Chloe? Du hast dir nicht weh getan, oder?»

«Ich glaub, ich krieg einen riesigen blauen Fleck am Po.»

«Und das Baby? Fühlst du dich irgendwie komisch oder so?»

«Nein, alles bestens. Aber von spiritistischen Sitzungen hab ich die Nase voll.»

«Ich auch. Lassen wir die Toten, wo sie sind.»

«Naja, lieber wär's mir schon, sie kommen zu uns, als daß wir zu ihnen gehen. Unfaßbar, daß wir in ein Grab gefallen sind. Mit den Toten schon drin, meine ich.»

«Der nächsten Mannschaft sagen wir nichts davon, okay?»

«Okay, aber was ist mit dem Riß?»

«Ich sag, das war der Wind.»

«Gute Idee.»

Wir saßen ein oder zwei weitere Stunden da und lauschten dem Wind und der Strömung. Ab und zu fuhr ein Auto oder ein Boot vorbei. Chloe döste hin und wieder ein, ihr Kinn fiel herab, und ihre Hände strichen unruhig über die Wölbung ihres Bauches. Ich gab mir alle Mühe, nicht an mich selbst zu denken, aber es gelang mir nicht, und das trieb mich fast zum Wahnsinn. Diese verrückte alte Frau. Sie hatte mir ein Rätsel aufgegeben, und je angestrengter ich es zu lösen versuchte, desto mehr verengte sich der Radius meines Denkens. Vor lauter Anstrengung schlief ich schließlich ebenfalls ein.

Das Knirschen von Reifen auf Kies weckte mich wieder auf. Michael parkte seinen kleinen Pickup zwischen zwei anderen Wagen in der Mechanic Street. Es war Viertel nach drei. Noch eine Dreiviertelstunde, bis die nächste Wachmannschaft kam.

«Ich konnte nicht schlafen», sagte Michael im Näherkommen.

Ich legte den Finger an die Lippen und machte «Pssst», aber es war zu spät. Chloe rappelte sich mit kleinen Klagelauten und zuckenden Füßen aus dem Schlaf hoch.

«Schon gut», sagte ich, «schon gut.»

«Tut mir leid», flüsterte Michael.

«Chloe hat mir Gesellschaft geleistet, Chloe, das ist Michael, der Archäologe von Strawberry Banke.»

«Hi», schniefte sie.

«Ich dachte, wir sehen uns erst heute vormittag, nach der Ratssitzung.»

«Ich wollte nur mal nachsehen, ob alles in Ordnung ist. Ich wußte ja, daß du hier bist.»

Chloe beugte sich zu Michael hinüber, gähnte ihn an und fragte: «Bleiben Sie da, bis die nächste Schicht kommt?»

«Ja.»

«Dann geh ich jetzt lieber nach Hause und ins Bett, wenn's dir nichts ausmacht, Charlotte.»

«Nein, geh nur», sagte ich. «Michael, begleitest du sie bitte? Nur durch den Park.»

«Ja, natürlich.»

Sie gingen los, Chloe in ihre Decke gehüllt, Michael mit den Händen tief in den Hosentaschen. Ich rieb mir den Schlaf aus den Augen und Mundwinkeln und versuchte, Leben in mein Haar zu schütteln. Als Michael zurückkam, setzte er sich auf Chloes Stuhl. Ich wappnete mich innerlich, als er zu sprechen begann, und stellte die Füße weiter auseinander, um einen festeren Stand zu haben, wenn ich ihn wegen der Plane anlog.

«Ich dachte, sie ist gar nicht richtig wach, deine Freundin, aber sie hat mich ganz schön erschreckt», sagte er.

«Wieso?»

«Ich hab irgendwas geredet, damit sie sich nicht unbehaglich fühlt. Sie kennt mich ja nicht. Ich rede also irgendwas, und plötzlich sagt sie zu mir, daß ich dich gern mag. Und ich dachte, sie ist gar nicht richtig wach.»

Ich erschrak so, daß ich die Wahrheit sagte, nur um das Thema zu wechseln. «Ich bin gestolpert und ins Grabungsloch gefallen. Die Plane ist zerrissen. Es war meine Schuld.»

Er schaute hinüber. «Ist was passiert?»

«Ich glaub nicht. Ich hab mit der Lampe reingeleuchtet. Sieht nicht so aus.» Ich zog die Füße unter mir hoch und betrachtete den Riß in der Plane.

«Tut mir leid», sagte er, «ich wollte dich nicht nervös machen. Ich weiß, was mit dir los ist, und ich will dich nicht drängen, aber ich mußte es dir einfach sagen. Ich hab stundenlang hellwach im Bett gelegen, aber nicht weil ich mir um die Grabung Sorgen gemacht hätte, sondern weil ich daran gedacht hab, daß du hier draußen bist. Es wäre unfair, wenn ich's dir nicht sagen würde. Mir selbst gegenüber, meine ich. Aber du sollst wissen, daß ich dich nicht drängen werde, weil ich ja weiß, was mit dir los ist.»

«Und was ist mit mir los?»

Er rückte unbehaglich auf seinem Klappstuhl hin und her. «Naja, es ist ja noch nicht lange her, seit du allein bist, seit dein Mann gestorben ist.»

«Wenn er jetzt hier wäre, würde er dir einen Tritt in den Hintern geben», log ich.

«Tut mir leid, Charlotte, ich wollte nicht...»

«Doch, du wolltest.»

«Ich kann nichts dafür, daß wir uns gerade jetzt kennengelernt haben. Aber laß nur. Ich hab nicht erwartet, daß du dich gleich in meine Arme stürzt. Aber wenn du nicht weißt, was ich empfinde, dann wäre eben überhaupt nichts möglich.»

Ich beugte mich vor, die Hände im Schoß zu Fäusten geballt. «Ich habe meinen Mann geliebt», sagte ich. «Und ich liebe ihn noch. Daran kann niemand was ändern.» Fast hätte ich noch hinzugefügt: «Nicht mal er selbst.»

Michael warf sich in seinen Stuhl zurück. «Tut mir leid, tut mir leid», flüsterte er. «Ich will dir nichts wegnehmen.»

Ich wußte, daß ich unfair war, aber es war das erste Mal, daß jemand einen Angriff auf meine Vergangenheit unternahm. Ich wollte, daß sie heil und unversehrt blieb, und er wollte sie durcheinanderbringen.

Ein paar Minuten saßen wir schweigend da. «Es tut mir leid», begann ich schließlich, aber er hob die Hand.

«Schon gut. Jetzt hab ich's mir von der Seele geredet. Tut mir leid, daß es dich aufgeregt hat. Hoffentlich wirkt sich das nicht auf deine Arbeit aus. Du bist wirklich gut, und ich brauch dich, wenn wir das Okay zum Weitermachen kriegen. Vielleicht hat dein Mann...»

«Nein», unterbrach ich ihn. «Sag nichts über ihn. Fang gar nicht erst an zu spekulieren. Ich werde selber alles sagen, was über ihn gesagt werden muß.»

«Okay.» Michael nickte. «Du hast recht.»

«Er hat meine Liebe verdient.»

«Ja», sagte Michael. «Ist gut, Charlotte.» Er stand auf und trat zu mir. Er nahm meine Hand und zog mich hoch. Meine Knie gaben nach, und fast im selben Augenblick spürte ich seine stützende Hand im Kreuz. Ich wandte ihm das Gesicht zu. Ich kam seinem Kuß nicht entgegen, aber ich wich ihm auch nicht aus. Seine Lippen fühlten sich so fremd, so unvertraut an. Wir hatten uns nur ganz kurz berührt. Ich zitterte vor Kummer und konnte nichts dagegen tun. Er half mir wieder auf meinen Stuhl und setzte sich auf den Rand seines eigenen, und in diesem Moment hörten wir beide von einem der parkenden Autos in der Mechanic Street her das Surren einer automatischen Kamera. Kaum hatte es begonnen, hörte es auch schon wieder auf, und dann sprang der Wagen hinter Michaels Pickup an, setzte zurück und schoß die Straße hinunter und um die Ecke.

«Was war das?» fragte Michael.

«Da hat uns jemand fotografiert.»

«Wieso denn das?»

«Ich weiß nicht. Aber ich hab furchtbare Angst.» Michael sah mich an und schaute dann über die Schulter zurück, dorthin, wo der Wagen gestanden hatte. «Der hat die ganze Nacht da gestanden», sagte ich. «Aber ich hatte keine Ahnung, daß jemand drin war.»

«Bist du irgendwie in Schwierigkeiten, Charlotte?»

Ich schüttelte den Kopf. «Ich weiß nicht.» Es war vielleicht absurd, aber plötzlich kam mir der Gedanke, daß ich ihm dieselbe Frage hätte stellen können. Wenn uns jemand mitten in der Nacht fotografierte, konnte genausogut er in Schwierigkeiten sein. Vielleicht hatte der Mann, den ich vorige Woche auf dem Friedhof gesehen hatte, gar nicht mich fotografiert. Vielleicht hatte er über meine Schulter hinweg Aufnahmen von Michael gemacht. Rings um unser Grabungsareal war noch das gelbe Tatort-Band gespannt. Ich stand auf. «Die nächste Mannschaft kommt in ein paar Minuten. Kannst du für mich einspringen? Ich will nach Hause.»

«Ja, natürlich, Charlotte, aber ...»

«Ich muß morgen ziemlich früh raus. Ich muß einer Freundin helfen, die ihr Schiff in die Werft bringen will.»

«Charlotte ...»

«Ich muß los.»

«Charlotte ...»

«Tut mir leid.» Ich setzte mich in Bewegung, senkte den Kopf und beschleunigte meinen Schritt, und als ich die Hälfte des Weges zurückgelegt hatte, merkte ich, daß ich laut redete: «Du kannst das jetzt nicht gebrauchen, du kannst jetzt niemand anderen gebrauchen», mit Nachdruck, so als wüßte ich genau, mit wem ich sprach.

Am Morgen weckte mich der dröhnende Motor der *Rosinante*. Ich zog mich rasch an. Midden saß mit weit aufgerissenen Augen und zuckenden Schnurrhaaren in der Mitte der Kabine auf dem Boden. Sie spürte, daß etwas Ungewöhnliches im Gange war. Chloe stand mit Harry am Ruder, und Grace gab mir meinen zweiten Muffin in den letzten acht Stunden.

«Ich muß mich um die Leinen kümmern», sagte sie.

«Keine Zeit für ein gemütliches Frühstück heute.» Sie legte Harry die Hand auf den Unterarm. «Du sagst Bescheid, wenn's soweit ist, ja?»

«Okay, Grace, mein Schatz. Sekunde noch. Das alte Mädchen hier muß erst mal in die Gänge kommen.»

Ich hatte den Eindruck, daß sie schon mehrmals gefragt hatte. Sie sah mich über die Schulter an, öffnete den Mund und versuchte zu lächeln, doch ihre Miene verriet nur Ungeduld. Jetzt, da sie sich zu der Fahrt entschlossen hatte, wollte sie alles möglichst schnell hinter sich bringen.

Harry ging in den Maschinenraum hinunter und kam kopfschüttelnd wieder herauf. «Dieser Motor – nicht zu fassen!»

«Ja, er ist wirklich zuverlässig», bekräftigte Grace. «Er hat uns kein einziges Mal im Stich gelassen.»

«Das glaub ich dir gern.»

Harry schaltete probehalber in den Vorwärts- und in den Rückwärtsgang, gab Gas und nahm es wieder zurück. Dann gab er das Zeichen zum Aufbruch: «Werft die Leinen los, Mädchen. Das Schiff hat so lange hier gelegen, daß es von der Pier wegbrechen wird wie ein Eisberg.»

Wir ließen niemanden an Land zurück, aber ich war so aufgeregt, als würden Tausende von Menschen uns jubelnd zuwinken. Ich sprang über offenes Wasser auf die Pier, löste die Heckleine von ihrer Klampe, und Grace zog sie an Bord. Dann löste ich auch die Bugleine, und als ich sie Grace zuwarf, sah ich, daß der Spalt zwischen der *Rosinante* und der Pier immer breiter wurde. Das Schiff war frei und wurde bereits von der Strömung erfaßt.

«Spring», rief Grace, und ich sprang und landete mit einem Rumms und einem Grinsen, das von meinen Schuhen aufwärts vibrierte, an Deck. «Wir fahren!» rief Grace in die Kajüte hinunter, und ich wiederholte ihre Worte, nur um sie auch meinerseits genußvoll auf der Zunge zergehen zu lassen. Dann lächelte ich Grace breit an, die das jetzt ertrug.

Harry schob den Gashebel nach vorn, und wir stampften in

die Strömung hinein. Ich ging wieder an Deck und lief nach achtern, um mir unser Kielwasser anzusehen. Als wir in der Mitte des Flusses angelangt waren, drehte Harry den Bug der *Rosinante*, die Strömung erfaßte ihn und schwenkte ihn herum, und schon fuhren wir mit sieben Knoten dahin. Wir glitten unter der Memorial Bridge durch und vorbei an den miteinander vertäuten Schleppern, dem *Sheraton*, dem Schrottplatz. Vor uns lag die Long Bridge, zu niedrig, um darunter durchzufahren, bis auf einen Abschnitt nahe des Maine-Ufers, das mitsamt der Eisenbahntrasse gehoben und gedreht worden war.

«Wir könnten schnell noch durch», sagte Harry, «aber es wird eng.»

Grace nahm das Mikrofon des Funkgeräts. Sie sprach abgehackt, aber deutlich: «Long Bridge, Long Bridge, hier Motoryacht *Rosinante*. Fahren flußaufwärts, bitten um Öffnung zum nächstmöglichen Zeitpunkt. Wir brauchen sechs Meter.»

«Geht in Ordnung, Käpten, in circa drei Minuten», knisterte es zurück.

Sie hängte das Mikrofon wieder ein. «Toll, Grace», sagte ich.

«Kinderspiel», erwiderte sie. «Auf dem Intracoastal Waterway hab ich das manchmal alle zehn Minuten gemacht. Sweet George hat immer gesagt, wenn ich drum bitte, machen die Brücken schneller auf.»

«Klarer Fall, Grace, mein Schatz», bekräftigte Harry.

Bald ertönte auf der Long Bridge die Sirene, der Verkehr stoppte, und der mittlere Teil der Brücke schwebte an Stahltrossen senkrecht in die Höhe. Harry gab Gas, und wir fuhren darunter durch.

«Sag ihnen vielen Dank, Grace», sagte er, und sie trat ans Ruder und drückte auf den Knopf des Signalhorns. Die *Rosinante* gab ein kurzes Tuten von sich, wie ein Kloß, der übers Wasser geschossen wird.

«Sie liegt hervorragend im Wasser», sagte Harry. «Macht

fast keine Heckwelle. Feines Schiff.» Grace strahlte. Ihre ganze Aufregung schien verflogen, kehrte jedoch wieder, als Harry sagte: «Chloe, Kind, jetzt übernimmst du, ja?»

Ohne im mindesten zu zögern, trat Chloe an das Mahagoni-Steuerrad, und während Grace beide Hände vor den Mund schlug, schob sie mit einer Hand den Gashebel nach vorn. «Was meinst du, Harry? Achtzehnhundert?»

«Ja, da müßte sie gut laufen.»

Die *Rosinante* fuhr unter der Interstate-95-Brücke durch, die fast vierzig Meter über uns schwebte. Der Fluß wurde schmaler, das Schiff drehte sich mit der Strömung, und wir passierten die viktorianischen Häuser und die Kolonialstilvillen am Ufer von Maine. Nach einer strudelnden Biegung am Elektrizitätswerk verbreiterte der Fluß sich wieder. Kleine Boote lagen hinter den Fahrwassertonnen: Hummerfänger, Slups, ein hellblaues Dory und die *Yonder* mit ihrem grünen Rumpf, die wir schon einmal gesehen hatten. Alle zogen erwartungsvoll an ihren Ketten, wie Hunde im Park.

«Long Reach nennt sich das hier», sagte Harry. «Jetzt geht's immer geradeaus, bis Dover.»

Wir passierten ein weiteres Kraftwerk und die Fischereigenossenschaft, bei der Harry nach jeder Fahrt seinen Fang ablieferte, und endlich legten Chloe und Harry an der Pier von Patten's Yachtwerft am Maine-Ufer an. Grace und ich warfen einem Mann die Leinen zu, und Grace schickte ihnen noch eine Serie von Ermahnungen hinterher, halb Befehle, halb Drohungen, daß die *Rosinante* nur ja keinen Kratzer abbekommen dürfe. Harry sprang auf die Pier und half Grace und mir von Bord. Chloe blieb zurück, um die *Rosinante* zum Verholen zu steuern.

«Das ist die Eignerin», stellte Harry Grace vor. Sie gab dem Mann die Hand, als hätte man sie dazu gezwungen.

«Sie sind auch ganz bestimmt vorsichtig?» fragte sie.

«Ja, Ma'am.»

«Ich schau zu», warnte sie ihn.

«Ja, Ma'am. So was machen wir jeden Tag.»

«Aber diesmal kommt's drauf an.»

«Ja, Ma'am.»

Harry sagte: «Wahrscheinlich ist sie ziemlich bewachsen. Ist vier Jahre nicht aus dem Wasser gekommen; man spürt den Widerstand während der Fahrt ganz deutlich. Mit dem Druckschlauch sollte das abgehen, und dann wär's gut, wenn Sie sich mal den Rumpf anschauen, um zu sehen, ob alles in Ordnung ist.»

Binnen zehn Minuten hatte ein Sattelschlepper einen Spezialanhänger über die Rampe ins Wasser hinuntergelassen, und Chloe hatte die *Rosinante* in Stellung gebracht. Hydraulische Arme hoben sich von der Ladefläche des Trailers und umschlossen das Schiff. Dann wurde der Trailer wieder zu dem Sattelschlepper hochgewunden, der langsam die Rampe hinauffuhr. Nach und nach stieg der mächtige Rumpf der *Rosinante* aus dem Wasser. Grünes Moos, lange braune Algenstränge und graue Entenmuscheln hafteten daran und glänzten in der Sonne. Außerhalb des Wassers wirkte die *Rosinante* gewaltig, sie überragte uns turmhoch und ließ den Sattelschlepper winzig erscheinen. Wir traten unter ihr seetangbehängtes Schandeck und betrachteten die Wände unseres triefenden Zuhauses. Die wuchtige Schraube und das Ruderblatt verschwanden fast hinter dem dichten Wasserpflanzenvorhang.

Grace sagte: «Sweet George würde sich schämen. Das hätte ich schon längst tun sollen. Ich hab sie vernachlässigt.»

Steve nahm für die Druckspülung einen besonders starken Schlauch, und Tang und Algen fielen schnell ab und enthüllten einen teils grünen, teils braunen und da und dort glänzenden kupfernen Rumpf. Die Muscheln hinterließen kleine helle Kreise auf der Verschalung, wie neue Pennystücke. Jetzt zeigte sich die Form der *Rosinante* in ihrer ganzen Schönheit. Schlank und elegant war sie, ein konstruktionstechnisches Kunstwerk. Sie hatte die gleiche organische Linienführung wie die Flugzeuge und Autos der dreißiger Jahre; Schönheit schien damals ebenso wichtig gewesen zu sein wie Zweckmäßigkeit. Sie wirkte prall und sinnlich, wie ein vom Wind geblähtes Segel. «Sie ist wunderschön», sagte ich zu Grace.

«Sweet George war ganz verliebt in sie.»

Sie schien keine Antwort zu erwarten und setzte hinzu: «Wie viele Eigner sie wohl schon überlebt hat?»

Es dauerte nur etwas über eine Stunde, bis der Boden gereinigt war, und eine weitere Stunde, bis Steve den Rumpf inspiziert und einige Zinkanoden an Schraube und Ruder ausgetauscht hatte. Die verschiedenen beim Bau eines Schiffes verwendeten Metalle können im Salzwasser wie eine schwache Batterie wirken, und die dadurch ausgelöste Elektrolyse läßt das schwächste Metall korrodieren. Manchmal sei das schwächste Metall die Schraube, erklärte Harry, manchmal die Verbolzung, die das Schiff zusammenhält. Zink ist elektrolyseanfälliger als die meisten anderen Metalle, und deshalb schützen die Anoden, wenn sie rechtzeitig erneuert werden, den Rest des Schiffes vor Korrosion.

«Ich wünschte, ich hätte so etwas wie eine Zinkanode für mein Handgelenk», sagte ich zu Harry.

«Wem sagst du das, Mädchen?» Er schaute einen Moment auf seine nassen Stiefel hinab und meinte dann leichthin: «Meine Mutter und mein Vater haben mir immer alles abgenommen. Haben nicht geduldet, daß man mir auch nur ein Haar gekrümmt hat.»

«Harry», flüsterte ich, «du bist ja ein Poet.»

Er schrak merklich zurück. «Ich? Ach was, Mädchen. Ich bin Fischer und weiter nichts.» Er schien meine Gegenwart nicht mehr zu ertragen und ging davon.

Als die *Rosinante* wieder im Wasser lag, ließ Grace erleichtert die Schultern sinken. «Das hat mir gar nicht gefallen», sagte sie.

«Aber es hat ihr gutgetan.» Harry drückte im Vorbeigehen ihren Arm.

Wir steuerten in tieferes Wasser, und Chloe drehte den Bug der *Rosinante* flußabwärts, ihrem Liegeplatz entgegen. Wir fuhren jetzt gegen die Strömung und kamen nur langsam voran. Ich ging nach vorn, legte mich zwischen den beiden Ankern auf das Deck und sah in die Strudel hinab, die der Bug aufwarf. Das Wasser wirbelte aus dem Dunkel empor, wurde hell und lebendig, blieb zwischen Schnelligkeit und Licht in der Schwebe und fiel mit einem bloßen Flüstern wieder zurück, so wie das Erkennen dem Wissen weicht. Ich stemmte mich wieder hoch und ging in die Kajüte zurück.

«Jetzt könnten wir fahren, wohin wir wollen», sagte ich.

Harry lächelte. «Alles, was ihr braucht, ist siebzig Zentimeter tiefes Wasser.»

Grace, mitgenommen von den Ereignissen des Vormittags und ihren bedrängenden Erinnerungen, klopfte dreimal auf das Mahagoniruder und sagte: «Ich bin schon froh, wenn wir nur wieder beim *Smarmy Snail* sind.»

«Bei mir sind auch keine Atlantiküberquerungen drin, ich muß heute nachmittag arbeiten», sagte Chloe.

«Kann ich irgendwann mal mit dir rausfahren, Harry?» fragte ich.

Chloe sah mich an und lächelte spöttisch.

«Klar», stimmte Harry zu.

«Hoffentlich bereust du's nicht», sagte Chloe.

«Bestimmt nicht.»

«Laß sie doch», warf Grace ein.

«Aber da gibt's Arbeit», fügte Harry hinzu. «Für Touristen ist auf einem Trawler kein Platz.»

Chloe kicherte.

«Was hast du denn?» fragte ich.

«Wart's ab.»

«Nun laß dir mal nicht bange machen», sagte Harry. «Du kannst jederzeit mit, brauchst es nur zu sagen.»

«Arbeit macht mir nichts aus», verteidigte ich mich. «Sobald wir mit der Grabung fertig sind, sag ich Bescheid.»

«Alles klar.»

Chloe kicherte erneut, und ich stieß ihr mein Knie ins Hinterteil. Grace seufzte. «Wann werdet ihr beide endlich erwachsen?»

«Ich bin erwachsen, ich krieg ein Kind», lachte Chloe.

Da konnte ich nichts mehr sagen. Ich ging wieder an Deck und schaute zu, wie das Wasser vorüberwirbelte.

«Es gibt zu viele Dinge, die dich quälen», sagte ich laut. «Du mußt ein paar davon loslassen.» Ich drehte mich um und schaute durch die Kajütenfenster Chloe und Grace an, die meinen Blick erwiderten und mir die Worte von den Lippen abzulesen versuchten. Ich lächelte ein falsches kleines Lächeln und drehte mein Gesicht wieder in den Wind, damit er mir das Haar aus Mund und Augen wehte.

Bei unserer Rückkehr waren wir vollauf damit beschäftigt, das Schiff an der Pier festzumachen, und ich merkte gar nicht, daß von der Terrasse des *Smarmy Snail* ein Mann im Anzug zu uns herunterschaute. Als die *Rosinante* sicher vertäut war, versammelten Grace, Chloe und ich uns an Deck, um uns bei Harry zu bedanken.

«Nichts zu danken», sagte er, ohne uns in die Augen zu schauen, und wandte sich zum Gehen. Auf der Gangway kam ihm der Mann im Anzug entgegen, und er sagte «Hallo», doch der Mann eilte schweigend an ihm vorbei. Er kam direkt auf mich zu und sprach mich mit meinem Namen an.

«Ja?»

Er gab mir einen Umschlag. «Würden Sie bitte den Empfang bestätigen?»

«Was ist das?»

«Eine Vorladung. Wenn Sie sie lesen, wissen Sie Bescheid. Ich brauche Ihre Unterschrift.»

«Was ist das?» fragte Chloe.

«Moment.» Ich unterschrieb, und der Mann ging davon. Ich las das Schriftstück und las es noch ein zweites Mal.

«Und?» fragte Grace.

«Ich bin verklagt worden.»

«Was? Von wem?»

«Von Richard und Mary, meinen Schwiegereltern.»

«Aber weswegen denn?»

Ich sah in ihre bestürzten Gesichter. «Wegen Mordes an meinem Mann.»

Was Richard und Mary vorbrachten, war von meiner Sicht der Ereignisse um Jonahs Tod so himmelweit entfernt, daß ihre Klage mich völlig überrumpelte. Sie forderten Schadensersatz für den Verlust ihres Sohnes und behaupteten, sein Tod sei die unmittelbare Folge meines Handelns und Verhaltens gewesen. Ich hätte ihm – kurz gesagt – meine Zuneigung vorenthalten, und das habe zu seinen Depressionen und letztlich zu seinem Selbstmord geführt. Ich ging an Bord zurück, in die Geborgenheit der *Rosinante*, und setzte mich auf die Eckbank. Grace und Chloe folgten mir in gebührendem Abstand und standen dann vor mir.

«Ich mach uns Tee», sagte Grace und ging nach unten.

«Charlotte?»

Ich schaute auf. Die Falten auf Chloes Stirn verloren sich in ihrem Haaransatz wie Wellen in einer Salzwiese.

«Ich hab meinen Mann nicht umgebracht, Chloe.»

«Ich glaub, du mußt dir einen Anwalt nehmen.»

«Die zwingen mich, sie zu sehen. Ein paar Monate hatte ich Ruhe vor ihnen, und jetzt zwingen sie mich, mit ihnen zusammenzukommen. Sie wollen ihn einfach nicht sterben lassen.»

«Es sind eben Eltern: Sie sind verrückt.»

Ich nahm den Umschlag und schüttelte ihn. «Sie sagen, ich hätte Jonah nicht geliebt», rief ich. «Er hätte Selbstmord begangen, weil ich ihn nicht geliebt habe.»

«Er hat Selbstmord begangen?» fragte Chloe.

«Ich weiß es nicht», erwiderte ich leise. Es war das erste Mal, daß ich diese Möglichkeit gelten ließ.

Grace brachte einen Krug Eistee aus der Kombüse herauf

und setzte sich mit Chloe mir gegenüber an den Tisch. Ich nahm ein Glas, hielt es fest, während Grace einschenkte, und drehte es dann zwischen meinen Händen auf der Tischplatte. Es war kalt und naß.

«Ich glaube, sie lassen mich schon seit ein oder zwei Wochen beobachten. Vorige Woche hab ich auf der Ausgrabung so einen Mann gesehen, eine Art Detektiv wahrscheinlich, und heute nacht, nachdem du weg warst, wieder, glaub ich. Er hat mich und Michael fotografiert.»

«Wieso sollte er dich und Michael fotografieren?» fragte Chloe.

«Wahrscheinlich» – ich zögerte – «weil wir uns geküßt haben.» Ich begann zu schluchzen.

«Na und?» sagte Grace. «Küssen ist doch nichts Verbotenes?»

«Aber ich weiß genau, was sie denken werden, wenn sie die Bilder sehen.»

«Wer?» fragte Chloe.

«Richard und Mary. Für sie ist das der Beweis, daß sie recht haben. Daß ich ihn nicht geliebt habe. Aber ich hab ihn geliebt. Und ich tu's noch.» Ich hatte die Hände vor den Augen, doch die Tränen quollen zwischen meinen Fingern durch.

«Charlotte», sagte Grace, «beruhige dich. Jonah ist jetzt fast ein halbes Jahr tot. Es ist völlig in Ordnung, wenn du einen anderen Mann küßt.»

«Aber ich bin gar nicht in ihn verliebt», jammerte ich. «Ich wollte nur den Kuß. Ich wollte, daß jemand mich küssen will.»

Chloe und Grace kamen um den Tisch herum, setzten sich links und rechts neben mich und legten jede einen Arm um meine zuckenden Schultern. «Es geht gleich wieder», sagte ich und wischte mir mit dem Handrücken die Wangen ab, «es geht gleich wieder.»

«Ist ja gut», sagte Grace.

«Ja, ist ja gut, Charlotte», sagte Chloe.

Ich räusperte mich. «O Gott.»

«Nicht weinen», sagte Grace und tätschelte mir den Unterarm.

«Nicht mehr weinen», sagte Chloe.

«O Gott», stöhnte ich, «ich muß mir was einfallen lassen.»

«Du brauchst einen Anwalt», erklärte Chloe.

«Was wollen die denn eigentlich?» fragte Grace.

«Also» – ich tupfte mir mit dem Ärmel die Augen ab – «ins Gefängnis komm ich schon mal nicht. Es ist eine Zivilklage. Anscheinend haben sie für einen Strafprozeß niemanden gefunden. Sie wollen eine Million Dollar.»

«Eine Million Dollar?»

«Ja, es ist absurd. Bestimmt wissen sie auf den Cent genau, wieviel Geld ich habe. Soviel könnte ich nie zahlen. Sie würden alles kriegen, was ich habe, und ich wäre bankrott.»

«Aber sie können so einen Prozeß doch nicht gewinnen, oder?» fragte Grace.

«Ich glaub nicht. Ich kann nur hoffen, daß sie selbst nicht glauben, was sie da behaupten. Vielleicht wollen sie mich nur zwingen, mich mit ihnen zu treffen.»

«Warum kommen sie dann nicht einfach hierher?» wollte Chloe wissen.

«Ich weiß auch nicht. Vielleicht sind sie zu wütend.»

«Die spinnen doch.»

«Ich kann mir einfach nicht vorstellen, daß sie so was auch im Gerichtssaal sagen würden. Vor meinen Eltern und unseren Freunden. Vor mir.»

«Da wär ich mir nicht so sicher», meinte Grace. «Wenn sie sich verschmäht fühlen, sind sie zu allem fähig. Und in gewisser Weise hast du sie ja auch im Stich gelassen.»

«Aber nur, um meine eigene Haut zu retten. Schließlich hab ich nicht Richard und Mary geheiratet.»

«Ich weiß, ich weiß. Ich sag auch gar nicht, daß es nicht in Ordnung war, was du getan hast. Aber sie sind gekränkt und wollen irgendeine Entschädigung. Vielleicht haben sie auch das Gefühl, sie müßten sich selbst retten. Oder sie wollen ihren Sohn schützen, auf die einzige Art, die ihnen noch bleibt.»

«Weißt du», sagte ich leise, «keiner von uns hat je ausgesprochen, daß Jonah sich das Leben genommen haben könnte, aber gedacht haben wir's, glaube ich, alle. Von Amts wegen war es ein Unfall. Auf der Fahrbahn waren Schleuderspuren, also muß er gebremst haben, bevor er von der Straße abgekommen ist. Aber wir wußten alle, daß er seit Monaten deprimiert war, und dachten automatisch ... Aber das werden wir natürlich nie erfahren.»

«Es war ganz bestimmt ein Unfall», sagte Chloe. «Tausende von Menschen kommen jedes Jahr bei Autounfällen ums Leben. Das Wahrscheinlichste ist, daß es ein Unfall war.»

Ich sah sie an und nickte. «Er hat auch überhaupt nichts hinterlassen, weder mir noch seinen Eltern. In einem Moment hat er noch gelebt, und im nächsten war er tot, und niemand war dabei. Als er am Morgen zur Arbeit fuhr, hab ich ihn zum letzten Mal gesehen. Er hat mir einen Kuß gegeben und auf Wiedersehen gesagt, wie immer.»

«Was glaubst du, warum er deprimiert war, Liebes?» wollte Grace wissen.

«Vielleicht hatte er Ärger im Büro», meinte Chloe.

«Nein, da war alles in Ordnung. Die Arbeit hat ihm zwar keinen Spaß gemacht, aber das allein war nicht die Ursache seiner Probleme.»

«Was dann?» fragte Chloe.

«Chloe!» mahnte Grace.

«Tut mir leid, ist mir so rausgerutscht», entschuldigte sich Chloe. «Aber du hast zuerst gefragt, Grace.»

«Schon gut», sagte ich. Keine von uns hatte bisher auch nur an ihrem Tee genippt. Ich hob mein Glas, stürzte ein Drittel des Inhalts hinunter und wischte mir mit der Hand den Mund ab. «Ich weiß es nicht. Er hatte einfach Depressionen. Das ging so weit, daß er kaum noch was gegessen hat. Und gelächelt hat er überhaupt nicht mehr. Er ist auch nie laut geworden. Er hat sich einfach für nichts mehr interessiert. Er hat nur noch funktioniert: Morgens ist er aufgestanden und zur Arbeit gegangen. Und schlafen konnte er auch nicht. Ich hab ihm zugeredet, zum Arzt zu gehen, aber das hat ihn auch nicht interessiert. Er hat gemeint, es sei nur eine Phase, und hat sogar Witze darüber gemacht. Er müßte nur genug fernsehen, hat er gesagt, dann würde er schon drüber wegkommen. Aber dann hat er über seinen eigenen Witz nicht mal gelächelt. Er ist bei einem Autounfall ums Leben gekommen.» Und dann tischte ich Chloe und Grace die schamloseste Lüge auf, die ich ihnen je erzählt hatte, aber erst da merkte ich, daß es eine Lüge war. «Am Morgen waren Jonah und ich ineinander verliebt, und am Abend konnte nur noch ich ihn lieben.»

Eine Weile saßen wir schweigend da und schoben unsere Gläser in langsamen Kreisen über die polierte Mahagonifläche. Sie durchquerten Kondenswasserpfützen, wollten aber kein Kielwasser hinterlassen.

«Ich versteh einfach nicht, was sie wollen», sagte ich schließlich.

«Sie wollen ihren Sohn wiederhaben», erklärte Chloe nüchtern.

Ich schoß zurück: «Genau wie ich, ich will ihn auch wiederhaben. Ich hab ihn nicht genommen. Ich hab ihn nicht bekommen. Ich weiß genausowenig, wo er ist.»

Ich wollte nicht weinen, schon gar nicht vor anderen. Lieber blies ich Trübsal, als daß ich in Tränen ausbrach. Chloe konnte auch ohne Anlaß weinen, mühelos und hingebungsvoll, Grace dagegen vergoß niemals eine Träne. Wenn alle anderen sich die Augen ausweinten, blieben ihre so trocken wie die einer toten Spinne. Vielleicht hatte sie ihre Tränen schon alle aufgebraucht. Später erkannte ich jedoch, daß es da keine feste Verteilung gibt. Ich hätte es mir denken können, denn Chloe schöpfte aus einem endlosen Strom. Oder es sind dieselben Tränen, Flut und Ebbe, und wir benutzen sie immer wieder aufs neue.

Seit der Mann im Anzug aufgetaucht war, hatte ich überhaupt nicht mehr an die Grabung gedacht. Ich sollte mit den anderen Helfern und dem Team um zwölf Uhr dort sein, dann wollte Michael uns sagen, ob wir weitermachen konnten oder nicht. Ich schaute auf die Uhr und sagte: «Ich muß los.»

«Was willst du jetzt machen, Liebes?» fragte Grace.

«Das überleg ich mir noch, aber später. Jetzt hab ich erst mal genug davon. Ich geh zur Grabung.»

«Okay, aber nimm dir einen besseren Anwalt als meinen», sagte sie und lächelte.

«Okay», lächelte ich zurück.

«Charlotte?» rief Chloe, als ich von Bord ging.

«Was ist?»

«Ich bin bereit. Der Zeitpunkt ist schlecht für dich, ich weiß, aber ich bin bereit.»

«Bereit wozu?» Es klang gereizt, fürchte ich, und dabei hatte sie mir mehr als großzügig ihr Ohr geliehen. «Entschuldige, Chloe. Wozu bist du bereit?»

«Zu meinen Eltern zu gehen. Du hast gesagt, du kommst mit.»

«Wann?»

«Heute abend?»

«Okay.» Und ich rannte, immer zwei Querstreben auf einmal nehmend, die Gangway hinauf.

Michael war eben erst gekommen, und alle umdrängten ihn. «Okay», sagte er, «hier ist unsere Vollmacht. Heute nachmittag kommt jemand von der Polizei und vom Büro des Coroners, um das Gelände zu inspizieren, und morgen kriegen wir Besuch von der University of New Hampshire. Die Stadt läßt uns soviel Zeit, wie wir brauchen. Nach Auskunft der Vermessungsingenieure würde die Rohrleitung mitten durch unsere beiden Freunde hier führen. Wir werden sie also bergen; die Laborarbeit macht voraussichtlich die Universität. Was ganz am Schluß mit ihnen passiert, entscheidet sich erst, wenn wir mehr über sie wissen. Es gibt jede Menge Variablen: Es können Indianer sein, Europäer oder Afrikaner, und wir wissen auch noch nicht, ob wir Archivmaterial über sie finden. Wir werden also das Gelände in Ordnung bringen und dann mit der Kleinarbeit anfangen, ganz langsam und präzise. Der staatliche Archäologe muß jeden Moment kommen. Er will das Ganze überwachen und uns beim Graben helfen. Noch Fragen?»

«Die zweite Verfärbung», sagte ich, «was ist mit der? Das könnte auch ein Grab sein, Michael.»

«Auf diese Möglichkeit habe ich alle Zuständigen hingewiesen, aber da man die Straße aufreißen müßte, um es auszugraben, und da es von der Rohrleitung oder den Arbeiten im Park nicht berührt wird, hat man sich darauf geeinigt, es so zu lassen, wie es ist. Nur in den Bericht wird es natürlich aufgenommen, für den Fall künftiger Bauarbeiten in dem Gebiet.»

Das leuchtete mir ein, und trotzdem ärgerte ich mich, so kurz vor dem Ziel aufgeben zu müssen. Jahrzehnte konnten vergehen, bis wieder eine Archäologin hier arbeitete. Mein einziger – und nicht geringer – Trost war, daß sie über bessere Techniken und mehr Wissen verfügen würde. Das ist auch der Grund, weshalb viele Stätten bewußt nicht ausgegraben werden. Man kennt ihre Lage genau, aber in der Beschränkung zeigt sich auch in der Archäologie der Meister. Eine seltsame Wissenschaft: Man vertagt die Frage nach dem Warum in der Hoffnung, zu einem späteren Zeitpunkt besser für ihre Beantwortung gerüstet zu sein – ein Luxus, mit dem die meisten anderen Wissenschaften nicht gesegnet oder gestraft sind. Geduld ist eine Tugend, aber keine angeborene. Ich für meinen Teil will auf der Stelle wissen, wie es zum Urknall gekommen ist.

Den Nachmittag brachten wir damit zu, die Stratigraphie der Quadranten, die wir noch nicht auf das Niveau der Gebeine abgetieft hatten, zu kartographieren und einen Plankenweg um unser stark verkleinertes Areal zu legen, damit möglichst wenig Erde in das Grab bröckelte. Knochen sind sehr zerbrechlich, und das letzte, was wir wollten, war, daß ein Besucher einen Erdklumpen lostrat und einen Schädel damit traf.

Ich sprach nur kurz mit Michael und nur über die Grabung, denn wir waren ständig von Leuten umgeben. Ich schuldete ihm eine Erklärung für meinen jähen Aufbruch. Und ich wollte ihm sagen, daß ich noch nicht soweit war.

Fast den ganzen Nachmittag war ich unruhig und dachte an die Klage und daran, wie empörend sie war und wie ich mich Richard und Mary gegenüber verhalten sollte, ohne daß mein Leben Schaden nahm. Jonah wäre wütend auf sie gewesen. Vielleicht konnte ich ihnen das sagen. Aber wenn sie wirklich glaubten, ich hätte ihn getötet, dann würde es nicht sehr überzeugend wirken, wenn ich ihn zu Verteidigungszwecken wieder zum Leben erweckte. Ich wollte die ganze Quälerei hinter mich bringen, ohne sie zu sehen oder mit ihnen zu sprechen. Vielleicht konnte die Sache von Anwalt zu Anwalt geregelt werden. Ich beschloß, mich gleich am nächsten Morgen ans Telefon zu hängen.

Am Spätnachmittag, als die Arbeit des Tages ihrem Ende entgegenging und erneut Freiwillige als Nachtwachen eingeteilt wurden, nahm ich Michael beiseite. Ich hielt ein Klemmbrett mit einem Schichtvordruck in der Hand, während ich mit ihm sprach.

«Es tut mir leid», sagte ich. «Ich bin davongelaufen, und es tut mir leid.»

«Schon gut.»

«Nein, das war nicht gut. Du warst ehrlich, und ich war's nicht. Aber jetzt bin ich ehrlich, und ich muß dir sagen, daß ich noch nicht soweit bin.»

Er stützte das Gesicht in die Hände und sah zu Boden, als wären seine Schuhe im Augenblick das einzige, was ihn interessierte.

«Ich brauche einfach mehr Zeit, um von dort, wo ich war, wegzukommen. Ich freue mich, daß du mich brauchst; ich freue mich, daß du mich magst. Ich brauche diese Arbeit, und ich brauche Menschen wie dich um mich herum.»

«Dann sind wir also frei für andere Beziehungen?» fragte er.

Ich lachte und drückte seinen Unterarm.

«Solange ich nichts davon weiß ...», flüsterte ich.

«Abgemacht.» Er schaute auf und lächelte mit seinem keilförmigen Oberkiefer und allem Drum und Dran. Es war kein schlechter Kuß gewesen, nur ungewohnt für mich, so als hätte ich eine Stiefelspitze geküßt. Und auch dieser Vergleich war unfair, aber ich hatte in den letzten acht Jahren eben nur Jonah geküßt, und bestimmt wäre mir jedes andere Lippenpaar ebenso fremd gewesen.

«Morgen legen wir die Gebeine frei», sagte er und ging davon.

Grace hatte in der Kajüte ihre Staffelei aufgestellt, als ich nach Hause kam. Die Leinwand war flußaufwärts gedreht, so daß das Licht von Westen darauf fiel. Auf dem Tisch stand eine dreißig auf vierzig Zentimeter große farbige Porträtaufnahme von Sweet George, die Grace offenbar als Vorlage diente.

«Du malst ein Porträt von George?» fragte ich.

«Ja. Menschen male ich sonst selten, aber ich hab den ganzen Tag an ihn gedacht und wollte sehen, ob ich ihn so aus dem Kopf kriege.»

«Du willst ihn aus dem Kopf kriegen?»

«Ja, ich hab's satt, dauernd an ihn zu denken. Ab und zu ist es ja ganz schön, aber heute war's einfach absurd. Ich meine» – und sie bekräftigte ihr Argument mit einem Pinselhieb gegen die Leinwand –, «er ist ja nun mausetot.» Sie wandte sich wieder ihrer Arbeit zu. Auf der Ablage der Staffelei ruhte ein Stück Holz, auf das sie ihre Hand stützte, um sie ruhig zu halten.

«Darf ich mal sehen?»

«Na gut, aber es ist noch längst nicht fertig.»

Ich zwängte mich zwischen dem Ruder und der Leinwand durch und stellte mich neben Grace. Sie konnte wirklich etwas. Der Hintergrund fehlte zwar noch, und Georges Hemd war erst skizziert, aber sein Haar und sein Gesicht waren mit fast fotografischer Präzision ausgeführt. Ich ließ den Blick von der Leinwand zu dem Foto und wieder zurück wandern und vergewisserte mich noch ein zweites Mal.

«Grace?» sagte ich leise.

«Ja, Liebes?»

«Seine Augen – die sind ja braun.» Ich zeigte unsicher auf die Leinwand.

«Ja, ja.» Sie beugte sich vor und malte mit feinem Pinselstrich eine zarte Wimper.

«Aber Grace», sagte ich, «auf dem Foto sind seine Augen doch blau. Er hatte blaue Augen.»

«Ja, hatte er auch, aber ich hab blaue Augen noch nie gemocht, also hab ich ihm braune gemalt. Ich finde dunkelbraune Augen so schön.»

Ich versuchte zu lächeln, aber meine Lippen gehorchten mir nicht. Am liebsten wäre ich zu Chloe gelaufen, um es ihr zu erzählen. Ich sah Grace wieder an. «Aber das ist doch irgendwie nicht in Ordnung.»

«Es ist mein Bild», erklärte sie mit Nachdruck.

«Ja, ich weiß.» Einen Moment stand ich schweigend da, dann hielt ich es nicht mehr aus. «Aber es waren doch seine Augen, und die waren blau. Du hast deinem toten Mann braune Augen eingesetzt. Hast du kein schlechtes Gewissen?»

«Er wußte ja, daß ich braune Augen schön finde. Ich hab ihm zugeredet, sich farbige Kontaktlinsen anzuschaffen, aber er wollte nicht.»

«Aber Grace», stotterte ich, «das ist ja, wie wenn irgendein fieser Typ von seiner Frau verlangt, daß sie im Bett eine blonde Perücke trägt.»

«Man soll nichts verurteilen, was man nicht selbst probiert hat.» Sie warf die Schultern hoch und schüttelte den Kopf. Dann nahm sie Georges kragenloses Hemd in Angriff, ein tiefes Rot entlang der geschwungenen Linie seiner Schultern. Sie fragte: «Hast du nie etwas über deinen Mann gesagt, das nicht gestimmt hat? Hast du nie jemandem erzählt, er sei größer, schöner, netter, reicher, besser, als er wirklich war?»

«Nein», sagte ich mit gespielter Entrüstung.

«Du hast nie irgendein Detail, irgendeine Unvollkommenheit unterschlagen, wenn du ihn Freunden oder Verwandten beschrieben hast, deiner Mutter zum Beispiel?»

«Natürlich nicht.»

«Und es gab nichts an ihm, was du gern anders gehabt hättest?»

Ich war sprachlos. «Grace, das ist unfair. An so was mag ich nicht mal denken.»

«Warum denn nicht?»

«Darum.»

«Du willst nur nicht schlecht von den Toten reden», sagte sie nachdenklich.

«Ich hab über Jonah nichts Schlechtes zu sagen.»

«Dann bist du eine Närrin. Engel gibt's nicht, nicht mal Sweet George war einer. Ich behaupte ja nicht, daß du ihn nicht geliebt hast, mit allen seinen Fehlern, aber wenn du sagst, er hatte keine Fehler, dann ist das, als wolltest du vor anderen prahlen, obwohl sie's besser wissen. War er gut im Bett?»

«Jetzt reicht's aber!» Ich steuerte auf meine Kabine zu.

«Moment mal», rief sie und schlug mit dem Pinsel gegen das Steuer. Rote Farbe spritzte über das Rad und auf das Foto von Sweet George. «Was ist wichtiger – jetzt, meine ich? Daß du mit mir klarkommst oder mit deinem toten Mann?»

Ich stand auf der obersten Stufe des Niedergangs zu meiner Kabine. Midden kam herauf und begann zu meinen Füßen zu miauen. Grace schaute auf sie hinab.

«Mit deiner Katze oder mit deinem toten Mann?» Sie starrte mich an, die Hände auf den Hüften, und als ich keine Antwort gab, sagte sie: «Na großartig, Charlotte, jetzt kann ich den ganzen Abend nicht mehr arbeiten.» Und sie drehte sich um und stampfte in die Kombüse hinunter und weiter in ihre Kabine. Ich nahm Midden hoch, die Katze, die mein Mann nie akzeptiert hätte, und legte mich in meine Koje, wo Midden sich auf meiner Brust niederließ und abwechselnd den Schleim, der mir aus der Nase lief, beschnupperte und den Schmutz zwischen ihren Zehen fortleckte.

Der Gedanke kam mir in diesem Moment nicht, aber bestimmt wurde Grace ähnlich getröstet, von Pinky und seinen wie immer gearteten Zärtlichkeiten oder Belästigungen.

Später kam Chloe mit den Ergebnissen ihrer letzten Umfrage den Niedergang heruntergepoltert. Während sie mir davon erzählte, wechselte sie hinter dem zugezogenen Vorhang ihre Latzhose und das schwarze T-Shirt mit der Aufschrift *Ich hab was zu sagen* gegen ein paar Stretchjeans und ein langärmeliges weißes Herrenhemd.

«Ich hab die Leute gefragt, ob ihr Leben mehr wie in einer Komödie, einer Seifenoper oder einem Kinofilm abläuft.»

«Wie viele Antworten?» fragte ich mechanisch.

«Dreißig.» Sie hob ihr Tagebuch auf, das sie auf den Boden gelegt hatte.

«Zwei wollten nicht antworten, zwölf haben Komödie gesagt, elf Seifenoper und nur fünf Kinofilm.»

«Waren die fünf alt?»

«Eigentlich nicht.»

«Woher wußten sie dann, daß ihr Leben wie in einem Film abläuft?»

«Vielleicht wegen der Atmosphäre.»

«Der Atmosphäre?»

«Ja. Vielleicht hat ihr Leben eine bestimmte Grundstimmung.»

«Und was würdest du selber antworten?»

«Ja, also, der Abend heute wird entweder eine Komödie oder eine Seifenoper, je nachdem wie's läuft.»

«Wissen deine Eltern, daß wir kommen?»

«Nein, ich dachte, wir kreuzen einfach auf.»

«Na, gut», sagte ich zweifelnd.

«Was hast du denn?»

«Die alte Hexe hat mir vorhin den Kopf gewaschen.»

«Grace?»

«Ja.»

«Wieso denn?»

«Was weiß ich?»

«Was hat sie denn gesagt?»

«Sie…, also, sie…» Ich sprach so leise, daß Chloe den Vorhang zurückzog und näher kam. «Sie hat ein Bild von Sweet George gemalt. Ich weiß auch nicht. Über irgendwas hat sie sich aufgeregt. Sie denkt, daß ich denke, mein Mann war perfekt.»

«Und, denkst du's?»

«Nein, natürlich nicht.»

«Hast du ihr das gesagt?»

«Nein, natürlich nicht. Das geht sie nichts an.»

«Aber mir hast du's doch auch gesagt.»

«Du hast mich ja auch nicht danach gefragt.»

«Bist du irgendwie sauer? Sollen wir lieber ein andermal zu meinen Eltern gehen?»

«Ach was!»

«Ärgerst du dich, weil sie recht hat und kein Blatt vor den Mund genommen hat? Das ist ein Problem bei ihr: Sie wartet, bis sie genau richtig liegt, und dann macht sie einen fertig. Da gibt's kein Entrinnen.»

«Gehen wir», sagte ich.

«Bist du sicher?»

«Ja, gehen wir.» Ich nahm meine Autoschlüssel, und auf dem Weg durch die Kajüte rief ich in die Kombüse hinunter:

«Wir gehen, Grace, ich weiß nicht, wann wir wiederkommen.»

Eine Antwort wartete ich nicht ab.

Wir fuhren über die Memorial Bridge nach Maine und dann auf der Landstraße 103 nach Kittery Point, wo Chloes Eltern in einem weißen Cape-Cod-Haus am Chauncey Creek wohnten. Sie zeigte mir den Bootssteg und das Hummerboot ihres Vaters. Das Haus war klein und hatte so gut wie keinen Vorgarten. Rosen blühten unter den Fenstern, und eine Kieseinfahrt führte zu einer Garage und einer Werkstatt hinter dem Haus. Alles war sorgfältig gepflegt, der Rasen frisch gemäht, die Hecken gestutzt, das Haus so sauber, daß es wie frisch gewaschen aussah. Man konnte sich gar nicht vorstellen, daß Menschen darin wohnten, die seit Monaten nicht mehr mit ihrer Tochter geredet hatten.

«Soll ich erst mal im Auto bleiben?» fragte ich.

«Nein, komm lieber mit. Vielleicht geht's dann wenigstens am Anfang höflich zu.»

Chloe war so aufgeregt, daß sie schwitzte, und auch ich fing an, mich unbehaglich zu fühlen. Ich griff ins Handschuhfach und nahm ein Päckchen Papiertaschentücher heraus.

«Für alle Fälle», sagte ich.

Chloe stieg aus und ordnete ihre Kleider. Sie fuhr mit dem Finger den Elastikbund ihrer Jeans entlang, rückte ihre BH-Träger zurecht und tupfte sich mit dem Zipfel ihres lose herabhängenden Hemdes die Schweißperlen von der Oberlippe.

«Meinst du, sie sehen's?» fragte sie, als wir um das Haus herumgingen.

«Daß du schwanger bist?»

Sie nickte, die Augen vor Angst geweitet.

«Ich glaub nicht.»

Sie klopfte an die Hintertür und wandte sich zu mir um. «Sie sind zu Hause, beide Autos stehen da. Komisch, so anzuklopfen.»

Ich drehte mich um und schaute zum Fluß hinunter. Es

herrschte fast Niedrigwasser. In der Mitte der schmalen Fahrrinne stand ein schwarzer Kormoran auf dem ausgebleichten Halbmond einer Ankerboje und ließ seine ausgebreiteten Flügel trocknen. Die Tür ging auf. Ich fuhr herum, und Chloe sagte heiser: «Ich wollte euch mal besuchen.»

Die Frau in der Tür machte weder ein böses Gesicht, noch lächelte sie. Sie zeigte keinerlei Gemütsbewegung. Ich hätte sie umbringen können.

«Komm rein», sagte sie. «Du kommst gerade recht.» Sie drehte sich um und ging ins Haus zurück.

Chloe sah mich an und flüsterte: «Tut mir leid. Vielleicht kommst du besser nicht mit rein.»

«Schlimmer kann's nicht mehr werden. Ich komm mit.»

Wir gingen hinein. In der Küche roch es penetrant nach Blütenpotpourri und Räucherstäbchen. Auf dem Eßtisch standen leere Kartons, und auf der Arbeitsplatte türmte sich der Inhalt der Hängeschränke. Auf dem Boden standen Tellerstapel rings um einen Bogen unbedrucktes Zeitungspapier.

«Thomas, komm mal!» rief Chloes Mutter.

Ein sonnengebräunter Mann mit schütterem Haar kam aus dem Flur herein. Er trug ein Khakihemd, Hosen und schwarze Socken und hatte einen Schraubenzieher in der schwammigen, kurzfingrigen Hand.

«Chloe, Kind», flüsterte er, stieg mit schlenkernden Sokkenspitzen über die Teller und breitete die Arme aus. Chloe begab sich ohne Zögern hinein, drehte aber im letzten Moment ihren Bauch zur Seite.

Ich schaute ihre Mutter an. Sie hatte begriffen.

«Und was jetzt?» fragte sie.

«Das ist meine Freundin Charlotte», stellte Chloe mich vor. «Sie wohnt mit mir zusammen.»

Ich begrüßte ihren Vater mit einem festen Händedruck und lächelte ihrer Mutter zu. Chloe wischte sich die Tränen aus den Augen und faßte die Hand ihres Vaters.

«Was ist denn hier los?» fragte sie. «Zieht ihr um?»

«Tja, Kind», sagte er, «deine Mama und ich, wir haben beschlossen, uns für eine Weile zu trennen. Wir glauben, es ist das beste für uns.»

Ich dachte, Chloe würde ohnmächtig werden. Ihr Vater und ich führten sie zu einem Stuhl.

«Was?» sagte sie. «Warum denn das?»

Ihre Mutter nahm die Kartons vom Tisch und setzte sich ihr gegenüber. «Wenn du hiergeblieben wärst, wüßtest du's.»

«Daddy?»

«Das hat sich schon länger angebahnt, Chloe. Es hat nichts mit dir zu tun. Du und dein Bruder, ihr seid jetzt aus dem Haus, und nur noch wir zwei sind übrig, und da haben wir uns überlegt, daß es so besser ist. Es ist wirklich das beste.»

«Aber warum hast du mich denn nicht geholt, Daddy?»

«Ach, Chloe, wieso sollte ich dich da mit reinziehen? Das ist doch unser eigener Schlamassel.»

«Aber dann seid ihr ja beide allein.» Chloe senkte den Kopf, legte die Hände auf den Bauch und fing unmäßig an zu weinen. Ihre Eltern sahen sich an, sahen mich und dann wieder Chloe an. Als das Schluchzen endlich nachließ und Chloe aufsah, stand ihre Mutter vom Tisch auf und lehnte sich an die Arbeitsplatte.

«Wie weit bist du?» fragte sie.

Chloes Vater schaute zu seiner Frau auf und dann wieder auf den Tisch hinab. Er schloß die Augen. Fast schlagartig hörte Chloe auf zu schniefen.

«Danke, Mama», sagte sie.

«Anfang des sechsten Monats», antwortete ich für sie. «Sie ist gesund und das Baby auch. Der Geburtstermin ist im September.»

Einen Augenblick lang herrschte Stille, dann fragte Chloes Mutter: «Und was ist mit Roger?»

«Ich seh ihn noch ab und zu», antwortete Chloe, «aber ihr könnt euch freuen: Er ist so ziemlich passé.»

«Er ist was?» fragte ihr Vater.

«Ist er der Vater?» wollte ihre Mutter wissen.

«Ja.»

«Aber heiraten will er dich nicht?» fragte ihr Vater.

«Ich will ihn nicht heiraten.»

«Du solltest aber so schnell wie möglich heiraten», fuhr ihr Vater fort. «Das seid ihr dem Kind schuldig, du und der Junge. Das ist der Junge dir schuldig. Ich werde mit ihm reden.»

«Aber ich will ihn gar nicht, Daddy. Und du hast ihn doch sowieso nie gemocht.»

«Und wie stellst du dir das vor?» fragte ihre Mutter. «Zwanzig Stunden pro Woche in diesem Tinnefladen arbeiten und das Kind allein großziehen? Roger hat eine Verantwortung dir und dem Kind gegenüber. Und das Kind braucht einen Vater.»

«Das ist ja nicht zu fassen!» kreischte Chloe. «Ihr könnt Roger nicht leiden, aber heiraten soll ich ihn trotzdem!»

«Ogottogott», stöhnte ihr Vater, «wie bist du da nur reingeraten, Chloe? Für den Rest deines Lebens, für den Rest deines Lebens.» Er stemmte sich vom Tisch hoch.

«Daddy», wimmerte Chloe.

Er trat in den Flur hinaus und verschwand in einem dunklen Zimmer. Chloe schaute zu ihrer Mutter auf.

«Dein Vater bleibt hier. Ich hab eine Wohnung in York gefunden, da bleib ich erst mal, bis alles geregelt ist. Brauchst du Geld?»

Chloe schüttelte den Kopf.

«Mein Gott», seufzte ihre Mutter. «Was für ein Tag! Deinem Bruder haben wir's noch gar nicht gesagt. Den wird der Schlag treffen.»

«Du hättest dir mehr Mühe geben müssen, Mama», sagte Chloe. «Was soll er denn ohne dich machen?»

«Dein Vater? Der hat sowieso die meiste Zeit für sich allein gelebt. Der kommt schon zurecht. Du mußt ihn eben öfter besuchen. Aber das mit dem Baby war ein Fehler, Chloe. Du hättest so vernünftig sein sollen und was dagegen tun.»

«Ich geh jetzt», sagte Chloe. Ich stand auf und folgte ihr hinaus, ohne mich von ihrer Mutter zu verabschieden.

Als wir am Auto anlangten, weinte Chloe wieder. «Großartig, wirklich. Wie bei den Waltons.»

«Vielleicht überlegen sie sich's ja noch mal. Vielleicht...» Ich verstummte.

«Naja, wenigstens haben wir's jetzt hinter uns.»

«Es tut mir leid.»

«Wieso entschuldigst du dich denn?» fragte sie.

Ich zuckte die Schultern. «Ich weiß auch nicht. Ich dachte, es nützt was, wenn ich dabei bin.»

«Sie irrt sich, was meinen Vater betrifft. Und auch, was sie selbst betrifft. Ich kann's einfach nicht glauben, daß sie sich scheiden lassen.»

Ich legte den Gang ein, und wir fuhren nach Portsmouth zurück. Chloe weinte noch ein paar Kilometer. Ihr Körper war so weit nach vorn gebogen, daß ihre Nase fast das Armaturenbrett berührte. Auf der Memorial Bridge mußten wir warten, bis ein Segelboot darunter durchgefahren war. Vom Auto aus sahen wir nur einen einzelnen Mast vorbeigleiten, eine langsame, einsame Fahrt. Ich streichelte Chloes Rücken. Sie schaute auf.

«Ich bin erst siebzehn», sagte sie. «Vielleicht adoptiert mich noch jemand.»

«Wir hatten beide einen ziemlich miesen Tag. Ich werde wegen Mordes angeklagt, und deine Eltern trennen sich.»

«Und dabei ist erst Montag», ergänzte Chloe.

«Vielleicht wird's am Dienstag besser.»

«Ich muß mir mehr Mühe geben», flüsterte sie.

Die Schranken hoben sich, und wir setzten uns wieder in Bewegung.

«Sieh mal», sagte Chloe, «da steht Grace am Bug.»

«Von hier oben sieht sie überhaupt nicht alt aus.»

«Ich will hin und mit ihr zusammen da stehen, Charlotte.»

Am Abend lag ich in meiner Koje und lauschte dem gedämpften Prasseln des Regens auf das Deck, dem Abfließen des Wassers durch die Speigatts in den Fluß. Irgendwie beunruhigte mich der Gedanke, daß ein Regentropfen in die Tiefe des Meeres fällt und Teil eines so großen Ganzen wird. Der Regen schien die Wellen zu glätten, und die *Rosinante* schaukelte nur noch sanft auf dem Wasser. Später blitzte es auch, ohne daß der Regen stärker wurde. Schlaglichter zuckten in unsere Kabine und warfen flüchtige, verschlungene Schatten. Mitten in der Nacht wachte ich noch einmal auf und glaubte, der Sturm würde noch immer ächzen, noch immer würden Blitze unsere Kabine in grelles Licht tauchen. Gleich darauf merkte ich jedoch, daß alles ruhig war. Das Licht zuckte nicht mehr, sondern fiel in gleichmäßigem Strahl in den Raum – der Vollmond schien durch eines der Bullaugen –, und nur ich selbst hatte geblinzelt. Chloe lag mit Midden in ihren bleichen Armen friedlich schlafend im Mondlicht. Einen schmerzhaften Augenblick lang vermißte ich meine Mutter.

Am nächsten Morgen regnete es leicht, und auch für die kommenden Tage war Regen vorhergesagt. Michael setzte alle Arbeiten aus, bis es wieder trocken sein würde.

Den Rest des Vormittags verbrachte ich bei Malcolm Laury von der Anwaltskanzlei Orcutt, Chambers und Laury. Er fragte mich, ob ich nicht lieber einen Anwalt in Kentucky nehmen wolle, da die Klage dort eingereicht worden sei. Ich erklärte ihm, daß ich nicht vor Gericht wolle, daß ich mich mit Richard und Mary gütlich einigen wolle, und zwar, wenn möglich, ohne persönlich mit ihnen zusammenzutreffen. Mr. Laury sollte als Vermittler auftreten.

«Aber», überlegte er, «diese Klage ist doch absurd. Wenn es stimmt, was Sie mir sagen, dann können Sie den Prozeß gar nicht verlieren. Wahrscheinlich wird das Verfahren ohnehin niedergeschlagen.»

«Ich will aber nicht in den Zeugenstand. Ich will nicht ihre

Fragen beantworten. Ich will nicht unter ihrer Fuchtel stehen.»

Er schwieg einen Moment und ließ seinen Bleistift mit dem Radiergummiende auf seinem Block auf und ab hüpfen. «Gut. Ich kann ja mal ihren Anwalt anrufen, um zu hören, wie sie sich das Ganze eigentlich vorstellen und ob sie überhaupt zu einem Vergleich bereit wären.»

Ich schrieb die Summe, die ich in bar auf der Bank hatte, auf einen Notizblock und reichte ihn Mr. Laury. «Soviel Geld habe ich», sagte ich. «Sie können alles haben. Sie können auch die Sachen aus meinem Haus haben, die in Kentucky eingelagert sind. Sie können alle Briefe und Fotos haben, alles, was ich an persönlichem Besitz mit nach Portsmouth genommen habe. Nur mich selber können sie nicht haben.»

Er betrachtete die Zahl auf dem Block. Dann sah er mich wieder an, hörte auf, mit seinem Bleistift zu spielen, und fragte: «Gibt es sonst noch irgend etwas? Oder besser: Ist an den Behauptungen Ihrer Schwiegereltern irgend etwas dran? Halten Sie es für möglich, daß Ihr Mann sich das Leben genommen hat, weil Sie ihm Ihre Zuneigung vorenthalten haben?»

«Ich habe meinen Mann geliebt, Mr. Laury. Ich habe ihm alles gegeben, was ich hatte.»

«Gut. Ich werde zunächst noch kein Angebot machen. Erst mal sehen, wie ernst sie's meinen.»

«Vielen Dank», sagte ich. «Ich ruf Sie wieder an. Ich hab kein Telefon.»

«Es wird aber ein paar Tage dauern.»

Ich verließ die Kanzlei und ging die sechs Blocks durch die Market Street zu Fuß nach Hause. Das Geheimnis, das ich vor ihnen allen wahrte, war mehr wert als mein ganzer materieller Besitz.

Nach ein paar Tagen war die Grabungsfläche so weit getrocknet, daß wir weitermachen konnten. In der Zwischenzeit war ich mit Midden und Pinky auf den Fersen ständig auf der *Rosinante* hin und her getigert. Ich konnte es kaum erwarten, zu meiner Kelle zurückzukehren. Die Arbeit würde mich von der Klage und all den Erinnerungen, die sie wachgerufen hatte, ablenken. Michael und ich begannen, die beiden Quadranten, die wir der Profile wegen hatten stehenlassen, abzutiefen, so daß beide Gräber gleichzeitig und auf derselben Ebene freigelegt werden konnten. Andere Helfer reichten mir wie einem Chirurgen Kelle, Kehrschaufel, Maßband oder Bürste. Die Ausbeute an Artefakten war auch hier dürftig. In meiner Einheit fand ich einige unregelmäßig geformte Eisenstücke, möglicherweise Reste von Nägeln. Sie lagen jedoch ziemlich weit oben in dem Grab und ließen keine bestimmte Anordnung erkennen, so daß es sich unseres Erachtens nicht um Sargverschlüsse handeln konnte. Etwas weiter unten stieß ich auf eine schöne Graffitoscherbe mit einem eingeritzten Blumenmuster. Die Scherbe war hellgelb, das Muster von der Farbe heller Vollmilchschokolade. Michael erklärte es für North Devon, vermutlich aus der zweiten Hälfte des siebzehnten Jahrhunderts. Eine genauere Zuordnung, meinte er, könne ein Vergleich mit ähnlichen Funden in Jamestown ermöglichen.

Michaels Einheit war noch unergiebiger als meine. Eine Stelle allerdings, die zunächst wie ein etwa zehncentstückgroßer Rostfleck in der Erde ausgesehen hatte, erwies sich als ein weitgehend zersetzter Eisenstab. Er mußte fast senkrecht in das Grab gefallen sein. Nachdem wir die ersten Zentimeter freigelegt hatten, überlegten wir, ob er Teil eines Sarges gewesen sein konnte, doch je tiefer wir gruben, desto tiefer reichte auch der Stab. Als wir bei der Schicht angelangt waren, in der wir die Gebeine gefunden hatten, ragte er volle dreißig Zentimeter in die Höhe. Er sah genau aus wie ein Stück Betonarmierung.

«Das kann alles und nichts sein», sagte Michael.

«Wenn es zu einem Sarg gehört», überlegte ich, «dann ist der Tote in dem Grab entweder sehr klein, oder er ist in Fötuslage bestattet worden. Das einzige Problem ist der gestörte Bodenbereich. Er ist größer als der Stab.»

«Okay», seufzte Michael, «arbeiten wir lieber erst mal nur an einem von den Gräbern weiter, damit wir ja nichts übersehen. Wir fotografieren, was wir bis jetzt haben, und dann legen wir die Knochen frei.»

Wir stellten ein Stativ auf, legten in jede Einheit eine kleine Schrifttafel mit Rasterbezeichnung, Tiefe und Nordausrichtung und machten Aufnahmen. Jetzt, da wir die Begrenzungslinien der Gräber kannten, konnten wir die ungestörte Erde ringsum mit Schaufeln abtragen, um nicht bäuchlings weiterarbeiten zu müssen.

«Fangen wir bei dem Grab mit dem Eisenstab an», schlug Michael vor. «So wie er dasteht, stört er mich.»

Wir begannen an dem Ende des Grabes, das Michael bereits freigelegt hatte. Die Erde ließ sich leicht fortbürsten, und fast sofort erschienen Zehenglieder und Mittelfußknochen. Ein kleiner Fuß. Spuren von Leder oder einer Schuhschnalle waren nicht zu sehen. Als wir weiter aufwärts gelangten, über Schien- und Wadenbein zum Oberschenkelknochen, zeigte sich, daß das Skelett nicht abgewinkelt war, sondern ausgestreckt auf dem Rücken lag. Das Interessanteste aber war die Verformung der langen Röhrenknochen. Sie waren stark verkrümmt.

«Der Mensch hier war völlig verkrüppelt», sagte ich zu Michael.

«Von Geburt an?»

«Ich glaube nicht. Sieht nach Paget-Syndrom aus, eine Krankheit, die vor allem bei älteren Leuten auftritt. Schwer zu sagen, solange der Rest noch in der Erde ist.»

Als ich nahe der Kniescheibe die Erde wegbürstete, mußte ich plötzlich heftig nach Luft schnappen.

«Was ist?» rief Michael. Ein halbes Dutzend Zuschauer beugten sich tiefer herab.

«Ein Fingerhut. Ich hab einen Fingerhut gefunden, einen winzig kleinen. Seht mal!» Ich richtete mich auf die Knie auf und deutete mit meiner Bürste darauf. Prompt brachen alle in Überraschungsrufe aus.

«Der liegt nicht zufällig da», sagte Michael. «Bestimmt war er in irgendeiner Tasche.»

Wir ließen den Fingerhut, wo er war, und gruben weiter. Die Erde löste sich so leicht von den Knochen, daß die ganze Arbeit mit der kleinen Stielkleiderbürste erledigt werden konnte. Die grauen Knochen hoben sich auffällig von dem dunklen Erdreich ab. Wir fegten eine Kehrichtschaufel voll, kippten sie in einen Eimer und reichten ihn der Siebemannschaft hoch. Michael bat sie, nach Elfenbein- oder Messingteilen Ausschau zu halten, die zu einer Kleiderschließe gehören konnten. Inzwischen sah man, daß der Eisenstab bis in das Grab hineinreichte. Er schien mitten im Bauch des Toten zu sitzen. Ich arbeitete vorsichtig am Becken und suchte nach Anhaltspunkten für die Geschlechtsbestimmung. Die Länge der Röhrenknochen und vor allem der Fingerhut deuteten auf eine Frau hin, aber ein besserer Indikator ist die Einbuchtung der hinteren Sitzbeinkante in beiden Beckenhälften, die bei Frauen im allgemeinen flacher ist als bei Männern.

Nach einer Dreiviertelstunde behutsamen Forschens und Fegens sah es so aus, als hätten wir eine alte Frau vor uns. Genaueren Aufschluß würden erst sorgfältige Messungen im Labor geben. Michael begann rings um den Eisenstab zu arbeiten. Er rechnete damit, daß der Stab sich jeden Moment neigen und umkippen konnte, und bat mich deshalb, ihn oben festzuhalten. Noch ehe er an seinem unteren Ende angelangt war, stieß er jedoch erneut auf Knochen: die unteren Rippen und Rückenwirbel. Bald zeigte sich, daß der Stab an der Wirbelsäule vorbei das ganze Skelett durchdrang.

Einer der Helfer fragte: «Könnte es sein, daß die Frau durch den Stab ums Leben gekommen ist?»

«Bestimmt nicht», erwiderte Michael. «Dann hätte man ihn vor der Bestattung herausgezogen.»

«Vielleicht ist es ein Landvermessungsstab, der erst viel später in die Erde gesteckt worden ist, als das Grab längst vergessen war», überlegte ich.

«Ja», stimmte jemand über mir zu, «das kann sein. Wir sind ja hier direkt neben der Straße. Vielleicht war hier der Schnittpunkt von zwei Grundstücksgrenzen.»

Wir hatten über Mittag durchgearbeitet. Inzwischen war es bereits später Abend, und so ließen wir den Stab stecken, so sehr es Michael und mir auch widerstrebte.

«Machen wir Schluß», sagte Michael, «sonst vermurksen wir vor lauter Müdigkeit noch was. Morgen legen wir das Skelett vollends frei, und dann fangen wir mit dem anderen an.»

Beim Sieben waren keinerlei Kleinfunde mehr aufgetaucht. Wir hatten gehofft, eine Kleiderschließe oder Schmuck zu finden, aber solche Dinge konnten natürlich auch aus Schnur oder Leder bestanden und daher nicht überdauert haben. Von dem Fingerhut machten wir mit einer Polaroidkamera eine Nahaufnahme. Michael wollte am Abend noch versuchen, ihn zu klassifizieren.

Das Skelett war erst zu drei Vierteln freigelegt, von der elften Rippe abwärts. Die restlichen Rippen, der Schädel und die Arme lagen noch unter einer dünnen Erdschicht. Die Frau war meiner Schätzung nach nicht mehr als einen Meter fünfzig groß gewesen und durch die Knochenverkrümmung später vermutlich noch kleiner geworden. Wenn sie überhaupt hatte gehen können, dann nur unter großen Schwierigkeiten und mit einem qualvollen Hinken. Ich rechnete damit, daß ihre oberen Wirbel und die Schlüsselbeine ähnlich deformiert waren; möglicherweise war auch der Schädel vergrößert, ein weiteres Merkmal des Paget-Syndroms. Bei dieser Krankheit wird die Neubildung von Knochensubstanz gestoppt, fester

Knochen wird durch faserartiges Gewebe und Blutgefäße ersetzt. Die durch die Verformung der Knochen hervorgerufenen Schmerzen sind praktisch konstant. Die Knochen brechen leichter, und einer Vergrößerung des Schädels rund um den Gehörnerv kann zu Taubheit führen. Noch heute gibt es bei dieser Krankheit keine Heilung.

Irgendwie war es beunruhigend, ein Skelett in diesem Zustand vorzufinden. Als ich am Abend nach Hause ging, fühlten sich auch meine eigenen Beine schwach und wie zergliedert an. Außerdem war mir klar, daß es keine angenehme Aufgabe sein würde, Grace von unserem Fund zu berichten. Aus irgendeinem Grund wußte ich, daß sie sich dadurch zwar nicht verletzt, aber doch verletzbar fühlen würde.

Es ergab sich jedoch, daß ich ihr weder an diesem noch an den folgenden Abenden davon erzählen mußte. Auf der Pier fegte ich den letzten Staub von meinen Jeans, ging an Bord der *Rosinante* und traf in der Kajüte auf Chloe. Ihre Augen waren angstvoll geweitet, und ihre Stimme klang wie ein schriller Vogelruf.

«Charlotte, Charlotte, mit Grace stimmt was nicht!» Sie faßte mich am Handgelenk und zog mich hinter sich her in Grace' Kabine. Grace lag in Kleidern und in ihrer Malerschürze auf dem Rücken. Ich kniete mich neben sie hin. Ihre Augen waren leer, bleich wie der Mond am Morgen. Sie hob unruhig einen Arm und zupfte an ihrer Wange. Sie nahm mich gar nicht wahr. Die eine Gesichtshälfte hing schlaff herab, der Mundwinkel zeigte nach unten.

«Grace?» flüsterte ich.

Sie reagierte nicht, zwinkerte nicht einmal.

«Sie hat einen Schlaganfall gehabt, Chloe», sagte ich. «Geh ins *Smarmy Snail* rauf und ruf einen Krankenwagen.»

«Charlotte?» flüsterte sie.

Ich stand auf. «Chloe, du rufst jetzt auf der Stelle einen Krankenwagen. Mach schon!»

Sie rannte los. Schon sammelten sich Tränen in ihren Augen. Ich spürte, wie das Schiff unter ihrem Gewicht nachgab, als sie von Bord ging, und hörte ihre Stiefel über die Gangway poltern. Ich strich Grace das Haar aus dem Gesicht und band ihre Schürze auf. «Kannst du mich hören, Grace?» fragte ich und streichelte ihr Wangen und Arme. Sie sah mich nicht an, versuchte aber zu sprechen, doch es kamen nur völlig unverständliche Laute heraus. Dann drehte sie den Kopf ein kleines Stück in meine Richtung und schaute mich an, ließ ihre Augen über mein Gesicht wandern. «Hallo, Grace», sagte ich, «alles in Ordnung. Ich bin's, Charlotte.» Doch ihre Augen verrieten kein Erkennen. Sie hatte keine Ahnung, wer ich war. Und dann, als ihr Blick von mir fort und weiter in den Raum schweifte, begriff ich, daß sie auch nicht wußte, wo sie sich befand. Ihr ganzes Leben war plötzlich fremd geworden. «Ist ja gut, ist ja gut», war alles, was ich herausbrachte, und ich hielt die Hand, die sie noch bewegen konnte und mit der sie meine Hand umklammerte, mit aller Kraft, die ihr noch blieb.

In dieser Nacht wachten Chloe und ich an Grace' Krankenhausbett. Man hatte eine Computertomographie des Schädels gemacht, eine Röntgenaufnahme des Brustkorbs und ein Elektrokardiogramm. Ich wollte mir die Röntgenaufnahmen ansehen, aber ich mußte mich beim Anblick der Knochen abwenden. Grace war nach wie vor verwirrt. Ihr Sprachzentrum und ihre rechte Körperhälfte schienen betroffen zu sein, und sie bewegte nur hin und wieder leicht die Hand oder den Fuß. Die Anfangsdiagnose lautete auf Zerebralthrombose. Ein Blutgerinnsel hatte in einem Teil des Gehirns die Durchblutung unterbrochen. Zur Blutverdünnung bekam sie gerinnungshemmende Medikamente. Die Ärztin meinte, man könne noch nicht sagen, wie groß der Schaden sei, eine nennenswerte Hirnschwellung scheine jedoch nicht vorzuliegen. An diesem ersten Tag schlief Grace die meiste Zeit, und wenn sie aufwachte, machte sie einzelne Bewegungen und gab

Laute von sich, aber ihr Blick fixierte weder uns noch irgendwelche Gegenstände.

Ich hatte Grace' Tochter Anne angerufen, aber sie brauchte fast sechsunddreißig Stunden, um zu kommen. Da ich ungefähr wußte, wann sie eintreffen würde, wartete ich unten in der Eingangshalle auf sie. Ich erkannte sie sofort. Sie sah genau aus wie Grace. Man sah ihr nicht an, daß sie die halbe Nacht in einem Flugzeug und einem Mietwagen verbracht hatte. Sie war ungefähr fünfundvierzig Jahre alt und hatte kurzes, dauergewelltes Haar, das weder mit einer Kopfstütze noch mit einem Kissen in Berührung gekommen war. Ihr Make-up war zwar nicht knapp, aber auch nicht dick aufgetragen, und sie war konservativ gekleidet: ein langer Laura-Ashley-Rock und eine tadellos gebügelte weiße Bluse. Sie hatte eine große Louis-Vuitton-Tasche bei sich. Ihr Anblick machte mich befangen. An Bord der *Rosinante* gab es an Make-up praktisch nur Chloes schwarzen Discount-Lidschatten, und auch der wurde nur ein- oder zweimal in der Woche benutzt. Keine von uns besaß eine Handtasche, auf der sich nicht der Staub gesammelt hätte. Ich hatte Anne am Telefon in groben Zügen über meine Beziehung zu Grace aufgeklärt, und nachdem wir uns die Hand gegeben hatten, führte ich sie gleich in die Intensivstation hinauf. Grace war nicht mehr da. In der knappen halben Stunde, die ich unten gewesen war, hatte man sie in ein anderes Zimmer verlegt. Anne machte keinerlei Versuch, ihren Unmut zu verbergen, weder mir noch den Schwestern gegenüber. Sie stieß ein kurzes Schnauben aus und suchte die unmittelbare Umgebung rasch nach einer kompetenteren Person ab. Die Schwester gab mir unterdessen Grace' neue Zimmernummer, und ich eilte so schnell den gefliesten Korridor entlang, daß ich mich schließlich umdrehen und auf Anne warten mußte.

«Hier entlang», sagte ich.

«Gehen Sie nur voraus, ich komme schon.» Da wandte ich mich wieder um und ging, so schnell ich konnte, weiter.

Chloe erhob sich, als wir das Zimmer betraten, und Anne ging um das Bett herum, ohne sie zur Kenntnis zu nehmen.

«Mutter?» sagte sie und stellte ihre Tasche ab. «Mutter?» Endlich wandte Grace ihr das Gesicht zu. Ihre Augen waren so leer, daß sie das Licht reflektierten wie der Boden einer Schüssel. «Ich bin's, Mutter.» Anne sah mich an. «Was ist los mit ihr?»

«Uns erkennt sie auch nicht, und wenn sie zu sprechen versucht, regt sie sich nur auf.» Ich begann Anne im einzelnen über die bisherige Behandlung und die Diagnose zu informieren, aber von mir wollte sie nichts hören. Sie wollte die Ärztin sprechen und schickte mich los, um sie zu holen. Ein paar Minuten später kam ich zurück und berichtete, daß die Schwester mir gesagt habe, die Ärztin komme in etwa einer Viertelstunde zur Visite. Da packte Anne ihre Handtasche und schleuderte sie quer durchs Zimmer.

«Dann hol ich sie eben selbst», sagte sie und stolzierte hinaus.

«Die ist stocksauer», sagte Chloe.

«Direkt unheimlich, wie sie's schafft, daß ich mich total unfähig fühle.»

«Bei mir schaffen das viele», meinte Chloe. Ich sah sie mißbilligend an.

«Laß sie mal machen, Charlotte.»

«Grace hat uns ja gewarnt, Chloe. Aber wenn sie mir noch mal so kommt, dann kriegt sie was zu hören. Sie hat anderthalb Tage gebraucht, um hierherzukommen, und jetzt führt sie sich auf, als wären wir diejenigen, die so spät kommen.»

«Charlotte», sagte Chloe.

«Nein, im Ernst. Mit welchem Recht unterstellt sie uns, daß wir uns nicht um Grace kümmern?»

«Sie ist ihre Tochter. Für sie haben wir, was Grace betrifft, überhaupt keine Rechte.»

Wieder sah ich Chloe mißbilligend an.

«Wer hat sie denn hierhergebracht?» fragte ich gekränkt.

«Du bist nun mal nicht ihre Tochter, Charlotte, du bist nur ihre Untermieterin.»

«Sag mal, auf wessen Seite stehst du eigentlich?»

Da schaute Chloe mich mißbilligend an. «Auf Grace' Seite. Aber es bringt nichts, wenn wir uns mit Anne anlegen.»

«Seit wann spricht denn aus dir die Stimme der Vernunft?» Ich ließ mich auf einen Plastikstuhl fallen und stützte die Ellenbogen auf die Knie. Chloe setzte sich ebenfalls, und als wir Grace ansahen, merkten wir, daß sie uns während meiner ganzen Schimpftirade beobachtet hatte. Zum ersten Mal seit dem Schlaganfall schien sie wieder ganz bei sich zu sein.

Ich sagte: «Hallo, Grace.»

Sie schaute auf ihre Hände hinab, die ausgebreitet auf der Decke lagen, und nannte ihren Namen: «Grace.» Sie sprach undeutlich, aber wir konnten das Wort verstehen. Es war, als hätte sie eine seltene Muschel am Strand gefunden.

«Du hast einen Schlaganfall gehabt, Grace», sagte ich. «Dein Sprachzentrum ist betroffen, aber mit einiger Übung wird es wieder besser werden.»

Sie murmelte etwas, hob die linke Hand an die Lippen und kniff sich hinein.

«Das war Anne, Grace», sagte Chloe.

Speichel hinderte sie einen Augenblick am Sprechen. «Wer seid ihr?» fragte sie dann. Ihr Mundwinkel zog jedes Wort wie eine Krücke hinter sich her.

«Weißt du nicht mehr, Grace?» flüsterte Chloe. «Ich bin Chloe, deine Untermieterin.»

Ein Krankenpfleger kam herein und zog das andere Bett ab. Grace beobachtete ihn, und als er hinausging, wandte sie sich wieder uns zu. Sie wischte sich den Speichel vom Kinn. Chloe hielt sich die Hand vor den Mund.

«Grace», sagte ich, «weißt du, wer wir sind?»

«Mein Arm funktioniert nicht.» Jedes Wort kostete sie Mühe. Es war, wie wenn man den letzten Rest Zahnpasta aus der Tube drückt.

«Du hast einen Schlaganfall gehabt. Die eine Körperhälfte ist betroffen», erklärte ich. «Erinnerst du dich an mich, Grace? Oder daran, wo du wohnst?»

«Nein», antwortete sie ohne größere Gemütsbewegung. Und dann: «Ich hab Hunger.»

«Ich hol dir was», sagte Chloe und rannte fast gegen den Türrahmen.

«Mach dir keine Sorgen, Grace, wir kümmern uns um dich.»

«Ich mach mir gar keine Sorgen.»

«Es wird jeden Tag besser werden. Ich...»

Da kam Anne ins Zimmer, zusammen mit der Ärztin. Ich schaute auf die Uhr – eine kleinliche Geste, aber es hatte doch eine Viertelstunde gedauert.

«Grace hat was gesagt. Nicht wahr, Grace?» sagte ich.

Sie nickte.

«Wie fühlst du dich, Mutter?» fragte Anne.

Grace sah sie an und blinzelte, als würde sie in weite Ferne schauen. «Ich kenne Sie nicht.»

«Grace, ich bin Doktor Aktar. Wissen Sie, wo Sie sind?»

«Im Krankenhaus.»

«Genau. Sie hatten einen Schlaganfall. Es wird eine Weile dauern, bis Ihre Motorik wieder normal arbeitet. Deswegen haben Sie auch Probleme beim Sprechen. Aber machen Sie sich mal keine Sorgen. Haben Sie irgendeinen Wunsch?»

«Ich hab Hunger.»

«Chloe holt gerade was», sagte ich.

«Ich werde ein Tablett bestellen, das die Schwester Ihnen dann bringt. Kein Essen von außerhalb. Wenn Sie mich sprechen wollen, jederzeit – sagen Sie's nur der Schwester, ja?»

Grace nickte. Die Ärztin legte Anne die Hand auf den Rükken und führte sie auf den Flur hinaus. Ich folgte ihnen. «Sie erinnert sich an nichts», sagte ich.

Dr. Aktar drehte sich um und sagte mit gedämpfter Stimme: «Daß sie wieder sprechen kann, in welcher Form auch immer, ist auf jeden Fall ein gutes Zeichen. Mit einiger Übung wird, wie gesagt, auch ihre Motorik wieder funktionieren. Außerdem bekommt sie Medikamente, die das Risiko weiterer Schlaganfälle, hoffe ich, verringern. Was mir allerdings Sorgen macht, ist der Gedächtnisverlust. Hatte sie schon vorher Gedächtnisstörungen?»

«Nein, nie», antwortete Anne.

«Naja», sagte ich, «so ganz stimmt das nicht.»

Anne sah mich mit einem Ausdruck tiefen Mißtrauens an. «Wie bitte?»

«Es kommt schon hin und wieder vor, daß sie etwas vergißt.»

«Und warum erfahre ich das erst jetzt?»

«Chloe und ich, wir haben darüber gesprochen. Wir kennen sie ja noch nicht so lange und wußten nicht, ob das bei ihr schon vorher so war. Meistens waren es auch nur Kleinigkeiten, Dinge, die jeder mal vergißt. Aber einmal hat sie Pinkys Namen vergessen, und ein andermal, als ich schon ein paar Wochen bei ihr gewohnt habe, hat sie mich gefragt, wer ich bin. Das klingt komisch, ich weiß, aber es war nicht komischer als andere Sachen, die sie macht.»

«Zum Beispiel?» fragte die Ärztin.

«Sie führt Selbstgespräche.»

«Ihr Gedächtnis kann durchaus wiederkommen», meinte die Ärztin. «Es war ein ziemlich schweres Trauma.»

«Und was soll ich jetzt tun?» fragte Anne.

«Wir behalten sie eine Weile hier und fangen ein Rehabilitationstraining mit ihr an, dann können Sie sie mit nach Hause nehmen.»

«Ich wohne in Florida», sagte Anne ausdruckslos. «Ich muß ein Heim für sie suchen.» Sie legte den Finger an ihr Ohrläppchen.

«Sie ist hier zu Hause», sagte ich leise.

«Wie bitte?» fragte Anne, wütend über meine neuerliche Einmischung.

«Grace ist hier zu Hause. Sie fühlt sich hier wohl.»

Anne seufzte. «Sie weiß doch gar nicht, wo sie ist.» Sie ging ins Zimmer zurück, als wären die Ärztin und ich plötzlich überflüssig geworden.

«Wie können wir ihr helfen?» fragte ich.

«Der Mutter oder der Tochter?» flüsterte die Ärztin.

«Grace.»

«Wegen ihres Gedächtnisses?» Ich nickte.

«Lassen Sie ihr Zeit.»

«Aber sie hat keine Zeit. Ganz unter uns, Frau Doktor: Grace versteht sich nicht mit ihrer Tochter. Und sie liebt ihr Leben hier.»

«Es tut mir leid», sagte die Ärztin, «aber als ihre nächste Verwandte hat ihre Tochter zu entscheiden. Sie könnten Grace ein paar vertraute Gegenstände zeigen, Fotos zum Beispiel. Aber da sie nicht einmal ihre eigene Tochter erkennt, wird es wohl einige Zeit dauern.»

«Danke.» Etwas anderes wußte ich nicht zu sagen. Während die Ärztin der Schwester Anweisungen zu Grace' Ernährung erteilte, wartete ich im Flur. Kurz darauf kam ein Pfleger mit einem Tablett, gefolgt von Chloe mit einer Tüte Brownies.

«Die darf sie nicht essen, Chloe», sagte ich.

«Die sind ja auch für mich», gab sie schnippisch zurück.

Es dauerte eine Weile, bis wir Grace zum Sitzen aufgerichtet und das Tablett vor sie hingestellt hatten. Anne und Chloe nahmen Platz und schauten ihr beim Essen zu.

«Grace», sagte ich, «ich muß jetzt zur Arbeit.» Sie lächelte ein einseitiges Lächeln. «In der Mittagspause komm ich wieder, ja?» Sie schob sich eine Bananenscheibe in den Mund.

«Gehen Sie nur», sagte Anne, «und danke für alles.»

Ich dachte daran, Chloe mit auf den Flur hinauszuziehen und ihr zu erzählen, was Anne gesagt hatte, aber das wäre zu auffällig gewesen, und Chloe hätte sich nur aufgeregt. Wir hatten ja noch ein paar Tage Zeit.

«Ich komm bald wieder», sagte ich.

Im Hinausgehen hörte ich noch, wie Anne zu Chloe sagte: «Ich muß ein paar Anrufe erledigen.»

Einen verrückten Moment lang dachte ich daran, alle Telefonverbindungen zur Stadt zu kappen.

Ich kam in denselben Kleidern am Grabungsort an, in denen ich zwei Abende zuvor von dort weggegangen war. An diesem Tag arbeitete ich ganz mechanisch; in Gedanken war ich bei Grace. Am Abend des Schlaganfalls hatte ich Michael angerufen, um ihm zu sagen, was passiert war und daß ich am nächsten Tag später oder gar nicht kommen würde. Jetzt berührte er nur meinen Arm und sagte: «Schön, daß du wieder da bist.» Dann berichtete er, daß der Fingerhut und die North-Devon-Scherbe, die wir gefunden hatten, beide aus der Mitte des siebzehnten Jahrhunderts stammten. Wir vermuteten, daß unsere beiden Toten irgendwann zwischen 1623 und 1671 bestattet worden waren, in der Zeit, als der Friedhof ummauert worden war – eher früher als später, da die Gräber zu diesem Zeitpunkt bereits in Vergessenheit geraten waren.

Das erste Skelett war inzwischen vollständig freigelegt. Die Arme waren abgewinkelt, die Hände über der Brust gekreuzt. Auch hier zeigten sich Anzeichen des Paget-Syndroms: Die Knochen waren verkrümmt. Der Schädel ruhte auf dem Hinterhauptbein und schaute nach oben. Der Unterkiefer hing herab und war völlig zahnlos, im Oberkiefer steckten noch drei Backenzähne. Es war jedoch möglich, daß sich einige Zähne gelöst hatten, in die Hirnschale gefallen und jetzt in der Erde verborgen waren, die den Schädel ausfüllte. Der Schädel selbst wirkte äußerst zerbrechlich, die Scheitelbeine schienen mit dem Alter dünner geworden. Der staatliche Archäologe empfahl deshalb, den Schädel mitsamt seiner Füllung zu bergen, die sich im Labor leichter entfernen ließ. Über den Brust- und Halswirbeln wurden im Abstand von ungefähr zwölf Zentimetern vier Kleiderschließen aus Messingdraht gefunden. Michael fotografierte sie in situ und steckte sie dann zur späteren Klassifizierung in einen Plastikbeutel. Die Ergebnisse der Laboruntersuchung würden uns weit mehr sagen, als wir im Feld erkennen konnten. Die Bodenproben, die wir entnommen hatten, konnten verschiedene Pollen- und Larvenarten enthalten, die uns über die Jahreszeit der Bestattung Aufschluß geben würden.

Als das erste Skelett freigelegt war, sah man sofort, daß das zweite Grab, obwohl in nächster Nähe, sich an keiner Stelle mit dem ersten überschnitt. Das sprach dafür, daß entweder beide Bestattungen gleichzeitig erfolgt waren oder daß man zum Zeitpunkt der zweiten um die erste gewußt hatte. Wir beschlossen, das erste Skelett während der Freilegung des zweiten an Ort und Stelle zu lassen, um etwaige Bezüge zwischen beiden besser erkennen zu können. Während Michael und ich Mittagspause machten, begann der staatliche Archäologe mit einer maßstabsgetreuen Zeichnung, die das Skelett in einem dreidimensionalen Kontext zeigen sollte.

Obwohl ich die letzten Nächte mit häufigen Unterbrechungen und in unbequemer Haltung im Krankenhaus geschlafen und den Vormittag bäuchlings auf einer fünfzig Zentimeter breiten Bohle verbracht hatte, fühlte ich mich auf dem Weg zur *Rosinante* plötzlich von neuer Energie durchströmt. Ich packte ein paar persönliche Gegenstände von Grace in einen Karton: Fotos von Sweet George, Kleidung und einen Parfümflakon von ihrer Frisierkommode. Middens Miauen steigerte sich fast zum Schreien, und so fütterte ich sie und Pinky noch rasch. Ich überlegte, ob ich Pinky ebenfalls in den Karton setzen sollte, aber man hätte mich wohl nicht mit ihm ins Krankenhaus gelassen.

Als ich Grace' Zimmer betrat, war sie gerade beim Mittagessen.

«Die anderen beiden», sagte sie, «sind in der Cafeteria unten.» Es war erstaunlich, wieviel deutlicher sie jetzt sprach, und in ihren Mundwinkeln schien sich längst nicht mehr soviel Spucke zu sammeln.

«Wie fühlst du dich?» fragte ich.

«So, als müßte ich eigentlich woanders sein.»

«Ich hab dir ein paar Sachen mitgebracht.» Ich stellte den Karton auf den Bettrand. Sie aß ausschließlich mit ihrer gesunden Hand, aber ich sah, daß der andere Arm nicht mehr an der Seite, sondern auf ihrem Bauch lag. «Kannst du den Arm bewegen?» fragte ich.

«Ja.» Kraftlos verlagerte sie ihn um ein paar Millimeter.

«Toll!»

«Das ist gar nichts.»

«Aber du kannst dich immer noch nicht an uns erinnern?»

«Ich hab euch schon mal gesehen.» Ich wußte nicht, ob sich das auf heute morgen oder auf die Zeit vor vier Monaten bezog.

Ich nahm eine Bluse aus dem Karton und zeigte sie ihr. «Das ist deine Lieblingsbluse.»

Sie betrachtete sie und sagte: «Sehr hübsch. Die Farbe gefällt mir.»

Ich gab ihr den Parfümflakon. «Das gehört auch dir.»

Sie hielt sich den geöffneten Flakon unter die Nase und verzog die gesunde Gesichtshälfte. «Riecht ja ekelhaft.»

«Du hast es noch nie leiden können. Die Flasche ist auch noch ganz voll, siehst du? Hier sind ein paar Fotos. Das da sind wir drei auf dem Schiff, du, Chloe und ich.» Ich hielt das Bild hoch, damit sie es besser sehen konnte.

«Auf welchem Schiff?»

«Auf deinem, Grace», sagte ich etwas unwillig.

«Entschuldige.»

Ich hätte sie am liebsten an den Schultern gepackt und durchgeschüttelt und ihr gesagt, daß sie ihr Leben zerstörte, wenn sie sich nicht erinnerte, aber das wäre auch nicht das richtige gewesen. Es konnte ja sein, daß sie ihr Gedächtnis nie mehr wiedererlangte, und dann war es nicht fair, wenn ich sie gegen Anne einnahm. Vielleicht bot sich hier eine letzte Chance für die beiden, Mutter und Tochter.

«Erkennst du den?» fragte ich und hielt das Foto von Sweet George hoch.

«Ist das mein Mann?»

«Ja!» rief ich. «Ja! Erinnerst du dich?»

Sie schüttelte traurig den Kopf, mehr meinetwegen als um ihrer selbst willen. «Ich hab nur geraten. Wenn ich eine Tochter habe, muß ich ja auch einen Mann haben. Warum kommt er mich nicht besuchen?»

«Ach, Grace.» Die Augen liefen mir über. «Es tut mir leid, aber er ist vor vier Jahren gestorben.» Sie neigte den Kopf zur Seite, so als könnte sie nicht begreifen, warum mir die Stimme versagte.

Ich war mit schmutzigen Händen und Knien ins Krankenhaus gekommen, mit einem Karton, den ich voll Liebe, Hoffnung und Erinnerung glaubte, und ich ging mit demselben Karton wieder fort, einem Sammelsurium von Flohmarktkram.

Als ich am Nachmittag, die Hände in den Hosentaschen, wieder zur Grabung ging, fühlte ich mich wie erstarrt. Ich wußte nicht, was ich anderes hätte tun sollen als Grace Zeit zu lassen und mich selbst zu beschäftigen. Es erschien mir seltsam, daß sie gleichzeitig starb und atmete, daß etwas scheinbar so Gewaltiges und Unzerstörbares wie Sweet George spurlos verschwunden war und so vergessen wie die Gräber, die wir freilegten. Ich war zu diesem Zeitpunkt eher verwirrt als bekümmert. Vielleicht war es eine Art Selbstschutz, der es meinem Körper und der einen Hälfte meines Gehirns ermöglichte zu funktionieren, während die andere wie betäubt war, unfähig zu begreifen. Am meisten irritierte mich, daß Grace so unbeschwert schien. Ich war mir gar nicht sicher, ob ich ihr überhaupt dabei helfen sollte, ihr Gedächtnis wiederzuerlangen, sowenig, wie ich versuchen würde, einen Menschen eines

Besseren zu belehren, der an ein Leben nach dem Tode glaubt und dabei glücklich ist. Rationale Argumente bleiben entweder wirkungslos, oder sie untergraben einen insgesamt wohltuenden Zustand der Zufriedenheit. Solange andere mich nicht mit Gewalt auf ihre Seite ziehen wollen, lasse ich sie auch meinerseits in Ruhe. Dennoch sträubte sich jede Faser in mir dagegen, Grace ihrem vergangenheitslosen Zustand zu überlassen. Es kam mir vor, als sei sie nur verschüttet und könne gefunden und ausgegraben werden. Vielleicht war ich auch deshalb so durcheinander, weil ich eines wußte: Wenn Grace Sweet George vergessen konnte, dann konnte ich selbst eines Tages auch Jonah vergessen, genauso leicht, genauso vollständig.

«Sachte», sagte Michael, «da ist ein Mensch drunter.»

Ich hatte wohl etwas zu nachdrücklich von meiner Kelle Gebrauch gemacht. «Sorry», sagte ich.

«Möchtest du sonst noch was sagen?»

«Nein.»

Bald tauchten Knochen auf, fast so, als hätten sie unter Wasser gelegen und stiegen nun langsam an die Oberfläche. Auch das zweite Skelett schien ausgestreckt in seinem Grab zu liegen. Ich hatte an der Stelle angefangen, wo ich eine Woche zuvor auf den Schädel gestoßen war, Michael arbeitete am anderen Ende des Grabes. Die Knochen, die wir freilegten, waren in einem pathologisch weit besseren Zustand als die der alten Frau. Es gab keinerlei Anzeichen einer degenerativen Knochenerkrankung. Der Verknöcherungsgrad der Schädelnähte und auch die Epiphysen mehrerer Oberkörperknochen deuteten auf ein eher junges Individuum hin. Das war nichts Ungewöhnliches. Die meisten Gräber, die wir in Kentucky ausgegraben hatten, waren Gräber von Kindern und jungen Erwachsenen gewesen. Die Lebenserwartung war nicht immer so hoch wie heute. Viel Zeit brachte ich damit zu, mit einem kleinen Bambusstück und einem Pinsel die Zähne zu reinigen. Die dritten Backenzähne schienen zum Zeitpunkt des Todes gerade am Durchbrechen gewesen zu sein, was auf ein Alter zwischen fünfzehn und einundzwanzig Jahren schließen ließ. Ich arbeitete so lange an Schädel und Zähnen, daß Michael genug Zeit hatte, die Erdmassen vom unteren Teil des Skeletts abzutragen. Er war es, der den Fötus entdeckte.

Seine ersten Worte waren ein leises «Mein Gott».

Ich schaute auf.

«Oh», machte ich. Meine gespreizten Finger hatten Mühe, mein Gewicht zu halten.

Michael stemmte sich hoch. «Darauf war ich nicht gefaßt», sagte er.

Ein winziger weißer Schädel von der Größe meiner Faust und ein bleicher Oberarmknochen lagen im Sonnenlicht. Ich stieg aus dem Grab und stellte mich an den Rand.

«Was ist?» Michael sah fragend zu mir auf.

Ich starrte ihn an. Die anderen schauten abwechselnd ihn und mich an. «Schon gut, Charlotte. Wahrscheinlich ist sie bei der Geburt gestorben.»

«Das ist mir klar.»

«Okay.»

«Ich muß einen Schluck Wasser trinken», murmelte ich. Ich drehte mich um, schob mich zwischen den Helfern durch wie durch Gebüsch an einem Küstenstreifen und verschwand landeinwärts.

Michael und der staatliche Archäologe setzten die Ausgrabung fort. Nach Stunden penibler Kleinarbeit zwischen den kleinen Knochen war der Fötus freigelegt, noch zusammengerollt in der Bauchhöhle seiner Mutter. Ich schaute in die Grube hinab und verlor mich in den zerbrechlichen Spänen der Rippen, den zarten, noch nicht verknöcherten Epiphysen, den vogelhaften Röhrenknochen. Der Leib im Leib bildete einen Winkel von hundertachtzig Grad. Der kleine, unter hohem Druck konisch verformte Schädel lag am Beckenausgang, der offenbar zu eng gewesen war, so daß es kein Entkommen gab. Ein solcher Tod erschien mir als der traurigste von allen, ein zweifaches Sterben, ein unfaßlicher Verlust.

Gemessen an der Entdeckung des Babys waren die Artefakte in dem zweiten Grab unbedeutend: ein Knopf mit einem Muster, das an Ort und Stelle nicht zu identifizieren war, eine zierliche Spange aus Kupferlegierung und weitere Kleiderschließen aus Messingdraht.

Es dauerte den Nachmittag und noch den ganzen nächsten Tag, die drei Skelette für das abschließende Fotografieren vorzubereiten. Einen weiteren Tag brauchten wir, die Knochen für die Übergabe an die Universität zu bergen, zu beschriften und zu verpacken.

Später entschuldigte ich mich bei Michael, weil ich mich von der Grabung zurückgezogen hatte.

«Schon gut», sagte er.

«Ich weiß auch nicht, was mit mir los war», log ich und versuchte enttäuscht zu klingen. Doch dann sagte ich die Wahrheit: «Aber als ich gesehen habe, was wir da freilegen, hat mich plötzlich so die Reue gepackt, daß mir fast schlecht geworden ist. Irgendwie hab ich mich verantwortlich gefühlt.»

«Aber warum denn, Charlotte?»

«Weil mir etwas klargeworden ist, was ich nie mehr vergessen werde. Weil es ihr Geheimnis war, ihr Kummer, nicht unserer.»

Abends und in den Mittagspausen ging ich ins Krankenhaus. Grace hatte bereits mit ihrer Physiotherapie begonnen und bewegte sich zwischen Chloe und Anne mit einem Gehgestell durchs Zimmer. Ich saß stundenlang mit Chloe in der Eingangshalle und der Cafeteria des Krankenhauses.

«Sie fehlt mir», sagte ich.

«Aber weißt du was, Charlotte? Sie ist netter als früher. Sie regt sich nicht mehr auf, und ihren Humor hat sie auch behalten. Heute kam der Pfleger rein, und als er wieder draußen war, hat sie gesagt: ‹Einen schönen Gürtel hatte der. Schön, so ein bißchen Leder um eine Männertaille.› Und zu Anne hat sie gesagt, ihre Fingernägel seien zu lang.»

«Trotzdem – sie ist einfach nicht mehr sie selbst, Chloe. Sie hat kein Gedächtnis mehr.»

«Das scheint sie aber nicht weiter zu stören.»

«Das sollte es aber», sagte ich gepreßt. «Mich stört's jedenfalls. Dich nicht?»

«Doch, natürlich, vor allem weil wir sie jetzt wohl für immer verlieren.» Sie senkte den Blick. «Anne hängt fast den ganzen Tag am Telefon. Sie regelt den ganzen Papierkram.»

«Welchen Papierkram?»

«Na, du weißt schon, wenn Eltern senil werden, bestimmen doch die Kinder über ihr Geld und alles. Anne nimmt Grace mit nach Florida.»

«Ich finde, wir müssen was dagegen tun.»

«Klar, aber was?»

«Was glaubst du, wie Grace sich fühlt, wenn sie in einem Irrenhaus in Florida ihr Gedächtnis wiedererlangt? Dann hat Anne ihr Scheckbuch und die komplette Verfügungsgewalt über sie.»

«Stocksauer wird sie sein. Und mir die Schuld geben.»

«Also, gut. Wir müssen ihr Gedächtnis aufrütteln, und das geht nur, wenn wir sie auf die *Rosinante* zurückbringen.»

«Da wird Anne aber was dagegen haben. Sie wundert sich sowieso schon, daß Grace noch nicht über Bord gefallen ist.»

«Wir fragen sie gar nicht erst um Erlaubnis.»

«Sie fliegt morgen nach Florida zurück und bleibt zwei Tage dort.»

«Und Grace?»

«Grace bleibt hier, und wenn Anne wieder da ist, kommt sie für ein paar Wochen in so eine Art Rehabilitationszentrum in Dover.»

«Und danach soll sie nach Florida?»

«Ja. Sie wär schon früher hin, aber in dem Heim wird erst nächsten Monat ein Platz frei.»

«Okay.»
«Was, okay?»
«Ich überlege gerade.»
«Ach so.»
«Wir brauchen einen Rollstuhl.»
«Kein Problem, hier wimmelt's ja von Rollstühlen.»
«Morgen abend, wenn sie gegessen hat, schmuggeln wir sie raus und bringen sie nach Hause. Übermorgen früh können wir sie dann wieder zurückbringen.»
«Da kriegen wir garantiert Probleme», sagte Chloe.
«Ich weiß, aber im Moment vertrauen sie uns noch. Warum sollen wir das nicht ausnützen?»
«Grace hätte bestimmt nichts dagegen. Aber, Charlotte, ich hab mir überlegt: Was ist, wenn es gar nicht der Schlaganfall ist? Wenn es psychisch ist? Was ist, wenn sie sich gar nicht erinnern will?»
Ich gab keine Antwort, aber ich dachte fast ingrimmig, daß Grace nicht das Recht hatte, sich an nichts zu erinnern, daß sie dem Rest der Welt gegenüber im Grunde nur noch eine einzige Verantwortung hatte: nicht zu vergessen.
Am nächsten Morgen hatte ich vor meinem zweiten Anwaltstermin noch eine Stunde Zeit. Ich ging zur Grabung und schaute zu, wie das Gelände mit schwerem Gerät verfüllt wurde. Nur Michael war da, die anderen hatten den Tag frei. Nächste Woche wollten wir mit dem Reinigen, Zählen und Beschriften der gefundenen Artefakte anfangen. Auf zwei Wochen Feldarbeit folgen gewöhnlich zwei Monate Laborarbeit. Die menschlichen Überreste würden wir zwar nicht selbst bearbeiten, aber Michael erwartete in Kürze die osteologischen Befunde der Universität, und in den städtischen Archiven wurde noch nach Hinweisen auf die Identität der Toten geforscht. Viel Hoffnung hatte ich allerdings nicht. Wenn sie schon in ihrem eigenen Jahrhundert in Vergessenheit geraten waren, dann würde man sie drei Jahrhunderte später kaum wieder zum Leben erwecken können.

«Den Teil hab ich noch nie gemocht», sagte ich zu Michael.

«Das Verfüllen?»

«Ja. Ich würde am liebsten immer weiter graben.»

«Ich nicht. Das nächste halbe Jahr werde ich die ganze Schreibarbeit zu unserer Grabung machen. Da kommen wahrscheinlich zwei Druckseiten auf einen Eimer Erde. Jedesmal, wenn du deine Kelle abstreifst, muß ich einen Satz schreiben. Der Staat will einen Bericht, die Stadt will einen Bericht, Strawberry Banke will einen Bericht...»

«Aber die ganze Arbeit ist umsonst, wenn du nicht veröffentlichst», sagte ich. «Das wär so, als ob wir die Skelette nie gefunden hätten.»

«Ich weiß», seufzte er. «Ach, wär das schön, wenn alle Menschen vernetzt wären und automatisch miteinander kommunizieren würden: Was ich sehe, sehen auch alle anderen, was ich verstehe, verstehen auch alle anderen.»

«Ja, das wär praktisch, aber dann wär das Leben ziemlich langweilig.»

«Ist ja auch nur ein Traum», sagte er. «Wenn ich nicht alles aufschreiben würde, dann würde ich's nicht nur vergessen, ich würde auch vieles übersehen. Wenn man alles, was man an Information hat, in eine logische Ordnung bringt, dann kommt man zu Erkenntnissen, die im Feld nicht möglich sind. Wenn ich einen Satz anfange, weiß ich noch nicht, wohin er mich führen wird, aber irgendwo lande ich immer. Also geh ich in mein Büro, setz mich hin und warte, was passiert. Das Irgendwo, bei dem ich dann lande, ist manchmal wieder eine neue Frage. Und bei dieser Grabung stehen am Ende, glaube ich, mehr Fragen als am Anfang. Die hat mich ganz fertiggemacht.»

«Du nimmst es zu persönlich.»

«Persönlich?» Er sah mich an. «Wie soll ich die Dinge sonst nehmen?»

Er hatte recht. Wenn ein Käfer über die Wand krabbelt, denke ich normalerweise auch, es hat etwas mit mir zu tun. Es war jetzt drei Tage her, daß wir die junge Frau und ihren Fötus freigelegt hatten, aber ich brachte es nicht fertig, Chloe von unserem Fund zu erzählen. Mit einer Schwangeren wollte ich nicht unbedingt über solche Dinge reden. Ich hatte so viel Erde an den Fingern, daß ich sie gar nicht mehr als Schmutz wahrnahm. Ich nahm sie nicht persönlich genug. Jedenfalls vorerst nicht.

Mein Anwalt trat hinter mir in sein Büro und rückte einen Stuhl für mich zurecht.

«Nehmen Sie Platz, Charlotte.» Ich setzte mich in einen großen roten Lederlehnstuhl, in dem Grace, Chloe und ich bequem zu dritt Platz gehabt hätten. Ich rutschte über die glatte Sitzfläche, bis ich an der Armlehne festen Halt fand. Meine Finger ertasteten eine Reihe großer, facettierter Polsternägel. Malcolm Laury hatte meinen Fall zwar nicht direkt mit Mißtrauen, aber mit einiger Zurückhaltung übernommen, doch jetzt war er Feuer und Flamme.

«Ja, also», sagte er, «das ist alles sehr merkwürdig. Ich hatte ein Gespräch mit dem Anwalt Ihrer Schwiegereltern. Ich muß sagen, ihr Standpunkt erstaunt mich. Nach längerer Beratung habe ich Ihr Angebot unterbreitet, aber obwohl Sie jede nur mögliche finanzielle Entschädigung anbieten...»

«Es ist keine Entschädigung», unterbrach ich ihn. «Ich gebe keinerlei Schuld zu.»

«Natürlich nicht.» Er seufzte. «Also, sie sagen, sie sind nicht an einem Vergleich interessiert. Es ist absurd. Man bietet ihnen alles an, was Sie haben, mehr als sie vor Gericht je erreichen können, und trotzdem... Ich versteh das nicht.»

«Gut», sagte ich, «dann sagen Sie ihnen folgendes.»

Ich rutschte in meinem Lehnstuhl nach vorn. «Wenn ich vor Gericht muß, dann werde ich mich nicht verteidigen. Sagen Sie ihnen, ich werde kein Wort sagen. Sagen Sie ihnen, wenn ich in den Zeugenstand muß, dann verweigere ich die Aussage. Sagen Sie ihnen, wenn sie so weitermachen, dann werden sie von mir nie wieder ein Wort über Jonah hören.»

«Ist das Ihr Ernst?» fragte er etwas perplex. Wahrscheinlich waren Verfahren wegen Geschwindigkeitsüberschreitung die schwierigsten Fälle, die er bisher bearbeitet hatte.

«Kann ich das machen?» fragte ich ein wenig ängstlich.

«Ja, sicher. Sie müssen sich ja nicht selbst beschuldigen.»

«Ich glaube, Sie verstehen nicht.» Ich hob die Stimme. «Ich habe nichts verbrochen. Ich gebe keine Schuld zu. Und ich weigere mich, überhaupt darüber zu diskutieren. Sie können alles haben, was ich besitze, nur meine Vergangenheit nicht.»

«Das wird nicht nötig sein», begann er. «Ich muß sagen, ich bin verblüfft. Offen gestanden, geht es in fast allen meinen Fällen darum, daß jemand Geld sparen oder zum Ausgleich für erlittenes Unrecht Geld bekommen will. Normalerweise komme ich nicht in die Lage, einem Gegenanwalt zu sagen, daß seine Mandanten alles haben können, was mein Mandant besitzt.» Man sah ihm an, daß er verwirrt war.

«Sehen Sie», sagte ich, «es geht bei der ganzen Sache nicht um Geld. Es geht um Macht. Das ist es, was sie wollen. Sie wollen das oberste Zahnrad auf einer ganzen Zahnradpyramide sein: Wenn sie sich bewegen, bewegt sich alles andere unter ihnen auch. Das gibt ihnen ein Gefühl der Sicherheit.»

«Nun, ihre Reaktion dürfte jedenfalls interessant werden. Sie müssen allerdings auch die Möglichkeit in Betracht ziehen, daß es ihnen nicht um Macht geht, genauso wie ich die Möglichkeit in Betracht ziehen muß, daß es ihnen nicht um Geld geht, was mir als Anwalt wahrhaftig nicht leicht fällt. Wenn es ihnen also nicht um Macht geht und auch nicht um Geld, dann geht es ihnen um Rache.»

Wir tauschten ein halbes Lächeln und suchten dann nach anderen Dingen in dem Raum, auf die wir unseren Blick richten konnten. Mein Finger löste sich vom letzten Polsternagel der Armlehne, und ich stand auf.

«In ein paar Tagen wieder?»

«Gut.» Er gab mir die Hand. «Und, Charlotte», setzte er hinzu, «wenn Sie nächstes Mal kommen, wird bei meiner Sekretärin eine bescheidene Rechnung für Sie bereitliegen.» Er lächelte.

«Geld spielt für mich keine Rolle», sagte ich so würdevoll wie möglich. «Präsentieren Sie mir nur Ihre bescheidene Rechnung.»

«Sie sind eine schreckliche Frau.»

Ich war eine nervöse Frau. Nichts läßt sich leichter heucheln als Entschlossenheit: Geh rechtschaffen voran, runzle konstant die Brauen, maße dir die Verfügung über unbelebte Objekte an, geh grob mit ihnen um, ignoriere den skeptischen Betrachter, schau stur und zielstrebig geradeaus. Ich schob einen widerspenstigen Rollstuhl über die spiegelglatten Fliesen der Eingangshalle und bog in einen Fahrstuhl ein, in dem ich, nachdem sich die Tür geschlossen hatte, endlich frei atmen konnte. «Okay», sagte ich, «du hast einen Rollstuhl gestohlen. Viel schwieriger kann's nicht sein, einen Menschen zu stehlen.» Als die Tür wieder aufglitt, rollte ich hinaus und marschierte durch den Flur zu Grace' Zimmer. Die Tür stand offen. Ich brauchte Grace nicht zu stehlen – sie war frei.

Sie saß, von Chloe gestützt, in Hausschuhen und Morgenrock auf der Bettkante.

«So, Grace», sagte Chloe, «jetzt machen wir eine kleine Spazierfahrt.»

«Red nicht so mit ihr», sagte ich.

«Wie denn?» fragte Grace. Wir halfen ihr in den Rollstuhl. «Wartet», sagte sie, «mein Tennisball.»

«Okay.» Chloe gab ihr einen neuen Tennisball, legte ihn in die kranke Hand. Grace umschloß ihn fast ohne Mühe.

«Toll, Grace», beglückwünschte ich sie, und sie sah lächelnd zu mir auf.

«Hab auch den ganzen Tag geübt.»

«Gibt's inzwischen irgendwas, an das du dich erinnerst?»

«Nein, nichts», erwiderte sie vergnügt. «Nicht die Bohne, kein blasser Schimmer, Fehlanzeige.» Sie kicherte.

Als wir sie durch den Flur schoben, beugte Chloe sich zu mir herüber und flüsterte: «Sie ist noch drin, ja?»

«Bestimmt hämmert sie gegen die Wände.»

Das Stationszimmer lag zum Glück in entgegengesetzter Richtung, und wir kamen auf dem Weg zum Fahrstuhl nur an einem Monteur vorbei, der jedoch gerade in einen Wandschrank schaute.

«Aha, wir fahren mal wieder Aufzug», sagte Grace und schwenkte lässig die Hand.

Wir stiegen im Erdgeschoß aus, doch statt das Gebäude durch den Haupteingang zu verlassen, wo ein Pförtner saß, durchquerten wir die Cafeteria und benutzten eine Tür direkt neben dem Speisesaal, die auf eine Laderampe hinausführte. Mein Auto stand hinter dem Müllcontainer.

«Hier stinkt's», sagte Grace.

Chloe schob den Rollstuhl mühsam über den rauhen Asphalt und auf den Gehsteig.

«Mach die Tür auf, Charlotte», sagte sie. «Beeil dich!»

«Wieso haben wir's denn so eilig?» wollte Grace wissen.

«Steig schon ein, Grace», versetzte Chloe, packte sie unter den Achseln und riß sie förmlich aus dem Stuhl. Ich schob ihn aus dem Weg, und mit vereinten Kräften machten wir es Grace im Auto bequem. Chloe und ich schlossen die Tür und klappten den Rollstuhl, den wir ja mitnehmen mußten, zusammen. Als wir ihn in den Kofferraum hoben, rief Grace nach uns. Ich schlug die Klappe zu, sah mich mit einer ruckartigen Kopfbewegung um, ob uns jemand beobachtete, und warf mich in den Fahrersitz.

«Ich bin nicht angeschnallt!» rief Grace.

«Das ist doch jetzt egal», sagte Chloe.

«Aber das ist gefährlich», beharrte Grace und hielt die Schnalle des Sicherheitsgurtes hoch.

«Du lieber Himmel», japste Chloe und zwängte sich zwischen den Vordersitzen durch. Sie riß Grace den Gurt aus der Hand und ließ ihn endlich einschnappen. Ich fuhr bereits.

«Zum Frühstück müssen wir aber wieder hier sein», sagte Grace ein wenig ängstlich. «Das kommt um sieben.»

«Bis dahin sind wir längst wieder da», versicherte Chloe. «Außerdem gibt's erst um halb acht Frühstück.»

«Ich will's aber nicht verpassen.»

«Grace», sagte ich, «wenn wir's verpassen, frühstücken wir woanders.»

«Ja, aber ...» Sie verstummte und wandte unschlüssig den Blick ab.

«Wir bringen dich nach Hause, Grace», sagte ich. «Vielleicht kannst du dich dann wieder erinnern. Möchtest du denn nicht nach Hause?»

«Ich bin in der Klinik zu Hause.»

«Nein, Grace», beharrte ich, «nein, das bist du nicht. Wir bringen dich nach Hause. In der Klinik sind nur kranke Leute.»

«Aber ich bin doch krank.»

«Okay, okay. Dann übernachtest du eben nur woanders.»

«Um sieben gibt's Frühstück.»

«Okay.»

Chloe saß auf dem Rücksitz in die Ecke gelehnt und kaute an ihren Fingern. Ich fing im Rückspiegel ihren Blick auf, und sie formte mit den Lippen das Wort «Fehlanzeige». Ich sah sie böse an und fuhr weiter.

Als wir uns dem Prescott-Park und der *Rosinante* näherten, beobachtete ich Grace' Gesicht so genau wie möglich und forschte nach Zeichen des Wiedererkennens. Sie schien sich jedoch nicht besonders für ihre Umgebung zu interessieren und wirkte fast besorgt. Als ich in den Parkplatz am *Smarmy Snail* einbog und direkt unterhalb der Memorial Bridge hielt, fragte sie: «Sind wir da?»

«Ja, fast.»

Wir hievten sie wieder in den Rollstuhl und schoben sie über den Gehsteig auf die Terrasse des Restaurants.

«Essen wir hier?» Sie schrie es fast. Die Terrasse war voll besetzt. Die Gäste blickten alle gleichzeitig auf und hielten ihre Gabeln neugierig in der Schwebe.

«Verzeihung, Verzeihung», entschuldigte Chloe sich verlegen, während sie sich ihren Weg zwischen den Tischen durch bahnte. An der Gangway der *Rosinante* hakte ich die Kette aus. Als Chloe den Rollstuhl über die erste Querstrebe hinweg steuerte, streckte Grace den gesunden Arm aus und hielt sich am Geländer fest.

«Nein!» schrie sie.

«Dreh dich um und geh rückwärts weiter, Chloe», sagte ich.

«Okay. Wir lassen dich schon nicht fallen, Grace.»

Grace klammerte sich an den Rollstuhl und spähte am Rad vorbei ins Wasser. «Ich erinnere mich an nichts», sagte sie.

«Du bist gewohnt, zu Fuß runterzugehen. Diesmal kommst du rückwärts nach Hause.»

«Ich bin müde», sagte sie.

«Ich weiß, Grace», beruhigte Chloe sie. «Wir sind ja gleich da.» Sie stemmte ihren Bauch gegen die Lehne des Rollstuhls, um ihn abzubremsen. «Ich krieg gleich mein Kind», keuchte sie.

«Nein», zischte ich, «dazu ist jetzt keine Zeit.»

Mit einiger Mühe hoben wir Grace über das Süll. Ab hier konnte sie zu Fuß weiter, wenn auch nur zaghaft. In der Kajüte setzten wir sie auf die Eckbank, und Chloe und ich nahmen neben ihr Platz. Ein paar Augenblicke schwiegen wir, rückten uns zurecht, lauschten dem Atem der anderen, doch dann schauten wir Grace erwartungsvoll an.

«Was ist?» fragte sie.

«Und?» sagte ich. «Kommt dir hier irgendwas bekannt vor?»

Ihre Augen schweiften durch den Raum, verweilten auf einzelnen Gegenständen und wanderten weiter. «Eigentlich nicht.»

«Du bemühst dich ja gar nicht, Grace», jammerte Chloe.

«Tut mir leid.»

«Also», sagte ich, «fühlst du dich hier irgendwie zu Hause? Fühlst du dich geborgen?»

«Jedenfalls fühl ich mich besser als da draußen auf der Rampe.»

«Das ist eine Gangway, Grace», sagte Chloe und wandte sich an mich: «Sie hätte nie Rampe dazu gesagt, Charlotte.»

«Schon gut, Grace», seufzte ich und legte den Arm um sie. «Schon gut. Möchtest du was essen? Oder möchtest du ins Bett?»

«Ich geb mir Mühe, keine Angst zu haben.»

«Wenn du willst, bring ich dich ins Krankenhaus zurück, Grace», bot ich an.

Sie sah Chloe an, deren Miene sie anflehte zu bleiben.

«Nein, ich bleibe über Nacht. Wo ihr euch soviel Mühe gemacht habt.» Da kam Midden aus unserer Kabine heraufgetappt und rieb sich miauend an meinen Schienbeinen. «Ist das meine Katze?» fragte Grace.

«Nein, meine. Aber warte mal, da ist noch jemand, der dich begrüßen möchte.» Ich öffnete die Tür zum Niedergang, und Pinky, der sich dagegengelehnt hatte, fiel in die Kajüte. Er rappelte sich mühsam wieder auf, hustete, sabberte und rutschte auf seinem eigenen Speichel auf Grace zu. Ich schaute sie an. Sie sah ihn zum ersten Mal in ihrem Leben und verzog hilflos das Gesicht. Ich hätte schreien können vor Wut über Pinkys Verlust. Pinky legte seine Pfote an ihre Wade, aber sie schob sie fort.

«Puh, ist der naß», sagte sie. «Bringt ihn wieder runter.»

Ich ging zu Pinky und hob ihn hoch. Er sträubte sich und wollte zu Grace zurück, die Zunge glitt ihm aus dem Maul, er ächzte, fiel wie ein Kadaver aus meinen Armen zu Boden und taumelte winselnd wieder auf Grace zu.

«Nein, Hund.» Sie streckte die Hand aus, die Handfläche nach unten. Pinky leckte darüber, und sie trocknete sie an ihrem Morgenrock ab. «Schafft ihn fort.»

Ich hob ihn wieder hoch, trug ihn in meine Kabine und schloß die Tür. Er bellte einmal und verfiel dann wieder in sein mühseliges Schnaufen. Ich konnte kaum sprechen, so fassungslos war ich über Grace' Reaktion. Ich streichelte Pinkys sprödes Fell und versuchte ihn zu beruhigen. Er krümmte sich. «Ist ja gut», sagte ich. «Ist ja gut, Pinky.»

Als ich zurückkam, war Chloe gerade dabei, Grace in ihre Kabine hinunterzuhelfen.

«Wir gehen doch nicht unter, oder?» fragte Grace.

«Nein, Grace, das Schiff ist schon seit über sechzig Jahren auf dem Wasser», beruhigte Chloe sie. «Eine Nacht hält es schon noch durch, das versprech ich dir.»

Wir legten sie in ihre Koje und fuhren fort, genau zu beobachten, wie ihre Umgebung auf sie wirkte. Aber auch hier war es, als hätte sie sich noch nie auf einem Schiff oder in einem so kleinen Raum befunden. Sie tappte, tastete, stieß sich die Hände an.

«Was ist, wenn ich mal muß?» fragte sie.

«Ich bleib bei dir», sagte Chloe. «Ich helf dir.» Sie kletterte in die Koje über Grace.

«Gut», sagte Grace, noch immer unsicher.

Ich schaltete das Licht aus und saß ungefähr eine Stunde still in der Kombüse. Ich machte mir klar, daß dies die letzte Nacht war, die wir zusammen auf der *Rosinante* verbrachten. Chloe wimmerte im Schlaf, und ich glaubte, auch Grace sei längst eingeschlafen, als ich sie plötzlich im Dunkeln «Armes Ding» flüstern hörte.

Ich rührte mich nicht.

Ein gedämpfter Schrei weckte mich. Einen Moment lang wußte ich nicht, wo ich war. Der Raum schien fremd, so als hätte jemand das Schlafzimmer meiner Kindheit um neunzig

Grad gedreht. Doch dann hörte ich Grace von neuem rufen, ziemlich laut. Ich sprang aus dem Bett und zwängte mich zwischen Pinky und Midden zur Tür durch. Im Laufen rief ich Grace' Namen. Ich hatte die Hoffnung, es würde ihrem Erinnerungsvermögen auf die Sprünge helfen, wenn sie zu Hause aufwachte. Es dämmerte gerade erst, und in der Kombüse war es noch fast dunkel, aber ich sah, daß Chloes Koje leer war. Grace hatte sich zum Sitzen hochgezogen.

«Grace?»

«Ich muß mal», sagte sie ängstlich.

«Okay.» Ich half ihr auf. «Wo ist Chloe?»

«Ich weiß nicht.» Ich öffnete die Tür zur Toilette und half ihr hinein. «Den Rest schaff ich allein», sagte sie.

«Okay.» Ich schloß die Tür und wartete. Chloe trat von draußen in die Kajüte.

«Ist sie auf?»

«Ja. Wo warst du?»

«Das Baby hat mich geweckt.»

«War dir schlecht?»

«Nein, nein. Es strampelt nur so da drin. Ich glaub, es ist ein Disco-Baby. Es bewegt sich im Takt. Ich mußte ein bißchen rumlaufen.»

Ich zeigte auf die Toilettentür.

«Wie geht's ihr?»

«Unverändert.»

«Ich hab einen Brief von Roger.»

«Was?»

«Er hat ihn aufs Schiff gelegt.» Sie hielt den Brief hoch.

«Und was schreibt er?»

«Ziemlich wirres Zeug. Nicht mal schriftlich kann er sich vernünftig ausdrücken. Es ist immer das gleiche. Es tut ihm leid, es ist unsere Schuld, es ist der falsche Zeitpunkt, es ist meine Schuld, er hat keinen Job, aber er vermißt mich, das Baby wird ihm bestimmt ähnlich sehen, aber es ist ein Fehler und so weiter und so weiter.»

Grace klopfte von innen an die Tür.
«Ja?» sagte ich.
«Wie spült man denn hier?»
Chloe runzelte die Stirn und schüttelte den Kopf.
«Ich mach's für dich, Grace», sagte ich.
Sie öffnete die Tür, und wir halfen ihr wieder in ihren Morgenrock und in die Kajüte hinauf.
«Kommen wir auch rechtzeitig zum Frühstück?» fragte sie.
«Ja, ja, wir haben noch jede Menge Zeit.» Nachdem Chloe und ich uns umgezogen hatten, trugen wir Grace von Bord und setzten sie wieder in ihren Rollstuhl.
Es war August, und vom Meer her näherte sich eine Nebelbank, die den Morgen verdunkelte und das Wasser stumpf machte. Schweigend rollten wir Grace über die leere Terrasse des *Smarmy Snail.* Die Räder holperten rhythmisch über die Ritzen zwischen den Bohlen – ein gedämpftes Metronom, ein hölzernes Verstreichen von Zeit. Grace unterbrach die dumpfe Stimmung mit einem schrillen, abgehackten Klagelaut.
«Was ist? Was ist los?» rief ich.
«Da!» Sie versuchte sich mit ihrem Stuhl umzudrehen.
«Was denn?» fragte Chloe.
«Bleibt mal stehen. Dahinten! Da hat jemand einen Zehndollarschein verloren!»
Chloe und ich sahen uns an. Chloe schien sich genauso leer zu fühlen wie ich. Ich wendete den Stuhl behutsam und rollte Grace bis zur Ecke des Restaurants zurück.
«Da. Hebt ihn auf.» Sie zeigte darauf. Ich schob sie näher heran.
Ich kniete nieder, legte die Hand auf den Schein, fuhr mit den Fingern über das Holz und hielt die leere Hand hoch. «Siehst du? Der ist nicht echt. Den hat jemand auf den Gehsteig gemalt.»
«O je», sagte sie und lehnte sich niedergeschlagen zurück. «Da bin ich ja schön reingefallen.»

Wir hatten erwartet, daß die Hölle losbrechen würde, wenn wir ins Krankenhaus zurückkamen. Immerhin war Grace mehr als zehn Stunden fort gewesen. Aber der Pförtner schaute nur lächelnd auf, als wir vorbeirollten. Ein junger Mann schob einen Wäschewagen zu uns in den Aufzug und tat nichts Beunruhigenderes als zu gähnen. Der Flur vor Grace' Zimmer war leer. Der Zettel, den Chloe auf dem zerwühlten Bett hinterlassen hatte – wir würden Grace ein wenig an die frische Luft bringen –, lag noch unberührt da. Und fünf Minuten nachdem wir sie wieder im Bett hatten, kam ein Pfleger mit ihrem Frühstückstablett herein. Man hatte sie gar nicht vermißt. Chloe und ich schauten ihr beim Essen zu, und ein paar Augenblicke lang waren wir ungeheuer erleichtert. Wir waren bereit gewesen, die Verantwortung für unser Handeln zu übernehmen. Wir hatten gewußt, daß wir nicht nur unser Besuchsrecht aufs Spiel setzten, sondern auch eine Gefängnisstrafe riskierten. Aber dann packte uns der Zorn. Wir waren zwar noch einmal davongekommen, aber nur durch Schlamperei, die Schlamperei des Pflegepersonals.

«Ich hätte gute Lust, rauszugehen und denen allen die Meinung zu sagen», schnaubte ich.

«Pssst! Das kannst du nicht machen, Charlotte», sagte Chloe.

«Ich weiß, ich weiß.»

«Wir haben sie schließlich ausgetrickst.»

«So toll war der Trick auch wieder nicht. Ein Zettel auf dem Bett? Mehr als einmal haben sie ihn sowieso nicht gelesen, wenn überhaupt.»

Chloe wandte sich Grace zu. «Du sagst niemandem was davon, daß du heute nacht nicht hier warst, ja?»

«Nein.»

«Auch nicht Anne», sagte ich.

«Kein Problem. Sie fragt mich sowieso nie was», erwiderte Grace trocken. «Seid ihr sicher, daß sie meine Tochter ist?»

Ich schaute Chloe an und mußte grinsen.

«Das hast du jedenfalls gesagt, bevor du das Gedächtnis verloren hast», antwortete ich. «Aber wir haben sie vorher noch nie gesehen.»

«Vielleicht ist sie ja gar nicht meine Tochter.»

«Grace», flüsterte Chloe streng und sah zur Tür.

«Vielleicht ist sie nur hinter meinem Geld her.»

«Ich glaube nicht, daß du so viel Geld hast, Grace», sagte ich.

«Ihr habt doch gesagt, das Schiff gehört mir.»

«Ja.»

«Das muß doch einiges wert sein.»

Ich nickte unsicher.

«Was mir gehört, gehört mir», sagte sie, schob sich fast eine ganze Toastschnitte in den Mund und beendete damit das Thema.

Es war Sonntag, und Chloe mußte arbeiten, aber wir hatten noch genug Zeit, um in *Karens Restaurant* zu frühstücken. Ein Bärenhunger hatte uns überfallen, als wir Grace beim Essen zusahen. An den Wänden des Restaurants hingen Werke verschiedener Künstler, meist Blumenmotive oder Hummerboote in lauschigen Buchten. Auch von Grace waren zwei Bilder dabei, ein kleines Gemälde, auf dem nichts weiter zu sehen war als ein an der Ecke aufgerissener brauner Briefumschlag mit einem Expreßaufkleber, und ein größeres mit der exakten Wiedergabe eines sechzig mal achtzig Zentimeter großen Stücks Ziegelbürgersteig. In den Ritzen zwischen den Ziegelreihen steckten winzige, aber hell glänzende Abfallpartikel, ein Zigarettenstummel, ein Stück Draht, bunt zusammengewürfelte Reste, alle im Begriff sich aufzulösen, zu zerfallen, fortgeweht zu werden.

«Warum malt sie eigentlich nur Gegenstände?» fragte ich Chloe zwischen zwei Happen.

«Sie hat doch Sweet George gemalt.»

«Aber das war die Ausnahme.»

«Ich weiß auch nicht. Vielleicht weil Gegenstände stillhalten. Sie will ja immer alles genau richtig malen.»

«Aber der Umschlag und die Ziegel da», sagte ich, «die sind irgendwie besser als nur richtig. Die sind mehr als richtig. Wenn man sie fotografieren würde, dann wären sie nicht so richtig, wie Grace sie gemalt hat.»

«Wir sollten ihr ein paar von ihren Bildern mitbringen», schlug Chloe vor.

«Den Geldschein am *Snail* hat sie ja auch nicht erkannt.»

«Nein.»

«Aber wir können's probieren.»

«Charlotte, ich werde Roger sagen, was ich denke.»

«Und das wäre?»

«Daß ich ihn nicht heiraten will. Daß ich das Kind allein großziehen will. Daß es mir lieber ist, wenn er nicht zu unserem Leben gehört. Wenn er das Baby ab und zu sehen will, dann können wir was Regelmäßiges vereinbaren, so wie bei einer Scheidung, aber sonst soll von jetzt an jeder seine eigenen Wege gehen. Ich will keine Hilfe von ihm, und ich erwarte auch keine. Ich werd kein Blatt vor den Mund nehmen. Wir haben beide viel zu lange gezögert.»

«Soll ich mitkommen, wenn du's ihm sagst?»

«Nein, das wär ihm peinlich.»

«Aber du sorgst dafür, Chloe, daß Leute in der Nähe sind. Ich trau ihm nicht.»

«Er ist noch so jung. Es wird schon gehen.»

«Ich würde zur Sicherheit lieber noch eine Umfrage machen. Du glaubst, du verstehst ihn, aber du bist selber noch so jung.»

«Ich mach schon seit einer Woche keine Umfragen mehr.»

«Warum nicht?»

«Weil's mir inzwischen piepegal ist, was andere denken.»

«Also, ich denke», sagte ich, «daß sich in dir irgendwelche mütterlichen Enzyme entwickeln oder so was.» Ich lächelte. «Du bist doppelt so clever und doppelt so mutig wie ich.»

«Wen interessiert's schon, was du denkst?»

Am Abend holte ich bei Moes ein paar Sandwiches und nahm sie mit zu Grace. Ich dachte, nach dem Krankenhausessen würde das eine nette, verbotene Abwechslung sein. Sie hatte sie immer so gern gegessen: große Jumbo-Sandwiches, dick belegt mit Salami, Zwiebeln, Paprika und schwarzen Oliven. Als ich kam, legte ich das eingewickelte Sandwich auf ihren Nachttisch, und zu meiner Überraschung griff sie sofort danach und sagte: «So eins wollte ich schon seit Monaten mal essen.»

«Was für eins?» fragte ich, auf halbem Weg zu meinem Stuhl zur Salzsäule erstarrt.

«Ein Moes.» Sie riß das Klebeband auf und breitete das Metzgereipapier auf ihrem Schoß aus.

«Grace», flüsterte ich atemlos.

Sie schaute zu mir auf. «Ja?» Ich senkte meine Augen auf das Sandwich, und sie folgte meinem Blick. Dann sah sie wieder mich an und nahm die Finger von dem Papier. «Hab ich das wiedererkannt?»

«Ja, allerdings», grinste ich.

«Ich hab's gerochen», sagte sie und begann zu essen.

Ich hatte einen Kloß im Hals und ging auf den Flur hinaus, wo ich mich an die Betonwand lehnte. Dann ballte ich die Fäuste und stieß mich wieder von der Wand ab. Ich mußte es jemandem erzählen. Ich ging ins Stationszimmer.

«Entschuldigung», sagte ich. Eine junge Schwester sah von ihrer Schreibarbeit auf. «Grace», fuhr ich fort, «auf Zimmer 210 – sie hat sich gerade an etwas erinnert. Ich hab ihr ein Moes mitgebracht, und sie hat's erkannt. Was machen wir jetzt?»

Ihre Pupillen wanderten aufeinander zu. «Soll ich der Ärztin Bescheid sagen?»

«Ach, äh, nein, ich freu mich nur so.»

«Sie können ihr ja noch ein Sandwich holen. Ich leg hier

einen Zettel für die Ärztin hin, den nimmt sie dann mit, wenn sie Visite macht.»

«Okay.» Ich hielt mir die Hand vor den Mund, um mein verblüfftes Grinsen zu verbergen. «Ich freu mich unheimlich», sagte ich im Weggehen. Die Schwester lächelte, und ihre Pupillen rollten wieder aufeinander zu wie von einem Magneten in ihrer Nase angezogen.

Als ich in Grace' Zimmer zurückkam, saß Anne auf meinem Stuhl.

«Anne», sagte ich, «sie hat sich gerade an etwas erinnert. An ein MOES. Sie hat die Verpackung und den Geruch sofort erkannt, stimmt's, Grace?» Grace nickte mit vollem Mund.

Anne sah nicht ihre Mutter, sondern mich an. «Haben Sie eigentlich nichts anderes zu tun? Jedesmal, wenn ich hierher komme, ist eine von Ihnen da.» Sie warf ihre Autoschlüssel in ihre Handtasche, bückte sich, knallte die Tasche auf den Boden und schob sie unter den Stuhl. Grace hörte auf zu kauen.

Ich war perplex. «Tut mir leid», flüsterte ich. «Wir wußten ja, daß Sie übers Wochenende weg sein würden, und da wollte ich mit Grace zu Abend essen.»

«Ich möchte auch mal mit meiner Mutter allein sein.» Sie beugte sich vor und zog sich mit einem heftigen Ruck ihre Jacke zurecht.

«Dann geh ich jetzt», sagte ich. «Aber Sie müssen wissen, daß sie gerade etwas wiedererkannt hat, was sie nur vor ihrem Schlaganfall kannte. Ihr Gedächtnis kommt zurück.»

«Mutter?» Anne drehte sich abrupt zu Grace um.

Grace sagte: «Als ich das Sandwich gesehen hab, wußte ich, daß es ein MOES ist.»

«Ein was?»

«Ein MOES», warf ich ein, «ihr Lieblingssandwich.»

«Erinnerst du dich sonst an irgend etwas?» fragte Anne.

«Ich weiß nicht», erwiderte Grace störrisch. Sie mochte die Ausfragerei nicht.

«Wie heißen deine Enkelkinder?»

«Das ist unfair, Anne», sagte ich.

«Würden Sie mich jetzt bitte mit meiner Mutter allein lassen?» schrie sie.

Fast im selben Augenblick warf Grace den Rest ihres Sandwichs quer durch das Zimmer an die Wand. Wir sahen sie an.

«Raus hier, alle beide», sagte sie.

«Aber Grace ...», begann ich.

«Mutter ...», begann Anne.

«Das hier ist mein Zimmer. Raus.»

Sie pickte ein Stück schwarze Olive von der Bettdecke und warf es dem Rest hinterher.

«Ich muß die Schweinerei wegmachen, die du gemacht hast.» Anne trat auf das Sandwich zu, das die Wand schmückte.

«Wenn ihr nicht sofort verschwindet, alle beide ...» Grace hielt inne und wandte den Blick der Schwester zu, die in der Tür erschienen war. «Die beiden sollen hier raus, Schwester, auf der Stelle.»

«Okay, okay», sagte ich, «ich geh ja schon.»

Anne stolzierte zu ihrer Handtasche zurück. «Morgen früh um sieben komm ich wieder, Mutter. Dann bringen wir dich in die Klinik.»

«Um acht», versetzte Grace trotzig. «Um sieben gibt's Frühstück.»

In der Hoffnung, die Wogen glätten zu können, wartete ich im Flur auf Anne. Doch sie kam mit fliegender Handtasche aus dem Zimmer, senkte den Kopf und rauschte an mir vorbei. Ich verspürte ein fast unwiderstehliches Bedürfnis, sie anzurempeln und gegen die Wand zu stoßen, aber ich schaute ihr nur nach, wie sie über die Fliesen stöckelte und dann die Demütigung hinzunehmen hatte, auf den Fahrstuhl warten zu müssen.

Am nächsten Morgen um sieben ging Anne nicht ins Krankenhaus. Sie kam auf die *Rosinante*. Chloe und ich waren gerade erst aufgewacht. Wir empfingen sie im Schlafanzug an der Kajütentür. Nach kurzem Blickkontakt kam sie sofort zur Sache.

«Ich habe die *Rosinante* zum Verkauf angeboten. Morgen früh kommt ein Makler aus Camden. Würden Sie bitte dafür sorgen, daß die Wohnung anständig aussieht?»

Chloe rieb sich noch den Schlaf aus den Augen. «Das ist keine Wohnung, das ist ein Schiff», sagte sie.

Anne schwieg einen Moment und schüttelte den Kopf. «Haben Sie beide die Miete für diesen Monat bezahlt?»

«Ja», antwortete ich. «Ich habe beide Schecks am Freitag auf Grace' Konto eingereicht.»

«Na gut. Ich respektiere die Abmachungen meiner Mutter noch für diesen Monat. Danach müssen Sie hier raus.»

«Von Bord», verbesserte Chloe. «Es ist ein Schiff.»

«Dann eben von Bord.»

«Bis dahin ist Chloe aber im neunten Monat.»

«Da kann ich auch nichts machen. Ich muß die Angelegenheiten meiner Mutter ordnen.»

«Ihre Angelegenheiten ordnen?» sagte ich. «Sie ist doch noch nicht tot.»

«Das könnte sie aber sein.»

«Anne», sagte ich und faßte sie am Ärmel. «Ihre Mutter ist nur verwirrt. Lassen Sie ihr Zeit. Sperren Sie sie nicht ein. Ich bin sicher, sie erholt sich wieder. Wenn Sie sich nicht mit ihr befassen wollen, lassen Sie's Chloe und mich tun. Lassen Sie sie nach Hause, wenigstens für eine Weile. Schaden kann's ihr ja nicht.»

«Schaden kann's ihr nicht? Sie kann kaum laufen, und Sie wollen sie wieder auf dem Schiff haben, mit nichts als Wasser ringsum? Nein. Ich trage die Verantwortung.»

«Wenn Sie so tun, als wär sie sowieso schon tot», sagte Chloe, «dann weiß ich gar nicht, was Sie wollen.»

Einen Moment lang sah ich die Beziehung zwischen Chloe und ihrer Mutter aus deren Perspektive.

«Nun, wie ich sehe», sagte Anne, «sind Sie reif genug, um Kinder großzuziehen.»

«Jetzt hören Sie mal zu», begann Chloe, aber ich faßte sie am Arm.

«Sie hören mir zu», sagte Anne. «Bis Monatsende sind Sie runter von dem Schiff, oder ich lasse Sie rausschmeißen.»

«Anne, das werde ich Grace erzählen», sagte ich.

«Nur zu. Sie werden ja sehen, was Sie davon haben. Ich bin ihr Vormund. Genaugenommen gehört das Schiff mir. Und jetzt Schluß mit den Diskussionen.» Sie wandte sich zum Gehen und stieß sich den Kopf am Türrahmen an.

«Wir sind hier auf einem Schiff: Sie müssen sich ducken», kicherte Chloe.

«Verdammt», fauchte Anne.

Ich sagte das gleiche, aber zu Chloe: «Verdammt, Chloe.» Dann wandte ich mich wieder Anne zu. «Bitte, Anne, bitte. Chloe und ich, wir lieben Ihre Mutter.»

«Ich auch», versetzte sie, drehte sich um und ging die Gangway hinauf.

Ich stampfte wie ein Kind mit dem Fuß auf den Kajütenboden. Dann wandte ich mich Chloe zu.

«Blöde Kuh!» schimpfte sie.

«Du warst wirklich sehr hilfreich, Chloe!» schrie ich.

«Charlotte, die zieht sich doch die Hosen mit der Kneifzange an. Du hast wohl vergessen, daß sie uns gerade von Bord geworfen hat.»

«Das hab ich nicht vergessen, aber man muß ja nicht alles noch schlimmer machen.»

«Noch schlimmer? Schlimmer kann's doch gar nicht mehr werden, Charlotte. Und außerdem, wen interessiert's, ob sie uns mag oder nicht?»

«Mich. Ich kann's nicht leiden, wenn mich jemand nicht mag, besonders wenn er keinen Grund dazu hat.»

«Gut, daß ich das Kind kriege und nicht du. So was von naiv! Die Leute tun das, was sie tun, doch nicht aus einem bestimmten Grund. Sie tun's einfach. Sie können gar nicht anders. Du hast gegen eine Mauer geredet. Sie hat dich mit einem Stück Holz verprügelt, und jedesmal, wenn sie's hat fallenlassen, hast du's aufgehoben und ihr wieder gegeben.»

«Ach, halt die Klappe!» schrie ich.

«Halt selber die Klappe!» schrie sie zurück.

Das taten wir einen Moment lang alle beide, dann sagte ich vorsichtig: «Sie bringt Grace morgen in die Rehabilitationsklinik.»

«Ich darf mich nicht so aufregen. Das ist nicht gut für das Kind.»

Sie strich mit beiden Händen über ihre Schlafanzugjacke, so daß sie sich eng an ihren Bauch schmiegte.

«Tut mir leid», sagte ich.

«Herr im Himmel, du kannst einen wirklich zur Weißglut bringen!» Chloe warf die Hände in die Luft und ging nach unten.

«Was hast du denn?» rief ich ihr beleidigt nach. Dann ging ich hinaus und setzte mich im Schlafanzug auf das Vorderdeck. Es war klatschnaß vom Tau, ringsum war dichter Nebel, und nach kurzer Zeit war ich völlig durchnäßt. Der Nebel war so undurchdringlich, daß ich nicht einmal das andere Flußufer sehen konnte. Der Horizont war ein pulvriges Gemenge aus grauem Wasser und weißem Nebel, und auch die Geräusche klangen erstickt und dumpf. Ich hörte den kehligen Laut der Heckwelle eines Hummerbootes, das unter der Memorial Bridge durchfuhr, aber ich konnte es nicht sehen, hätte nicht einmal sagen können, ob es flußauf- oder flußabwärts fuhr. Es war August, aber mein Hinterteil fühlte sich an, als sei es an den Decksplanken festgefroren. Ich stemmte mich hoch und ging in unsere Kabine hinunter. Chloe war bereits für die Arbeit angezogen. Midden und Pinky schliefen am Fußende meiner Koje.

«Man sieht überhaupt nichts da draußen», sagte ich.

«Du sagst, sie hat sich an ein Moes erinnert?» fragte Chloe.

«Ja.»

«Ob es in der Klinik eine Küche gibt?»

Sie stand vor der Frisierkommode und fuhr sich wieder und wieder mit der Bürste durch ihr Zwei-Zentimeter-Haar.

Ich trat hinter sie und betrachtete ihr Gesicht im Spiegel. «Du bist wirklich hübsch, Chloe.»

Sie drehte sich um, umarmte mich und flüsterte über meiner Schulter: «Ich bin so fett.»

Wir beschlossen, ein oder zwei Tage nicht in die Rehabilitationsklinik zu gehen, bis Anne sich wieder beruhigt hatte. Und auch dann wollten wir erst einmal draußen vorbeifahren, um sicherzugehen, daß ihr Mietwagen nicht auf dem Parkplatz stand, wenn wir Grace besuchten.

Während Chloe bei der Arbeit war, kaufte ich die Zutaten für Grace' Lieblingskuchen. Wir wollten ihrem magersüchtigen Gedächtnis Nahrung aufzwingen.

Ich schaute noch mal bei Malcolm Laury herein, aber er hatte auf sein letztes Fax noch keine Antwort erhalten. Er meinte, wenn er bis Mittwoch nichts höre, werde er es noch einmal versuchen.

«Es könnte sein», sagte er, «daß sie ihr Spielchen mit uns spielen und uns schmoren lassen. Aber ich hab's nicht eilig, ihnen Ihr Geld zu geben. Sie etwa?»

«Nein, aber ich möchte die Sache gern geregelt haben. Ich will's hinter mich bringen.»

«Genau damit rechnen sie. Sie müssen Geduld haben.»

«Ich hab noch eine andere Frage», sagte ich. «Wie wird man eigentlich Vormund?»

«Man geht zu einem Richter.»

«Ich hab eine Freundin, die ist geistig verwirrt; sie weiß nicht, was um sie herum vorgeht.»

«Das ist der Hauptgrund, warum jemand zum Vormund

eingesetzt wird, meistens einer der nächsten Verwandten. Kann ich Ihnen irgendwie helfen?»

«Nein. Im Moment jedenfalls noch nicht. Meine Freundin hat ihr Gedächtnis verloren, und jetzt kümmert sich ihre Tochter um ihre Angelegenheiten, aber so, wie es meiner Freundin bestimmt nicht gefallen würde.»

Malcolm legte die Hände auf seiner Schreibunterlage zusammen und rückte dann einen Bleistift zurecht, parallel zum Rand der Unterlage. «Dann, würde ich sagen, können Sie nur hoffen, daß Ihre Freundin ihr Gedächtnis wiedererlangt.»

«Aber was ist, wenn ihre Tochter etwas macht, das nicht im Interesse meiner Freundin ist?»

«Es ist äußerst schwierig, das Recht einer Tochter, sich um ihre Eltern zu kümmern, anzufechten, es sei denn, man kann ihr böse Absicht oder Vernachlässigung nachweisen.»

«Ich glaube nicht, daß sie böse Absichten hat, sie ist einfach nur blöd. Und sie bleibt auf Distanz, so als wär's ihr lästig, daß sie sich um ihre Mutter kümmern muß. Und obendrein glaubt sie auch noch, daß sie das Richtige tut.»

«Ja, es ist schwierig», sagte Malcolm Laury und legte den Bleistift auf die andere Seite der Schreibunterlage.

Ich hatte das Bedürfnis, auch selbst wieder zu arbeiten, und so ging ich ins Jones House in Strawberry Banke und beschäftigte mich diesen Nachmittag und den nächsten Vormittag mit dem Reinigen, Zählen und Katalogisieren einiger unserer Funde aus den oberen Schichten des Grabungsareals. Hunderte von rostigen Nägeln zu zählen und nach Typen und Größen zu sortieren, war genau die Art von stumpfsinniger Arbeit, die ich jetzt brauchte. Jede einzelne Tonscherbe mußte gesäubert und numeriert werden. Man trug an einer Stelle Lack auf, und wenn er getrocknet war, schrieb man mit wasserunlöslicher Tinte die Nummer darauf. Auf diese Weise konnte die Aufschrift bei Bedarf durch Lösen des Lacks entfernt oder verändert werden. Es gab Plastikbeutel und Kartons voller Artefakte, genug, um drei oder vier Leute über Monate zu beschäftigen. Den osteologischen Befund hatte Michael noch nicht erhalten, und es war ihm auch nicht gelungen, unseren bedeutendsten Kleinfund, den Metallknopf, den wir bei der schwangeren Toten gefunden hatten, zu identifizieren. Es schienen Buchstaben darauf zu sein, eine Inschrift möglicherweise, oder auch eine Zahl. Anstatt ihn selbst zu reinigen, hatte Michael ihn an ein Speziallabor geschickt, dessen fotografische und röntgentechnische Methoden der Datenerhebung das Artefakt nicht beschädigen würden. Im England des siebzehnten Jahrhunderts wurden zur Feier von Feldzügen oder Hochzeiten von Mitgliedern des Königshauses häufig Gedenkknöpfe angefertigt, und Michael hoffte, die Bestattung anhand eines solchen Knopfes genauer datieren zu können.

In den Stunden, die ich in dieser Woche im Labor verbrachte, fühlte ich mich wie von einer warmen, schützenden Hülle umgeben. Ich versuchte, mir über meine, Grace' oder Chloes Probleme nicht den Kopf zu zerbrechen, versuchte, mich auf die Koordination meiner Augen und Hände zu konzentrieren und fingernagelgroße Steingutscherben mit einem gut lesbaren zehnstelligen alphanumerischen Code zu versehen. Ich legte meine Wachsamkeit ab. Und der Käfer an der Wand schaute mich ausnahmsweise einmal direkt an.

Am Mittwoch vormittag besuchten wir Grace in der Klinik, die sich als ein ganz normales Pflegeheim entpuppte. Statt intensiver Therapie machte Grace mit Unterstützung einer Helferin täglich eine Viertelstunde Gymnastik. Ihr körperlicher Zustand bereitete uns jedoch keine allzu großen Sorgen. Sie übte auch für sich allein fleißig und hatte bereits große Fortschritte gemacht. Ihre Kraft und ihr Selbstvertrauen waren fast wieder auf dem gleichen Stand wie vor dem Schlaganfall. Beunruhigend war jedoch, daß das Pflegeheim nur eine Zwischenstation auf dem Weg zu einem Dauerplatz in einem Heim in Florida sein sollte. Nachdem wir uns fünf Minuten mit einer Helferin unterhalten hatten, wußten wir, daß Grace nicht etwa zwei Wochen, sondern nur ein paar Tage hier bleiben sollte. Wir fragten nach der Adresse des Altersheims in Florida und stellten fest, daß es fast zwei Stunden von Palm Beach, wo Anne wohnte, entfernt lag.

«Vielleicht ist es das beste Heim in der Gegend», meinte Chloe.

«Zwei Autostunden – hierher braucht Anne drei Flugstunden. Das ist doch ein Witz, Chloe! In Florida gibt es bestimmt jede Menge guter Heime, auch in Palm Beach. Anne braucht nur einen Vorwand, um Grace nicht besuchen zu müssen. Wenn sie's hier schon nicht getan hat, tut sie's dort auch nicht. Ich könnte sie umbringen.»

«Aber als ich sie umbringen wollte, auf dem Schiff, da hast du mich nicht gelassen.»

Grace war in einem Zweierzimmer untergebracht. Ihre Zimmergenossin schlief, als wir eintraten. Grace saß vollständig angezogen auf einem Stuhl und drehte Daumen. Als sie uns sah, sprang sie auf. Sie machte «Pssst», legte den Finger an den Mund und flüsterte: «Weckt sie um Himmels willen nicht auf. Sie ist verrückt.» Sie schob uns in den Flur hinaus. «In der ersten Nacht hier», erzählte sie, während wir auf und ab gingen, «bin ich aufgewacht, und da war sie an meinem Bett, direkt vor meiner Nase, und als sie gesehen hat, daß ich wach bin, hat sie sich noch weiter vorgebeugt und ‹buuh› gemacht. Dann ist sie wieder ins Bett. Sie behauptet einfach, daß meine Sachen ihr gehören, und packt sie in ihre Schubladen. Sie sagt, sie kennt mich, aber ich hab sie noch nie gesehen.»

«Wie fühlst du dich, Grace?» fragte ich.

«Gut. Seht mal.» Sie drehte für uns die Daumen. «Das kranke Bein ist auch fast wieder gut. Und das beste: Ich kann mit einem Auge zwinkern. Ich hab eine Stunde gebraucht, bis es ging. Seht mal.» Sie zwinkerte uns ein paarmal zu. «Ich wollte schon immer mit einem Auge zwinkern können.»

«Aber das ist doch dein gesundes Auge, Grace», sagte Chloe. «Du zwinkerst ja mit dem gesunden Auge.»

«Ja?»

«Ja.»

«Na, jedenfalls kann ich's jetzt.»

«Und das wolltest du schon immer können?» fragte ich.

Sie blieb stehen, wandte sich mir zu und legte mir vertraulich die Hand auf den Arm. «Ja, schon immer. Komisch, was?»

«Heißt ‹schon immer› seit zwei Wochen oder seit fünfundsiebzig Jahren?»

«Es kommt mir viel länger vor als zwei Wochen», erwiderte sie nachdenklich, und dann wandte sie sich plötzlich ab. «Und das hier ist der Gemeinschaftsraum.»

Alles in dem Raum war aus Kunststoff. In den Sesseln saßen acht oder neun alte Leute und starrten auf einen an der Decke angebrachten Fernseher. Chloe bemerkte sofort, daß mindestens die Hälfte von ihnen Fernbedienungen in der Hand hielten. Ab und zu zielte jemand und drückte, der Fernseher ging aus, und der Bildschirm wurde schwarz, um dann mit einem anderen Programm wieder zum Leben zu erwachen.

«Nachmittags wird hier immer gebastelt», sagte Grace. «Gestern haben wir Vogelnester aus Eisstielen gemacht.» Sie beugte sich näher zu uns und flüsterte: «Die sind hier alle ziemlich alt.»

«Du bist doch auch hier, Grace», sagte Chloe.

«Aber nur ein paar Tage, dann kommt Anne wieder. Ich geh mit ihr nach Florida.»

«Möchtest du denn nach Florida, Grace?» fragte ich.

Sie schien die Antwort in unseren Gesichtern zu suchen.

«Hier will ich jedenfalls nicht bleiben. Ich mach halt, was man mir sagt.»

Ein Greis kam an zwei Stöcken angeklappert. Hinter Chloe blieb er stehen, nahm beide Stöcke in die eine Hand und fuhr ihr mit der anderen über den kurzgeschorenen Kopf.

«Wollte nur mal fühlen», sagte er.

«Nächstes Mal fragen Sie gefälligst!» rief Chloe schrill.

«Darf ich mal fühlen?»

Chloe sah mich an, lächelte, trat dann zu ihm und senkte den Kopf, um ihn darüberstreichen zu lassen. Der alte Mann hob von neuem die Hand, doch auf halbem Wege hielt sie zitternd inne und fiel auf Chloes linke Brust herab, wo sie liegenblieb und zudrückte. Chloe schrie auf und sprang zurück. Der alte Mann kicherte, drehte sich um und klapperte den Flur entlang davon.

«Das ist ja nicht zu fassen!» japste Chloe.

«Das probiert er bei jeder», sagte Grace, und damit war das Thema für sie abgetan.

Chloe hielt sich noch immer die Brust. «Wenn er das noch mal macht, zerbrech ich ihm die Stöcke.»

«Er weiß genau, daß ihn niemand ins Gefängnis steckt», erklärte Grace. «Dem ist es egal, was andere von ihm denken. Er ist eben verwirrt. Hier sind alle alt und verrückt.»

«Wir haben dir Kuchen mitgebracht, Grace», sagte ich und zeigte ihr die Tüte. Es war ihr Lieblingskuchen, Schokoladenkuchen. Ich hoffte auf ein weiteres Zeichen des Erkennens, und als es ausblieb, erklärte ich: «Dein Lieblingskuchen.»

«Ja?»

«Ja», sagte Chloe. «Dann wollen wir ihn mal essen», lächelte Grace, legte uns beiden die Hand auf den Rücken und schob uns in Richtung Cafeteria.

Wir blieben fast den ganzen Tag, aßen mit Grace zu Mittag, schauten ihr bei der Gymnastik und am Nachmittag beim Basteln zu. Aus leeren Frühstücksfleischdosen wurde ein Christbaum zusammengeklebt. Dann wurden die Dosen noch einmal mit Leim bestrichen und mit buntem Glitzerstaub bestreut. Je weiter das Werk voranschritt, desto deprimierter wurde ich. Grace beteiligte sich zwar, aber ohne Interesse. Nach einiger Zeit schien sie vergessen zu haben, daß wir da waren, und schließlich strebte sie einem der Sessel vor dem Fernseher zu, nahm eine Fernbedienung, zielte auf den Bildschirm und drückte ab.

Der alte Mann saß in der Nähe der Tür, und als wir gingen, winkte er Chloe mit seinem Stock zu und sagte: «Komm, setz dich auf meinen Schoß, Kind.»

«Setz dir einen Eisbeutel drauf, Opa», gab Chloe zurück und knallte die Tür hinter sich zu.

Am Abend machten Chloe und ich uns auf der *Rosinante* unser Essen und verzehrten es schweigend. Wir hatten noch einmal Grace' Sachen durchgesehen, in der Hoffnung, etwas zu finden, was ihrem störrischen Gedächtnis auf die Sprünge helfen würde, aber es sah so aus, als hätten wir schon alles durchprobiert: alte Fotos, ihre Bilder, Kleider, Parfüm. Während Chloe sich bettfertig machte, spülte ich das Geschirr. Selbst Midden und Pinky tappten nur leise auf dem Schiff umher. Wieder hüllte Augustnebel uns ein, dämpfte sogar das Gurgeln der Strömung und das unaufhörliche Ächzen der Festmacheleinen. Ich hängte das Geschirrtuch locker über seinen Haken und löschte das Licht. Als ich in unsere Kabine hinunterging, hörte ich Chloe leise mit sich selbst reden. Es war kein Flüstern, sondern eine Art flehender Singsang. Als ich eintrat, verstummte sie und sah aus ihrer Koje zu mir auf.

«Chloe?»

«Ich hab gebetet.»

Ich setzte mich auf meine Koje. «Der liebe Gott kann uns jetzt wohl auch nicht mehr helfen», sagte ich. Midden sprang auf meinen Schoß, und ich streichelte sie.

«Warum hast du's ihr denn nicht gesagt, Charlotte, das mit Florida und daß Anne uns von Bord werfen will?»

«Ich weiß auch nicht. Um uns beide mach ich mir keine Sorgen, Chloe. Wir finden schon eine Wohnung. So eine wie hier natürlich nicht, aber irgendwas finden wir. Ich wollte Grace nicht sagen, daß sie in Florida wieder in ein Pflegeheim kommt. Sie kann ja nichts dagegen tun, genausowenig wie wir.»

«Charlotte», sagte Chloe, «ich hab nicht zu Gott gebetet. Ich hab zu Sweet George gebetet.»

Da schickte auch ich ein kurzes Gebet zu Sweet George hinauf und hoffte, daß es uns zu zweit gelingen würde, ihn auf den Plan zu rufen. Und als ich mein Gebet beendet hatte, wurde mir bewußt, daß mir nie der Gedanke gekommen war, mit Jonah zu sprechen oder zu ihm zu beten, daß ich ihn seit seinem Tod kein einziges Mal um Hilfe angerufen hatte.

Da uns nur noch so wenig Zeit mit Grace blieb, meldete Chloe sich am Donnerstag krank, und wir verbrachten einen weiteren Tag in dem Heim. Anne war nach Hause geflogen, wollte aber am Freitag zurückkommen, um Grace zu holen. Es war schwierig, Gesprächsthemen zu finden, bei denen Grace mitreden konnte. Wir unterhielten uns über Harry, der seit drei Tagen mit seinem Fischkutter auf See war und am nächsten Tag wiederkommen sollte, doch Grace erinnerte sich nicht an ihn. Chloe erzählte von Roger. Sie hatte noch immer nicht mit ihm gesprochen. Sie sagte Grace, daß für den Nachmittag ein Treffen geplant gewesen sei, das sie aber verschoben habe, weil sie den Tag lieber mit ihr verbringen wolle. Von Zeit zu Zeit lebte Grace auf, stellte Fragen und schimpfte über das Pflegepersonal oder über Anne. Sie schien Anne mit den Pflegerinnen gleichzusetzen, eine Autoritätsperson, der man gehorchen mußte, über die man sich aber auch ärgern konnte.

«Dauernd macht sie mit meinen Kleidern rum», sagte Grace. «Immer legt sie sie noch mal zusammen. Ich leg sie selbst zusammen, und sie geht her und legt sie noch mal zusammen. Möchte mal wissen, was das soll.» Sie schwieg einen Moment und sah dann auf. «Und sie bürstet mir die Haare.» Sie wandte sich Chloe zu. «Das mag ich nicht, wie du weißt.»

Ich erinnerte mich an Chloes Finger in Grace' Haar und

mußte lächeln. Dann ging mir ein Licht auf, im selben Augenblick wie Chloe, und wir schnatterten beide gleichzeitig los, so daß man kein Wort verstand. Ich begann von neuem: «Warum soll Chloe wissen, daß du das nicht magst, Grace?»

Sie sah mich und dann Chloe an. «Darum.»

«Sag schon, Grace, warum?» drängte Chloe.

Doch Grace schien wieder verwirrt. «Ich weiß nicht. Ich dachte nur.» Sie zuckte die Schultern.

«Wenn du dich doch nur erinnern könntest!» seufzte Chloe.

«Aber du selbst erinnerst dich doch, nicht wahr, Chloe?» fragte Grace.

«Wir hatten mal einen Riesenkrach. Ich hab in deinen Haaren rumgewühlt, und du hast mich gehauen.»

«Wirklich? Das tut mir leid.»

«Nein – ist mir ganz recht geschehen.»

«Na, wenigstens erinnerst du dich dran.»

«Schlimm, daß du's nicht tust, Grace. Es reicht nicht, wenn nur ich mich dran erinnere. Wir müssen's beide tun, sonst ist es halb vergessen, so als wär's nie passiert. Das ist nicht dasselbe.»

«Solange sich eine von uns erinnert, ist doch alles in Ordnung, Schätzchen.»

«Grace», sagte ich, «wenn du in Florida bist und es gefällt dir aus irgendwelchen Gründen nicht, dann gibst du uns Bescheid, ja? Ich geb dir meine Postfachnummer, dann kannst du uns schreiben. Und wir rufen dich ab und zu an.»

«Ich fahr erst am Samstag.»

«Ich weiß.»

«Anne und ich gehen morgens aufs Schiff und holen meine Sachen.»

«Dann sind wir auch dort, Grace.»

«Das Schiff wird doch nicht geklaut, während ihr hier seid?»

«Nein, es ist an der Pier vertäut.»

«Es ist mein Schiff.»

Am Nachmittag saßen Chloe und ich, jede mit einer Fernbedienung in der Hand, in den Plastiksesseln, während Grace am anderen Ende des Raumes ihre Bastelstunde hatte, die diesmal von einer Grundschullehrerin aus dem Ort geleitet wurde. Chloe und ich sahen ohne Interesse fern und blätterten in alten Heften von *Modern Maturity*. Die Lehrerin, die drei oder vier Jahre jünger sein mochte als ich, verteilte mit viel Enthusiasmus cremefarbenes Tonpapier und kleine Blechmalkästen. Dann stellte sie einen Obstkorb auf den Tisch, zeichnete Kreise an die Tafel und sprach von der geometrischen Einfachheit der Kunst. Im Fernsehen lief *Stacheldraht und Fersengeld* – LeBeau hatte sich mal wieder in eine Widerstandskämpferin verliebt. Grace hatte bereits den Pinsel in ihr Wasserglas getaucht und sich an die Arbeit gemacht. Ab und zu schaute sie zu dem Obstkorb hinüber. Sie arbeitete konzentriert und mit zusammengekniffenen Augen, nur gelegentlich hielt sie verwirrt inne, um dann jedoch mit neuem Elan weiterzumalen. Eine Viertelstunde später schlenderte die Lehrerin zwischen den Tischen durch und gab ihren Kommentar zu den einzelnen Arbeiten. Als sie zu Grace kam, hörten Chloe und ich, wie sie sagte: «Was ist denn das?» Grace zeigte auf den Obstkorb. «So geht das nicht», sagte die Lehrerin. «Sie müssen mit einem Kreis anfangen.» Sie nahm Grace den Pinsel aus der Hand und malte einen Kreis auf das Papier. Grace schob sie mit beiden Händen beiseite und stand auf. Augenblicklich waren Chloe und ich bei ihr.

«Was ist los, Grace?» fragte ich. Sie erschrak, als sie mich sah. Sie schien vergessen zu haben, daß wir da waren.

«Sie hat auf meinem Bild rumgeschmiert», sagte sie endlich. Tränen standen in ihren Augen. «Ich weiß doch, wie man so was macht.»

Ich sah sie an und schaute dann auf das Papier hinab. Es zeigte nur ein helles, weiß laviertes, hellgrau schattiertes Blau. Nichts erinnerte auch nur entfernt an einen Obstkorb, weder farblich noch in der Linienführung. Es war nichts weiter als eine beliebige Ansammlung von Pinselstrichen. Da trat Chloe, die wunderbare Chloe, zwischen uns, nahm das Blatt und gab es Grace in die Hand.

«Das ist die Spiegelung», sagte sie. «Die Spiegelung vom Bildschirm auf der Apfelschale.» Jetzt sahen die Lehrerin und ich es auch.

«Ich weiß doch, wie man so was macht», wiederholte Grace. «Ich hab Kopfweh.» Wir brachten sie in ihr Zimmer zurück. Fast den ganzen Weg über weinte sie. «Warum weiß ich nicht, wo ich bin?» fragte sie uns. Während eine Schwester sie untersuchte, weinte sie lautlos weiter, und dann schlief sie mit Tränen in den Augen ein. Sie war nicht mehr fähig, noch irgend etwas zu erkennen.

Und ich dachte, wie dumm ich gewesen war. Nicht ihre fertigen Werke würden uns Grace zurückbringen, sondern das Malen selbst: Sie mußte wieder anfangen zu malen.

An diesem Abend beschlossen Chloe und ich, alles in unserer Macht Stehende zu tun, um von Anne zu erreichen, daß sie Grace bei uns ließ. Wir waren überzeugt, Grace würde sich wieder fangen, wenn auch nur langsam. Ein radikaler Wechsel der Umgebung würde ihrem Erinnerungsvermögen nicht weiterhelfen, sondern sie nur noch mehr verwirren, so daß sie erst recht nicht mehr imstande war, für sich selbst zu sorgen. Wir wußten, wir hatten nur eine Chance – am nächsten Tag, wenn Anne mit Grace aufs Schiff kam, um ihre Sachen zu holen. Viel Hoffnung hatten wir allerdings nicht.

Am nächsten Morgen ging Chloe zur Arbeit, und ich ging nach Strawberry Banke ins Labor. Alle waren ganz aufgeregt, weil Michael das Gebäude gerade in höchster Eile in Richtung Universität verlassen hatte. Die osteologische Untersuchung hatte etwas ergeben, was man ihm höchstpersönlich zeigen wollte. Ich fragte mich, was so wichtig sein konnte, daß Michael es selbst in Augenschein nehmen mußte, daß es nicht warten konnte, bis der Bericht herauskam. Ich überlegte, was mir bei meiner ersten Analyse der Überreste entgangen sein konnte, und sah mir noch einmal die Fotos der Skelette an, kam aber zu keinem Ergebnis. So machte ich mich wieder an die Arbeit, zählte, sortierte und beschriftete zusammen mit den anderen Helfern und versuchte mich jeweils nur auf den nächsten Schritt zu konzentrieren.

Ich wollte mir meine Argumentation für Anne zurechtlegen, gelangte aber mit keinem meiner Versuche über ihre potentielle Reaktion hinaus: «Ich bin ihre Tochter, ich habe die Verantwortung.»

Zum Mittagessen war Michael noch immer nicht zurück. Ich wollte auf die *Rosinante* und aufräumen, bevor Anne und Grace kamen, damit Grace möglichst viel von ihrer Vergangenheit mitnehmen konnte. Ich verließ das Jones House mit gesenktem Kopf, das Hämmern der Schiffszimmerleute im Ohr, die jenseits der Rasenfläche, dem einstigen Puddle Dock, ein altes Boot restaurierten. Ich schob mich rasch durch eine Gruppe von Touristen, die dem Faßbinder von Strawberry Banke höfliche Fragen stellten und über seine Antworten lachten. Ich trug noch mein Namensschild und beeilte mich, weil ich nicht wollte, daß mich jemand anhielt und um eine detaillierte Darstellung der Stadtgeschichte bat. In Gedanken war ich auf der *Rosinante*, wo ich Grace' Sachen packen und ihr für unterwegs Plätzchen backen wollte. Bei jedem Schritt stieß ich den Fuß fest auf den Boden. Der Morgennebel hatte sich aus dem inneren Hafen verzogen, und es erschien mir ungerecht, daß der Tag so schön war. Auf dem Parkplatz vor dem Souvenirgeschäft packte mich plötzlich jemand am Arm. Ich fuhr zusammen. Es war Michael. Als ich zu ihm aufsah, duckte er sich, und ich merkte, daß ich zum Schlag ausgeholt hatte.

«Hilfe!» rief er.

«Mach das nicht noch mal!» schnaubte ich.

«Ist ja gut, Charlotte. Mein Gott, bist du empfindlich! Ich

hab gedacht, es interessiert dich, was es Neues gibt. Die Inschrift auf dem Knopf war nicht zu entziffern. Der Experte in Williamsburg meint, die Öse könnte irgendwann zwischen 1630 und 1750 angefertigt worden sein. Aber du wirst nicht glauben, was sie an der University of New Hampshire entdeckt haben und was einer von unseren Leuten im Portsmouth Athenaeum herausgefunden hat.»

«Was hab ich denn übersehen?»

«Gar nichts. Aber der Schädel von der alten Frau – den hatten wir doch mit der Erde darin hingebracht, weil wir Angst hatten, er bricht, wenn wir ihn an Ort und Stelle säubern, ja? Und weißt du, was sie in der Erde gefunden haben? Eine Münze, eine englische Kupfermünze aus dem Jahr 1691.» Er hielt inne und sah mich an.

«1691? In dem Schädel?»

«Ja.» Er strahlte. «Es ist nicht zu fassen. Sie muß ihr in den Mund oder aufs Auge gelegt worden sein, als sie gestorben ist.»

«Aber wenn's die Augen waren, warum nur eine Münze?»

«Einer der Osteologen sagt, in einer Augenhöhle hatte sie eine Art Narbe, eine leichte Kalziumablagerung. Vielleicht hatte sie mal einen Unfall und war auf einem Auge blind.»

«Aber 1691, Michael. Der Point of Graves ist doch schon zwanzig Jahre früher eingeweiht worden.»

«Genau. Das bedeutet, daß die beiden Gräber durchaus nicht in Vergessenheit geraten waren. Es war kein Irrtum. Die beiden Frauen wurden bewußt außerhalb des Friedhofs bestattet.»

Ich begann heftig zu zittern.

«Und damit bin ich auch schon bei dem, was unsere eigenen Leute herausbekommen haben», fuhr er fort. «Der Stab im Bauch. Es war wahrscheinlich gar kein Landvermessungsstab. Möglicherweise ist die Frau als Hexe verdächtigt worden. Damals war es anscheinend üblich, daß man Hexen, egal, ob sie eines natürlichen Todes gestorben waren oder nicht, mit einem Stab durchbohrt hat, um ihre Seele am Boden festzunageln und ihre Wiederkehr zu verhindern.»

«Aber die andere Tote», wandte ich ein, «in der hat doch kein Stab gesteckt.»

«Vielleicht war das Ganze eine Art Armesünderfriedhof, Charlotte, für Leute, die nicht gut genug waren, um neben den rechtschaffenen Bürgern begraben zu werden. Das klingt abenteuerlich, ich weiß, es ist auch nur eine Theorie, aber bei dem jungen Mädchen könnte die Sünde darin bestanden haben, daß es eine ledige Mutter war oder» – er seufzte – «werden sollte.»

Ich nickte benommen. Ich hatte das Gefühl, als könnte ich jeden Moment ohnmächtig werden. Michael sagte noch irgend etwas davon, daß er mir die Münze später zeigen wolle, und dann war er fort. Ich stand auf dem Kiesparkplatz vor dem Andenkenladen und zitterte, als würde ich frieren, dabei waren es bestimmt an die dreißig Grad. Ich machte vorsichtig einen Schritt, und als ich nicht stürzte, machte ich noch einen. Mein Kopf war schwer und wie verstopft, so als wäre ich gerade aus einem Traum vom Ertrinken aufgewacht. In diesem Schwebezustand, die Arme um mich geschlagen und wie erstarrt, betrat ich die Terrasse des *Smarmy Snail*. An einem der Tische saßen Richard und Mary.

Richard sah auf, Mary drehte sich um, und ich marschierte direkt an ihnen vorbei, die Treppe hinunter und an Bord der *Rosinante*. Grace und Anne waren schon da und packten Grace' Sachen.

«Sie wollten doch erst heute nachmittag kommen», sagte ich zu Anne.

Sie verzog den Mund. «Wir dachten, es wäre einfacher, wir machen das hier allein.»

«Dann hätten wir uns ja nicht mal von Grace verabschieden können!»

«Machen Sie's Mutter doch nicht so schwer. Und jetzt lassen Sie uns bitte tun, was wir für richtig halten.»

In diesem Moment wurde an die Kajütentür geklopft. «Charlotte?» Es war Richard. «Charlotte, bitte komm raus und sprich mit uns.»

Ich ließ Anne stehen, riß die Tür auf und drängte Richard mit erhobenen Händen von Bord und auf die Pier zurück. «Ich hab euch nichts zu sagen, weder dir noch Mary. Euer Detektiv wird euch bestimmt sagen können, wo mein Anwalt seine Kanzlei hat. Ich hab euch alles angeboten, was ich habe.»

«Du hast unseren Sohn getötet, und jetzt glaubst du, du könntest dich mit Geld freikaufen?» sagte Mary. Wie seltsam es klang, diese Worte tatsächlich laut ausgesprochen zu hören. «Da irrst du dich aber gewaltig!»

«Charlotte», begann Richard.

«Es reicht», sagte ich.

«Wir wollen doch nur wissen warum», fuhr er fort.

«Warum was?» schrie ich. «Ich hab Jonah nicht getötet, genausowenig wie ihr. Es ist doch auch gar nicht gesagt, daß er sich selbst getötet hat.»

Mary war in Tränen aufgelöst und preßte die geballten Fäuste gegen ihren Bauch. «Aber er hat dich geliebt», sagte sie. «Er wäre nicht so verzweifelt gewesen, wenn du das Deine getan und ihn wiedergeliebt hättest.»

«Mit euch rede ich nicht mehr», sagte ich und setzte mich in Bewegung. Da hörte ich einen Schrei. Ich duckte mich und drehte mich wieder zu Richard und Mary um. Sie schauten zur Terrasse des *Smarmy Snail* hinauf. Alle Gäste waren aufgestanden und sahen zum Restaurant hin. Einen Moment lang hatte ich geglaubt, Mary wolle auf mich losgehen. Dann hörte ich Chloes Stimme. Hinter mir kam Anne an Deck. Bis ich mich zwischen Richard und Mary durchgeschoben hatte, war Chloe bereits am oberen Ende der Treppe, mit dem Rücken zu uns. Da traf sie ein Schlag, sie verlor das Gleichgewicht, ruderte mit den Armen und rollte die Aluminiumtreppe hinunter, bis sie schließlich mit dem Bein an einem röhrenförmigen

Geländerpfosten hängenblieb. Über ihr stand Roger. Die Gäste wichen zurück.

Ich rief Chloes Namen. Sie drehte sich auf die Seite, so daß ihre Beine und ihr Kopf über dem Wasser hingen. Am Morgen war Harry mit seinem Boot zurückgekommen, und ich rief nach ihm; vielleicht war er ja unter Deck. Dann rannte ich zu Chloe, und gleichzeitig kam Roger von oben auf sie zu.

«Ich liebe dich, Chloe!» rief er. «Ich liebe dich!» Und noch ehe sie wieder auf den Beinen war, schlug er ihr mit der Faust ins Gesicht. Ihr Körper wirbelte zu mir herum, und von ihrer Lippe rann Blut. Ich hörte, wie Anne Grace zurief, sie solle auf dem Schiff bleiben. Als ich mich über Chloe beugte und ihr die Hand ans Gesicht legte, traf Rogers Fuß mich an der Schulter, ich stürzte ebenfalls die Treppe hinab und schlug mit dem Genick gegen den letzten Pfosten. Ich hatte furchtbare Angst, ins Wasser zu fallen. Als ich aufschaute, sah ich, wie Roger Chloe mit dem Fuß ins Kreuz trat. Sie rutschte die letzten Stufen hinunter und in meine Arme. Wir rappelten uns hoch, und ich stellte mich vor sie.

«Schnell, aufs Schiff!» rief ich ihr zu.

Roger kam mit herabhängenden Armen die restlichen Stufen herunter. «Willst du sie beschützen, oder was?» fuhr er mich an, und fast im selben Moment flog ich gegen die Seereling der *Rosinante*. Mein Gesicht fühlte sich an der Seite hart an, hölzern. Roger ging an mir vorbei. Chloe war bereits an Bord. Anne stand inzwischen auf der Pier, und Richard und Mary standen zwischen Roger und der Kajütentür. «Weg da, verdammt noch mal!» Ein paar Sekunden herrschte Stille, und die drei wichen von der Gangway zurück. Da sprang der Motor der *Rosinante* an. Ich ergriff die Heckleine und schwang sie von ihrer Klampe. Als ich über die Reling an Deck kletterte, rief Roger Chloe zu, sie solle von Bord kommen. Die steigende Flut drehte das Heck der *Rosinante* seitwärts in die Strömung, und die Gangway stürzte von der Pier ins Wasser. Die Landanschlußkabel schnellten mit grellen blauen Blitzen aus ihren

Bordsteckdosen. Roger schob sich an Anne, Mary und Richard vorbei, die durch seine Gewalttätigkeit wie gelähmt schienen, und steuerte auf den Bug des Schiffes zu, die einzige Stelle, wo er noch an Bord gelangen konnte. Ich lief, so schnell ich konnte, nach vorn, aber ich wußte, daß Roger vor mir da sein würde. Chloe stand am Ruder und ließ den Motor im Rückwärtsgang auf Hochtouren laufen, aber die Bugleine war zu kurz und zu stark, um zu reißen. Roger stützte sich auf einem Pfosten ab, machte einen großen Schritt und setzte einen Fuß auf das Süll der *Rosinante*. Ich schaute mich nach einer Waffe um, fand aber nichts Brauchbares. Als ich wieder aufsah, hatte Roger noch immer einen Fuß am Bug und den anderen auf der Pier, doch seine Hände lagen nicht mehr auf dem Pfosten, sondern streckten sich nach der Seereling der *Rosinante* aus. Unter ihm zitterte die straff gespannte Bugleine. Ich begriff erst nicht, doch dann sah ich Harrys Bootshaken und an dessen Ende Harry selbst, der am Heck seines Bootes stand. Er hatte die lange Stange in Rogers Hosenbund gehakt und zog Roger von der *Rosinante* fort.

«Ein kleines Stück vorwärts, Chloe!» rief er. Das Schiff näherte sich wieder der Pier, und Roger drohte eingeklemmt zu werden. Im allerletzten Augenblick stürzte er auf die Pier hinab. Ich rannte nach vorn. Die Bugleine straffte sich wieder, und während ich mich noch fieberhaft an der Klampe zu schaffen machte, kam Chloe, schob mich beiseite und trennte die Leine mit einem einzigen Hieb unseres großen Schlachtermessers wie eine Nabelschnur durch. Als ich wieder aufsah, hatte Harry Roger von hinten gepackt und hochgehoben. Roger strampelte mit den Füßen und schrie, Chloe solle zurückkommen, und dann fing er an zu weinen. Ich ging in die Kajüte und trat zu Chloe und Grace ans Ruder. Chloe hielt das Schiff sieben Meter von der Pier entfernt gegen die Strömung in Position. Sie schniefte noch und fuhr sich mit dem Arm unter ihrer blutigen Lippe entlang.

«Ich hab gedacht, der bringt mich um», sagte sie.

Ich schaute zur Pier zurück. Anne, Richard und Mary standen noch da, etwa einen Meter von Harry und Roger entfernt. Ich wandte mich wieder Grace und Chloe zu. «Nichts wie weg hier», sagte ich.

Sie schauten mich an, als hätte ich ihnen vorgeschlagen, gemeinsam Selbstmord zu begehen.

Da hörten wir Harry fluchen. Wir drehten uns um. Roger hatte ihn in den Arm gebissen, worauf Harry ihn kurzerhand in den Piscataqua warf.

«Los!» rief ich.

Chloe drückte den Gashebel nach vorn, und die *Rosinante* setzte sich gegen die Strömung flußabwärts in Bewegung.

«Mutter!» schrie Anne.

Grace trat ans Kajütenfenster und winkte ihr zu. Richard und Mary gingen bis ans Ende der Pier, den Punkt, an dem sie am nächsten an mich herankamen.

«Mutter!» rief Anne erneut.

Alle sahen uns nach. Roger wollte in dem eiskalten Wasser hinter uns herschwimmen, aber die Strömung war so stark, daß er flußaufwärts abgetrieben wurde, gegen einen Pfeiler der Memorial Bridge, wo er sich festklammerte.

«Wo fahren wir denn hin?» fragte Grace.

Wir passierten Henderson Point und das alte viktorianische Gefängnis, und als wir uns der Hafeneinfahrt näherten, waren die Pier, die Menschen darauf und selbst das *Smarmy Snail* nicht mehr zu sehen.

«Weg von hier», beantwortete ich Grace' Frage. «Irgendwohin – wohin wir wollen. Wir haben den Mast umgelegt.»

Wir fuhren an der Station der Küstenwache vorbei und um den Portsmouth-Leuchtturm herum, tauchten am Whaleback-Leuchtturm in eine dichte Nebelbank und glitten in den Atlantik hinaus. Die *Rosinante* hob und senkte sich auf der Dünung.

«Geht das denn bei dem Nebel?» wandte ich mich an Chloe.

Statt einer Antwort fragte sie: «Wie wär's mit Prince Edward Island? Da könnten wir doch hin.»

Und Grace sagte: «Da wollte ich schon immer hin.»

«Wir laufen nicht davon, Charlotte, oder?» fragte Chloe, streckte den Arm hoch und schaltete das Radargerät und die anderen Instrumente ein.

«Nein», flüsterte ich. Der Nebel war so dicht, daß wir kaum unseren eigenen Bug sehen konnten. «Wir laufen nicht davon, wir retten unsere Haut – das ist was anderes.»

Zu dritt standen wir am Ruder, schauten nach vorn und lauschten dem tiefen Warnton der Leuchtturmnebelhörner achtern.

«Die Nebelhörner», sagte Chloe, «die wollen uns zurückholen. Aber man darf niemals direkt auf sie zufahren, denn da sind Klippen.»

«Geht's denn, Chloe, Schätzchen?» fragte Grace.

«Ja, ja. Nur der Mund tut mir weh.»

«Ich hol einen Waschlappen.» Grace hangelte sich vorsichtig von Handgriff zu Handgriff und ging nach unten.

«Ich hab Angst, Chloe», sagte ich. «Sag mir, was ich tun muß. Ich seh überhaupt nichts.»

«Du hast Angst, und ich fang gerade an, mich wieder zu beruhigen. Wir haben ruhige See. Sorgen muß uns nur eins machen: daß jemand uns rammt oder wir ihn. Jetzt machen wir erst mal einen Radarschnellkurs.» Sie zeigte auf das Gerät. «Also, die Reichweite ist auf eine Meile eingestellt. Hier sind wir, genau in der Mitte. Jeder Ring ist eine Viertelmeile weiter von uns entfernt. Der Fleck da ist der Whaleback-Leuchtturm, und der kleine Punkt hier ist 2KR, die Boje an der Hafeneinfahrt, die wir gerade backbords passiert haben. Die beiden anderen Punkte bewegen sich. Das sind Schiffe, von denen müssen wir Abstand halten.»

«Gar nicht so schwierig.» Ich schaute zu dem grün schimmernden Schirm auf. «Ich fühl mich schon besser.»

«Ja», sagte sie, «Radar ist was Tolles, aber alles, was unter

Wasser ist, sieht man nicht, und kleine Boote oder Holzboote auch nicht immer.»

«Die *Rosinante* ist doch auch aus Holz.»

«Ja, aber wir haben einen Aluminiumreflektor in der Takelage», erklärte Chloe. Und dann setzte sie hinzu: «Den werden wir allerdings bald runternehmen müssen.»

«Wieso?»

«Weil über kurz oder lang die Küstenwache hinter uns her sein wird. Immerhin haben wir gerade eine alte Frau und ihr Schiff entführt. Ein Glück, daß der Nebel so dicht ist.»

«Ich hol ihn runter.»

Ich trat in die warmen, bläulich-grauen Nebelschwaden hinaus, kletterte auf das Kajütendach und entfernte den Reflektor von dem kurzen Mast. Das Wasser ringsum wirkte träge und dick wie Öl. Die Seetangfetzen schienen nicht darauf zu schwimmen, sondern sahen aus, als wären sie darin eingeschlossen. Der Schaum am Bug der *Rosinante* gerann und fiel ins Wasser zurück, als wäre dessen Oberfläche klebrig. Langsam glitten wir an Hummerbojen vorbei, die ruhig auf der wellenlosen See lagen. Die Leinen unter ihnen verloren sich in dunklen Tangschleiern. Als ich wieder aufs Deck hinabstieg, spürte ich das Vibrieren des Motors unter meinen Füßen. Ich ging zum Bug. Der Nebel füllte den Raum zwischen mir und der Kajüte. Ich drehte mich um und schaute nach vorn. Meine Augen mühten sich, in der gestaltlosen Umgebung Formen auszumachen, und manchmal schien auch wirklich etwas hervorzutreten, sich zu verdichten. Wenn ich mich dann nach Chloe umwandte, war nichts von ihr zu sehen, und ich schwebte allein auf dem vorderen Drittel des Schiffs. Ich hielt mich an der Seereling fest und ging zur Kajüte zurück. Stück für Stück wurde das Deck unter meinen Füßen wieder sichtbar, tauchte auf, hob sich glatt und leicht aus dem kühlen Wasser. Grace und Chloe standen in der Kajüte.

«Wie lange kann das denn so bleiben?» fragte ich.

«Zehn Minuten, eine Woche...», sagte Chloe.

«Ich komm mir vor wie ein Kind mit der Taschenlampe unter der Bettdecke.»

«Ich brauch die Karten von unten, Charlotte. Und Grace stecken wir besser in eine Schwimmweste.»

Ich warf ihr und dann Grace einen raschen Blick zu und ging die Schwimmweste und die Karten holen. Unten klang der Motor lauter, kraftvoller. Ich spürte sein Vibrieren durch das Holz des Bodens und der Schrankfächer. Das Wasser schwappte rhythmisch gegen den Rumpf der *Rosinante*. Es war eher ein starker Druck als Reibung, eher ein Zischen als ein Plätschern, ein anhaltendes, leises, angenehm klingendes Seufzen.

Chloe rollte die Karten auf dem Kajütentisch aus, und ich behielt den Radarschirm im Auge. Das Ruder war auf Autopilot gestellt, und die *Rosinante* glitt mit sechs Knoten gleichmäßig dahin.

«Hier, der Golf von Maine, den brauchen wir.» Grace saß neben ihr und schaute zu. «Wir müssen geradeaus durch den Golf zur Südspitze von Nova Scotia und dann die Küste rauf. Danach geht's durch die Meerenge hier. Prince Edward Island liegt da. Irgend jemand hat die ganze Route schon mit Bleistift eingezeichnet: Steuerkurs, Entfernungen, Wegepunkte. Bestimmt Sweet George.»

«Nein, ich glaub, das war ich», sagte Grace. Ich wandte mich ihr zu. «Das ist meine Schrift, das muß von mir stammen. Komisch. Anscheinend bin ich hier schon mal langgefahren.»

«Es fällt dir bestimmt wieder ein, Grace», sagte ich. «Wart's ab.»

Sie strich die eingerollten Kartenränder glatt und fuhr mit dem Zeigefinger die Route nach.

«Wie weit ist es denn bis Prince Edward Island, Chloe?» fragte ich.

«Siebenhundert Seemeilen ungefähr.»

«Was?»

«Ja, es ist ein ziemliches Stück, Charlotte.»

«Können wir überhaupt so weit fahren?»

«Wir haben neunhundertfünfzig Liter Treibstoff, und wir verbrauchen, sagen wir mal, knapp einen Liter pro Meile. Das reicht auf jeden Fall. Bevor uns der Sprit ausgeht, ist uns schon längst das Essen ausgegangen.»

«Wie weit ist es bis Nova Scotia?»

«Anderthalb Tage, zwei, je nachdem.»

«Da können wir ja dann einen Hafen anlaufen.»

«Aber wir müssen vorsichtig sein. In Kanada gibt's auch eine Küstenwache. Meinen Arzttermin nächste Woche muß ich wohl sausenlassen.»

«Meinst du nicht, bei den Kanadiern sind wir sicher? Im Vietnamkrieg haben die doch Kriegsdienstverweigerer aufgenommen.»

«Aber Kidnapper und Diebe nehmen sie bestimmt nicht.»

«Apropos Kidnapper», schaltete Grace sich ein. «Ich bin doch kein Kind. Anne wollte mich in ein anderes Pflegeheim stecken, stimmt's?» Chloe und ich sahen sie an, gaben aber keine Antwort. «Ich hab zwar einiges vergessen», fuhr sie fort, «aber ich bin nicht krank. Daß ich mich nicht an meine Tochter erinnere, heißt noch lange nicht, daß ich nicht für mich selbst sorgen kann.»

«Wir müssen umkehren», sagte ich. «Du bist schwanger, Chloe, und Grace hat ihre Medikamente nicht dabei. Das Ganze ist doch Wahnsinn.»

Grace faßte tief in ihre Rocktasche und zog zwei Tablettenfläschchen hervor. «Die hat Anne da reingesteckt, als wir im Heim meine Sachen gepackt haben.» Sie lächelte.

Ich las die Aufschrift. Die Tabletten reichten für fast einen Monat.

«Das Baby kommt so oder so, egal, wo wir sind», erklärte Chloe und stellte sich wieder ans Ruder. «Also, ich setze jetzt einen Kurs fest. Wir fahren im Moment in einer geraden Linie, in Wasserlinie sozusagen.»

Nach ungefähr eineinhalb Stunden hörten wir über Sprechfunk zum ersten Mal den Namen *Rosinante*. Wir hatten Kanal 16 abgehört, weil wir einen Funkspruch der Küstenwache erwarteten, eine Aufforderung umzukehren, einen Schuß vor unseren Bug. Aber es war Chloes Vater, seine verschwommene, körperlose Stimme, die von seinem Boot aus, das suchend im Nebel zu kreisen schien, die *Rosinante* rief.

«Willst du nicht antworten?» fragte ich Chloe.

Wieder hörten wir ihn: «*Rosinante*, *Rosinante*, *Rosinante*, hier *Dorothy Gale*.» Und dann: «Chloe, Kind, ich weiß, daß du da bist. Sie haben Roger eingesperrt. Ich weiß, daß du da bist. Wir machen uns Sorgen um dich. Melde dich, Kleines, schnell! Dann hol ich dich und bring dich in den Hafen zurück.»

«Chloe», sagte ich.

«Ich will nicht mit ihm reden, Charlotte. Dann werd ich weich, und das will ich nicht.»

Der Funkspruch wurde alle paar Minuten wiederholt. Je weiter wir aufs Meer hinausfuhren, desto undeutlicher wurde er. Chloe stand unbeirrt am Ruder und schaute in den undurchsichtigen Nebel hinaus, doch jedesmal, wenn es im Funkgerät knackte, fuhr sie zusammen.

«Schalten wir's einfach ab», schlug ich schließlich vor.

«Nein», erwiderte sie, «16 muß immer eingeschaltet bleiben, das ist der Seenotfunk. Es könnte ja sein, daß jemand Hilfe braucht.»

Als wir weiter aufs Meer hinausfuhren, erhöhte Chloe die Radarreichweite, und nach vier Stunden verschwand auch der letzte Rest Land, die fünf Meilen vor der Küste gelegenen Isles of Shoals, vom Bildschirm. Die maximale Reichweite der Radaranlage betrug sechzehn Meilen, doch in dem Radius, den sie momentan erfaßte, zeigten sich kaum Signale. Wir verfolgten den Punkt eines großen Schiffes, das in Richtung Süden Cape Cod umrundete und fünf Meilen voraus unseren Kurs kreuzte. Sonst schien das Meer spärlich bevölkert.

Um neun Uhr abends wurden wir erstmals in einem klar verständlichen Funkspruch der Küstenwache von Portsmouth genannt. Wir seien überfällig, hieß es seltsamerweise. Alle Schiffe wurden aufgefordert, nach einer Fünfzehn-Meter-Kreuzeryacht mit drei Personen an Bord Ausschau zu halten.

«Na gut», sagte Chloe grimmig, «wir können ja die *Dapple* zu Wasser lassen, irgendwelchen alten Kram und einen von unseren Rettungsringen verbrennen und alles über Bord werfen.»

«Ich will aber nicht, daß meine Eltern glauben, ich sei tot», sagte ich.

«War nur so eine Idee. Wenn wir tot wären, könnte uns niemand mehr was tun.»

«Jetzt verschwinden wir erst mal, Chloe. Wir sind nicht Thelma und Louise. Wir brauchen nur Zeit.»

«Früher oder später kriegen sie uns ja doch. Irgend jemand wird uns erwischen.»

«Aber vielleicht nicht rechtzeitig.» Wir saßen noch eine Stunde schweigend da und lauschten dem kraftvollen Brummen des Dieselmotors. «Im Dunkeln ist der Nebel nicht so schlimm», sagte ich. «Es kann ja nicht doppelt so dunkel wie dunkel sein. Zweimal null ist immer noch null.»

«Was?» fragte Chloe träge. «Das klingt nach *Alice im Wunderland*.»

«Ich hab Hunger», sagte ich. «Du nicht?»

«Ich bin halb verhungert.»

Ich wollte mich gerade umdrehen und hinuntergehen, als Grace mit einer Platte Thunfischsandwiches den Niedergang heraufkam. «Erst hab ich mich da unten überhaupt nicht ausgekannt, aber dann hab ich alles gefunden.»

Ich aß zwei Sandwiches, ging in die Kombüse, um mir noch ein drittes zu machen, und nahm Chips und Oliven mit nach oben. Mein Unterkiefer schmerzte, wenn ich auf der Seite kaute, an der Rogers Faust mich getroffen hatte. Auch Chloe kaute einseitig, damit die Wunde an ihrer Unterlippe nicht wieder aufplatzte. Als sie aufgegessen hatte, sagte ich zu ihr: «Geh doch runter und ruh dich ein bißchen aus. Ich paß hier inzwischen auf.»

Sie sah mich an.

«Wirklich, Chloe, das schaff ich schon, Grace kann mir ja helfen.»

«Okay», sagte sie, «dann leg ich mich ein paar Stunden hin. Du mußt die drei Meßgeräte hier im Auge behalten. Der Drehzahlmesser muß auf neunzehnhundert stehen, der Öldruck auf dreieinhalb Bar und die Wassertemperatur auf hundertachtzig Grad. Wenn auf dem Radarschirm irgendwas zu nahe kommt, ruf mich. Wenn du irgendwas Komisches hörst, riechst oder spürst, ruf mich. Die Positionslichter sind an, also nicht die Schalter hier berühren. Wenn sich das Wetter ändert, ruf mich. Wenn du dich nützlich machen willst, kannst du die Koordinaten hier vom Loran ablesen und unsere Position jede halbe Stunde oder so in die Karte einzeichnen. Die Zahl oben am Bildschirm ist unser Breitengrad, die unten der Längengrad. Okay?»

«Okay.»

«Okay», sagte Grace. «Ich bin kein bißchen müde.»

Chloe ging nach unten, reichlich mißtrauisch, wie ich fand. Grace und ich zeichneten mit einem langen Lineal und einem Bleistift unsere momentane Position ein, auf der Karte, im Golf, auf dem Erdball. Eine Weile betrachteten wir das kleine X mitten im Wasser.

«Da sind wir jetzt», sagte Grace.

«Irgendwie beruhigend, findest du nicht?»

«Ja, stimmt.» Grace legte mir die Hand auf den Arm.

«Weißt du, wohin wir fahren, Grace?» fragte ich sie.

«Wenn wir da sind, kann ich's dir genau sagen.»

Ich lächelte. «Weißt du, welcher Tag heute ist?»

«Wüßtest du's ohne Kalender?»

Ich ging in unsere Kabine hinunter, und als ich an die Frisierkommode trat, fuhr Chloe aus ihrer Koje hoch und stieß mit dem Kopf an das Bord an der Wand. «Was ist los?» rief sie.

«Nichts, nichts.» Mein Herz klopfte.

«Ich wollte nur schnell meinen Kalender holen.»

«Du hast Wache», fuhr sie mich an.

«Ja, ja, es dauert ja nur eine Sekunde.»

«Du hast Wache», wiederholte sie, und ich ging schnell ans Steuerruder zurück, kontrollierte den Radarschirm und die Meßgeräte und schaute in die Leere der Nacht hinaus. Als ich mich überzeugt hatte, daß alles in Ordnung war, gab ich Grace den Kalender.

Sie blätterte lange darin und sagte schließlich: «Da hat man ja eine Riesenauswahl an Tagen, was?»

Ich legte den Finger auf den Kalender. «Der ist es, Grace. Wir müssen dich unbedingt wieder in Form bringen. Vielleicht müssen wir irgendwann beweisen, daß du für dich selbst sorgen kannst.»

«Gut, Charlotte, ich werd mir Mühe geben. Ich werde alles lernen, was du willst. Immerhin hab ich schon die Sandwiches gemacht.»

«Genau.» Ich legte ihr den Arm um die Schultern. Gemeinsam überwachten wir den Radarschirm und die Meßgeräte, zeichneten von Zeit zu Zeit unsere Position ein und lauschten angespannt auf jede Veränderung des Motorengeräuschs. Ab und zu ging sein tiefer Baß in ein kraftvolleres Dröhnen über, und nach einer Weile bemerkte ich unter uns eine leichte Dünung. Die Wellen, so lang wie der Rumpf der *Rosinante*, hoben uns langsam etwa einen halben Meter hoch und ließen uns dann wieder sanft zurückgleiten. Um zwei klingelte Chloes Wecker, und sie kam zu uns in die Kajüte. Wir waren inzwischen fünfundsechzig Meilen von der Küste von Maine entfernt, die See war noch immer ruhig, und hier und dort konnten wir durch Risse in der Nebelwand die Sterne sehen. Ich drehte eine Runde auf dem nassen Deck und ging dann in meine Kabine.

Pinky lag auf meiner Decke, Midden darunter. Beide schienen seekrank zu sein. Ich schlängelte mich auf den Platz, den sie mir gelassen hatten. Jeder einzelne von meinen Muskeln war gespannt wie eine Feder, fortwährend bemüht, mich im Gleichgewicht zu halten. Die Geräusche des Motors und des Wassers aber drangen beruhigend durch mein Kissen, und ich schlief den tiefen, wenn auch oft unterbrochenen Schlaf des Seemanns, bereit, beim leisesten Stottern des Motors aus der Koje zu springen. Die Wellen glitten weich durch mich hindurch, als wäre ich ein lose auf dem Wasser schwimmendes Stück Leine. Ich hatte seltsame Träume, durch Salzwasser hindurch geschaute Bilder. Sweet George, Roger und Jonah saßen in dem Beiboot, das an seinen Davits am Heck der *Rosinante* hing, und spielten Karten. Sie schienen sich seit Jahren zu kennen. Zum Schluß vollzog sich eine jener Wandlungen, mit der Träume sich oftmals selbst unterminieren, und ich saß gleichfalls in dem Boot. Als ich mir meine Pokerkarten ansah – mindestens fünfundsiebzig Könige und zwei Zweien –, merkte ich plötzlich, daß ich Jonah war. Roger lächelte mir zu und legte einen Fächer aus achtzig Assen auf die Ruderbank mittschiffs. Ich wollte ihm gerade mit einem Ruder den Schädel einschlagen, da fiel mir ein, daß ich ja träumte, und ich wachte auf, eine halbe Minute bevor der Wecker klingelte.

Ich zog mir saubere Sachen an und polterte in die Kajüte hinauf. Chloe stand allein in der grauen Dämmerung. Die Wellen hatten kleine Schaumkronen. Der Nebel war tiefhängenden dichten Wolken gewichen, und es sah aus, als würden sie das Brodeln und Brechen der Wogen widerspiegeln. Chloe drehte sich zu mir um. Ihr Gesicht war verquollen wie das eines Seemanns, der sich die ganze Nacht in Kneipen herumgeprügelt hat. Um ihr linkes Auge zog sich ein lavendelblauer Halbmond, die rechte Wange war geschwollen.

«Charlotte», sagte sie, «du mußt eine Runde an Deck machen und nachschauen, ob alles gesichert ist.»

«Ja, gut. Warum?»

«Sieht aus, als würden wir schlechtes Wetter kriegen. Der Seewetterbericht sagt bis zehn Uhr Windgeschwindigkeiten von fünfundzwanzig bis dreißig Knoten voraus. Es soll auch regnen, aber der Wind...» Sie hielt inne.

«Was ist los, Chloe?»

«Ich bin nur müde. Und mein Auge tut weh.»

«Es ist ganz violett.»

«Grace ist endlich schlafen gegangen. Sie ist fast die ganze Nacht mit mir aufgeblieben. Paß auf, daß keine Leinen lose sind, die könnten über Bord gehen und sich in der Schraube verheddern. Das Luk vorn muß zu sein. Und alles, was über Bord geweht werden könnte, muß festgezurrt oder hier reingebracht werden.»

«Alles klar.» Ich schob die Kajütentür auf und trat hinaus. Der Wind roch wie eine leere Blechdose und blies mir augenblicklich das Haar im Nacken hoch. Wir fuhren ihm und den kleinen Wellen direkt entgegen, so daß das Schiff nicht schlingerte, sondern sich hob und senkte wie ein Pferd auf einem Hindernisparcours. Ich verstaute die Polster und rollte die einzige lose Leine auf, die ich entdecken konnte, die Fangleine am Bugauge der *Dapple*. Ich warf einen Blick in das Boot, um zu sehen, ob zwischen den Spanten Spielkarten lagen. An der Fußrelingsschiene der *Rosinante* hingen noch drei Fender, die ich einholte und in dem Schapp hinter der Kirchenbank verstaute. Auf einem Kanister standen vier von Grace' Blumentöpfen, und ich warf sie über Bord. Dann las ich die Gebrauchsanweisung auf dem Behälter des Rettungsfloßes, und zuletzt band ich die Falleinen an dem kurzen Mast fest, damit sie nicht im Wind knatterten.

«Auf Deck alles gesichert, Käpt'n», meldete ich Chloe.

«Gut, dann mach das gleiche unten. Alles muß entweder in einem Schrank verstaut oder festgezurrt werden.»

«Chloe», fragte ich, «was kann bei einer Windgeschwindigkeit von fünfundzwanzig Knoten passieren?»

«Nichts. Zum Glück kommt der Wind aus der Richtung, in

die wir fahren. Wir werden langsamer vorankommen, aber wenn wir Kurs halten, werden wir wahrscheinlich nicht sehr stark schlingern. Vielleicht kriegen wir später Dreimeterwellen.»

«Im Ernst?»

«Ja, aber das macht nichts. Wenn der alte Kahn hier hält.»

«Sollen wir dem Motor nicht mal eine Ruhepause gönnen? Er ist die ganze Nacht gelaufen.»

«Das ist ein Dieselmotor, auf den ist Verlaß. Daddy hat auch immer Dieselmotoren gehabt.»

«Okay, dann geh ich mal nach unten.»

«Mach auch Frühstück, Charlotte, und bring mir ein Kissen für den harten Hocker hier mit!» rief sie mir nach.

«Junge, Junge», rief ich zurück, «du machst dich ja gut als Käpt'n.»

Grace saß auf ihrer Koje und rieb sich die Augen. «Eben hab ich einen Moment nicht mehr gewußt, wo ich bin.»

«Besser, als wenn du ein paar Wochen lang nicht mehr weißt, wer du bist.»

Sie streckte mir die Zunge heraus. Dann trat sie an die Frisierkommode, hielt sich mühsam im Gleichgewicht und begann sich das Haar zu bürsten.

«Wo sind denn die Gummigurte zum Festhaken, Grace?» rief ich ihr von der Kombüse aus zu. Ich ging vor einem offenen Unterschrank in die Hocke und spähte hinein. Als keine Antwort kam, drehte ich mich um. Grace starrte mich an.

«Ich glaub, ich weiß, wo die sind», sagte sie. Ihre Augen weiteten sich. Die Bürste baumelte ihr im Haar, und ihre Hände kneteten einander wie Ton. «Schau mal in der Kaffeedose unter der Spüle nach.»

Ich rückte ein Stück weiter und setzte mich wie ein meditierender Buddha vor die Tür. Da stand die Dose mit den Gurten darin. Ich wußte, daß wir sie nicht mehr benutzt hatten, seit wir das Schiff zu Patten's Yachtwerft gebracht hatten. Ich hielt sie hoch, um sie Grace zu zeigen.

«Wieso hab ich mich jetzt an die Dinger erinnert?» fragte sie.

Ich zuckte die Schultern und lächelte. Mit den Gurten befestigten wir alle losen Gegenstände an dem Schott über der Arbeitsplatte und sicherten die Konservendosen in den Unterschränken. Sonst war fast alles festgeschraubt oder kardanisch aufgehängt. Wir nahmen auch die Bücher von dem Bord über meiner Koje und steckten sie zwischen die Kissen und Decken, für den Fall, daß das Schiff zu starke Seitenlage bekäme.

Als ich wieder neben Chloe am Ruder stand, erzählte ich ihr von den Gummigurten.

«Du hast doch gestern abend das Essen gemacht, Grace. Vielleicht hast du sie da gesehen», sagte sie.

«Nicht daß ich wüßte.»

Wir beobachteten das Meer, dessen Horizont sich in den Wolken verlor. Pinky und Midden kamen herauf, und erst jetzt fiel uns ein, daß wir sie seit Beginn der Fahrt nicht mehr gefüttert hatten. Als ich jedoch ihr Fressen vor sie hinstellte, rührten sie es nicht an. Midden war noch immer angespannt, so als würde jemand ihre Sohlenballen berühren; Pinky dagegen wirkte kühl und gelassen wie immer. Er kletterte auf das Sofa und schaute von Zeit zu Zeit aus dem Fenster, um zu sehen, wie wir vorankamen. Einmal, als wir uns stark zur Seite neigten, knurrte er. Die Sicht betrug etwa eine Viertelmeile, die Wolkendecke hing ungefähr fünfunddreißig Meter über uns, und wir waren in dem Bereich, den wir überschauten, das einzige feste Objekt. Jetzt trommelten auch Regentropfen gegen die Kajütenfenster und liefen in waagrechten Streifen über die Scheiben. Der Wind kam in Böen aus Nordost und schwoll nach und nach zum Sturm an. Es dauerte Minuten, bis ich merkte, daß wir alle drei Mühe hatten, das Gleichgewicht zu halten, und uns an dem Mahagonigeländer des Ruderstandes festhielten. Die *Rosinante* versuchte ihren Bug über der tosenden See zu halten, aber dann wurden die Wellentäler zu tief, und während das Schiff in sie hinabtauchte, wurde es schon von der nächsten Welle überrascht, die auf die Planken niederkrachte und Gischt über das Schandeck sprühte. Bald war mehr Salz- als Regenwasser an der Windschutzscheibe. Das Wasser floß über das Deck, um den Kajütaufbau herum und durch die Speigatts ins Meer zurück. Jede dritte oder vierte Welle schien sich härter und steiler aufzubäumen als die anderen und ließ das Schiff trotz des spitz zulaufenden Vorstevens erzittern, als wäre es gegen eine Betonwand geprallt. Es war eine *Rosinante* ohne Zaum und Zügel, mit einer wehenden Mähne aus Gischt.

Ich wollte Chloe etwas fragen, aber sie hörte mich nicht. Das Meer war jetzt lauter als der Motor unter unseren Füßen, und so schrie ich: «Was meinst du, wie lange das noch so geht?»

«Bis es aufhört», rief sie zurück.

«Sind das überhaupt noch Dreimeterwellen?»

«Das sind Anderthalb- bis Zweimeterwellen; die Dreimeterwellen kommen jetzt erst so langsam.»

«Ich versteh nicht, wie es erst so ruhig sein kann, und ein paar Stunden später ist der Teufel los. Das ist so schnell gegangen!»

«Das ist noch gar nichts», rief sie. «Roger hat keine zehn Sekunden dazu gebraucht, und bei mir kann's jetzt jeden Tag so gehen. Ich glaub, wir ziehen uns besser die Schwimmwesten an, für alle Fälle.»

Zwischen den Sprüngen und knöchelverstauchenden Aufsetzern der *Rosinante* schlüpften wir in die unförmigen Westen. Grace, erschöpft von der Anstrengung des Aufrechtstehens, zwängte sich in die Ecke der Sitzbank. Chloe und ich blieben stehen, Chloe am Ruder, obwohl sie nicht steuerte. Der Autopilot war noch eingeschaltet.

«Wär's mit Handsteuerung nicht ruhiger?»

«Nein. Die Wellen kommen ziemlich gleichmäßig. Der Autopilot kann besser Kurs halten als ich. Wenn es schlimmer wird, wenn wir anfangen, uns in den Wellentälern zu drehen, dann übernehme ich wieder, damit wir nicht ins Schlingern kommen.»

«Kann ich denn irgendwas tun?»

«Nein, nein, es geht schon. Da müssen wir jetzt eben durch. Irgendwann hört das auch wieder auf.»

«Ich würde so gern irgendwas tun!»

«Das ist nun mal das Wetter, Charlotte. Übrigens: Es hat gar nicht so weh getan, wie ich dachte. Ich hab mir immer vorgestellt, wenn Roger richtig zulangt... Ich hab gedacht, das tut höllisch weh. Hat's auch, aber nur kurz. Ich könnte mich grün und blau ärgern, daß ich solche Angst vor ihm hatte.»

«Okay, wir müssen da durch», rief ich. «Aber sag Bescheid, wenn ich was tun kann, ja?»

«Du kannst mal in den Maschinenraum runtergehen und eins von den kurzen Bodenbrettern hochheben, um zu sehen, ob Wasser in der Bilge steht.»

Ich polterte hinunter. In Motornähe war der Lärm ohrenbetäubend. Ich zog das Brett mit einem so kräftigen Ruck hoch, daß es mir fast gegen die Nase schlug. Zwischen den dicken Eichenrippen lief ein Rinnsal durch die Bilge. Ich wußte nicht, ob es mehr war als sonst, aber es sah nicht weiter bedrohlich aus. Ich ließ das Brett wieder zuschnappen und hangelte mich zur Tür des Maschinenraums zurück und den Niedergang hinauf.

«Ein schmales Rinnsal ist da unten – viel ist es nicht», berichtete ich.

«Gut. Wir müssen immer mal wieder nachsehen. Armes altes Schiff.»

Ich schaute über die Schulter zu Grace. Sie schlief tief und fest, und ihr Kopf schlenkerte bei jedem Brecher vor und zurück. Sie war absolut seefest.

Chloe mochte an dem Radargerät drehen, soviel sie wollte, es zeigte uns unverändert, daß aus allen Richtungen Schlepper, Lastkähne, Frachter und Linienschiffe auf uns zukamen.

«Das schlimmste wäre, wenn wir zwischen einen Schlepper und einen Lastkahn geraten würden», sagte sie. «Die Stahltrosse würde das Schiff entweder an der Wasserlinie der Länge nach durchschneiden oder es festhalten, bis der Lastkahn es rammt. Da hilft es auch nichts, wenn der Schlepper es noch sieht. Den Kahn kann er nicht stoppen. Der fährt stur weiter, am Bug die Gischt und dahinter hundert Meter Stahl.»

«Aha.»

«Aber das würden wir wohl nicht mehr mitkriegen», tröstete sie mich.

Die Wogen türmten sich jetzt dunkel und zugleich schimmernd bis über Augenhöhe vor uns auf. Im Steigen verblaßte ihre Farbe, um sich dann wieder zu vertiefen, und trotz des Graus ringsum schoß hin und wieder Licht durch die tiefgrünen, blauen und manchmal auch türkisfarbenen Bögen. Sie überschlugen sich, stürzten schäumend auf unser Deck herab und vergingen – farbloses, dünnes Wasser. Die *Rosinante* erzitterte, sammelte sich, verharrte in der Luft, als müßte sie noch überlegen, und fiel schließlich mit ihrer ganzen Last auf die granitharte See. Manchmal stießen drei Viertel ihres Kiels durch eine Woge, manchmal verschwand bis auf das Ruder und die Schraube alles in Wasser oder Gischt. Der Motor röhrte auf, wenn das Meer keinen Widerstand mehr bot, und das Schiff reagierte nicht mehr auf das Ruder. Schließlich schaltete Chloe den Autopiloten ab und griff wieder in die Mahagonispeichen des Steuerrades.

«O Gott», sagte sie. Ich konnte es nicht hören, aber ich las es von ihren Lippen ab.

«Was ist?» rief ich.

«Das Ruder – manchmal ist es bloß noch wie eine Wetterfahne. Ich spür das. Das Rad dreht sich zu leicht.»

«Wir sind ein bißchen vom Kurs abgekommen», sagte ich.

«Macht nichts. Bug in den Wind, damit die Wellen nicht seitlich kommen. Sonst wälzt sich das schmächtige alte Schiff wie eine Hure.»

«Chloe!» rief ich lachend.

«Ist was?» Sie formte die Worte mit den Lippen, lächelte und drehte das große Rad.

«Das ist doch absurd», rief ich, aber meine Worte übertönten kaum das Heulen des Sturmes. «Du bist im achten Monat und stehst den ganzen Tag am Ruder.»

«Immer noch besser, als in einem Reisfeld zu entbinden. Hast du das Buch mal gelesen?»

«Ja.»

«Ganz schön zäh war die.»

«Aber das war eine Romanfigur, und dich gibt's wirklich.»

Fast eine Stunde tobte der Sturm mit unverminderter Heftigkeit, doch uns kam es vor wie Minuten. Schließlich wies Chloe mit einer Kopfbewegung nach vorn. «Da, schau mal, die Gischt spritzt nicht mehr übers ganze Schiff.»

«Läßt der Sturm nach?»

«Sieht fast so aus.»

«Dann waren das jetzt also Dreimeterwellen?»

«Ich weiß nicht. Die höchsten Wellen, die ich je gesehen hab, waren zwei, zweieinhalb Meter hoch, und die hier sind viel höher.»

«Was? Und da sagst du nichts?»

«Zurück können wir sowieso nicht mehr.»

Die nächsten zwei Stunden beobachteten wir das Nachlassen des Windes, und als die Dämmerung hereinbrach, leuchtete zwischen Erde und Wolken die Sonne am Horizont. Wir fuhren in entgegengesetzter Richtung, in eine Nacht voll öliger Wogen, die aus Island oder Südamerika kommen mochten. Chloe meinte, bis zwei oder drei könnten wir in Nova Scotia sein, aber sie hielt es für besser, wenn wir uns bis Tagesanbruch von der ihr unbekannten Küste fernhielten. So drosselten wir unseren braven Motor, legten die Hände in den Schoß und glitten lässig über die glatten Wellen. Chloe schlief eine Weile, dann schlief ich, und später machte Grace uns Hühnersuppe mit Crackern und Schokoladenplätzchen. Um

Mitternacht war der Himmel völlig klar, und wir standen zu dritt auf dem langsam trocknenden Deck der *Rosinante*.

«Na, so schlimm war's doch gar nicht», murmelte Grace.

Die Luft war frisch, reingewaschen, elektrisch geladen. Wir schöpften dreißig Zentimeter Wasser aus der *Dapple*, die von innen ebenso dicht war wie von außen. Eine Meile entfernt glitt das rote Steuerbordlicht eines Schiffes vorüber. Chloe meinte, es müsse ein Trawler sein. Um vier sahen wir Lichter an der Küste. Wir breiteten die Karte von Nova Scotia aus und lasen uns gegenseitig Passagen aus einem Führer aus Sweet Georges Bibliothek vor.

«Schön, frei zu sein, was?» sagte Grace. «Ich hab das Gefühl, als hätte ich das alles schon mal gehört.»

Chloe lächelte. Dann fing sie an, unter ihrem Hemd zu nesteln, und zog schließlich entnervt ihren ganzen BH durch den Ärmel heraus.

«Das Hemd läßt du aber an, oder?» fragte Grace.

«Na, hör mal!» Chloe machte ein böses Gesicht.

«Mir soll's egal sein», sagte Grace. «Ich hatte mal eine Freundin, die war ungeheuer stolz auf ihre Brüste. Furchtbar eitel war die. Bei jeder Gelegenheit hat sie sie einem vor die Nase gehalten. Ich fand sie ja zu spitz, aber das hab ich ihr nicht gesagt. Von mir aus konnte sie glauben, was sie wollte. Nicht mal richtig symmetrisch waren die.»

Ich schaute Chloe an und verzog den Mund.

«Und ganz bleich», fuhr Grace fort. «Wenn sie sich in die Sonne gelegt hat, hat sie zwei Schalen drübergestülpt, so daß die Brüste immer aussahen, als wären sie auf ihrem Oberkörper in Ohnmacht gefallen.»

Chloe und ich lachten, bis uns die Luft wegblieb, vergnügt wie seit Wochen nicht mehr. Grace hatte sich an etwas weit Zurückliegendes erinnert, etwas Persönliches, und sie hatte es in ihrem alten spöttischen Tonfall wieder zum Leben erweckt. Aber es schien ihr nicht bewußt zu sein, und weder Chloe noch ich machten sie darauf aufmerksam. Es war zu schön, um ausgesprochen zu werden, zu außergewöhnlich. Der Klang unserer Stimmen konnte sie erschrecken, das Reh im Garten vertreiben.

Ein nebelloser, klarer Morgen brach an. Chloe und ich hißten die kanadische Flagge, ein höflicher Gruß an das weite Land fern von unserem Hafen. Wir hatten beschlossen, eine kleine Bucht anzulaufen, die in unserem Führer als «malerisch und abgeschieden» beschrieben wurde, «es sei denn, sechs andere Kreuzer ankern dort bereits». Sie lag etwa drei Kilometer nördlich vom nächsten Ort. Wir wollten dort Anker werfen und dann mit der *Dapple* die Landspitze umrunden, um Lebensmittel einzukaufen. Die Küste war zerklüftet, karg, voller Wohlgerüche. Oberhalb der Felsen standen einzelne Häuser. Wir passierten den Ort in einer Meile Entfernung, konnten aber deutlich zwei Kirchtürme erkennen. Zwei kleine Boote liefen schräg aus dem Hafen aus, steuerten jedoch nicht auf uns zu. Was ich als eine durchgehende Felsenküste wahrnahm, präsentierte sich Chloe als eine Vielzahl kleiner Buchten. Durch das Fernglas machte sie unser Ziel aus und drehte den Bug der *Rosinante* in Richtung Küste. In einer Stunde würde die Flut ihren Höchststand erreichen, und die Gefahr, an einem fremden Ankerplatz auf Grund zu laufen, würde geringer sein. Als wir uns der Küste näherten, nahm ich das Fernglas. Die Felsen, dunkel und vom Wasser abgeschliffen, schienen sich wellenförmig zu bewegen. Da merkte ich, daß am Strand Hunde waren, Dutzende von Hunden, und als ich den Mund aufmachte, um «Hunde» zu sagen, kam das Wort «Robben» heraus.

Chloe steuerte uns durch eine breite Durchfahrt und um eine kleine Insel herum in den natürlichen Hafen. Wir gingen alle drei nach vorn und ließen kettenrasselnd und spritzend den Anker fallen. Das Wasser war neun Meter tief. Chloe setzte zurück, um mehr Spielraum zu haben, und schließlich stoppten wir die Kette ab, so daß der Anker gut griff. Dann wurde der Motor der *Rosinante* zum erstenmal seit vierzig Stunden abgestellt. Eine hypnotische Stille legte sich über die glatte Fläche der Bucht. Anfangs hatte ich das Gefühl, so taub zu sein wie der Anker auf dem Grund, doch dann vernahm ich das Plätschern des Wassers am Rumpf, das leise Pfeifen des Windes um die verwitterten Felsen und das Bellen einer Robbe am Eingang der Bucht, hell und metallisch wie eine zu Boden fallende Blechschüssel. Häuser waren nicht zu sehen, nur ausgewaschene Felsen und steile, nadelbaumbestandene Hänge. Wir waren das einzige Schiff in der Bucht. Nachdem wir ein paar Minuten über die Decks der *Rosinante* spaziert waren und in die Bäume hinaufgeschaut hatten, schlangen wir in der Sonnenwärme die Arme um uns und gingen wieder hinein.

Am Spätnachmittag wachte ich auf. Chloe schlief noch in ihrer Koje auf der anderen Seite der Kabine. Mein Mund war trocken, und ich stand auf, um mir ein Glas Wasser zu holen und nach Grace zu sehen. In ihrer Koje lag Pinky. Ich ging mit meinem Glas in die Kajüte zurück und dann auf Deck. Ich sah nach vorn. Grace war nicht da. Als ich zum Heck schaute, sah ich, daß die *Dapple* gefiert worden war. Die Leinen hingen schlaff herab. Ich lief nach unten und weckte Chloe.

«Sie ist weg», rief ich, «Grace ist nicht an Bord!» Ich half Chloe, sich aus ihrer Koje zu wälzen, und wir gingen an Deck.

«Das versteh ich nicht», sagte ich und suchte den Strand nach Grace und der *Dapple* ab.

«Grace!» schrie Chloe, und ihre Stimme fing sich in der Bucht und kam als Echo zurück.

«Ja?» hörten wir Grace rufen.

Wir rannten ans Heck und schauten zwischen den Davits nach unten. Die *Dapple* lag auf dem Wasser, war aber noch an ihren Leinen festgemacht. Grace saß mit einem Pinsel in der einen und einem alten Babynahrungsgläschen in der anderen Hand auf einer der Ruderbänke.

«Was machst du denn da?» fragte Chloe.

«Wir werden doch gesucht.»

«Ja, und?»

«Also versteck ich uns.» Sie zeigte auf den Mahagoniheckspiegel. Sie hatte das Namenbrett der *Rosinante* übermalt und nur in der Mitte ein paar Blattgoldlettern übriggelassen. «Jetzt sind wir das brave Schiff ‹*Sin*›», sagte sie. Die Farbe paßte sich der Mahagonimaserung nahtlos an.

«Es bringt Unglück, ein Schiff umzutaufen», sagte Chloe.

Grace runzelte die Stirn. «Das Glück ist die kleine Schwester der Ignoranz», sagte sie.

Chloe und ich sahen uns fragend an.

«Wie bitte?»

«Aberglauben können wir hier nicht gebrauchen.»

«Okay», sagte Chloe.

«Holt mich wieder hoch.»

Wir halfen ihr an Bord. «Du hast solche Sachen oft gemalt», sagte ich zu ihr. «Holzmaserungen, mein ich.»

«Am Anfang kam's mir ziemlich komisch vor. Jetzt bitte eine Zeitlang nicht berühren, es muß erst trocknen.»

«Die Rettungsringe drehen wir besser auch um», meinte Chloe. «Da steht auch *Rosinante* drauf.»

Gegen Abend verließ ich unser schützendes Gewässer und ruderte mit der *Dapple* um die Landspitze herum zu der Ortschaft. Die Robben hoben kaum die Köpfe, als ich vorbeifuhr. In Strandnähe gab es Riffs, und ich mußte weiter hinausrudern, als mir lieb war, aber das Meer war ruhig, und das kleine Boot nahm nur wenig Wasser über. Ich brauchte für die drei Kilometer nicht mehr als eine Viertelstunde. Im Hafen lagen zwei Trawler und ungefähr fünfzehn kleinere Boote. Zwischen zahlreichen kleineren Piers ragte eine schwarze öffentliche Landungsbrücke in die Bucht. Ich machte die *Dapple* an der Schwimmpier einer Fischereigenossenschaft fest, an der bereits mehrere andere Dingis lagen. Dann ging ich die

Gangway hinauf und betrat den festen Boden der Pier. Meine Beine gaben nach, ich taumelte und prallte gegen das Geländer. Erst nach einigen Metern war ich mir sicher, daß ich nicht stürzen würde. Ein Junge, der mit einem Eimer voll zerstoßenem Eis vorbeikam, fragte mich, ob er mir helfen könne.

«Kannst du mir sagen, wo das nächste Lebensmittelgeschäft ist?» fragte ich ihn.

«Wenn Sie an der Baracke da vorn links abbiegen, müßte nach ein paar Minuten eins kommen.»

«Meinst du, ich kann mein Boot hierlassen?»

Er drehte sich um und betrachtete die glänzende *Dapple*, die zwischen den Schlauchbooten und den angestrichenen, ramponierten Arbeitsbooten auf und ab wippte.

«Darf ich's mal anschauen?»

«Ja, sicher.» Er rannte die Pier hinunter.

Ich passierte mehrere kleine Häuser und einige größere Schindelbauten, vermutlich Bootsschuppen, und gelangte in die Ortsmitte: auf der einen Straßenseite Thuly's Market, auf der anderen zwei Kirchen und ein Bauernhof. Ich stieg die ausgetretenen Holzstufen hinauf und betrat den kleinen Laden. Nackte Glühbirnen hingen von der Blechdecke. An zwei Wänden zogen sich Regale von mindestens vier Meter Höhe durch den ganzen Laden.

«Was darf's sein?» fragte die junge Verkäuferin, noch ehe sich die Tür hinter mir geschlossen hatte.

«Hallo. Ich bin mit dem Boot gekommen und hab keine kanadischen Dollar. Nehmen Sie auch US-Währung?» An der Schaufensterscheibe waren Visa- und Mastercard-Aufkleber, aber meine Kreditkarten wollte ich nur benutzen, wenn es gar nicht anders ging.

«Kein Problem. Der US-Dollar ist etwas mehr wert als der kanadische. Ich kann den Kurs nachsehen.»

«Vielen Dank, das ist nett.»

«Und was hätten Sie gern?»

«Ein paar Laibe Brot.»

«Weiß oder Vollkorn?»

«Von jedem eins. Und Eier, Speck, Dosenbohnen ...»

«Wir haben nur noch französische.»

«Die gehen auch.» Sie trat hinter den langen Ladentisch und nahm die Sachen aus dem Regal. Die Konservendosen angelte sie mit einem langen Stab, an dessen Ende ein Haken befestigt war, aus den oberen Fächern und fing sie mit der freien Hand auf.

«Und Obst, haben Sie Obst?»

«Da, direkt hinter Ihnen, in der Mitte.»

Ich nahm Bananen, Äpfel und zur Vorbeugung gegen Skorbut Orangen; die schon etwas gummiartigen Trauben ließ ich liegen. Dann trat ich an den Ladentisch und zeigte auf einzelne Konservendosen, die die Verkäuferin mit ihrem Stab lässig aus dem Regal holte.

«Ich packe Ihnen alles in einen Karton, so läßt sich's im Boot besser transportieren.»

«Danke.»

«Touristen, die mit dem Boot unterwegs sind, haben wir hier nicht so oft. Die meisten kommen mit dem Auto. Von wo sind Sie?»

«New York.»

«Das merkt man Ihnen gar nicht an.»

«Wenn man auf dem Wasser unterwegs ist, verliert sich die Hektik allmählich.» Ich bezahlte und trug den Karton zur Pier. Der Junge war noch da und ließ die Augen über Nähte, Strak und Vorsteven der *Dapple* wandern. Als ich einstieg, hielt er das Boot fest.

«Vielen Dank», sagte ich.

«Schönes Boot. Was ist denn ein ... ‹Dapple›?»

«Ein kleiner Esel.»

«Oh, das ist gemein.» In seinem Blick lag soviel ruhige Heiterkeit und Anerkennung. «Ankern Sie in der Robbenbucht?» Ich wußte nicht, was ich sagen sollte, und antwortete nicht gleich. «Woanders kann man hier gar nicht ankern.»

«Ja», sagte ich, «da liegt unser Schiff.» Ich ließ den Motor an. Er lächelte zaghaft; er hatte gemerkt, daß er mich verunsichert hatte.

Er warf die Fangleine in den Bug und rief: «Sie können jederzeit hier festmachen!»

Ich winkte ihm zu, drehte mich aber nicht mehr um, weil ich mir sicher war, daß der ganze Ort mich beobachtete. Ich spürte die Blicke, die mir aus Fenstern und Cockpits folgten, als ich den Hafen verließ. In nur zwanzig Minuten hatte ich meine Nationalität, die Tatsache, daß wir mit dem Schiff nach Nova Scotia gekommen waren, und unseren Ankerplatz preisgegeben. Ich mußte besser aufpassen.

Beim Abendessen auf dem Achterdeck machten wir, soweit es überhaupt möglich war, Pläne. Wir wollten entlang der Küste von Nova Scotia in Acht-Stunden-Etappen nach Norden fahren und immer in aller Frühe auslaufen, um noch bei Tageslicht einen geschützten Ankerplatz zu finden. So hielten wir es die folgenden Tage auch. Mit dem Wetter hatten wir Glück. An der Küste von Nova Scotia gibt es im August im Durchschnitt zwanzig Nebeltage, doch jetzt schien vier Tage hintereinander die Sonne. Erst ab dem fünften Tag saßen wir in Shelter Cove fest, wenn auch auf angenehme Weise. Nachts hatten wir in Port Mouton geankert (1604 war dort im Hafen ein Schaf über Bord gefallen – die unbedeutendsten Vorfälle geben den Orten ihre Namen), in Mahone Bay und in Ketch Harbour. Um Halifax hatten wir einen großen Bogen gemacht und waren dann in Shelter Cove an die Küste zurückgekehrt. Die Fahrt war glatt und ohne Zwischenfälle verlaufen, aber jedesmal wenn wir uns der Küste näherten oder ein Schiff passierten, das irgendwie offiziell aussah, hatten wir buchstäblich zu zittern angefangen. Alle unsere Ankerplätze lagen in dünn besiedelten Gegenden, bei kleinen Fischerdörfern oder in schmalen Buchten wie dem gänzlich unbewohnten Shelter Cove. Als wir an unserem fünften Morgen in Nova

Scotia erwachten, herrschte dichter Nebel. Zum ersten Mal fühlten wir uns sicher. Von der Küste aus konnte man uns nicht sehen, außer uns lag kein anderes Schiff in der Bucht, und bei dem Nebel war es unwahrscheinlich, daß noch jemand zu uns stoßen würde.

Ich saß über der Kombüse auf dem vorderen Luk und lauschte Chloe und Grace, die unten die Tiere fütterten. Ich konnte fast hören, wie die Spannung in meinem Körper nachließ. Ich war dankbar für jeden Tag, den wir gewonnen hatten, und zweifelte nicht daran, daß noch ein weiterer vor uns lag. Grace machte Fortschritte. Es hatte zwar keine spektakulären Momente des Wiedererkennens gegeben, und sie hatte noch große Gedächtnislücken, aber ab und zu fiel ihr irgend etwas wieder ein, belanglose Dinge, die nach langer Zeit wieder auftauchten, wie Kämme oder Kugelschreiber unter Sofapolstern. Solche Artefakte waren dann um so erfreulicher, so überraschend und beruhigend wie das Aufwachen am Morgen. Grace gestand allerdings, daß sie auf ihre Funde keinen Einfluß habe.

An den Abenden malte sie. Sie stellte in der Kajüte oder auf dem Achterdeck ihre Staffelei auf und malte ein Landschaftstagebuch unserer Ankerplätze. Als wir ihr sagten, daß sie früher nur ungern Landschaften gemalt habe, konnte sie es kaum glauben. Weshalb sie mit ihrem Gedächtnis nicht auch ihr Können verloren hatte, war uns ein Rätsel. Es kam nie vor, daß ihre Hand zwischen Leinwand und Palette zögerte.

Seit meinem Ausflug mit der *Dapple* scheute ich mich, an Land zu gehen, und riet auch Chloe und Grace davon ab, und so blieben wir die meiste Zeit an Bord der *Rosinante* alias *Sin*. Ich wollte nicht, daß ein Drittel der Crew fehlte, wenn wir in höchster Eile den Anker lichten mußten. Seit unserer ersten Nacht an Bord befanden wir uns außerhalb des Funkbereichs der US-Küstenwache und wußten daher nichts über den Stand der Fahndung. Chloe hoffte, man würde uns nur an der amerikanischen Küste suchen. Wir hörten kanadische Sender ab und verfolgten fast ununterbrochen den Sprechfunkverkehr der Frachter und Passagierschiffe, aber die *Rosinante* wurde darin mit keinem Wort erwähnt.

Chloe hatte, was Rogers Attacke anbelangte, nicht mehr viel erzählt, nur daß sie mit ihm geredet habe, daß er ganz ihrer Meinung gewesen sei und daß sie sich vor der Tür eines Restaurants am anderen Ende der Stadt etwas kühl verabschiedet hätten. Auf dem Weg zur *Rosinante* sei Roger ihr gefolgt und habe sie vor dem *Smarmy Snail* plötzlich von hinten angegriffen. «Er hat mich geschlagen und immer wieder gesagt, daß er mich liebt, ich konnte ihm nicht entkommen.»

«Warum hast du den Motor angelassen, als die *Rosinante* noch an der Pier vertäut war?» fragte ich.

«Ich bin so schnell an Bord, daß ich über das Süll gestolpert bin, und als ich mich wieder aufgerappelt hab, war der Zündschlüssel vor meiner Nase. Ich wollte nur noch weg. Ich dachte, die Klampen reißen heraus, entweder auf der Pier oder auf dem Schiff. Ich hätte die ganze Pier mitgenommen, wenn ich gekonnt hätte.»

Später fragte sie mich, weshalb auch ich fortgewollt hätte. «Du warst dir so sicher.»

«Ich weiß noch nicht, wie ich dir das sagen soll.»

Ich saß auf dem Luk, schaute in den Nebel, betrachtete die gläserne Fläche, auf der das Schiff lag, und malte mir aus, ich würde das alles Jonah erklären. Bei der Vorstellung mußte ich laut lachen, und meine Stimme schlug dumpf in den Nebel wie Geschosse in eine Matratze. Chloe und Grace schauten aus beiden Kajütentüren, so daß es aussah, als hätte das Schiff die Ohren gespitzt.

«Was ist los?» fragte Chloe.

«Das klang ja richtig dämonisch», sagte Grace.

«Wollen wir an Land?» fragte ich. «Wir haben ja den ganzen Tag Zeit. Wir könnten über die schmale Halbinsel da auf die andere Seite, da gibt es einen Strand. Wenn sich der Nebel lichtet, kehren wir um. Ich brauch ein bißchen Auslauf.»

Wir luden die *Dapple* bis an ihr Dollbord voll mit unserer Kühlbox, einem Eßkorb, Pinky, Midden, Regensachen und uns dreien. Der Nebel war so dicht, daß die Küste nicht zu sehen war, aber da wir in der Bucht praktisch eingeschlossen waren, fanden wir uns mit einem Handkompaß und einer Kartenpeilung gut zurecht. Es herrschte Mittelwasser, und wir mußten das Boot durch den Schlamm ziehen, um es an einem Baum vertäuen zu können. Die Gegend war waldig und zerklüftet, doch zu dem Sandstrand war es nur ein kurzer Weg. Midden versuchte am Spülsaum entlangzugehen, hatte aber bald genug von dem Sand, der an ihren Sohlenballen klebenblieb, und kehrte unter die Bäume zurück, wo sie unser Essen bewachte. Pinky, bei hundert Prozent Luftfeuchtigkeit auch nicht nässer als wir, blieb bei Grace, die sich mit ihrem Schoßbrett und ihren Aquarellfarben oberhalb der Hochwasserlinie niederließ. Chloe und ich wanderten am Strand entlang und suchten Muscheln und Steine. Chloe war wacklig auf den Beinen und bewegte sich auf dem leicht ansteigenden Gelände wie auf einer Eisfläche. Die Flut arbeitete sich zentimeterweise vorwärts, in kleinen Wellen, die sich mit großer Mühe aus dem Nebel zu lösen schienen. Ich stopfte mir die Taschen mit Muscheln und glatten Steinen voll. Die schmale Halbinsel war gänzlich unbewohnt, und obwohl die Küste von Nova Scotia schon vor Portsmouth besiedelt gewesen war, gab es an diesem Strand kaum Artefakte. Ich fand nicht eine einzige Scherbe. Ohne eine herumliegende Tamponhülle aus Plastik und einen angespülten Motorölkanister hätte man glauben können, wir seien die ersten Menschen, die den Strand betraten. Chloe und ich bauten einen Ringwall aus Steinen, und während Chloe eine Verschnaufpause einlegte, sammelte ich Treibholz und machte ein kleines Feuer. Der aufsteigende Rauch vermischte sich mit dem Nebel, und bald konnten wir nicht mehr unterscheiden, was Wasser und was Feuer war.

«Die ganzen Leute», sagte Chloe, «zwischen denen ich

durch mußte, als ich auf die *Rosinante* bin, die Leute auf der Pier – wer waren die eigentlich?»

Pinky gesellte sich zu uns. Geifer tropfte in einem dünnen Rinnsal auf seine Pfoten und von dort in den Sand, vermehrte die Fülle des Meeres.

«Die eine war Anne, sie und Grace sind zu früh gekommen. Wahrscheinlich hätten wir Grace nie wiedergesehen, wenn wir nicht rechtzeitig nach Hause gekommen wären. Am Anfang war Anne auf dem Schiff, aber als wir den Lärm gehört haben, hat sie zu Grace gesagt, sie soll an Bord bleiben, und ist auf die Pier. Die anderen beiden waren meine Schwiegereltern.»

«Deine Schwiegereltern? Aus Kentucky?»

«Ja.»

«Was wollten die denn? Was haben sie gesagt? Deshalb wolltest du also weg, stimmt's?»

«Nein. Jedenfalls nicht nur. Sie waren da, und ich wollte sie loswerden, aber das war nicht der Grund. Ich muß ihnen etwas sagen, aber ich mag es ihnen nicht sagen. Weg wollte ich wegen Grace und dir und mir. Aber daß es in dem Moment so dringend war, lag nicht nur an Roger, Richard und Mary oder Anne. Es war wegen der Toten, die wir diesen Sommer ausgegraben haben, du weißt schon, die beiden Frauen im Prescott-Park. Ich war am Vormittag in Strawberry Banke und hab mit Michael geredet. Nach Abschluß der Grabung hat sich herausgestellt, daß es den Friedhof schon längst gab, als sie beerdigt worden sind. Sie waren Ausgestoßene. Möglicherweise war die alte Frau – hat man sie für eine Hexe gehalten, und die junge hätte ihr Kind unehelich zur Welt gebracht. Sie durften nicht auf den Friedhof für die, die in den Himmel kommen, aber an den Knochen hat bestimmt dieselbe Mäusefamilie genagt, an denen von den Sündern genauso wie an denen von den Gerechten. Seit damals sind dreihundert Jahre vergangen, ich weiß, aber die Sache ist mir trotzdem an die Nieren gegangen.»

Chloe hatte sich hingelegt, eine Hand unter ihrer Wange, die andere auf ihrem runden Bauch. Ihre Haare waren gewachsen und standen kaum noch hoch. Ihre Augen füllten sich mit Tränen, die bald ihre Wange und ihre Nase hinab und in den Sand rollten. «Die Armen», sagte sie.

Am nächsten Morgen um halb elf hatte sich der Nebel aufgelöst, nur über dem Horizont hielt sich noch ein zäher Dunst, durch den die Sonne grell hindurchschien. Nachdem wir wohlbehalten aufs offene Meer gelangt waren, drosselte Chloe den Motor, bis wir nur noch drei Knoten machten, wandte sich an Grace und mich und sagte: «Ich hab's satt, in die Sonne zu schauen, und ich hab's satt, aus Dosen zu essen.»

«Möchtest du einen Hafen anlaufen?» fragte ich.

«Wir haben zusammen nur noch siebenunddreißig Dollar», gab Grace zu bedenken. «Wir müssen möglichst lange mit unseren Vorräten auskommen.»

«Aber wir sind doch mitten auf dem Meer, Kinder», sagte Chloe. «Zum Mittagessen gibt's frischen Fisch!»

«Herrlich!» flötete Grace.

«Wir haben aber kein Angelzeug», wandte ich ein.

«Im Maschinenraum unten ist eine Nylonschnur», sagte Chloe, «und in der Kramschachtel unter dem Sofa sind ein paar Haken.»

«Und womit werfen wir die aus?»

«Wir werfen sie nicht aus. Wir benutzen das Schiff. Wir machen die Schnur dran fest und ziehen sie als Schleppangel durchs Wasser.»

«Und was nehmen wir als Köder?»

«Frühstücksfleisch zum Beispiel. Das schneiden wir in Streifen und stecken es auf den Haken. Und dann brauchen wir noch was Glänzendes, um die Fische anzulocken.»

«Wie wär's mit Ohrringen?» schlug ich vor. «Ich hab so versilberte Glitzerdinger. Ich find sie scheußlich.»

«Mal sehen, wie wir das hinkriegen.»

«Wenn wir dich nicht hätten, Chloe!» sagte ich.

Wir hängten einen der Ohrringe an einen Haken, den wir in ein Stück Frühstücksfleisch steckten, banden die Schnur an eine Relingstütze und warfen das Ganze über Bord. Als die dreißig Meter lange Schnur sich straffte, zog Chloe etwa einen Meter davon hoch und machte eine Schlaufe hinein, in die sie einen unserer Gummigurte einhakte. Das andere Ende hakte sie an einer zweiten Relingstütze fest.

«Wenn sich die Gummischnur spannt, wissen wir, daß einer angebissen hat.»

Während die *Rosinante* langsam weiterfuhr, saßen wir zu dritt auf dem Achterdeck und starrten auf die Schnur.

«Und wie wissen wir, wann's soweit ist?» fragte Grace.

«Wenn sich der Gurt plötzlich dehnt», erklärte Chloe.

«Was könnten wir denn fangen?» fragte ich.

«Ich weiß auch nicht», erwiderte Chloe. «Wenn wir in Maine wären, würde ich sagen, einen Sägebarsch oder einen Blaubarsch.»

«Vielleicht fangen wir einen Frühstücksfleischfisch», sagte Grace und versuchte ein Lächeln zu unterdrücken.

Chloe hielt sich den Bauch, als wollte er davonfliegen.

«Und wenn wir einen Hai fangen?» fragte ich.

Das brachte Chloe auf einen Gedanken. «Wir brauchen was, um ihm den Schädel einzuschlagen.»

«Ich hab doch nur Spaß gemacht.»

«Nein, im Ernst, wir brauchen einen Knüppel oder einen Baseballschläger, auch wenn's nur ein Blaubarsch ist. Die haben gemeine Zähne.»

«In Sweet Georges Werkzeugkasten ist ein Schlosserhammer», sagte ich.

«Der geht auch.»

Ich ging nach unten, und als ich wieder zur Kajüte hinaufstieg, hörte ich einen Schrei und dann noch einen. Ich rannte mit erhobenem Hammer los. Chloe stand über die Reling gebeugt, die Angelschnur einmal um die Hand geschlungen.

«Was ist los?» rief ich.

«Da hat einer angebissen!» rief sie zurück.

«Zieh ihn rauf!»

Grace stand mitten auf dem Achterdeck, hielt sich beide Hände vor den Mund und hüpfte aufgeregt auf und ab. Sie nahm die Hände fort, rief: «Laß ihn nicht entwischen! Laß ihn nicht entwischen!» und schlug sie wieder vors Gesicht.

Chloe fiel auf die Knie und zog mit ihrem ganzen Gewicht an der Schnur. Die Schnur schwenkte nach steuerbord und riß Chloe auf den Bauch, so daß ihre Hände durch die Seereling ragten.

«Schnell – stell – den – Motor – ab!» Sie stieß jedes Wort einzeln und deutlich artikuliert zwischen den zusammengebissenen Zähnen hervor.

Ich rannte in die Kajüte, drehte den Zündschlüssel herum und lief wieder zurück. Chloe lag jetzt auf der Seite. Die Schnur lief aus ihrer Hand in einem steilen Winkel straff gespannt ins Wasser.

«Er geht tiefer», sagte sie.

Einen Moment lang wurde die Schnur wieder schlaff. Chloe zog zwei oder drei Meter davon an Bord und wand sie noch einmal um ihre Hand.

«Chloe», sagte ich.

«Brennt höllisch», gab sie zurück.

Ich ging wieder hinein und fand nach längerem Suchen ein Paar von Grace' Gartenhandschuhen.

«Da», sagte ich, «zieh die an.»

«Zieh du sie an, verdammt noch mal, Charlotte!»

«Aber ich weiß nicht, wie man einen Fisch fängt.»

«Laß ihn nicht entwischen!» rief Grace wieder.

«Er schwimmt unters Schiff», sagte Chloe. «Er schwimmt unters Schiff, das verdammte Biest.»

Chloe rutschte vorwärts, bis ihre Arme über dem Schandeck der *Rosinante* hingen. Die Schnur lief zitternd senkrecht nach unten, folgte der Wölbung des Rumpfes und verschwand. Auch Chloes Arme und Hände waren jetzt fest gegen den Rumpf gepreßt.

«Muß ein ziemlicher Brummer sein», sagte sie und mühte sich, zu Grace und mir hochzuschauen. «Wenn er auf dieser Seite wieder hochkommt und wenn der Kiel oder die Schraube nicht die Schnur durchschneidet, dann nimmst du sie, sobald sie nachgibt. Wir müssen schnell machen, mir fallen gleich die Arme ab.»

«Okay», sagte ich und zog mir die Handschuhe an.

Grace packte den Hammer. «Ich bin auch bereit, Chloe, Schätzchen.»

Chloe hing noch immer halb über Bord, die Beine gespreizt auf dem Deck. Sie begann zu keuchen. «Mir fließt das ganze Blut in den Kopf», sagte sie. «Ich glaub, ich schaff's nicht.»

Ich legte mich neben sie, streckte den Arm nach unten und schob meine Finger zwischen die Schnur und den Rumpf.

«Nicht ziehen, nicht ziehen», japste sie, «sonst scheuert der Rumpf die Schnur durch. Nur festhalten, damit ich meine Hand rauskriege.»

«Alles klar.»

Chloe streifte die Schlaufe von ihrer Hand, und sofort schnitt die Schnur mir durch den Handschuh hindurch schmerzhaft in die Finger. Bevor ich mir das Stück, das Chloe eingeholt hatte, um die Hand wickeln konnte, war es mir schon entglitten. Im nächsten Augenblick aber gab die Schnur wieder nach.

«Zieh!» flüsterte Chloe.

Ich setzte mich auf, und gemeinsam zogen wir die durchsichtige nasse Nylonschnur hoch und ließen sie in einem Knäuel auf das Deck fallen. Als wir knapp die Hälfte geschafft hatten, straffte sie sich wieder und schnellte querab in einem spitzen Winkel aus dem Wasser.

«Er wird müde», sagte Chloe. «Er ist dicht unter der Oberfläche.»

Grace rief: «Ich seh ihn, ich seh ihn!» und zeigte aufs Meer hinaus. Ein silberner Schimmer schoß über die Oberfläche und tauchte wieder unter.

«Der ist riesig», sagte ich.

«Paß auf, daß die Schnur gespannt bleibt», sagte Chloe, «und zieh ein bißchen, wenn's geht.» Vier oder fünf Minuten lang zogen wir den Fisch langsam näher an das Schiff heran, doch im letzten Augenblick drehte er wieder ab, und ich mußte fast fünfzehn Meter Schnur nachlassen. Dann hielt ich sie ein paar Minuten gleichmäßig straff, und plötzlich gab sie wieder nach.

«Er ist weg», sagte ich und holte die Schnur ein, die in schlaffen Windungen aus dem Wasser emporstieg.

«Zieh weiter», sagte Chloe, «vielleicht ist er ja noch dran.»

Die Schnur schlenkerte wie ein Laborskelett, und ich zog sie immer weiter hoch. Jeden Moment mußte der leere Haken an ihrem Ende auftauchen. Zu dritt standen wir über die Reling gebeugt und spähten in das schiefergraue Wasser. Plötzlich ließ Grace den Hammer auf das Deck fallen. Ich fuhr zusammen, und im selben Moment sah ich, was sie gesehen hatte: ein Schimmern, das langsam und geschmeidig am Rumpf des Schiffes entlangglitt.

«Da ist er!» schrie Chloe.

Ich hätte sie ohrfeigen können. Wieder zuckte ich zusammen, mir war speiübel, und ich begann zu zittern. Von neuem spannte sich die Schnur in meinen Händen, aber es steckte keine rechte Kraft mehr dahinter, nur Gewicht. Ich holte sie weiter ein, bis der Fisch direkt unter der Oberfläche hin und her glitt, nur etwa einen Meter vom Decksbalken der *Rosinante* entfernt.

«Der ist ja gigantisch!» wisperte Grace.

«Ein Blaubarsch», flüsterte Chloe. «Der muß fast einen Meter lang sein.»

«Was soll ich jetzt machen?» Die Schnur bewegte sich in meinen Händen hin und her, als wäre ein bleierner Treibanker daran befestigt.

«Der ist fix und fertig», sagte Chloe. «Da, schau, er dreht sich auf die Seite.»

«Kommt mir vor wie eine Autobatterie», keuchte ich.

«Okay», sagte Chloe, «okay.» Sie breitete die Arme aus, als wollte sie eine Menschenmenge zurückhalten. «Wenn wir ihn an der Seite hochziehen, reißt womöglich die Schnur. In der Luft ist er viel schwerer als im Wasser, und einen Keschhaken haben wir nicht. Ich setz die *Dapple* aus. Sobald sie auf dem Wasser ist, Charlotte, gibst du Grace die Schnur und hilfst mir. Und bring den Hammer mit.»

«Oh», machte Grace, «oh».

Nach wenigen Augenblicken klatschte der Rumpf der *Dapple* auf das Wasser, und Chloe rief nach mir. Grace übernahm die Schnur und wand sie um ihre behandschuhte Hand.

«Ganz ruhig», sagte ich. «Nicht loslassen.»

«Nein, nein. Mein Gott, zieht der! Er lebt also noch.» Sie sah ins Wasser hinab und schaute dann wieder mich an. «Armer Kerl», sagte sie.

Ich nahm den Schlosserhammer und stieg über die Heckleiter in die *Dapple* hinab. Langsam ruderten Chloe und ich das Boot auf die Steuerbordseite der *Rosinante*, immer näher an den Barsch heran. Er versuchte vom Bug der *Dapple* fortzuschwimmen, trieb aber schließlich erschöpft längsseits. Chloe nahm Grace die Schnur ab.

«Okay», sagte sie. «Wir machen's so: Wenn ich ihn hochhebe, reißt er sich vielleicht los, also schöpfen wir ihn mit dem Boot aus dem Wasser. Wir stemmen uns mit unserem ganzen Gewicht auf eine Seite, und wenn das Dollbord eintaucht, zieh ich ihn rein. Dann müssen wir das Boot schnell wieder aufrichten, sonst läuft es voll. Alles klar?»

«Das Wasser ist aber kalt, Chloe.»

«Er wird versuchen sich loszureißen, wenn ich ihn reinziehe, und er hat ganz gemeine Zähne. Paß also auf deine Hände und Füße auf. Du mußt ihm mit dem Hammer den Schädel einschlagen. Alles klar?»

«Aber wir müssen aufpassen, daß das Boot nicht kentert.»
«Wir müssen aufpassen, daß wir den Fisch nicht verlieren.»
«Okay.»

Wir kauerten uns links und rechts der mittleren Ruderbank hin. Chloe manövrierte den Fisch längsseits, und ich stützte die Hände auf das Dollbord und beugte mich vor. Chloe drückte ebenfalls, und schon floß Wasser über das Mahagoni. Im Handumdrehen war ich von der Taille abwärts völlig durchnäßt. Gerade als ich das Gleichgewicht zu verlieren drohte, warf Chloe sich zurück und zog den Fisch an Bord. Die *Dapple* kippte nach der anderen Seite, und das Wasser klatschte gegen die Ruderbänke. Der Barsch warf sich hin und her und schlug bedrohlich gegen die Rippen und Planken des Bootes. Seine Kiefer schnappten zwischen unsere Beine, und wir streckten die Füße in die Luft.

«Herr im Himmel!» schrie Chloe und versuchte an einen Platz zurückzuweichen, den es in dem kleinen Boot nicht gab.

«Halt ihn fest, Chloe!» rief ich und schlug dreimal wild mit dem Hammer zu, der jedesmal an dem glitschigen Schädel abprallte, so daß mir das Salzwasser in die Augen spritzte.

«Schlag zu, schlag zu!» schrie Chloe. Der Barsch schnellte sich auf Chloes Hosenbeine zu, aber seine Zähne gruben sich in die mittlere Ruderbank. Ich holte mit dem Hammer aus und ließ ihn mit einem schweren, dumpfen Schlag direkt über den Augen des Fisches niedersausen. Er ließ die Ruderbank los, warf sich noch einmal vorwärts, prallte mit der Nase gegen das Dollbord und drehte sich auf die Seite.

Chloe richtete sich taumelnd auf und rief: «Geschieht dir recht, du verdammtes Biest!» Und sie schüttelte die Fäuste gegen den toten Fisch.

Wasser tropfte mir von Haaren und Augenbrauen, und ich streckte vorsichtig die Hand aus und berührte den am weitesten von den Zähnen entfernten Teil des Fisches. Seine Schwanzflosse bewegte sich, aber sie folgte nur dem Schwappen des Wassers im Boot.

«Du hast ihn getötet», sagte Chloe. «Der Fisch ist tot, es lebe Charlotte!»

Ich faßte den Barsch mit beiden Händen am Schwanz, stand auf und zog ihn mit einiger Anstrengung hoch. «Schau mal, Chloe», sagte ich, «er verliert seine ganze Farbe.»

Sie beugte sich hinunter, besah sich den Fisch und sagte traurig: «Das kommt mir vor wie in *Der Zauberer von Oz*, als Dorothy nach Kansas zurückgeht.»

Ich schaute lächelnd zu Grace auf, und als ich wieder auf den Fisch hinabsah, erbrach er mit einem sanften Gurgeln das Frühstücksfleisch und die Reste einer halbverdauten Makrele. Mein Mund verzog sich, und ich beugte mich über den Bootsrand und erbrach ebenfalls – halbverdautes Ei.

«Ich bin schwanger, und alle anderen kotzen», konstatierte Chloe. Ich ließ den Barsch wieder ins Wasser gleiten, das dreißig Zentimeter hoch im Boot stand, und wischte mir mit den Armen den Mund ab.

«O Gott, er hat gelebt, und wir haben ihn getötet», stöhnte ich.

«Dafür gibt's heute abend was Leckeres zu essen», trällerte Chloe. «Blaubarsch schmeckt herrlich. Mit ein bißchen Butter und Zitrone, hauchzart gegrillt. Sieh mal.» Sie zeigte auf meinen Ohrring, der unter dem Maul des Fisches hing. «Ein Glück, daß der Haken ihn da erwischt hat. Wenn er im Maul selbst steckengeblieben wäre, hätte der Fisch vielleicht irgendwann die Schnur zerbissen. Wirf uns einen Eimer runter, Grace, damit wir das Boot ausschöpfen können.»

Wir ruderten die tapfere *Dapple* zum Heck der *Rosinante* zurück, hievten den schweren Fisch mühsam an Bord, und Chloe nahm ihn aus und schnitt Filets aus seinem Fleisch.

«Wenn wir eine Fischwaage hätten, könnten wir ihn wiegen», sagte Grace. «Das wär bestimmt ein Rekord.»

«An Waagen glauben wir nicht mehr», erklärte Chloe.

«Weg mit den Waagen!» sagte ich.

Grace lächelte. «Jedenfalls wiegt er eine ganze Menge.»

In dieser Nacht ankerten wir in der Nähe der Ecum-Secum-Bucht und in der nächsten in Webb Cove in Isaac's Harbour. An beiden Abenden ließen wir uns den Blaubarsch schmekken. Wir wollten Midden Kopf und Flossen geben, aber sie bevorzugte Filet. Pinky dagegen schleifte den leblosen platten Schädel an den schlaffen Kiemen in den Kettenkasten, aus dem wir ihn am nächsten Tag noch ein zweites Mal herausfischen mußten. Er lag zwischen abgenagten, ausgebleichten Steakknochen, Pinkys Plüschtieren und einem Schuh von mir, den ich seit über vier Monaten vermißte.

Die Schnur hatte sich tief in Chloes Hand gegraben, doch die Wunde hatte endlich aufgehört zu bluten und schien unter regelmäßiger Anwendung von Salbe und Pflaster gut zu heilen. Chloes Stimmung war seit unserem Fang beträchtlich gestiegen. Wortreich pries sie Mut und Kampfgeist des Fisches und dankte ihm bei jeder Mahlzeit, daß er uns mit seiner Gegenwart beehrte.

In dem einzigen Laden in Isaac's Harbour gaben wir fast unser ganzes restliches Geld für Taschenlampenbatterien, Lebensmittel und einen Kanister Benzin für den Motor der *Dapple* aus. Der Besitzer hob weder den Blick vom Ladentisch, noch sagte er guten Tag oder auf Wiedersehen, was uns sehr recht war. Als wir mit der *Dapple* zur *Rosinante* zurückruderten, besah sich Chloe die Bojen im Hafen. «Wir müssen weiterangeln», sagte sie lustlos.

Abends lasen wir uns jetzt gegenseitig aus Sweet Georges gebundener Ausgabe von *Anne auf Green Gables* vor. Wir saßen in der Kajüte oder auf dem Achterdeck, Pinky und Midden auf dem Schoß, und lasen abwechselnd die kurzen Kapitel von Annes Abenteuern mit Marilla, Matthew und Diana, ihre faszinierende, eigenwillige Auffassung menschlicher Beziehungen. Sie tut sogar das Beten als unwichtig ab, eine äußerst verwegene Haltung für ein junges Mädchen im neunzehnten Jahrhundert.

«Japaner und Polen sollen ganz wild auf das Buch sein»,

sagte Chloe. «Sie identifizieren sich mit Anne. Wahrscheinlich wimmelt's auf Prince Edward Island von Touristen, wenn wir hinkommen.»

«Japanische Touristen?» fragte Grace. «Aber sie hat doch feuerrotes Haar.»

Ich zuckte die Schultern. «Was die Leute so an ihr mögen, ist ihre Lebendigkeit, ihre Fähigkeit, sich ein anderes Leben als ihr eigenes vorzustellen. Sie ist Waise, und sie findet eine Familie. Sie ist pfiffig. Sie schafft sich einen Platz im Leben.»

«Wenn Matthew stirbt und ich bin mit Lesen dran, dann überspring ich die Stelle. Das halt ich nicht aus», sagte Chloe.

In dieser Nacht, in Webb Cove hinter Hurricane Island, wurden Chloe und ich von einem Geräusch wach. Einen angstvollen Moment lang glaubte ich, jemand komme an Bord, doch als Chloe das Licht anmachte, stand Grace im Nachthemd in unserer Kabine. Sie schluchzte. Es klang wie ein schwaches, tiefes Summen, und ihre nassen Augen waren voll Schmerz.

«Grace?» sagte ich und stand auf.

Chloe und ich nahmen sie um die Schultern und führten sie zu meiner Koje. Sie setzte sich auf den Rand.

«Ich hab gedacht, ihr seid weg», weinte sie leise.

«Aber wo sollten wir denn sein? Was hast du denn, Grace?» fragte Chloe.

Ihr Blick wanderte zwischen uns hin und her, und ihre nassen Lippen zitterten. «Ich hab von Sweet George geträumt, und als ich aufgewacht bin, hab ich wieder gewußt, wer er war.» Sie sank in sich zusammen, und ihr gekrümmter Oberkörper wurde von Schluchzen geschüttelt. Sie hob den Saum ihres Nachthemdes und drückte ihn an die Augen.

«Ist ja gut», sagten wir, «ist ja gut.»

«Nein, nein, nein, nichts ist gut.» Sie fuhr hoch und sank wieder nach vorn. Nach einer Weile konnte sie wieder aufrecht sitzen. «Ich fühl mich so unsicher», sagte sie. «Und ich hab solche Schuldgefühle. Als ich hier reinkam, wußte ich ehrlich gesagt nicht, ob du dein Kind schon gekriegt hast, Chloe, oder nicht. Und wie konnte ich bloß George vergessen? Und Anne?»

Ich legte die Arme um sie und drückte mein Gesicht gegen den Stoff an ihrem Rücken.

Chloe sagte: «Ach, Grace» und fing ebenfalls an zu weinen. Da ließ auch ich meinen Tränen freien Lauf, und wohl zum ersten Mal, seit wir uns kannten, weinten wir alle zusammen. Irgendwie landeten wir zum Schluß alle drei auf dem Kabinenboden und trockneten uns mit meinen zerknüllten Laken die Augen. Midden und Pinky blinzelten in die Lampe und legten verwirrt die Köpfe schräg.

«Es ist so komisch», sagte Grace. «Ich hab immer noch das Gefühl, als würden große Teile von meinem Leben fehlen, als hätte ich eine Gesichtsfeldeinengung oder blinde Flecke. Seit wann geht das denn schon so? Ich erinnere mich zwar an die letzten Wochen, aber ...»

«Seit Wochen, Grace», erwiderte ich. «Du hattest einen Schlaganfall.»

«Ich weiß, das heißt, ich erinnere mich, das heißt, wie konnte ich bloß alles vergessen? Jetzt ist es so klar, so offensichtlich, so ...» – sie breitete die Hände aus – «so groß und breit.»

«Das war der Fisch», sagte Chloe plötzlich. «Wir hätten ihr mehr Fisch zu essen geben sollen. Ich hab mal irgendwo gelesen, daß Fisch Gedächtnisnahrung ist.»

«Gehirnnahrung», verbesserte ich.

«Das ist doch das gleiche.»

«Ich bin so froh, Grace», sagte ich. «Ich hatte Angst, wir würden dich verlieren.»

«Ich hab solche Schuldgefühle», sagte sie wieder und sah auf ihre Hände hinab. «Wie konnte ich nur alles vergessen?»

«Aber du kannst doch nichts dafür», sagten wir. «Das war der Schlaganfall.»

«Ich hätte keinen Schlaganfall kriegen dürfen. Ich hätte stärker sein müssen als der Schlaganfall. Und ich kann wieder einen kriegen. Ich kann wieder alles vergessen. Wie hab ich dich eigentlich kennengelernt, Charlotte?»

«Ich bin deine Untermieterin, Grace. Ich hab die Kabine hier gemietet.»

«Ach so, ja, natürlich.» Sie sah sich in der Kabine um. «Ich erinnere mich an Anne, als sie ein kleines Mädchen war und als sie auf die High-School ging, und jetzt ist sie auf einmal eine Frau in mittleren Jahren. Sie hat selbst Kinder, nicht wahr?»

«Ja.»

«Vielleicht erinnere ich mich auch gar nicht. Vielleicht sind meine Erinnerungen nur Träume.»

«Nein.»

«Mein Mann hieß George, und er hat mich geliebt. Es tut so gut, an ihn zu denken.» Ihre Augen glänzten. «Er hatte eine Kiste mit allen möglichen Metallteilen in der Garage.»

Ich wußte nicht, was ich sagen sollte, und Chloe und ich streichelten und tätschelten Grace wie ein Tier, mit dem man sich nicht verständigen kann.

«Ich bin so müde», sagte sie. Wir brachten sie in ihre Koje zurück, und als Pinky neben ihr hochsprang, drückte sie ihn an sich und sagte: «O Pinky, es tut mir so leid!» Sie streichelte sein borstiges Fell, und wir gingen hinaus.

Als wir wieder in unseren Kojen lagen, flüstere Chloe mir durch die Dunkelheit von Webb Cove zu: «Charlotte, ich hab irgendwie das Gefühl, wir sollten sie lieber nicht schlafen lassen. Was ist, wenn sie sich morgen wieder an nichts mehr erinnert? Was ist, wenn ihr Gedächtnis morgen wieder weg ist?»

Ich erstarrte, schwieg eine Weile und sagte schließlich: «Ach, Chloe, schlaf jetzt.»

Am nächsten Morgen erkannte Grace uns wieder. Sie erwachte voll Zorn und hätte am liebsten angefangen zu toben, fürchtete aber, ihr Gehirn würde erneut versagen.

Beim Frühstück sagte ich: «Jetzt könnten wir wieder zurückfahren, Grace. Wenn du möchtest.»

Aber sie wollte nicht. «Ich möchte weiter, nach Prince Edward Island. George und ich ...»

«Sweet George hast du ihn immer genannt», unterbrach Chloe sie.

«Ja?»

«Ja, aber nur die letzten Jahre.»

«Ah.» Sie schaute zweifelnd drein wie ein Hund, den man auffordert, aufs Bett zu springen. «Wir waren dorthin unterwegs, als er gestorben ist, und deshalb will ich jetzt weiter. Was wir danach machen, ist mir egal, ich will nur erst mal hin. Von dort aus können wir ja dann Anne anrufen.»

«Wir müssen aber noch vorsichtig sein», sagte ich. «Wenn man uns sucht, könnten wir aufgehalten werden.»

«Ihr beide seid so lieb zu mir», sagte Grace und blickte über den Hafen. «Ich möchte euch danken, daß ihr nicht aufgegeben habt.»

«Das war der Fisch», sagte Chloe.

«Ach, Chloe, hör auf», sagte ich.

«Doch, bestimmt», beharrte sie.

«Vielleicht ist nur genug Zeit vergangen», meinte ich.

«Das kannst du sehen, wie du willst.» Sie wandte den Blick ab und trommelte mit den Fingern auf ihren Tellerrand.

«Ich freu mich so, Grace», sagte ich und nahm ihre Hand.

«Ich auch», flüsterte sie, aber sie erwiderte meinen Händedruck nicht.

Am Vormittag umrundeten wir die Landspitze und fuhren Richtung Nordwesten durch den Canso Causeway, die Meerenge, die Cape Breton Island vom Festland trennt. Am späten Nachmittag kamen wir in die St. George's Bay und sahen uns nach einem Ankerplatz um, einem der letzten in Nova Scotia, bevor wir durch die Northumberland Strait in Richtung Prince Edward Island fahren würden.

«Ich hab mich wirklich nicht mehr an dich erinnert», sagte Grace.

Ihr Tonfall ließ nicht erkennen, ob es sich um eine Frage oder eine Feststellung handelte. Sie sah zum Eingang einer Bucht bei Cape George hinüber, und ein rascher Seitenblick verriet mir, daß sie es selbst nicht wußte.

«Grace», sagte ich, «es braucht einfach Zeit, bis da drinnen wieder alles auf die Reihe kommt. Das geht nicht von heute auf morgen.»

«Ich hab Angst», sagte sie.

«Wovor?»

«Ich weiß nicht. Vor allem.»

«Wir sind heute an ziemlich vielen Schiffen vorbeigekommen», sagte Chloe, «aber ich hatte nicht den Eindruck, daß sich irgend jemand besonders für uns interessiert hat. Ich glaub nicht, daß sie uns heute nacht schnappen. Die Bucht hier ist ziemlich einsam. Nur ein paar Hummerreusen.»

«Ich hab keine Angst davor, daß sie uns schnappen.»

«Zu essen haben wir noch für fünf bis sechs Tage. Wenn das Wetter hält, sind wir in zwei Tagen auf Prince Edward Island», sagte ich.

«Ich hab nicht vor was Bestimmtem Angst», erklärte Grace. «Soll ich jetzt den Anker fallen lassen, Chloe?»

«Wie tief ist das Wasser?»

«Zehn Meter.»

«Dann fier runter.»

Grace und ich gingen nach vorn und ketteten uns an den Erdball. Ich legte noch eine zusätzliche Windung um das Spill.

«George hat die Kette immer andersrum gelegt», sagte Grace.

«Soll ich ...?»

«Nein, nein, so hält sie genauso gut. Das ist mir nur gerade wieder eingefallen. Wieso eigentlich? Was ist daran so wichtig? Ich weiß ja nicht mal mehr seinen zweiten Namen.»

«Laß dir Zeit.»

«An meine Kindheit kann ich mich auch nicht mehr erinnern», fuhr sie fort. «Oder an die Zeit, als ich schwanger war. Es kommt mir vor, als wär ich schon immer so alt gewesen wie jetzt.»

«Wir waren den ganzen Tag unterwegs. Leg dich doch ein bißchen hin.»

«Ja, aber wenn ich allein bin, ist es schlimmer.»

«Wieso?»

«Weil –» Sie lächelte. «Weil fremde Leute in der Kajüte sein könnten, wenn ich wieder raufkomme.»

«Dann bleib lieber da.»

«Weißt du, was das komischste ist, Charlotte?»

«Was? Was ist das komischste an all dem Komischen?»

«Ich hatte es irgendwie vergessen. Aber jetzt ist mir's wieder eingefallen. Mir ist wieder eingefallen, daß ich sterben werde.»

«Du stirbst nicht, Grace.»

«Ich mein nicht jetzt, demnächst – irgendwann eben. Anscheinend hatte ich nach dem Schlaganfall vergessen, daß ich nicht unsterblich bin. Mein Gedächtnis macht mich bescheiden.» Sie bedeckte ihre Augen mit den Händen. «Ich bin müde», sagte sie. «Ich glaub, ich leg mich doch eine Weile ins Bett.»

«Soll ich dich zum Abendessen wecken?»

«Ja. Chloe will, daß ich den Rest von dem Barsch esse.» Sie lächelte und berührte meinen Arm.

Die nächsten drei Tage saßen wir in unserer Bucht fest und beobachteten die Gezeiten. Der Nebel machte keine Anstalten, sich zu lichten, sondern schien sich im Gegenteil festzusetzen wie Herbstblätter im Gras eines Gartens. In der Wettervorhersage hieß es, der ganze Sankt-Lorenz-Golf sei zu und liege unter einer dichten feuchten Schicht. Wir spielten Karten, lasen *Anne auf Green Gables* zu Ende und angelten vom Decksbalken der *Rosinante* aus, Stunde um Stunde. Das einzige Schiff, das wir zu Gesicht bekamen, war ein niedriges, dunkles Hummerboot, das hin und wieder in der Bucht auftauchte. Der Fischer sah nach seinen Reusen, als gäbe es den Nebel nicht.

«Der kennt die Küste», sagte Chloe achselzuckend. «Wie mein Dad, der könnte mit verbundenen Augen von Portsmouth nach York fahren.»

Am ersten und zweiten Morgen lauschten wir voll Neid, wie das Boot aus der Bucht hinaustuckerte, bis wir es kaum noch sahen. Am dritten Morgen kam es längsseits. Wir lehnten alle an der Reling, gespannt darauf, wieder einmal einen anderen Menschen zu sehen und zu hören. Noch auf drei Meter Abstand lag Nebel zwischen uns und ließ den Fischer aschfahl und schmächtig aussehen. Er drosselte den Motor und hielt den Bug mit einer Hand am Steuerrad in die zurückweichende Flut gedreht. Die andere legte er wie einen Trichter an den Mund und rief: «Neblig, was?»

«Hallo», riefen wir zurück, «ja, ziemlich.»

«Brauchen Sie irgendwas?» fragte er in einem unverkennbaren schottischen Singsang.

«Wir warten hier nur, bis der Nebel weggeht», sagte Chloe.

«Ja, ich auch. Man sieht ja kaum die Hand vor Augen. Hält mich ganz schön auf. Feines altes Schiff.» Er schwenkte die Hand zur *Rosinante* hin und gab kurz Gas, um sein Boot neben unserem Decksbalken zu halten.

«Danke», sagte Grace. «Wie weit ist es denn in die Stadt?»

«Wenn Sie mit Ihrem Dingi so weit, wie's geht, in die Bucht reinfahren und da festmachen, dann sind's zu Fuß noch sechs, sieben Kilometer, außer es nimmt Sie jemand mit. Sind Sie allein hier?»

Meine Nackenhaare sträubten sich. «Im Moment ja», sagte ich dümmlich.

Seine bleiche Stirn legte sich in Falten. «Ich muß jetzt nach meinen Reusen schauen, aber wenn Sie Proviant brauchen, könnte ich danach noch mal vorbeikommen und Sie mit in die Stadt nehmen. Sie könnten in einem Bed and Breakfast übernachten, und morgen früh könnte ich Sie wieder hierher zurückbringen.»

«Vielen Dank, wir kommen schon zurecht.»

«Geht's nach PEI?» fragte er.

Wir antworteten nicht gleich. Schließlich sagte Chloe: «Wir fahren nur so herum.»

«Die meisten wollen nach PEI, die Touristen jedenfalls. Alle wollen sehen, wo das kleine Mädchen gewohnt hat. Meine Frau und meine Töchter waren auch dort. Also, wenn Sie was brauchen – auf Kanal 9 kriegen Sie uns fast alle.» Er nahm das Mikrofon von seinem Funkgerät.

«Vielen Dank», riefen wir ihm nach, als er im Nebel verschwand.

«Wen meint er wohl mit ‹fast alle›?» fragte ich.

«Die Fischer, nehm ich an», sagte Chloe.

Irgendwie hatte sein Besuch mich traurig gemacht. Ich drehte mich zu Chloe und Grace um. Wir blieben an der Reling stehen und hörten zu, wie das behäbige Tuckern des Hummerbootes sich entfernte. «Alle wollen wir das Haus von jemand sehen, der gar nicht existiert hat», sagte Chloe. «Anne ist doch frei erfunden.»

«Gott ist auch frei erfunden, Chloe», sagte ich. «Und trotzdem gehen so viele Leute in seine Häuser.»

«Ist er das?» fragte Grace. «Man weiß nie so recht, was wirklich ist und was nicht – ich spreche aus Erfahrung.»

«Wenn nur der verdammte Nebel weggehen würde, damit wir endlich hier rauskommen. In dieser Bucht will ich mein Baby nun wirklich nicht kriegen. Ich kann mir gar nicht vorstellen, daß seine Frau und seine Töchter dort waren.»

«Du glaubst doch nicht, daß wir die ersten sind, die da hinfahren?» fragte ich.

«Nein, natürlich nicht. Die ganzen Japaner und Polen fahren ja auch hin. Aber es macht mich ein bißchen nervös. Als könnten in Annes Zimmer auf Green Gables alle auf uns warten: deine Schwiegereltern, Grace' Tochter und Roger.»

«Der Typ da» – ich wies mit einer Kopfbewegung in den Nebel – «der fährt jetzt in die Stadt und erzählt von uns.»

«Ja. Und deswegen laufen wir morgen früh aus, Nebel hin oder her», entschied Chloe. «Wenn wir langsam an der Küste entlangfahren, können wir in Caribou Harbour ankern. Laut Karte kommt man leicht rein, da gibt's jede Menge Nebelsignale. Am nächsten Tag können wir dann durch die Meerenge nach Charlottetown.»

Nachdem wir diesen Beschluß gefaßt hatten, war uns leichter.

Ich ruderte die *Dapple* an Land und machte mich auf die Suche nach einem schiffbrüchigen Gott, einer ramponierten, aus den Wellen aufgetauchten Gottheit; einem Gott, der sich mit Sandkörnern vermengt und nur rudimentärstes Leben birgt: Tang, Strandschnecken, Entenmuscheln und Bohrwürmer; einem Gott, dessen einzige Unendlichkeit in die Vergangenheit hineinreicht. Ich stieß auf die ausgebleichte, geschwungene Rippe eines Wals und stand in der Höhle aus Luft, in der Jona geweint hat. Ich stieß auf das schwarze Eichenspant eines Schiffes, und wo einst Fische nach Luft geschnappt hatten, nisteten jetzt Vögel. Alles schien irgendwann zu stranden, auch noch die letzte Boje, Planke, Feder, jedes Stück Stoff und jeder Knochen. Das Land breitete Sand aus, um den Aufprall zu mildern, um auch gänzlich Zersplittertes und Zerkleinertes aufzunehmen, Dinge, die so belanglos sind, daß sie schwimmen: eine Möwe, eine Robbe, einen Baumstamm. Alles Tote schwimmt, sucht von Natur aus weiter nach oben zu gelangen. Ich folgte dieser Grenze zwischen zwei Welten, einer

Gezeitenzone, weder Land noch Meer und manchmal beides. Sie schien die Gegenwart auszufüllen, eine Gegenwart, die von der letzten bis zur nächsten Welle reichte, ein Zeittrog, überströmend und doch stets von neuem geleert. Ich rutschte auf einem glitschigen Stein aus. Es tat gut zu wandern, zu suchen, sich an Gott als Ganzes zu erinnern, darauf zu vertrauen, daß die Erde ihr Willkommen bereitet hat, zu hoffen, daß es auch für Gott einen Himmel gibt, einen Ort, an dem man so schön ruhen und sich auflösen kann wie an einem Strand.

Am Abend sangen wir uns gegenseitig Melodien aus Comedyserien vor und stellten einander Fragen zu Jethro und Ellie May, Jeannie und Major Healey.

«Der dümmste Professor?» fragte Chloe.

«Wer?» fragte ich.

«Der Professor in *Gilligans Insel.* Der konnte aus Kokosmilch ein Radio basteln, aber das Schiff konnte er nicht zusammenflicken. Okay: der ultrachauvinistischste Liedtext?»

«Soll ich's sagen?»

«Ich hab's», meldete Grace sich zu Wort. Sie hatte sich bisher kaum an dem Spiel beteiligt.

«Und?» fragte ich.

«Green Acres», sagte sie und sang: «‹You are my wife – Good-bye city life.› Ich hätte den Kerl mitsamt seinem Traktor zum Teufel geschickt.»

Tränen begannen uns die Nase hinunterzulaufen, und unsere Beine versagten uns den Dienst. Grace aber öffnete unbeirrt eine Dose Erbsen.

«Ich komm nicht mehr in meine Schuhe, Charlotte.»

Ich erwachte aus einem Schlaf, so dicht wie der Nebel. «Bitte?»

«Meine Füße sind geschwollen. Ich komm nicht mehr in meine Stiefel. Ich hab gewußt, daß das irgendwann passiert.

Ich hab schon drauf gewartet. Jetzt bin ich nicht nur fett, sondern auch noch aufgedunsen. Die nächsten vier Wochen bin ich schwanger und barfuß.»

«Zieh dir doch Hausschuhe an.»

«Als nächstes krieg ich Krampfadern oder Hämorrhoiden. Und pinkeln muß ich jetzt schon alle zehn Minuten. Blähungen, Verdauungsstörungen – das ist mein Schicksal.»

«Und wie steht's mit Reizbarkeit und nervöser Unruhe?»

«Die hab ich schon.»

«Der Nebel ist immer noch nicht weg. Willst du's wirklich riskieren auszulaufen?»

«Ich hab das Gefühl, ich platz gleich, Charlotte. Ich muß unbedingt unter Leute.»

«Aber du hast doch noch über einen Monat Zeit, Chloe.»

«Ich weiß, ich weiß. Aber ich hätte gern meinen Arzt dabei, und mit der Klinik ist auch schon alles arrangiert. Ich bin einfach nervös. Wenn wir nach Charlottetown kommen, geht's mir bestimmt wieder besser. Aber es ist schön, daß ich jetzt keine Angst mehr vor Roger haben muß. Meinst du, es wird ein hübsches Baby, Charlotte? Hoffentlich stimmt sein Gewicht; ich war nämlich immer dick, und Roger ist viel zu dünn. Vielleicht wird das Baby genau richtig.»

«Ich bin jetzt schon neidisch, weil es ein so perfektes Baby sein wird, Chloe.»

«Ich hab daran gedacht, es wegzugeben, aber ich kann's nicht. Wir haben schon so viel zusammen durchgemacht. Ich werd mir alle Mühe geben, eine richtig gute Mama zu sein.»

«Du wirst eine ganz tolle Mutter werden.»

«Ich hab das Baby schon so lieb. Ich sollte nicht über meine Füße jammern.»

«Jammer, soviel du willst, ich hör nicht hin.»

«Danke.»

«Nichts zu danken.»

Wir fanden Grace in der Kombüse, wo sie ihre berühmten Pancakes in der Pfanne wendete. Sie zeigte darauf und sagte:

«Es ist so komisch, daß ich jetzt die ganzen alten Sachen in meinem Kopf wiederfinde. Ich hab hier am Herd gestanden, und auf einmal hatte ich das Rezept im Kopf, wie eine Postkarte, die unter der Tür durchgeschoben wird. Ich hab sie gleich aufgehoben, und sie kam mir so bekannt vor. Erst war ich ganz euphorisch, aber dann hab ich wieder Angst gekriegt.»

«Wieso?»

«Wenn man etwas gefunden hat, dann gibt es nur noch eine Möglichkeit: Man kann's wieder verlieren. Man kann's nicht noch mal finden.»

«Aber es gibt doch auch neue Dinge, Grace. Solche, die man nicht verloren hat. Nagelneue Dinge», versuchte ich sie zu trösten.

«Ich bin zu alt, um etwas Neues zu finden.»

Ich warf ihr einen ärgerlichen Blick zu, und Chloe klopfte sich auf den Bauch. «Sag ihr, sie spinnt, Baby.»

An diesem Morgen steuerten wir einen Kompaßkurs aus der Bucht hinaus, und eine Meile vor der Küste lichtete sich der Nebel zu einem augenermüdenden Dunst – schlechte, aber keine gefährlichen Fahrtbedingungen. Spät am Abend mußten wir wieder in die Nebelbank zurück, um Caribou zu finden. Zum Glück konnten wir hinter der Fähre herfahren, die von Prince Edward Island zurückkam, und so war es nicht weiter schwierig, einen Ankerplatz anzulaufen.

Am Abend hob ich mein Glas: «Auf morgen, auf Prince Edward Island.» Grace und Chloe lächelten nur matt, stießen aber mit mir an.

«Wenn's morgen früh noch neblig ist, können wir versuchen, wieder hinter der Fähre herzufahren», sagte Chloe. «Sie wird uns zwar bald abhängen, aber für die Fahrt aus dem Hafen raus können wir einen Lotsen gut gebrauchen.»

«Meinst du, sie fährt täglich?» fragte ich.

«Bestimmt. Wahrscheinlich ist sie bis oben hin voll mit Touristen und braucht höchstens zwei Stunden für die Überfahrt.» Chloe stellte ihre leere Kakaotasse auf den Tisch und kratzte sich mit langen Fingernagelstrichen ihren juckenden Bauch. «Wißt ihr, worauf ich schon die ganze Woche unheimlich Lust hab?» fragte sie und antwortete gleich selbst: «Auf Hummer. Hummer und ein Faß Butter zum Eintunken.»

«Wir haben aber kein Geld mehr», sagte ich.

«Ich weiß. Ich find's auch unmöglich, daß ich überhaupt davon rede, aber da sind zwei Hummerbojen, keine vier Meter vom Bug entfernt. Der Nebel ist so dick, da sieht uns niemand. In einer Stunde ist Niedrigwasser. Die Reusen liegen bestimmt nur vier, fünf Meter tief. Wenn wir Glück haben, sind drei oder vier dicke Brummer drin.»

«Das ist Diebstahl», erklärte Grace.

«Chloe, dein Vater ist doch selber Hummerfischer.»

«Ich bin eben ein schwarzes Schaf.»

«Und wenn wir erwischt werden?» sagte ich. «Du hast mal gesagt, daß man für Schwarzfang praktisch lebenslänglich hinter Gitter kommt.»

«Stimmt.» Sie zuckte die Schultern. «Aber längst nicht so lang wie für Kidnapping.»

Wir schwiegen eine Weile. «Wirklich erstaunlich, wie leicht man auf die schiefe Bahn gerät», sagte ich schließlich.

«Ich kann mir gut vorstellen, was sich so ein Gauner denkt», überlegte Grace. «Hol's dir, solange du noch kannst, wer weiß, was morgen ist.»

«Der Nebel wird ab und zu dichter. Wir warten, bis er so dick ist, daß wir unsere eigenen Sünden nicht mehr sehen können. Ein Alibi haben wir ja: Wir sehen unserer Hände schmutziges Werk nicht.»

Grace blieb an Bord, setzte Wasser auf und zerließ Butter. Als ich die *Dapple* um die *Rosinante* herum zu den Bojen ruderte, sagte ich zu Chloe, daß ich noch nie in meinem Leben so aufgeregt gewesen sei. Der Nebel schien voll schlimmer Vorbedeutung und war so undurchdringlich, daß es mir vorkam, als hätten wir es mit einer Hollywood-Nebelmaschine zu tun. Eigentlich hätte Chloe eine alte Petroleumlampe hochhalten und in die Nebelschwaden spähen müssen.

«Kannst du nicht ein bißchen leiser rudern?» flüsterte sie.

Die Wasserfläche wirkte stumpf wie Lehm.

«Ich hör ein Schiff», sagte ich und hielt die Riemen still. Unmittelbar vor dem Ankerplatz, am Rand der Fahrrinne, dröhnte das langsame Stampfen eines großen Dieselmotors vorbei. Gleich darauf kam die Heckwelle aus dem Nebel auf uns zugerollt und ließ uns lautlos auf und nieder schaukeln. Als wir sicher waren, daß das Schiff nicht auf den Ankerplatz zuhielt, ruderte ich weiter, und wir gelangten zu der ersten Boje, die leicht geneigt im trägen Wasser lag. Ich zog die Riemen ein, beugte mich über den Bootsrand und zog die rotweiße Boje an Bord. Chloe stellte den Fuß auf die glitschige Leine, und ich holte sie Hand über Hand ein. Erst nach etwa fünfzehn Metern spürte ich den Widerstand der Reuse.

«Puh, ist die schwer!»

«Das sind die Backsteine», erklärte Chloe.

Die *Dapple* neigte sich bei meinen Bemühungen zur Seite, aber bald konnte ich den Drahtkäfig im trüben Wasser sehen. Beim Auftauchen stieß er mehrmals gegen das Boot, und es klang jedesmal wie ein Schuß.

«Pssst, pssst», machte Chloe und half mir die Falle an Bord zu ziehen.

«Pfui Teufel, stinkt das!»

«Das ist der Köder oder vielleicht auch der Dreck am Grund», erklärte Chloe. In Sekundenschnelle hatte sie die Drahttür geöffnet. Die Falle hing so voll Algen, daß ich nicht erkennen konnte, ob etwas darin war. Chloe bückte sich, schaute in die Öffnung und steckte die Hand hinein. «Hab ich dich!» flüsterte sie und zog die Hand mit einem großen, dunklen, scherenschwenkenden Hummer darin wieder heraus. «Der wiegt fast anderthalb Pfund», schätzte sie und legte ihn in einen Eimer.

Ich spähte in die Öffnung, auf die gleiche Art, wie ich über die Kante eines Kliffs geschaut hätte. «Da ist noch einer drin.»

«Der ist zu klein.»

«Wieso? Der sieht doch gut aus. Immerhin klauen wir sie, da können wir nicht wählerisch sein.»

«Wenn man die Kleinen nimmt, stört man den Fortpflanzungskreislauf. Ich mag ja ein Dieb sein, aber das heißt nicht, daß ich keine Skrupel habe.»

«Herr im Himmel!»

«Nein, nur gesunder Menschenverstand.» Sie schloß die Klappe wieder, und wir warfen Reuse, Leine und Boje ins Wasser zurück. In der zweiten Reuse waren zwei Hummer, deren Größe über dem gesetzlichen Minimum lag, und Chloe setzte sie ebenfalls in den Eimer. Als ich die Falle wieder über Bord werfen wollte, hielt Chloe mich zurück.

«Was ist?»

«Hier.» Sie nahm ihre Armbanduhr ab und schnallte sie an der Klappe fest. «So ist es ein gerechter Tausch», sagte sie. «Das muß ich einfach machen.»

«Aber dann weiß man doch, daß die Fallen ausgeraubt worden sind.»

«Wir sind ja morgen schon in aller Frühe wieder weg. Die meisten Hummerfischer sehen nur alle paar Tage nach ihren Reusen. Er kann nicht wissen, daß wir's waren.»

«Meinst du?» fragte ich. «Naja, es ist deine Uhr. Wir könnten aufs Schiff zurück und noch was anderes holen.»

«Charlotte» – ihre Augen weiteten sich – «wir könnten doch eine Unterhose mit reintun. Was meinst du, was der für ein Gesicht macht, wenn er sie rausfischt!»

«Chloe!»

«Nein, im Ernst», beharrte sie, «das machen wir. Dann ist die Woche für ihn gelaufen. Das wär doch die drei Hummer wert. Da hat er bis an sein Lebensende was zu erzählen.»

«Okay.» Ich warf die Reuse über Bord.

«Ich mein's ernst», sagte sie.

«Ja, ja, schon klar.»

Und so brachten wir die nächste halbe Stunde damit zu, zur *Rosinante* zurückzurudern, unsere Unterwäsche zu durchwühlen und schließlich einen mit rosa Herzchen übersäten Slip auszuwählen, den mir Jonah zur Hochzeit geschenkt hatte.

«Jonah hätte bestimmt nichts dagegen», meinte Chloe. «Der fände das auch lustig.»

«Der Slip ist sowieso schon halb hinüber», sagte ich, knüllte ihn zusammen und drückte ihn Chloe in die Hand.

Sie lächelte breit, und ihr Gesicht spiegelte das Vergnügen wider, einem fremden Menschen etwas zu geben, an das er sich sein Leben lang erinnern würde. «Beruhigt dich das nicht auch?» fragte sie.

«Wir beklauen das arme Schwein, und du tust so, als wär's ein Segen für ihn.»

«Aber mit der Uhr ist es doch ein gerechter Tausch. Die ist bis dreißig Meter wasserdicht. Und der Slip ist doch wirklich ein Segen: Für den Rest seiner Fischerlaufbahn kann er ihn am Mast flattern lassen.» Plötzlich trat sie einen Schritt zurück und faßte sich an den Bauch.

«Was ist?»

«Junge, Junge!»

«Was denn?»

«Ein Riesentritt, echt fußballmäßig.»

«Gib mir den Slip», sagte ich. «Ich übernehm die Flottensegnung, und du hilfst Grace beim Kochen.»

«Du bist ein guter Mensch, Charlotte, daß du dir anderer Leute Interessen so zu eigen machst. Wenn du später mal zurückblickst, wirst du sagen, es war eine deiner besten Taten.» Es war ihr noch nie so ernst gewesen. Ich sah sie mißbilligend an und ging meiner Wege.

Als wir am nächsten Morgen im Kielwasser der Northumberland-Fähre ausliefen, zeigten sich da und dort helle Stellen im Nebel, und so folgten wir ihr teils unter blauem Himmel, teils nur mit Radar. Das große Fährschiff war als konstanter Leuchtfleck auf dem Schirm zu sehen, und auf UKW hörten wir seine zahlreichen Funksprüche. Der Kapitän schien alles zu kennen, was in den Hafen einlief oder ihn verließ. Zwischen Caribou und Pictou Island, ein paar Meilen vor der Küste, verloren wir die Fähre wieder aus den Augen. Sie mußte einige Meilen vor uns sein, und wir mußten aufpassen, daß wir sie nicht rammten, falls sie die Maschinen gedrosselt oder ganz gestoppt hatte. Grace steuerte, und ich beobachtete den Radarschirm. Mehrere Boote liefen in verschiedenen Richtungen aus dem Hafen aus, und ich zeigte auf eines davon, das den gleichen Kurs steuerte wie wir.

«Die wollen anscheinend auch nach Prince Edward Island.»

«Wir müssen sie im Auge behalten», meinte Chloe. «Vielleicht haben sie kein Radar. Wenn sie zu nahe herankommen, geben wir alle paar Sekunden ein Hornsignal.»

Ein paar Minuten später knackte es im Funkgerät erneut. Wir hielten den Atem an.

«Northumberland-Fähre, hier Hafenpolizei Caribou.» Die Fähre fragte zurück, womit sie dienen könne. «Northumberland-Fähre, können Sie Angaben zu Schiffen in Ihrer Nähe machen?»

«Caribou Harbour», lautete die Antwort, «im Moment sind wir durch Nebel behindert, eine Meile hinter Pictou Island, aber auf dem Radarschirm sehen wir mehrere Schiffe.»

«Northumberland-Fähre, wir interessieren uns für eine alte Kreuzeryacht, ungefähr fünfzehn Meter lang, weißer Rumpf. Wir vermuten, daß sie Ihnen heute morgen aus dem Hafen gefolgt ist.»

«Caribou Harbour, ich glaube, das Schiff ist ungefähr zwei Meilen achteraus.»

«Das könnten auch wir selbst sein, Northumberland-Fähre, wir liegen auf Ihrem Kurs.»

«Achtern sind zwei Schiffe zu sehen, Käpt'n, in zwei und vier Meilen Entfernung.»

«O Gott», sagte Chloe.

«Bloß wegen dem verdammten Slip!» rief ich.

«Hol den Reflektor runter, Charlotte.» Ich stieg auf das Kajütendach und nahm den Aluminiumreflektor ab, wie an dem Tag, als wir Portsmouth verlassen hatten. Als ich zurückkam, tönten von neuem offizielle Stimmen aus dem Funkgerät. Es war wieder die Hafenpolizei von Caribou, doch diesmal galt ihr Funkspruch nicht der Northumberland-Fähre.

«*Rosinante*, *Rosinante*, *Rosinante*, hier Hafenpolizei Caribou.»

Wir standen reglos da.

«Caribou Harbour, hier Northumberland-Fähre. Wir haben jetzt achtern nur noch ein Signal. Halt, da ist noch eins – nein, jetzt ist es wieder weg.»

«Northumberland-Fähre, bitte halten Sie uns auf dem laufenden.»

«Entweder das Polizeiboot hat überhaupt kein Radar oder eins, das nicht funktioniert», sagte Chloe.

«Was machen wir jetzt?» fragte Grace.

«Die Fähre entfernt sich ziemlich schnell, das heißt, unser Signal wird immer schwächer.» Chloe beugte sich über die Karten. «Wenn wir um Pictou Island herum- und nahe an die Insel heranfahren, dann mischt sich unsere Reflexion mit der von der Insel. Aber ich glaube, wir müssen noch mehr tun.»

«Nämlich?»

«Beten, daß der Nebel bleibt. Außerdem werden wir wohl die *Dapple* opfern müssen.»

«Wieso?»

«Wenn wir hinter der Insel sind, stellen wir einen Riemen senkrecht in ihren Bug und machen den Radarreflektor daran fest, und dann schicken wir sie mit laufendem Motor und festgezurrter Ruderpinne ans andere Ende der Insel. Das Polizeiboot fängt dann hoffentlich ein starkes Signal von ihr auf und verfolgt sie. Schnell können sie bei dem Nebel nicht sein. Außerdem müssen sie mit der Fähre in Verbindung bleiben, und die fährt immer weiter weg. Wir bleiben ungefähr eine Stunde dicht bei der Insel, bis dahin ist die Fähre längst außer Radarreichweite, und die Polizei kriegt die *Dapple*, aber nicht uns.»

«Macht's dir was aus, Grace», fragte ich, «wenn wir die *Dapple* hierlassen?»

«Nein, wir kriegen sie ja wieder, später, wenn sich alles geklärt hat.»

«Ich find's schrecklich, sie aufzugeben.»

Chloe steuerte auf die Insel zu, die eine halbe Meile steuerbords lag, und wir hörten weiter den Funkverkehr zwischen der Fähre und dem Polizeiboot ab. Anscheinend tauchte unser hölzerner Rumpf auf dem Radarschirm der Fähre nur noch sporadisch auf, denn es kam nur noch selten eine Meldung von ihr. Jedesmal, wenn die Polizei unseren Namen nannte, überlief es uns kalt – «*Rosinante*, *Rosinante*, *Rosinante*», immer gleich dreifach, so als wollte man uns in einer spiritistischen Sitzung aus dem Nebel herbeirufen.

«Das waren nicht die Hummerfallen», sagte Chloe. «Die kennen unser Schiff. Sie haben nach uns gesucht, und irgend jemand hat uns entdeckt.»

«Der Hummerfischer in der Bucht», vermutete ich.

«Ja.» Chloe nickte. «Kann sein. Wir hätten ihn an Bord locken und niederschlagen sollen.»

Wir fuhren auf die Leeseite von Pictou Island, verpaßten der *Dapple* ihr falsches Image und ließen sie mutterseelenallein in den Sankt-Lorenz-Golf hinaustuckern. Fast sofort wurde ihr Signal aufgefangen.

«Hafenpolizei Caribou, wir haben ein gutes Signal von der Ostküste von Pictou Island, Richtung Nordosten.»

Während die Suche fortgesetzt wurde, verharrten wir dreißig Meter vor der Küste und verfolgten auf dem Radarschirm, wie die Fähre verschwand und das Polizeiboot sich der *Dapple* näherte. Als es sie fast erreicht hatte, machten wir uns mit Höchstgeschwindigkeit in Richtung Westen davon. Wir schlugen einen weiten Bogen, um außerhalb der Radarreichweite des Fährschiffs zu bleiben, fuhren dicht an Caribou Island und der Küste von Nova Scotia entlang und steuerten dann wieder nach Nordosten, in Richtung Prince Edward Island.

Daß wir mit knapper Not entkommen waren, versetzte uns jedoch nicht in Hochstimmung; wir trauerten unserem treuen kleinen Beiboot nach, dessen Signal sich jetzt mit dem des Polizeibootes mischte. Unsere Verfolger besaßen nun den handgreiflichen Beweis, daß wir uns in diesen Gewässern aufhielten.

«Sie wissen, daß wir nach Prince Edward Island wollen», sagte ich.

«Dann fahren wir auf keinen Fall nach Charlottetown», erklärte Chloe. «Wir suchen uns einen kleineren Hafen und machen erst fest, wenn es dunkel oder neblig ist.»

Ich blätterte unseren Führer nach einem geeigneten Ort an der Südküste durch. «Hört mal zu», sagte ich und las vor: «Victoria, nahe dem Blue Heron Drive gelegen, ist ein malerisches Fischerdorf mit Kunstgewerbe- und Antiquitätenläden, Kunstgalerien und einem Sommertheater im Victoria Playhouse.»

«Klingt gut», sagte Grace, «wie Portsmouth in klein.»

«Da gibt es auch Bustouren nach Green Gables», fuhr ich fort. «Wär das schön, wenn wir noch ein paar Tage hätten, bevor...» Ich wußte nicht, wie ich den Satz beenden sollte.

Chloe jagte die *Rosinante* mit Vollgas durch die Meerenge. Victoria lag zwei bis drei Stunden weiter westlich als Charlottetown. Der Nebel hob sich und senkte sich wieder, stieg von neuem dreißig Meter auf und legte sich dann wieder undurchdringlich auf die gefleckte Wasserfläche. Ab und zu schnitten wir durch nebelfreie Zonen, die uns mit strahlendem Sonnenschein fünf Minuten Wärme und Angst bescherten. Wir waren überzeugt, daß die kanadische Luftwaffe, die Küstenwacht und auch die Mounties ihre sämtlichen Aufklärungsflugzeuge auf uns angesetzt hatten. Am Abend, als wir uns der Küste näherten, ließ uns der Nebel vollends im Stich. Plötzlich tauchte Prince Edward Island mit seinen hügeligen Weiden und kleinen Wäldern vor uns auf. Die Dunkelheit breitete sich über die Landschaft, und zu den Sternen gesellten sich die Lichter einsamer Bauernhöfe. Um Mitternacht sichteten wir Victoria, einen Sternhaufen in einer Bucht, schlüpften leise hinein und nahmen mit unserem Bootshaken eine freie Festmacheboje zwischen zwei Hummerbooten auf. Das Dorf schien zu schlafen. Wir standen auf dem Deck der *Rosinante*, die es sich jetzt, am Ende ihres mühevollen Ritts, in ihrem Stall bequem machte. Ihre Spanten knackten und knarrten, und aus ihrem Auspuff stieg Wärme auf. Fest wie ein Bürgersteig lag sie unter unseren Füßen.

«Braves Schiff», sagte ich.

Und Chloe wiederholte: «Braves Schiff.»

Und Grace sagte: «Ich wünschte, George könnte hier sein!»

Schweigend betrachteten wir die Lichter des Dorfes, die ihren Schein über das Wasser schickten.

«Und wie kommen wir morgen an Land?» fragte Grace. «Sollen wir schwimmen?»

«Wir könnten die *Rosinante* in ein Dock bringen, aber dazu bräuchten wir eine Erlaubnis und alles, was sonst noch dazugehört. Und bleiben könnte sie da auch nicht. Der Wasserstand ist hier bei Ebbe so niedrig, daß sie bald auf Grund sitzen würde.»

«Wir haben ja noch unser Rettungsfloß», sagte ich.

«Ja, das nehmen wir.»

«Dann brechen wir also ganz früh auf?» fragte Grace.

«Ja, das wird das beste sein. Und alles, was wir für den Tag brauchen, nehmen wir mit», sagte ich.

«Und was ist mit Geld?» fragte Chloe.

«Das holen wir aus einem Automaten, die Dinger gibt's ja überall. Dann kriegen sie zwar raus, wo wir sind, aber bis dahin sind wir längst in Green Gables.»

«Und was ist mit Pinky und Midden?» fragte Chloe.

«Die lassen wir hier», erwiderte ich, «da sind sie sicherer.»

«Ich komm mir vor, als würden wir das Schiff aufgeben», flüsterte Chloe.

Zeitig am nächsten Morgen schlossen wir nach einem schnellen Flockenfrühstück alle Seeventile, drehten die Propangasflaschen zu und sperrten den Ruderstand ab. Wir füllten Middens und Pinkys Futter- und Wassernäpfe und ließen die Kajütentür angelehnt, so daß die beiden an Deck konnten. Als der Behälter mit dem Rettungsfloß mit einem kalten Klatschen auf dem Wasser aufschlug, öffnete sich ein Preßlufttank, und das leuchtfarbene, achteckige Floß blähte sich auf, komplett mit Notverpflegung, Leuchtkugeln und Paddeln. Wir drückten die Tiere noch einmal an uns, und dann stiegen wir mit unseren Schwimmwesten und Rucksäcken, Grace' Medikamenten, den Picknicksachen und unseren sämtlichen Papieren in das Floß. Chloe und ich paddelten etwas ungeschickt die hundert Meter zwischen den vertäuten Booten durch zu einer Pier und machten das Floß dort fest. Zwischen den Dingis mit ihren spitzen Vorsteven sah es sehr seltsam aus.

Ich hatte mich darauf gefaßt gemacht, ein Dutzend kanadische Mounties auf der Pier vorzufinden, aber es war niemand da, nicht einmal ein früh aufgestandener Fischer. Wir wankten in den Ort und fanden an der Vorderfront eines alten Ladens einen Geldautomaten, der anstandslos zweihundert kanadische Dollar ausspuckte. Ich sah sogar auf dem Beleg nach, ob nicht «Sie sind verhaftet» darauf stand. Fast zwei Stunden schlenderten wir durch das Dorf, und allmählich ging in den Fenstern das Licht an, und die Geschäfte begannen ihre Türen aufzuschließen. Auf mehreren Piers standen

Fischer und Touristen und betrachteten die *Rosinante*, die bei weitem das größte Schiff in der Bucht war.

Der erste Bus nach Green Gables ging um neun, und wir saßen mit unseren Taschen auf dem Schoß darin und lächelten uns über die Sitzbank hinweg einfältig an. Außer uns gab es nur noch zwei weitere Passagiere, eine Frau und ihre Tochter. Der Fahrer, ein älterer Mann, fragte, ob jemand die Führung außer in englischer auch in französischer oder japanischer Sprache wünsche. Grace flüsterte uns zu, er sei ein Angeber.

«Er hat dich beim Einsteigen angeschaut, Grace», sagte Chloe. «Ich glaub, er hat dir zugezwinkert.»

«Jetzt hör aber auf!»

Die Frau drehte sich zu uns um und flüsterte: «Wissen Sie irgend etwas über dieses Green Gables?»

«Haben Sie das Buch nicht gelesen?»

«Nein, aber es soll dort sehr hübsch sein. Sonst haben wir schon alles besichtigt.»

«Es gibt ein Buch, das dort spielt. Es handelt von einem Mädchen ungefähr im Alter Ihrer Tochter», erklärte ich.

Chloe beugte sich vor und flüsterte mir ins Ohr: «Die hat mir jetzt den ganzen Spaß verdorben. Komm, wir schmeißen sie aus dem Bus.»

«Pssst», machte Grace. «Schau aus dem Fenster.»

Chloe biß sich auf die Unterlippe, und ihre Wangen blähten sich vor unterdrücktem Lachen. Alle paar Sekunden versetzte sie mir einen Rippenstoß.

«Laß das!» flüsterte ich, was jedoch nur bewirkte, daß sie sich die Hand vor den Mund hielt und aufkreischte.

«Das ist ja wirklich peinlich mit dir!» sagte Grace und verschränkte die Arme.

Chloe lief krebsrot an und brach schließlich in ein geradezu unanständiges, schallendes Gelächter aus. Im Rückspiegel erschienen die mißbilligenden Augen des Fahrers. Chloe wischte sich die Augen, entschuldigte sich und sagte: «Ich bin einfach so froh.» Dann fing sie an zu weinen, lautlos erst, dann mit einer ununterbrochenen Serie von Schluchzern, die Hände vor dem Gesicht, ab und zu nach Luft schnappend und reuevoll seufzend.

Grace schüttelte den Kopf und verdrehte die Augen. Sie beugte sich zu der Frau und ihrer Tochter vor und sagte: «Tut mir leid – sie ist schwanger.»

Daraufhin richtete Chloe sich gerade auf, wischte sich mit dem Arm die Nase ab und fing wieder an zu lachen.

Ab und zu zeigte der Fahrer auf ein Gehöft, das er «typisch» für Anne Country, «typisch» für die Region oder «typisch» für die damalige Zeit nannte. Bald äffte Chloe ihn nach und ließ jeder seiner Äußerungen ein «Das ist ganz typisch» oder ein trällerndes «Typisch, typisch, typisch» folgen, wovon er nicht eben erbaut schien. Schließlich fragte sie ihn, ob es nicht «typisch für die Touristen» sei, daß sie «so nervig» seien.

«Schluß jetzt, Kind», tadelte Grace. «Nur weil du aufgeregt bist, brauchst du nicht gleich unverschämt zu werden.»

Chloe verschränkte die Arme über ihrem Baby, wandte sich ab und schaute aus dem Fenster. Dann sah sie uns wieder an, stemmte die Hände in ihre breiten Hüften und verkündete: «Ich befinde mich auf einer Wallfahrt mit Ungläubigen.»

«Chloe», sagte ich, «jetzt halt verdammt noch mal den Mund. Was ist denn los mit dir?»

«Das kleine Mädchen macht sie nervös», erklärte Grace. «Ich kenne das.»

Das Kind drehte sich um und sah uns böse an.

«Jetzt fällt mir alles wieder ein», sagte Grace. «Ich erinnere mich an dich, Chloe. Du bist die, die sich nie entscheiden und schon gar nicht anderen sagen kann, was sie tun sollen. Du kannst ein Schiff steuern, aber du hast Angst, du kannst kein Kind großziehen. Ich kenn dich doch. Das kleine Mädchen da vorn macht dir angst.»

«Gar nicht wahr!» Chloe schrie fast.

Die Mutter des Kindes drehte sich halb zu uns um. «Da

wächst man hinein», sagte sie. «Ich hatte am Anfang auch Angst. Aber sie kommen ja nicht als Zwölfjährige auf die Welt. Man entwickelt sich mit ihnen. Inzwischen weiß ich ganz gut, was in Millies Kopf vorgeht.»

«Mutter!» sagte das Mädchen, drehte sich um und verbarg das Gesicht in den Händen.

«O Gott!» rief Chloe. «Bitte keine Ratschläge. Geben Sie mir bloß keine guten Ratschläge.»

«War ja nur gut gemeint», sagte die Mutter und sah wieder nach vorn.

Der Fahrer versuchte das peinliche Schweigen zu brechen, das daraufhin eintrat, und sagte mechanisch: «Das kleine Schulhaus da rechts ist typisch für die Schulbauten der Insel Ende des neunzehnten Jahrhunderts.» Seine Stimme erstarb, und er seufzte tief, so als hätte sein Selbstvertrauen schwer gelitten.

Chloe sagte zum Fenster hin: «Möchte wissen, wo sie den Quatsch her hat.» Dann fuhr sie wieder herum, und ihr Gewicht stellte die Federung der Sitzbank wippend auf die Probe. «Weißt du, was ich ganz vergessen hatte, Grace? Wie nervig du sein kannst. Das ist doch alles Blödsinn, was du da redest, total aus der Luft gegriffen.»

«Schluß jetzt, Chloe», sagte ich.

«Immer hältst du zu ihr.»

«Typisch, typisch, typisch», trällerte Grace.

«Schluß jetzt, Grace», sagte ich.

«Unmöglich ist die», sagte Chloe, wieder zum Fenster gewandt.

Die Frau und ihre Tochter drehten sich halb um und sahen mich entsetzt und teilnahmsvoll an. Ich streckte ihnen die Zunge heraus.

Viel früher, als ich angenommen hatte, waren wir in Cavendish, dem Avonlea aus Lucy Maud Montgomerys Büchern. Der Fahrer zeigte auf verschiedene Gebäude, angeblich die Schule von Avonlea, das Postamt, die presbyterianische Kirche und Orchard Slope. Als wir über eine kleine Brücke fuhren, rief Chloe: «Der See der Glänzenden Wasser!»

Und Grace fragte: «Wo?»

«Direkt unter uns.»

Wir hielten neben anderen Bussen, großen und kleinen, auf einem Kiesparkplatz. Der Fahrer öffnete die Schiebetür und sagte: «Nach Green Gables geht's hier den Weg rauf, meine Damen. Lassen Sie sich ruhig Zeit, ich warte hier auf Sie.»

«Schön, was, Grace?» fragte Chloe.

«Das muß der Geisterwald sein», sagte ich und zeigte auf ein Tannenwäldchen.

«Und da ist der Bach», rief Chloe erfreut, «Dryad's Bubble.»

Am Eingang zu dem alten Haus stand eine lange Schlange, ältere Männer und Frauen und etliche kleine Mädchen. Ich sah mich um, ob irgendwo Männer mit Sonnenbrillen und dunklen Anzügen in ihr Revers sprachen, konnte jedoch keine entdecken. Die Frau an der Kasse nahm gleichmütig lächelnd unser Geld. Perfekt gespielt, dachte ich. Es war nicht zu erkennen, ob sie nach uns Ausschau gehalten hatte.

«Seid ihr auch so aufgeregt?» fragte ich Grace und Chloe.

«Wieso?» wollte Grace wissen.

«Sie könnten ja schon auf uns warten – wie Chloe gesagt hat.»

«Ich bin nicht aufgeregt», erklärte Grace. Sie beugte sich vor und klopfte – ziemlich unbeholfen, wie ich fand – auf ihre Jackentasche.

«Was ist?» fragte ich.

Sie wandte sich mir zu, hob die Patte und faßte in die Tasche, zog den kurzen verchromten Lauf einer Pistole hervor und ließ ihn wieder verschwinden.

Ich erstarrte. Ich sah die Leute in der Schlange prüfend an, doch sie schienen nichts bemerkt zu haben. Ich beugte mich zu Chloe hinüber und flüsterte ihr ins Ohr: «Sie hat eine Pistole.»

«Wer?» rief Chloe und suchte den Horizont ab.

Ich legte ihr die Hand auf den Mund, kniff die Augen so fest zusammen, daß nicht einmal mehr ein Zehncentstück zwischen die Lider gepaßt hätte, und wies mit einer Kopfbewegung auf Grace. Dann streckte ich Grace die offene Hand hin.

«Nein», sagte sie laut.

«Gib her», flüsterte ich. «Gib sofort her.»

Sie schüttelte trotzig den Kopf.

Vor Chloe war eine Lücke in der Schlange entstanden. Wir waren nur noch acht bis zehn Schritte vom Eingang entfernt.

«Gib mir die Pistole.» Ich formte die Worte mit dem Mund und schob Chloe und Grace vorwärts.

«Die gehört mir», sagte Grace.

«Wieso hast du sie mitgenommen?»

«Vielleicht brauchen wir sie ja», erwiderte sie nur.

«Wo hast du sie her?»

«Die ist von George. Wir hatten sie über unseren Kojen in der Decke versteckt. Für den Fall eines Überfalls. Das ist in der Karibik so üblich. Ich trag sie schon die ganze Woche mit mir herum.»

«Behalt sie in der Tasche, Grace», sagte ich, «egal was passiert.»

«O Gott!» stöhnte Chloe.

Ich hielt Grace und Chloe die Tür auf, und wir schoben uns ins Haus, vor und hinter anderen Besuchern, Glieder einer nicht abreißenden Kette von Touristen, die durch die Vordertür hinein- und durch die Hintertür wieder hinausströmten. Die beiden Fliegengittertüren fielen niemals zu. Die Räume waren eingerichtet wie in dem Buch beschrieben und größtenteils mit Samtschnüren abgesperrt. Wir warfen einen Blick in das Gästezimmer, das Wohnzimmer und in Matthews Zimmer, gingen durch die Küche in den Flur zurück und stiegen die Treppe zu Annes Giebelzimmer hinauf. In einer Ecke stand ein niedriges weißes Bett. Aus dem Fenster sah man einen Kirschbaum, die Schneekönigin, wie Anne ihn genannt hatte. Alles wirkte sehr karg, schien seinen Zweck aber vollauf zu erfüllen. Es war seltsam, wie wir drei in den kleinen Raum spähten, im Nacken den warmen Atem der anderen Besucher, die es kaum erwarten konnten, ebenfalls hineinzuschauen.

«Eigentlich wollten sie einen Jungen», sagte Chloe. «Sie hatten im Waisenhaus einen Jungen verlangt, aber dann haben sie Anne doch behalten.»

Wir blieben an den Türrahmen gelehnt stehen wie an einer Bushaltestelle. In einer Ecke stand ein Schaukelstuhl aus Korbgeflecht, ein Bücherregal enthielt alte Fibeln und Grammatiken, und an der Wand hing ein von aufgemalten Amoretten und violetten Weintrauben gekrönter kleiner Spiegel.

Hinter mir räusperte sich eine alte Frau, und wir gingen weiter, die Treppe hinunter und durch die Hintertür hinaus. Kleine Schilder wiesen den Weg zum Birkenpfad, zur Liebeslaube und zum Veilchental.

«Ich bin ein bißchen müde», sagte Grace. «Geht ihr beide mal weiter, ich setz mich inzwischen auf die Bank hier.»

Chloe warf mir einen Blick zu. «Ich bin auch ziemlich geschafft. Gehen wir zum Bus zurück.»

«Ich muß aber unbedingt da hin», sagte ich.

«Aber natürlich, geh nur», sagte Grace. «Wir warten hier auf dich. Du kannst ja dann erzählen.»

Sie setzten sich nebeneinander auf die Bank. Ich sah sie an, verzog den Mund und machte mich dann auf den Weg. Ab und zu drehte ich mich um und ging rückwärts weiter. Chloe und Grace saßen einfach nur da und schauten in die Obstgärten und Wiesen. Sie sahen mir nicht nach. Als ich in den Wald kam und die Bank und Green Gables aus den Augen verlor, erlaubte ich mir den klaren, ungehinderten Gedanken: Ich könnte sie dort zurücklassen. Es würde der letzte Ort sein, an dem ich sie sah, einträchtig vor Green Gables sitzend. Im Veilchental gab es keine Veilchen, vielleicht liebten die Touristen einander ja wirklich in der Liebeslaube. Am Birkenpfad ragten Birken auf, die allerdings schon etwas bejahrt wirkten.

Mir war klar, daß Chloe und Grace auch ohne mich nach Portsmouth zurückkommen würden. Ich stand unter den Birken, wo Anne und ihre Busenfreundin Diana gespielt und sich ein anderes Leben ausgemalt hatten. Ich wünschte mir, Jonah wäre da, aber er war es nicht. Ich versuchte mir ein anderes als unser gemeinsames Leben vorzustellen, doch es gelang mir nicht. Ich konnte mich nicht wie eine Romanfigur an einen anderen Ort versetzen. Und so beschloß ich, ebenfalls nach Portsmouth zurückzukehren. Ich wußte, daß Grace und Chloe dazu bereit waren. Sie warteten nur noch, bis auch ich soweit war. Ich wollte wieder mit ihnen zusammen dort leben, so friedlich, wie es möglich war. Es gab Dinge, die gesagt werden mußten, wenn wir nach Hause kamen, verletzende Dinge, und mir war klar, daß ich selbst am meisten verletzt werden würde. Monatelang hatte ich geglaubt, Richard und Mary vor der Wahrheit zu schützen, doch in Wirklichkeit hatte ich nur mich selbst geschützt. Knochen lagen verstreut in der Erde – es wurde Zeit, sie einzusammeln. Hätte allerdings jemand in diesem Augenblick einen Stein weggekickt oder «buh!» gerufen, wäre ich wohl auf Nimmerwiedersehen im Geisterwald verschwunden.

Ich ging nach Green Gables zurück, die Hände in den Jackentaschen zu Fäusten geballt, und setzte mich zwischen Chloe und Grace auf die Bank.

«Und, wie war's?» fragte Grace.

«Schön – aber nicht so schön wie in Portsmouth.»

«Trotzdem», sagte Chloe, «ich bin froh, daß wir hergekommen sind.»

«Wahrscheinlich werden wir schon erwartet», sagte ich, «wenn wir aus dem Bus aussteigen.»

Grace wandte sich mir zu. «Ich weiß, daß wir verfolgt werden, aber ich weiß nicht mehr, von wem.» Sie blinzelte.

Chloe und ich wechselten einen Blick. Ich hatte das Gefühl, als müßte ich ersticken.

«Nach deinem Schlaganfall», sagte ich, «ist deiner Tochter

die Vormundschaft für dich übertragen worden. Sie wollte dich in ein Pflegeheim stecken, aber wir sind mit dir und dem Schiff abgehauen. Geplant war das allerdings nicht. Du weißt doch: Chloe ist auf der Pier verprügelt worden, und meine Schwiegereltern waren auch da. Ich hatte mich vor ihnen versteckt gehalten.»

«Ach ja, natürlich.» Grace nickte. «Das war gerade alles ein bißchen verschwommen.»

«Daß du uns bloß nicht wieder abdriftest, Grace», flüsterte Chloe.

Grace biß die Zähne zusammen und sah auf die nackte Erde zwischen unseren Füßen hinab. «Wir werden schon alles auf die Reihe kriegen», sagte sie schließlich. Dann schüttelte sie den Kopf. «Egal, wie lange man lebt, man ist nie darauf vorbereitet.» Sie gab keine weitere Erklärung, und wir drängten sie auch nicht. Wie auf Befehl standen wir alle drei auf.

Die Rückfahrt schien nur Minuten zu dauern. Grace nickte hin und wieder ein, und Chloe strich sich immer wieder über ihren Kugelbauch. Als wir aus dem Bus stiegen und uns auf den Weg zur Pier machten, hatten wir das Gefühl, ein mehr als auffälliges Bild abzugeben. Die *Rosinante* lag wie zuvor an ihrer Boje im Hafen, und am Ende der Pier wippte das leuchtende Rettungsfloß zwischen den Dingis, aber es war höchst unwahrscheinlich, daß uns nicht irgendwelche Gesetzeshüter aufgespürt hatten. Wir betraten die Pier, zu dritt nebeneinander.

«Klarer Fall», sagte Chloe. «Als nächstes raube ich Banken aus – man kommt ja so leicht davon.»

An der Gangway blieben wir stehen. Da Niedrigwasser herrschte, führte sie steil abwärts.

«Vielleicht sollten wir die Polizei anrufen», meinte Grace.

«Du willst doch wohl keinen Bullen in Verlegenheit bringen», widersprach Chloe. «So was stinkt denen unheimlich.»

Wir standen da, und unsere Taschen und Körbe hingen wie Bootsfender von unseren Armen herab. Da knarrten hinter uns die Bohlen, und noch ehe wir uns umdrehen konnten, wurden Chloe und ich von Grace getrennt. Unsere Sachen flogen über die Pier. Jemand hielt mich von hinten an beiden Armen fest.

«Okay», rief ich. Handschellen schlossen sich um mein Handgelenk.

«Aufhören!» schrie Chloe, «Sie tun mir weh!» Ich drehte mich um, so gut es ging, und sah Chloe mit einem Polizisten kämpfen, der ihr die Arme auf den Rücken drehen wollte.

«Sie ist schwanger!» rief ich.

Grace stand allein am Rand der Pier. Als sich auch um mein anderes Handgelenk eine Handschelle schloß, sah ich, wie sie die Pistole aus der Tasche zog und auf den Polizisten hinter Chloe zielte. Mit drei schnellen Schritten war sie bei ihm und setzte ihm den Lauf an den Hals. Er erstarrte. Sie sagte: «Sie tun ihr weh. Lassen Sie das.»

Der Cop zuckte nicht mit der Wimper. «Okay», sagte er und ließ Chloe los. Meiner hielt meine Handschellen weiterhin fest umklammert. Chloe trat ein Stück zur Seite, und Grace sagte: «Sie ist schwanger, und Sie haben ihr weh getan. Ihr so die Arme zu verdrehen! So, jetzt können Sie die Pistole haben.» Sie senkte die Waffe und hielt sie ihm auf der offenen Handfläche hin. Dann drehte sie sich zu mir um und streckte ganz weit die Zunge heraus.

«Ja, Grace», seufzte ich.

Der Polizist ging – noch immer vorsichtig – auf sie zu und nahm ihr die Pistole ab. «Tut mir sehr leid», sagte er.

«Wenn die Mädchen Handschellen kriegen, will ich auch welche haben.» Sie hielt ihm ihre Handgelenke hin.

«Für Sie hab ich keine dabei.»

«Sie können Grace und mich doch zusammenfesseln», schlug Chloe vor.

In diesem Augenblick kamen zwei Männer in Anzügen die Pier entlang. Der Polizist schien einen Moment ratlos, doch dann folgte er Chloes Vorschlag.

«Halt!» rief einer der Anzugmänner. «Das ist das Opfer!»

«Sie hat mich mit der Pistole bedroht, Sir», versuchte der Polizist zu erklären und zeigte die Waffe vor.

Chloe stützte die Arme auf ihren Bauch. Sie lächelte mich breit an, dann wandte sie sich den beiden Anzugmännern zu, wies mit einer Kopfbewegung auf Grace und sagte: «Ein Glück, daß Sie uns gefunden haben. Die Frau hat uns entführt und uns gezwungen, sie nach Green Gables zu bringen.»

Ich fing an zu kichern, und Grace lächelte und räusperte sich, und dann wurden wir ins Gefängnis gesteckt.

An diesem Ort, der in *Anne auf Green Gables* nicht beschrieben wird, verbrachten wir zwei Tage. Wir erklärten alles den Kriminalbeamten, die jedoch nur daran interessiert waren, uns festzuhalten, bis die US-Beamten kamen, um uns nach New Hampshire zurückzuholen. Sie kümmerten sich freundlicherweise darum, daß Midden und Pinky versorgt wurden, und versprachen Grace, daß jemand auf die *Rosinante* aufpassen und daß die *Dapple* wieder an ihre Davits zurückkehren werde.

Die Vorsitzende der Anne Country Society hörte von unserer Geschichte und machte ein Telefoninterview mit Chloe. Sie wollte wissen, ob unsere Erlebnisse den Besuch in Green Gables wert gewesen seien, und versprach, uns das Mitteilungsblatt der Gesellschaft mit dem Bericht über uns zu schicken.

Zurück in den USA, wurden wir von Kriminal- und Polizeibeamten des langen und breiten verhört. Man legte uns nicht nur Entführung, sondern auch schweren Diebstahl (der *Rosinante*) und zahlreiche andere Vergehen zur Last. Doch wenige Stunden nachdem Anne mit Grace zusammengetroffen war, wurden wir freigelassen. Chloes Vater, Harry und zwei seiner Matrosen flogen nach Prince Edward Island und brachten die *Rosinante*, die *Dapple* und die Tiere in mehrtägiger Nonstopfahrt nach Hause zurück.

Zehn Tage nach unserer Verhaftung waren wir wieder an

Bord der *Rosinante*, an ihrem Liegeplatz unterhalb des *Smarmy Snail.* Wir feierten unseren Sieg mit einem Abendessen auf dem Achterdeck, in einer Dienstagsdämmerung, deren schwindendes Licht die Fläche des Flusses kräuselte. Autos rumpelten über das Stahlgitter der Memorial Bridge, und zwei Schlepper fuhren mit der Flut flußaufwärts. Es gab so viel zu sehen und zu hören, daß wir anfangs nur wenig sprachen, doch als der Fluß dunkler wurde und die Lichter von Badger's Island über das Wasser schienen, fingen wir an, uns zu unterhalten, wenn auch mit Unterbrechungen, unzusammenhängend, so als wären wir drei verschiedene Hummerboote in ein und derselben Bucht.

«Brauchst du irgendwas, Grace?» fragte ich.

«Nein, wieso? Mir geht's gut. Ich steh gleich auf und wasch das Geschirr ab. Ich bin nur ein bißchen müde.»

«Der Doktor sagt, mit dem Baby ist alles in Ordnung», sagte Chloe. Bis zu ihrem Termin waren es noch drei Wochen, und ihr Zustand wurde immer beschwerlicher.

«Ich hab gedacht, bei dir brennt's, als du heute nacht plötzlich aus deiner Koje geschossen bist», sagte ich. «Ich hab gedacht, Roger ist wieder da.»

«Da wollten plötzlich meine Zehen an die Ferse ran. So einen üblen Krampf hatte ich überhaupt noch nie. Ich mußte dreimal mit dem Fuß aufstampfen. Aber Roger wird uns nicht mehr belästigen. Es gibt eine einstweilige Verfügung, und mein Vater hat ihm, glaub ich, gedroht, ihn umzubringen.»

«Man steht in einem Raum voller Leute», sagte Grace, «und plötzlich merkt man, daß man die Älteste von allen ist. Es ist komisch. Man hat noch keinerlei Erfahrung damit, wenn man diesen Punkt erreicht, aber alle erwarten, daß man seine Rolle beherrscht. Und man hat ja auch selbst erwartet, daß man bis dahin weise geworden ist. Aber dann kommt die große Enttäuschung, und man stellt fest, daß man noch derselbe dumme Mensch ist wie früher, nur eben älter. Da hält man sich dann an das Altgewohnte, rät an einem Tag zur

Mäßigung und am nächsten zur kühnen Vorausschau, weil man an manchen Tagen glücklich und zufrieden ist und an anderen das Gefühl hat, nicht mehr genug klare Tage vor sich zu haben. Man muß das Alter persönlich nehmen.»

«Wie ist das alles nur gekommen?» fragte Chloe.

«Der Arzt sagt, es ist alles in Ordnung», wandte ich mich an Grace. Sie hatte gerade ihre zweite Untersuchung seit unserer Rückkehr hinter sich. Aber es war nicht in Ordnung. Ihr Kurzzeitgedächtnis setzte hin und wieder aus, und der Arzt hatte eingeräumt, daß die Medikamente das Risiko eines weiteren Schlaganfalls zwar verringern, aber nicht ganz ausschalten könnten.

Mühselig, mit hängender Zunge, richtete Pinky sich an Grace' Schienbein auf. Bald kam auch Midden an Deck und sprang mir auf den Schoß. Ich kraulte sie unter dem Kinn, wo es sie permanent zu jucken schien. Grace tätschelte Pinky und wollte dann aufstehen, um den Tisch abzuräumen, aber ich hielt sie zurück.

«Warte, Grace. Ich wollte euch beiden noch was sagen. Das heißt, ich will's erst mal an euch ausprobieren, bevor ich mich am Freitag mit Richard und Mary treffe. Ich will ihnen genau das gleiche sagen, und da dachte ich, es ist besser, ich übe vorher.»

Ich hielt Midden an mich gedrückt. Grace nahm wieder Platz, und Chloe legte wie zum Gebet die Hände zusammen, um sie gleich wieder über ihren Bauch wandern zu lassen.

«Ich hab doch immer gesagt, daß ich Jonah geliebt habe.» Meine Stimme blieb hängen und begann zu flattern wie Abfallfetzen an einem Zaun.

«Schon gut», sagte Chloe. «Du brauchst nichts zu sagen.»

«Doch.» Ich rieb mir das Wasser aus den Augen, und Midden sprang von meinem Schoß. «Ich muß üben, versteht ihr, ich will schließlich nicht vor den ganzen Anwälten und Richard und Mary und meinen Eltern zusammenbrechen.»

Ich fuhr mit meinem Geständnis fort, und einmal unterbrach mich Grace und sagte: «Bist du sicher? Ich glaub, das kannst du gar nicht sein.»

Aber ich schüttelte den Kopf und redete weiter, und zum Schluß sagte ich: «Manchmal bin ich ein furchtbarer Feigling. Ich glaub, wenn ich ihn wirklich geliebt hätte, dann wär ich auch gestorben. Aber ich bin nun mal nicht gestorben.»

«Du sollst auch nicht sterben, Charlotte», sagte Chloe.

«Aber das ist doch absurd», meinte Grace. «Das ist doch absurd. Das ist alles Vergangenheit, Liebes. Es ist vorbei.»

«Nein, eben nicht. Wenn es so wäre, dann würde ich nicht hier sitzen und weinen. Ich erinnere mich an alles.»

«Entschuldige», sagte Grace. «Du hast recht. Aber wär's dir lieber, du könntest dich nicht mehr an ihn erinnern?»

«Ich weiß nicht, was ich täte, wenn ich nicht mehr an ihn denken könnte.»

«Eben. Aber paß auf, daß die Vergangenheit dir nicht die Zukunft wegnimmt, Charlotte. Weißt du, was das Komischste an all dem ist, was mir entfallen und wieder eingefallen ist?»

«Nein.»

«Ich hab jetzt das ganz merkwürdige Gefühl, daß ich mich an Gott erinnere wie an eine reale Person aus meiner Vergangenheit.»

«Aber Gott ist doch nicht jemand, an den man sich erinnert», warf Chloe ein. «Er ist jemand, auf den man vertraut.»

Grace zuckte die Schultern. «Mir ist das alles unheimlich, Grace. Hoffentlich wirkt es sich nicht auf das Baby aus.»

«Du kriegst ein ganz süßes Baby, Chloe», sagte Grace. «Ich seh's schon vor mir.»

«Du verdienst auch ein süßes Baby», fügte ich hinzu. Und dann sagte ich: «Ich wasch das Geschirr ab. Meine Hände lechzen nach einem Spülbecken.»

«Wann kommen deine Eltern?» fragte Chloe.

«Am Donnerstag vormittag. Ich reserviere ihnen ein Zimmer im *Sheraton*. Sie werden ihren Schlaf benötigen, wenn sie gehört haben, was ich ihnen zu sagen habe.»

«Lad sie für Freitag morgen zu Pancakes ein», sagte Grace. «Dann übergebt ihr euch wenigstens alle in der gleichen Farbe, wenn du dich mit deinen Schwiegereltern triffst. Und, Charlotte –» sie hielt inne und berührte meinen Arm – «denk dran: Sterben ist gar kein so schlechtes Ende.»

Ich weiß nicht, warum, aber immer wenn ich die Hände voll Geschirr habe, bekomme ich kaum noch ein Wort heraus.

Ich holte Mama und Dad am Flughafen ab, und nachdem sie ihre Sachen ins Hotel gebracht hatten, gingen wir zum Essen ins *Dolphin Striker*. Wir saßen im Hinterzimmer, an einem Fenster mit Blick auf die Ceres Street und die Schlepper. Ich erzählte ihnen Stück für Stück, was seit meinem Weggang von zu Hause alles passiert war. Es erschien mir seltsam, daß erst ein halbes Jahr vergangen war, seit ich meine Sachen gepackt und Midden an der Raststätte gefunden hatte. Meine Eltern aßen fast nichts. Sie sahen mich nur an, als würde ich ihnen erzählen, daß ich in Casablanca für die CIA gearbeitet hätte. Als ich ihnen sagte, was ich am nächsten Morgen auch Richard und Mary sagen wollte, fing meine Mutter an zu weinen, und mein Vater wandte den Blick ab. Irgendwie hatten sie es gewußt.

Ich mußte lächeln, als ich sah, wie zaghaft meine Eltern am nächsten Morgen an Bord der *Rosinante* kamen. Als ich sie mit Chloe und Grace bekanntmachte, sah ich meine Bordkameradinnen plötzlich mit ihren Augen: eine gebrechliche alte Frau und ein kräftiges, ungeheuer schwangeres junges Mädchen; der eine Kopf mit blaugefärbten Haaren, der andere kahlrasiert. Wir saßen am Kajütentisch und unterhielten uns über Chloes Geburtstermin, unsere Fahrt nach Prince Edward Island und meine Arbeit in Strawberry Banke. Mein Vater ging in die Kombüse hinunter und half Grace bei der Zubereitung der Pancakes; er ist ein großer Pancake-Liebhaber. Ich zeigte meiner Mutter meine Kabine, und ihr einziger Kommentar war, daß sie leicht aufzuräumen sei. Sie fragte Chloe und mich, wie wir bei dem Geschaukel schlafen könnten und ob wir keine Angst hätten, daß das Schiff nachts, während wir schliefen, unterging. Ich kam mir ziemlich seltsam vor als Gastgeberin meiner Eltern, als Vermittlerin zwischen ihnen und Chloe und Grace. Ich hatte befürchtet, sie könnten die beiden komisch finden – als ob sie außer mir keine anderen Menschen kennen würden. Mein Vater hatte an diesem Morgen ein neues, kurzärmeliges Hemd an. Er kaufte sich nur selten Kleidung, und ich glaube, ich hatte ihn noch nie mit kurzen Ärmeln gesehen. Soviel kann in so kurzer Zeit geschehen. War das neue Hemd eine Angelegenheit zwischen ihm und mir oder ihm und meiner Mutter, oder konnte ich es auch vor den anderen erwähnen? Doch meine Eltern spürten, daß Chloe und Grace meine Freundinnen waren, und mehr schien nicht nötig, um sie für die beiden einzunehmen. Meine Mutter lächelte viel, und mein Vater strich einmal vor Grace' Augen über das Holz der *Rosinante* und sagte, sie sei ein schönes Stück Handwerkskunst.

Als wir nach dem Frühstück zu Malcolm Laurys Kanzlei aufbrachen, um uns dort mit Richard und Mary zu treffen, umarmten Grace und Chloe mich vor meinen Eltern. Mein Vater legte mir den Arm um die Schultern, meine Mutter nahm mich bei der Hand, und wir gingen los. Chloe und Grace blieben an Bord. Es tat gut zu wissen, daß sie da waren und auf mich warteten.

Richard und Mary waren schon in der Kanzlei und saßen mit übereinandergeschlagenen Beinen und verschränkten Armen an einem Besprechungstisch. Nach meiner Rückkehr von Prince Edward Island hatte ich Malcolm angerufen und ihn gebeten, ein Treffen mit ihnen zu arrangieren. Meinen Eltern hatte ich ans Herz gelegt, kein Wort zu sagen. Ich wollte nur, daß sie dabei waren. Ich setzte mich zwischen sie, direkt gegenüber von Mary. Malcolm nahm am Tischende Platz. Er legte kurz seine Sicht des Falles dar und schloß mit der Bemerkung, daß wir dieses Treffen in der Hoffnung auf eine Versöhnung vereinbart hätten.

«Darf ich fragen», sagte Malcolm, «warum Ihr Anwalt nicht hier ist?»

«Wir würden die Sache gern unter uns besprechen.»

«Was meinen Sie dazu, Charlotte?» fragte Malcolm. «Soll ich Sie allein lassen?»

«Ja, Malcolm. Aber meine Eltern hätte ich gern dabei.»

«Damit sind wir einverstanden», erklärte Richard.

«Ich mach die Tür zu, aber wenn Sie mich brauchen, Charlotte – ich bin da.» Malcolm ging hinaus. Die Tür schloß sich mit einem Klicken, und eine von Staubpartikeln erfüllte Stille trat ein.

Mein Vater räusperte sich und ergriff das Wort. «Also, ich kann nur sagen, Richard, ich finde das alles erbärmlich und unverzeihlich und...»

«Daddy», unterbrach ich ihn und legte ihm die Hand auf den Arm. «Nicht.» Dann wandte ich mich Richard und Mary zu. «Ich habe euch einiges zu sagen.»

«Mehr wollten wir auch nicht», sagte Mary. «Eine Erklärung. Warum es soweit kommen mußte.» Sie verstummte, um nicht in Tränen auszubrechen. Sie hielt sich die Hand vor den offenen Mund und atmete durch ihre Finger.

«Es war nicht Jonahs Schuld», begann ich. Mary nickte, und ihre Augen füllten sich mit Tränen. «Aber es war auch nicht meine Schuld. Ihr irrt euch, was meine Gefühle für euren Sohn betrifft. Ich habe ihn geliebt, und ich liebe ihn immer noch. Und ich kann wirklich nicht sagen, ob es ein Unfall war oder ob er sich etwas antun wollte. Ich weiß es nicht. Ihr wißt ja, wie er war. Es gab Dinge, die ihn traurig machten, aber er konnte nicht darüber reden. Vielleicht wußte er nicht wie. Ich hatte nie das Gefühl, daß er an Selbstmord denkt, aber manchmal merkt man so etwas wohl auch nicht. Manche Leute denken nicht nur ans Sterben, sondern wollen auch wirklich sterben, und dabei soll ihnen niemand im Weg stehen. Aber eins weiß ich, und das hab ich euch nicht gesagt und meinen Eltern auch nicht. Ich hab es sogar Jonah verschwiegen. Und weil es egoistisch war, mein Wissen für mich zu behalten, bin ich doch in gewisser Weise schuldig und verantwortlich. Es war nicht so, daß ich Jonah nicht geliebt hätte. Er hat mich nicht geliebt.»

«Das ist eine gemeine Lüge!» schrie Mary und sprang mit geballten Fäusten auf. Richard erhob sich ebenfalls und faßte sie am Arm. Sie stieß ihn fort. «Wie kannst du so etwas sagen?» kreischte sie. «Das ist eine Lüge!»

Hinter uns öffnete Malcolm die Tür. Mary sah ihn an, setzte sich wieder und vergrub das Gesicht in den Händen. Malcolm schloß die Tür wieder.

«Ich wünschte, es wäre eine», sagte ich. «Ich stell mir manchmal immer noch vor, daß es nicht wahr ist. Aber ich weiß, daß es wahr ist. Ich glaube schon, daß er mich mochte. Und manchmal hat er mich auch begehrt.»

«Hör auf», flüsterte Mary.

«Es ist mir schwergefallen, das alles auszusprechen, denn ich fühle mich schuldig, weil er mich nicht geliebt hat, und jetzt habe ich ihn verraten, weil ich es euch gesagt habe. Er war ein guter Mensch. Er brachte es einfach nicht fertig, jemanden im Stich zu lassen. Er hatte das Bedürfnis, mich zu lieben, aber er hat es nicht getan, er konnte es nicht. Er konnte nichts dafür. Und ich wohl auch nicht. Wir haben es versucht, immer und immer wieder. Ich weiß nicht, ob er sich umgebracht hat, aber wenn, dann deshalb, weil er Jonah war. Und ich wußte nicht, wie ich ihn daran hätte hindern können, Jonah zu sein, wie ich hätte aufhören können, ihn zu lieben, oder wie ich ihn hätte verlassen können. Er wollte nichts von mir, nicht einmal seine Freiheit.»

«Hat er jemals gesagt, daß er dich nicht liebt, Charlotte?» fragte Richard.

«Nein, natürlich nicht. Du verstehst nicht – das hätte er nie getan. Ich glaube, er hat sich mit seiner Anständigkeit selbst eine Falle gestellt, und ich war nicht tapfer genug, mich von ihm zu trennen. Ich wußte, daß er nicht in mich verliebt war, aber ich selber habe ihn so sehr geliebt. Manchmal habe ich daran gedacht, ihn zur Rede zu stellen, ihn zu einem Geständnis zu zwingen, aber ich hatte nicht den Mut. Wir haben einfach weiter unser Leben gelebt, wir haben einander belogen und versucht, uns nicht zu verletzen. Ich glaube, mein Mangel an Mut hat mir genauso zugesetzt wie Jonahs Mangel an Liebe. Vielleicht habt ihr recht. Vielleicht ist er gestorben, um von mir loszukommen.»

Meine Mutter legte mir die Hand auf den Rücken. Mary beobachtete sie.

«Es tut mir leid», sagte ich.

«Sag einfach die Wahrheit», sagte Mary bitter.

«Ich versuch's.»

Mary schlug mit den Handflächen auf den Tisch. «Du warst schwanger», schrie sie, «gib's zu! Immer wenn ich von Kindern geredet habe, bist du rausgegangen. Ich hab doch deine unbenutzten Pillenpackungen gesehen.»

«Ja, ich war schwanger», sagte ich leise.

«Und jetzt bist du nicht mehr schwanger, nicht wahr? Du hast abgetrieben.»

«Er hat es nicht gewußt.»

«Was? Nein. Du hast die Schwangerschaft abgebrochen, und er hat sich umgebracht, weil er gewußt hat, daß du ihn verlassen würdest.»

«Nein», sagte ich. «Er hat nicht gewußt, daß ich schwanger war. Ich hab's ihm nicht gesagt. Er wollte keine Kinder, das wußtet ihr doch. Ich bin heimlich schwanger geworden, weil ich gehofft habe, es würde ihn befreien, ihn aus seiner Depression herausholen. Aber dann konnte ich es ihm nicht sagen. Ich hatte ihn getäuscht und dachte, unsere Ehe könnte daran zerbrechen. Ich war zu feige. Vier Wochen lang hatte ich furchtbare Angst. Als er an dem Tag aus dem Haus gegangen war, bin ich zu der Abtreibung in die Stadt gefahren. Wirklich. Am Abend hab ich auf ihn gewartet. Ich wollte es ihm sagen. Ich wollte ihm sagen, daß ich ihn hasse, daß ich mich selbst hasse, weil ich das getan hatte. Aber er kam nicht nach Hause.»

«Das glaub ich dir nicht.» Mary starrte mich an.

«Es tut mir leid. Ich wünschte, es wäre alles nicht wahr.»

«Er ist tot», sagte Mary, «und du bist noch da.»

«Das reicht», sagte meine Mutter.

«Auch das habe ich bedauert», sagte ich. «Aber jetzt nicht mehr.»

«Komm, wir gehen, Schatz», sagte Richard. «Wir gehen.» Er half ihr auf, und sie verließen, ohne mich noch einmal anzusehen, wortlos den Raum.

Ich wandte mich meiner Mutter zu und fing an zu weinen. «Ich wollte ihnen alles geben, aber sie wollten es nicht haben», schluchzte ich.

«Sie dachten, irgendwie hast du Jonah noch.»

«Wo ist er? Wie kann sich alles so verändern?»

Mein Vater legte mir die Hand aufs Knie. «Charlotte», sagte er, «auch deine Erinnerungen können sich verändern. Wenn du älter bist, wirst du die Dinge anders sehen.» Er zog die Schultern in seinem neuen Hemd hoch.

«Was ist los mit dir und den kurzärmeligen Hemden?» fragte ich, noch immer weinend, und beugte mich zu ihm hinüber, fiel in seine nackten Arme und in den tröstlichen Moschusduft meiner Kindheit.

Bis jetzt hatte ich geglaubt, ich würde es nicht überleben, wenn ich jemandem erzählte, daß Jonah mich nicht geliebt hatte. Ich hatte mich so geschämt – für mich selbst ebenso wie für ihn –, weil ich nicht liebenswert war, weil er nicht fähig war zu lieben, weil es seines Todes bedurft hatte, um unsere Ehe aufzulösen. Mein Stolz und meine Scham waren zu groß gewesen. Mein Geständnis machte die Last meiner Vergangenheit zwar nicht leichter, aber es machte mich weniger verletzbar. Ich hatte Todesängste ausgestanden, daß andere mich anklagen würden, bevor ich selbst es tun konnte.

Meine Eltern blieben das ganze Wochenende in Portsmouth und nahmen Chloe und mir das Versprechen ab, sie zu Thanksgiving in Kentucky zu besuchen. Grace sagte, sie habe für dieses Jahr genug vom Reisen und könne sich auch nicht vorstellen, zwei Tage mit Chloe und einem Baby im Auto zu sitzen. Chloe stieß daraufhin einen Überraschungsschrei aus und rief: «Ach ja, an Thanksgiving hab ich ja ein Baby!», so als wäre soeben eine Anzeige mit der Post gekommen.

Inzwischen war es Anfang September, und auf der Terrasse des *Smarmy Snail* war es leerer geworden, weil die meisten Sommergäste abgereist waren. Nachdem meine Eltern wieder nach Hause gefahren waren, brachten Chloe, Grace und ich fast eine ganze Woche damit zu, die *Rosinante* neu zu bevorraten und zu säubern. Grace wollte, daß alle äußeren Holzteile zur Vorbereitung auf den Winter geschrappt und gefirnißt wurden. Tagelang schrubbten, strichen und polierten wir. Harry ließ die Dieseltanks auffüllen, und Grace gab, Georges Beispiel folgend, Unmengen Konservierungsmittel hinein. Abends saßen wir ermattet auf dem Achterdeck und kauten kraftlos Fast food, zu müde, um selbst zu kochen.

Chloe und ich waren bei Grace' Gespräch mit Anne nach unserer Rückkehr von Prince Edward Island nicht dabeigewesen. Anne war Hals über Kopf abgereist, nicht ohne zuvor die Vormundschaft niederzulegen. Das Thema schien zu diesem Zeitpunkt zu heikel, zu persönlich, als daß wir groß hätten Fragen stellen wollen. Aber jetzt waren wir müde und konnten uns nicht mehr beherrschen. Gegen Ende unserer Instandsetzungswoche, über halb aufgegessenen MOES-Sandwiches, beugte Chloe sich vor und fragte: «Grace, wie hat Anne eigentlich reagiert? Als sie gemerkt hat, daß du dein Gedächtnis wiedererlangt hast, meine ich.»

Ich legte mein Sandwich hin.

«Sie hat geglaubt, ich lüge, ich hätte vorher geübt. Sie hat mir Fragen gestellt zu Dingen, die du und Charlotte nicht wissen konntet.»

«Machst du Witze?» fragte ich.

«Nein, macht sie nicht», sagte Chloe.

«Und womit hast du sie überzeugt?» fragte ich.

«Sie hat Daumen gelutscht, bis sie fast neun war.»

«Das hättest du uns doch vor dem Schlaganfall erzählen können.»

«Ja.»

«Und?» fragte Chloe.

Grace räusperte sich und blickte zwischen Chloe und mir hindurch flußaufwärts. «Sie hat mich gefragt», sagte sie leise, «wie der Mann hieß, wegen dem ich Sweet George verlassen habe.» Sie hielt den Blick abgewandt, wie ein rangniedrigeres Weibchen in einer Tiergruppe. «Als Anne siebzehn war, so alt wie du, Chloe, da hatte ich eine Affäre mit einem Mann namens Pat Webb und hab George für fast ein Jahr verlassen. Es ist schiefgegangen, und George hat mich wieder aufgenommen, aber Anne nicht. Es war eine ganz dumme Sache. Und es war allein meine Schuld. Ich weiß nicht, ob Anne froh war, daß ich zurückgekommen bin, oder nicht.»

«Damals oder jetzt?»

«Jetzt. Für sie hieß das nur, daß ich sie zum zweiten Mal verlassen hatte.»

Ich klemmte die Hände zwischen die Knie und öffnete den Mund, aber ich hatte absolut nichts zu sagen.

«Das versteh ich nicht», sagte Chloe. «Wenn du Sweet George geliebt hast, wie konntest du ihn dann verlassen?» Sie war richtiggehend böse.

«Chloe», sagte ich und legte ihr die Hand auf den Arm.

«Schon gut», sagte Grace. «Sie hat ja recht. Ich hab mich einfach gelangweilt, Chloe. Ich hab zugelassen, daß mir langweilig wurde. Und dann kam dieser Mann. Er war gar nichts

Besonderes, nur eine Möglichkeit, der Langeweile zu entgehen. Nach ein paar Monaten hab ich mich mit ihm auch gelangweilt, und er konnte auch nichts dafür, ebensowenig wie Sweet George. Da hab ich ihn verlassen und mehrere Monate allein gelebt. Damals hab ich angefangen zu malen, und als das erste Bild fertig war, da war ich so stolz darauf, daß ich es jemandem zeigen mußte, und die beiden Jemande waren George und Anne. Und George hat mich wieder aufgenommen, aber Anne war so tief verletzt, daß sie es nicht mehr konnte.»

«Und ich hab sie deinetwegen verflucht», sagte Chloe.

«Das tut mir leid», flüsterte Grace.

Chloe stemmte sich hoch und ging von Bord. Als sie die Treppe hinaufstieg, rief ich ihr nach: «Wo willst du denn hin?»

«Eine rauchen», rief sie zurück. «Da, wo ihr mich nicht seht.»

«Laß sie nur», sagte ich zu Grace.

«Anne ist auch einfach aufgestanden und gegangen», erwiderte sie. Sie nahm den Rest ihres Sandwichs und wickelte ihn wieder ein. Ihre Schultern krümmten sich weit nach vorn, so wie ein Vogel seine Flügel zusammenlegt. Die Kleider schienen plötzlich um ihren Leib zu schlottern. Ihre nackten Handgelenke und Knöchel reflektierten das Licht der Nacht wie Fische unter der Wasseroberfläche. Sie wirkten unerträglich schwach, aber sie stützten sie, als sie aufstand und sich an der Tischkante festhielt. «Kannst du ...?»

«Ja, ich räum ab.»

Sie ging langsam davon in ihre Kabine, und ihre Sohlen machten bei der Berührung mit dem Teakholzdeck leise schurrende Geräusche.

In der folgenden Woche inspizierten Grace und ich alles, was sie in Portsmouth unter freiem Himmel gemalt hatte. Sie wusch den Schmutz von der Ölfarbe und frischte abgenutzte

Stellen auf. Und sie suchte nach einem geeigneten Platz für ihr seit langem geplantes Wasserbild. Schließlich entschied sie sich für eine Vertiefung im Bürgersteig der Vaughn Street, nicht weit von der Whalen Wall, der riesigen blauen Fassadenmalerei eines Wals, die die gesamte Seitenfront eines Gebäudes einnahm. Grace hatte im Sommer zuvor ihre Entstehung verfolgt und meinte, sie würde nicht einmal eine Robbe täuschen.

«Aus meiner Pfütze sollen Hunde trinken wollen», sagte sie. «Kinder sollen hineinspringen und glauben, es hätte gespritzt. Junge Banker sollen sich zweimal nach der Münze in der Pfütze bücken.»

Wir fegten die Vertiefung auch gleich sauber, legten die Umrisse der Pfütze fest und versiegelten das Pflaster sogar mit einem Fixiermittel. Am nächsten Morgen aber stürzten Chloe und ich in die Kombüse, weil wir Glas hatten splittern hören. Grace stand an der Spüle, ihre Hand zitterte noch, Scherben lagen zu ihren Füßen, ein Mundwinkel und ein Augenlid hingen herab. Sie lallte unsere Namen.

Es war ein kleinerer Schlaganfall, wie sich später herausstellte. Wir brachten sie ins Krankenhaus, wo sie bis zum nächsten Morgen blieb, doch sehr bald konnte sie wieder deutlich sprechen und ihre Hand gebrauchen. Das Gedächtnis hatte sie diesmal nicht verloren, mit Ausnahme der kurzen Zeitspanne, bevor sie das Wasserglas zerbrochen hatte. Sie konnte sich nicht erinnern, wie sie zum Spülbecken gelangt war, nicht einmal, daß sie nach dem Aufstehen ihren Morgenrock angezogen hatte. Sie bat uns, Anne nichts davon zu sagen. Fast die ganze folgende Woche blieb sie für den Fall eines weiteren Schlaganfalls auf dem Schiff, so als wäre sie entschlossen, sich darauf vorzubereiten oder es gar nicht erst soweit kommen zu lassen. Sie sprach nur wenig mit uns. Sie schien in einen inneren Kampf verstrickt, der ihr jedes Gesprächsbedürfnis und im übrigen auch jeden Appetit nahm. Wir kochten riesige

Portionen, um sie zum Essen zu verführen, aber sie nahm nur ein oder zwei Bissen zu sich, sagte, wie gut es schmecke, und zog sich wieder in ihre Kabine zurück, wohin ihr nur Pinky folgen durfte. Wir versuchten sie zu irgendwelchen Arbeiten oder zum Malen zu überreden, doch kaum kam sie an Deck geschlurft, beklagte sie sich, daß die Sonne oder deren greller Widerschein auf dem Wasser sie blende.

Erst das Baby vermochte sie aus ihrer Lethargie zu reißen. Es griff ebenso tief in Grace' wie in Chloes Leben ein. Chloe verlor das Fruchtwasser eineinhalb Wochen zu früh, und Grace gewann ihre ganze alte Energie zurück, als sie Chloe die Treppe hinauf und zu meinem Auto half. Um Mitternacht schrie Chloe nach einer Pepsi, ihre Eltern saßen, einen leeren Stuhl zwischen sich, im Wartezimmer, Grace tigerte vor den Türen der Entbindungszimmer auf und ab, und ich als Chloes Beistand gab ihr statt einer Pepsi einen Eiswürfel. Bei der ersten Wehe hatte sie mein Handgelenk umklammert und gesagt: «Ruf meine Mutter, schnell!»

«Deine Mutter? Im Ernst?» hatte ich ungläubig gefragt.

«Schnell!» rief sie und hob den Kopf vom Kissen. Also rief Grace ihre Eltern an, die auch sofort kamen. Ich fragte Chloe, ob sie sie sehen wolle.

«Bist du verrückt?» rief sie. «Ich krieg jetzt gleich ein Baby, Charlotte!»

Der Arzt hatte das Geburtszimmer kaum betreten, als Chloe ihm auch schon die Bedingungen in Erinnerung rief, die sie mit ihm ausgehandelt hatte. «Keinen Einlauf, keine Rasur, keine Beinhalter und keine Episiotomie, bis wir sehen, wie weit sich der Scheidenausgang dehnt. Und ich bekomme Schmerzmittel, sobald ich welche will.»

«Ist gut, Chloe», murmelte der Arzt.

«Also», sagte ich und ergriff die Stoppuhr, die ich um den Hals hängen hatte. «Die nächste Wehe kommt wahrscheinlich in ...»

«Jetzt», rief Chloe, preßte die Zähne aufeinander und drückte das Kinn auf ihr Brustbein. Ihr ganzer Körper krampfte sich zusammen.

«Schön eine nach der anderen», sagte ich. «So ist's gut. Nur noch ein paar Sekunden. Ja, gut gemacht.» Ich wischte ihr mit einem kühlen, feuchten Tuch die Stirn ab.

«Okay», sagte sie, als sie wieder zu Atem gekommen war. «Das ganz Lobes- und Ermutigungsgefasel kannst du dir sparen. Das Baby kommt so oder so, egal, was du sagst.»

«Gut, dann halt ich den Mund. Noch einen Eiswürfel?»

«Ich will eine Pepsi!»

«Du kannst jetzt keine Pepsi haben, Chloe, das weißt du doch.»

«Dann hol ich sie mir eben selbst! Draußen auf dem Flur ist ein Automat.» Sie hob ihr zitterndes Bein, doch eine neue Wehe ließ es wieder zurückfallen. «O Gott!» schrie sie, und über ihre dicken Backen rollten Tränen. Als die Wehe vorbei war, sagte sie: «Ich fang jetzt an zu pressen.»

«Nein», sagte der Arzt, «noch nicht, Chloe.»

«Es soll jetzt aber raus», rief Chloe. «Charlotte ...»

«Ja, Schatz?»

«Das ist der Blaubarsch, den wir gefangen haben. Der ist jetzt in mir drin.»

Ich lächelte und wischte ihr das Gesicht ab. «Nein, Chloe, das ist ein Baby, ein ganz normales Baby. Konzentrier dich.»

«Eigentlich müßte mir jetzt mein Ehemann sagen, daß er mich liebt», stöhnte sie.

Wir kämpften uns durch eine weitere halbe Stunde Wehen, und dann sagte der Arzt endlich: «So Chloe, es ist soweit. Bei der nächsten Wehe schön pressen.»

«Ich hab noch kein Schmerzmittel bekommen, oder?» rief sie.

«Nein», antwortete ich.

«Ich warte noch ein bißchen.» Sie stöhnte vor Schmerz auf und preßte meine Hand, bis ich dachte, sie würde sie zerquetschen. Dann hatten wir einen Augenblick Ruhe. Ich löste meine Hand aus ihrem Griff und schüttelte sie. «Ich krieg ein Kind, und du kannst mir nicht mal die Hand halten», sagte Chloe.

«Nächstes Mal drück ich zurück.»

«Ist meine Mama draußen?»

«Ja, und dein Dad auch, das hab ich dir doch schon gesagt.»

«Gut.» Sie entspannte sich sichtlich. «Ich will, daß sie da sind, falls was passiert.»

«Es passiert schon was, Chloe. Du kriegst ein Kind.»

«Ach ja.»

«Noch einen Eiswürfel?»

«Ich geb dir das Geld für die Pepsi. Oh, verdammt!»

Ich schob meine Hand unter ihren Rücken, um sie zu stützen.

«Sehr gut, Chloe», lobte der Arzt und stand auf. «Ich glaube, in ein paar Minuten können wir das Köpfchen sehen.» Chloe warf sich zurück. «Hören diese Wehen denn nie mehr auf?» rief sie. «Ich komm überhaupt nicht mehr zur Ruhe!»

«Atmen, Chloe», sagte ich, «atmen! Denk ans Atmen!»

Sie stieß heftig die Luft aus, und der Schweiß lief ihr über die Stirn.

«Ich mach das jetzt», sagte sie, «aber irgend jemanden bring ich dafür um. Ich krieg ein Baby, und dafür nehm ich jemand anderem das Leben. Das ist nur gerecht.»

«Okay. Wenn das Baby da ist, suchen wir uns jemanden aus.»

Wir stöhnten uns durch drei weitere Wehen, und als Chloe nicht mehr stöhnen konnte, stöhnte ich für sie. Einen Moment lang zeigte sich der Kopf des Babys und zog sich dann wieder zurück.

«Da war der Kopf», sagte ich zu Chloe. «Hast du's im Spiegel gesehen?»

Sie schaute mich an und verdrehte die Augen. Als sie wieder Luft bekam, sagte sie: «Kein Wort mehr.»

«Okay», sagte ich, «okay.»

«Wir hätten den Fisch nicht essen sollen, Charlotte. Jetzt will er raus.»

«Chloe», sagte der Arzt und stand wieder auf. «Der Scheidenausgang dehnt sich nicht weit genug. Die Haut fängt an zu reißen. Ich mache jetzt einen kleinen Schnitt, auf dem Höhepunkt der nächsten Wehe, da merken Sie nichts davon.»

«Himmelherrgott!» fluchte sie.

«Ist das wirklich nötig?» fragte ich den Arzt.

«Ja.» Er hatte sich schon bereitgemacht und sah uns gar nicht an.

Auf dem Gipfel der Wehe – Chloes Gesicht war nur noch ein roter Gummiball – machte der Arzt den Schnitt. Die Hebamme drehte den Spiegel weg, damit Chloe das Blut nicht sah. Der Kopf des Babys rutschte nach vorn und blieb am Ende der Wehe in seiner Position. Ich sah wieder zu Chloe hoch. Sie war ohnmächtig geworden.

«Chloe?» sagte ich.

Die Hebamme schob mich beiseite, fühlte Chloes Puls und hielt ihr Ammoniumnitrat unter die Nase. Chloe hustete und schüttelte den Kopf, um den Geruch abzuwehren.

«Du warst einen Moment bewußtlos, Chloe», sagte ich.

«So, jetzt mit aller Kraft pressen, Chloe. Hören Sie mich, Chloe?» fragte der Arzt.

Sie nickte. Ich nahm wieder ihre Hand. Meine Tränen tropften auf ihren Arm. «Ich hab dich lieb, Chloe», sagte ich. Und sie stürzte sich in die nächste Wehe. «Pressen, Chloe!» rief ich. Und sie schrie zur Decke hinauf, und plötzlich hielt der Arzt den Kopf des Babys in den Händen, und Chloe schrie wieder, und das Baby, blutverschmiert, schieferblau und talgig, flutschte ihm in die Arme. Die Hebamme reinigte die Nasenlöcher, und es hustete, holte Luft und begann zu schreien, leise erst, dann in heftigen Stößen. Chloe war wieder ohnmächtig geworden.

«Ein Mädchen», sagte der Arzt stolz. Dann sah er Chloe an.

Ich berührte ihre Wange, und sie schlug die verdrehten Augen auf.

«Du hast's geschafft», sagte ich lächelnd und trocknete uns beiden das Gesicht. Die Hebamme legte Chloe das Baby in die Arme: «Es ist ein Mädchen», sagte sie. «Es ist alles in Ordnung. Sie hat mehr Haare auf dem Kopf als Sie.»

Chloe hob das Baby an ihr Gesicht, küßte es und sagte: «Ja, wen haben wir denn da?» Es klang ein klein wenig traurig. Dann schlief sie ein.

Die Hebamme nahm ihr das Baby ab, und der Arzt sagte nach einem Blick auf Chloe: «Lassen wir sie einen Moment ausruhen.» Dann fuhr er fort: «Da kommt die Plazenta. Dann können wir jetzt nähen.»

Ich ging hinaus, nahm Grace' Hand und verkündete allen, daß es ein Mädchen sei und daß Mutter und Tochter wohlauf seien. Grace setzte sich. Ihre Lippen preßten sich zusammen, und ihr Blick schweifte von mir fort. Dann holte sie tief Luft und schaute auf. «Jetzt gibt es nichts mehr, worüber man sich Sorgen machen müßte», sagte sie.

Zwei Tage später kam Chloe mit Shirley Dapple nach Hause. Grace und ich hatten in der Zwischenzeit in aller Eile ein Kinderbettchen, einen Sportwagen und alle möglichen anderen Utensilien besorgt. Grace schien wieder ganz die alte. Sie malte zwar nicht, aber sie war aktiv und brauchte kein einziges Mal an die Einnahme ihrer Medikamente erinnert zu werden. Sie kümmerte sich um Chloe und das Baby und machte es ihnen auf dem Schiff bequem.

«Hier bist du so groß geworden, wie du jetzt bist», sagte Chloe zu dem Baby.

«Und du bist hier auch groß geworden», sagte Grace und nickte Chloe zu.

Wir saßen in der Kajüte, auf der Haut die letzte Septemberwärme. Chloe knöpfte ihre Bluse auf und legte Shirley zum Trinken an die Brust. Ihre Brustwarze war geschwollen.

«Weißt du noch, Chloe, meine erste Nacht hier? Ich durfte dich nicht mal im Nachthemd sehen.»

«Wie sollte ich wissen, daß du nicht interessiert bist?» fragte sie und errötete dann doch.

Grace saß mit zurückgelegtem Kopf und geschlossenen Augen da. «Ich erinnere mich daran», sagte sie und verstummte wieder.

Chloe und ich sahen sie an. «Woran erinnerst du dich, Grace?»

Sie hob langsam den Kopf, neigte ihn, noch immer mit geschlossenen Augen, zur Seite, bis er mit dem Ohr fast auf ihrer Schulter lag, und sagte: «An so vieles – es ist so nah.»

«Sprich nicht in Rätseln, Grace», sagte Chloe. Ihre Hand stützte Shirleys Kopf.

Grace öffnete die Augen und seufzte leise, aber nicht sorgenvoll. «Vielleicht haben die Weltuntergangspropheten recht», sagte sie, «nur werden sie diese Genugtuung nicht mehr erleben.»

Ich sah Chloe an und zog die Augenbrauen hoch. Ich war so dumm.

Chloe blinzelte und sagte: «Ein Hund, der seinem Schwanz nachjagt, findet das Glück in nächster Nähe.»

Grace sah sie stirnrunzelnd an, sagte dann aber: «Sie ist so süß, Chloe, ganz Verheißung, keine Erinnerung.»

«Bestimmt erinnert sie sich an das Schiff, daran, daß sie immer in und auf dem Wasser gelebt hat», sagte ich. «Sie scheint sich richtig wohlzufühlen.»

«Das Schaukeln beruhigt dich, nicht wahr, Shirley?» flüsterte Chloe ihr ins Haar.

Grace stemmte sich hoch, strich sich das feine Haar aus der Stirn und ging in ihre Kabine hinunter.

Ich glaube, sie hat den Zeitpunkt ganz bewußt gewählt. Ein paar Tage später, nachdem sie uns zum Frühstück Pancakes gemacht hatte, erzählte uns Grace einen Witz. Wir machten gerade Shirley Dapple für ihren ersten Einkaufsbummel fertig. Chloe fühlte sich stark genug, um ein bißchen zu laufen, und wir wollten ins Einkaufszentrum.

«Ich weiß einen Witz» sagte Grace.

Das sah ihr gar nicht ähnlich. Chloe und ich lächelten bereits. «Und, wie geht der?»

«Warum reiten Hexen auf einem Besen?»

Wir mußten immer weiter lächeln. Wir lächelten entzückt. «Warum?»

Sie kicherte, hielt sich die Hand vor den Mund und sagte errötend: «Weil ein Staubsaugerkabel zu dünn wäre.»

«Grace!» riefen wir. Wir mußten uns festhalten. Wir stützten uns gegenseitig. Grace lächelte.

«Wir sind in ein, zwei Stunden zurück», sagte ich, als wir die Gangway hinaufgingen.

Was übersehe ich gerade? Im präkolumbianischen Mexiko gab es Spielzeug mit Rädern, doch die Idee wurde nie weiterentwickelt, nie wurden größere Fahrzeuge gebaut. Was entgeht mir, genau in diesem Augenblick? In der Vergangenheit ist mir so viel entgangen. Anscheinend bewege ich mich immer rückwärts in die Zukunft, wie mit einem Ruderboot.

Grace stand am Heck der *Rosinante*, die Arme über der Brust gekreuzt. «Viel Spaß!» rief sie. Und ich wandte mich ohne einen weiteren Gedanken ab, Chloe und Shirley und unserer ersten Ausfahrt zu. Ich wollte Shirley ihre erste Latzhose kaufen, winzig klein und blau.

Wir aßen im Einkaufszentrum auch zu Mittag und blieben länger als geplant. Als wir zurückkamen, war die *Rosinante* weg. Pinky und Midden waren an der Pier angeleint. Wir waren ratlos. Ich rannte ins *Smarmy Snail* und fragte, ob jemand das Schiff habe wegfahren sehen. Eine der Kellnerinnen sagte, es sei am Vormittag ausgelaufen.

«Haben Sie gesehen, wer an Bord war?»

«Nein, ich hab nur zufällig aus dem Fenster geschaut, und da ist es über den Fluß gefahren.»

Ich ging wieder zu Chloe hinaus und sagte: «Das versteh ich nicht.»

Die Küstenwache fand die *Rosinante* am späten Abend auf dem offenen Meer, ein paar Meilen hinter den Isles of Shoals. Das Ruder war festgebunden, der Motor lief, und das Schiff fuhr in weiten Kreisen über die Tiefen des Ozeans. An Bord war niemand, aber das war nicht weiter verwunderlich: Grace hatte eine Nachricht hinterlassen. In ihrer krakeligen schrägen Schrift, ausgefranst wie zerrissenes Leinen, hatte sie geschrieben: «Ohne Gedächtnis komme ich nicht in den Himmel.»

Letzte Woche waren Chloe, Shirley und ich auf einer Beerdigung: nicht auf Grace' – die Trauerfeier für sie liegt schon Monate zurück –, sondern auf der Beerdigung der Prescott-Park-Frauen, die wir im Sommer ausgegraben hatten. Sie wurden nach langem Hin und Her auf den Point of Graves umgebettet, in geweihten Boden. Wir wissen nach wie vor nur wenig über sie; offenbar hat nichts Schriftliches überdauert. Die Laboranalysen haben ergeben, daß beide Bestattungen im Frühjahr stattgefunden haben: In den Bodenproben, die wir zwischen den Knochen entnommen hatten, wurden Pollen verschiedener Wildblumenarten gefunden. Ich frage mich: Sind es Spuren der Liebe?

Grace haben wir nicht gefunden, obwohl wir noch Tage nach der offiziellen Suchaktion der Küstenwache mit Harrys Boot und dem von Chloes Vater nach ihr suchten. Harry bot an, sein Schleppnetz einzusetzen, aber wir alle, auch Anne, entschieden uns dagegen. Grace hat nicht zugelassen, daß ihre Zukunft ihr die Vergangenheit wegnahm. Jetzt muß ich lächeln, wenn ich an ihre selbstinszenierte Seebestattung denke. Sie hat die Chance weiterzuleben, ein Fossil zu werden: Im Laufe ewiger Zeiten wird Stein an die Stelle der Knochen treten, begleitet von den schwebenden Klängen des Walgesangs.

Ich versuche zu verstehen, warum ich mich so danach sehne, bei den Toten zu sein. Ich träume von Särgen in Dingiform, die mit der Flut aufs Meer hinaus treiben. Nachts stoßen sie leise an den Rumpf der *Rosinante*, Holz an Holz. In einem von ihnen ist Jonah. Ob er mich bei sich haben will? Wieder und wieder frage ich mich, ob die, die vor uns sterben, uns etwas zu sagen haben, und komme zu dem traurigen Schluß, daß nichts mehr die Toten kümmert, während wir weiter nach Liebe und Anerkennung streben, nach Versöhnung, nach Vergebung dafür, daß wir nicht mit ihnen gestorben sind. Es ist schwer, später zu sterben, als letzte zu sterben. Vielleicht hat Grace ein zweites Mal zu Sweet George zurückkehren dürfen.

In ihrem Brief hat Grace ihre Tochter gebeten, die *Rosinante* an Chloe und mich zu verkaufen, und Anne war freundlicherweise auch dazu bereit. Shirley ist in den vergangenen Monaten ein gutes Stück gewachsen – ein dickes, rundes, selbstvergessenes Baby. Bei ihrer Taufe hat sich das Weihwasser mit ihren Tränen vermischt. Chloe hat sich in einer sonderbaren Umkehrung der Dinge behaglich in ihr Kind eingebettet. Von Grace' Tod hat sie kaum Notiz genommen. Ich muß mir immer wieder sagen, daß wir jung sind und daß nur eins so stark ist wie Grace' Tod: unsere Erinnerung an sie.

Von Richard und Mary kam nach unserem Treffen nur noch ein Brief, in dem Mary schreibt: «Mein Sohn ist kein Märtyrer. Ich glaube an den Unfall.»

Manchmal kommt Michael vorbei und sitzt mit Chloe, Shirley und mir am Bug. Ich bewundere seine Ausdauer.

Harry bringt uns einen großen, in Zeitungspapier gewikkelten Fisch von seinen Fahrten mit und sagt verlegen grinsend: «Da, Kinder, aber sagt's nicht der Frau.»

Midden benutzt zu meinem Ärger neuerdings die *Dapple* als Katzentoilette. Ich überlege, ob ich sie umtaufen soll.

Pinky kämpft weiter.

Ich habe wieder angefangen zu studieren, Meeresarchäologie an der University of New Hampshire. Die *Rosinante* kann uns zu historischen Stätten an der ganzen Atlantikküste und in der Karibik bringen, und deshalb lerne ich jetzt auch tauchen. Wenn man sich erst einmal an die betäubende Kälte gewöhnt hat, ist es gar nicht so übel. Der Arthritis in meinen Handgelenken scheint es jedenfalls gutzutun. Bei einem Unterwasserseminar haben Fische mich in die Ohren gezwickt und mich auf meinem Streifzug um die Reste eines versunkenen Schiffs begleitet. Es war seltsam, sich Auge in Auge mit einem Fisch wiederzufinden, so schmal und flach wie der Zwischenraum zwischen meinen Augen. Es war seltsam, durch zwölf Meter Wasser und durch die Luftblasen, die ich gerade ausgestoßen hatte, zur Sonne aufzuschauen, aber ich fühlte mich nicht fremd, sondern so, als gehörte ich hierher: Der Fisch und ich, wir waren, jeder mit seinen eigenen Mitteln, in zwölf Meter Tiefe vorgestoßen. Der Fisch schien nicht überrascht, mich zu sehen; fast war es, als hätte er auf mich gewartet. Er tat, als käme ich zu spät, als wäre ich noch dümmer, als er angenommen hatte.

An manchen Tagen bleibt die Nacht bei mir wie der Nachgeschmack von Milch, ein Belag auf der Zungenspitze. In einer dünnen Schicht wird etwas sauer. Ich frage mich dann, woran ich mich nur beinahe erinnere, so wie es mir manchmal passiert, daß ich nach einem Türknauf fassen will und die Hand schon vorher in der Luft schließe. Ich sehne mich nach Wissen, aber alles, was ich weiß, ist, daß andere vor mir den gleichen Weg gegangen sind.

Die Blätter haben ihren Kampf verloren, in einer letzten bleichen oder blutroten Ohnmacht. Versunken, mitgetragen von der Ebbe, werden sie vorbeigetrieben, abwärtsgerissen. Inzwischen muß ich für alle, die am Wasser wohnen, ein vertrauter Anblick sein, wenn ich in der Morgen- oder Abenddämmerung auf dem Ankerspill der *Rosinante* sitze und beobachte, wie das Wasser heranflutet oder zurückweicht. Ich hoffe, ich wirke nicht melancholisch. Ein gelber Halbmond steigt durch das Astskelett der Bäume auf, löst sich langsam daraus wie eine alte Frau, die sich aus unvertrauten Laken schält, sie wie ein Netz von ihren Füßen streift. Der Fluß spiegelt das Licht wider. Ich werde nicht ohne Gedächtnis in den Himmel kommen. Inzwischen denke ich, daß Glaube und Gedächtnis ein und dasselbe sind, daß sie zumindest nicht ohne einander existieren können. Ich fühle mich plötzlich fähig, zu meiner eigenen Vergangenheit zu beten, um Erlösung zu bitten, um einen Ort, an dem ich bleiben kann. Das Wasser vor mir nimmt die Farbe all dessen an, woran ich mich erinnere, und es bewegt sich.

Dank

Eine Extraportion Dank für Mut, Herz und Verstand bekommen Linda Coomer, Eleanor Eidels, Beverly Hutton und Margaret Ryan, die das Manuskript gelesen haben. Martha E. Pinello und Mary B. Dupre, Archäologinnen am Strawberry Banke Museum in Portsmouth, New Hampshire, haben mich ebenso freundlich wie geduldig beraten und mir viel von ihrer Zeit geopfert. Tante Dot danke ich für ihr Pancake-Rezept. Fiona McCrae wird schon zum zweiten Mal in einer Danksagung von mir erwähnt, diesmal dafür, daß sie mich im Handschuhfach ihres Wagens von Boston bis nach Saint Paul mitgenommen hat. Den Mitarbeitern der Antiquitätengeschäfte in Azle und Burleson – Mary Ann Cooper, Hazel Ranck, Linda Petrikovic, Kathy Podolsky, Bonnie Dunlap, Barbara Self, Pat Hiett, Dale Cawvey und Martha Stewart – verdanke ich die Zeit und Ruhe, die ich brauchte, um dieses Buch zu schreiben. Und schließlich danke ich dem Schicksal dafür, daß ich in einer Zeit leben darf, in der es noch Boote aus Holz gibt, an die man sein Herz hängen kann.

Joe Coomer